Die verlorene Frau

Eine schicksalhafte Liebe

FRANZ LENZ

Dr. Wolfgang Sommer kann es kaum fassen. Die Schauspielerin Charlotte Schön ist wieder in seiner Stadt. Vor vielen Jahren waren sie ein Paar – bis er ihre leidenschaftliche Liebe mit Füßen tritt und die wohlhabende Carmen Ferres heiratet. Voller Verbitterung verschwindet die zutiefst Verletzte auf Nimmerwiedersehen.
Und nun taucht sie plötzlich wieder in seinem Leben auf. Sein Verhalten bereuend versucht er die ihm verloren Gegangene wiederzugewinnen. Als starke Frau zeigt sie ihm zunächst die kalte Schulter und weist ihn brüsk zurück. Am Ende gewährt sie ihm – und der romantischen Zeit von damals – eine zweite Chance. Doch über Charlotte schwebt ein bedrohliches Schicksal.

Franz Lenz wurde 1953 als erstes von fünf Kindern geboren und trug schon in jungen Jahren Verantwortung, was ihn früh prägte. Als späterer Rechtsanwalt vertrat er mit besonderem Engagement die Scheidungsangelegenheiten von Frauen.

Mitte fünfzig begann er damit, sich seiner weiteren Leidenschaft zu widmen – dem Schreiben. Mit großer Hingabe verfasst er heute ebenso spannende wie äußerst gefühlvolle Romane, in denen seine Hauptfiguren empfindsame und zugleich starke Frauen sind, die ihrem tragischen Schicksal trotzen und am Ende die große Liebe erleben dürfen (**„Die verlorene Frau - Eine schicksalhafte Liebe"** sowie **„Schweigende Augen - Eine geheimnisvolle Liebe"**).

Als glücklich verheirateter Mann schreibt er zudem hoch emotionale Gedichte, Sinnsprüche und Kurzgeschichten über das, was uns alle am meisten bewegt – über die Liebe (**„1000 bunte Schmetterlinge – Liebesgedichte und mehr"**; drei Bände).

Die Fertigstellung seines nächsten Romans erwartet er zum Weihnachtsfest 2016.

Mehr Informationen über ihn sowie die Inhalte und Hintergründe seiner Romane finden Sie unter:
www.franzlenz-romane.de

All seine Werke widmet er seiner geliebten Frau Brigitte.

FRANZ LENZ

Die verlorene Frau

Eine schicksalhafte Liebe

Bibliografische Information der Deutschen Nationalbibliothek:
Die Deutsche Nationalbibliothek verzeichnet diese
Publikation in der Deutschen Nationalbibliografie;
detaillierte bibliografische Daten sind im Internet
über http://dnb.dnb.de abrufbar.

TWENTYSIX – Der Self-Publishing-Verlag
Eine Kooperation zwischen der Verlagsgruppe Ran-
dom House und BoD – Books on Demand

Herstellung und Verlag:
BoD – Books on Demand, Norderstedt

ISBN: 978-3-740-70950-1

Layout, Illustrationen und Fotomotive: Maria Anna
Schmitt

Kapitel 1

Er stand am Metallgeländer der großen Dachterrasse seiner Penthouse-Wohnung. Sein unsteter Blick wanderte hinunter zum Fluss, gleich darauf hinüber zu den Laubwäldern in der Ferne, doch kaum eine Sekunde später gen Himmel; nirgendwo aber fanden die Augen des sichtlich aufgeregten Mannes einen Ruhepol. Fahrig fuhr er mit der Hand durch sein dunkelbraunes Haar und zerzauste es – so, wie es stets geschah, wenn er angespannt war. Was er soeben auf der Heimfahrt von seiner psychotherapeutischen Praxis für einen kurzen Augenblick aus seinem Wagen heraus sah, hatte ihn völlig aus dem Gleichgewicht gebracht. Vor einem Blumengeschäft stand eine Frau, die dabei war, die Ladentüre abzuschließen. Sie war für ihn keine gewöhnliche Frau; das war ihm sofort klar. Nein, es war eine, mit deren Auftauchen er im Leben nicht mehr gerechnet hatte.

Er atmete tief ein und blies die Luft kräftig durch die Nase aus. „Du bist wieder da?", brach es aus ihm heraus. Seine Lippen bebten leicht, als er ihren Namen aussprach. „Lotte!" Vor seinem inneren Auge tauchten Bilder auf; Bilder aus der Zeit von damals, als sie ein Paar waren. Er spürte, wie sein Herz schneller zu schlagen begann. Beide waren sie junge Schauspieler, am Theater seiner Eltern – und total verliebt in einander. Drei lange Jahre hielt ihr Glück, bis .... Er seufzte schwer. Ja, bis alles anders kam. Sie verschwand auf Nimmerwiedersehen aus seinem Leben. Er hatte sie verloren.

„Und jetzt?", rief er laut aus. „Bist du tatsächlich wieder in der Stadt?" War das überhaupt vorstellbar, stutzte er? Nach dem, was damals geschah? Unschlüssigkeit warf einen Schatten über das, was er beobachtet hatte – und auch über seine Freude darüber; wie schön wäre es doch, wenn es wirklich Lotte war! Hatten ihn vorhin seine Sinne nur genarrt? Genarrt, weil er sich in der letzten Zeit so oft an sie erinnerte; an sie und an die Zeit ihrer großen Liebe. Nein! Ganz gewiss war jene Frau, die er wegen des Verkehrs nur kurz sehen konnte, nicht seine Charlotte Schön von damals! Sah sie nicht irgendwie anders aus? Er schloss die Augen und verglich die beiden Erscheinungen. Damals die hübsche Frau mit der beeindruckend weiblichen Figur, dem langen blonden Haar und den ebenmäßigen Gesichtszügen. Binnen weniger Minuten hatte er sich unsterblich in sie verliebt. Soeben aber jene unscheinbare Gestalt, deren halblanges, schwarzes Haar formlos unter einem braun gemusterten Kopftuch hervorlugte. Lotte hasste Kopftücher und Braun war ganz gewiss nicht ihre Farbe. Und das da knapp über ihrer Nase kannte er gar nicht – aufgeregt und irritiert zugleich hob er bei diesen Worten die Hand und wies mit erhobenem Zeigefinger in Richtung seines Kopfes; eine lange, hässliche Narbe. Auch diese Hornbrille - unmöglich! Charlotte liebte zierliche Metallgestelle. Seine Stirn legte sich in Falten. Auch wie sie sich so scheu umsah; wie ein ... - er suchte nach der passenden Beschreibung – ... verschüchtertes Reh. Wie sollte diese Person seine selbstbewusste Charlotte aus jener Zeit gewesen sein?

Genügte dafür tatsächlich alleine das, was ihn sofort an sie erinnert hatte? Diese Augen, die ihn tausendmal liebevoll angeschaut hatten. Diese Wangen, über die ein glückliches Lächeln kam, wenn sie auf ihn zulief. Dieser Mund, dessen volle Lippen er so oft küsste. Zudem sprach noch etwas anderes dafür, dass sie es tatsächlich war. Jene Frau vor dem Blumenladen hatte ein Bein nachgezogen; das erkannte er im Rückspiegel genau. So wie Charlotte; seit ihrem schweren Verkehrsunfall. War sie es also doch?! „Ach Lotte, du bist wieder da", frohlockte er halblaut. Hoffnung zum einen und Unsicherheit zum anderen hielten sich dabei jedoch die Waage. Er musste es herausfinden. Unbedingt! Gleich Morgen würde er dorthin fahren – und sie dann hoffentlich freudig begrüßen können.

Ohne es zunächst wahrzunehmen, bewegte er seinen Kopf erst sachte, dann heftiger hin und her. Durfte er es überhaupt wagen, ihr wieder unter die Augen zu treten? Nie hatte er jene erbosten Zeilen ihres Abschiedsbriefs aus seinem Gedächtnis verdrängen können. Zwar hatte er ihn in seinem Ärger über ihr Verhalten in tausend Stücke zerrissen, diese allerdings wegzuwerfen nie fertiggebracht. In einem Anflug von Wehmut fügte er die Schnipsel irgendwann Jahre später sorgfältig auf zwei Bögen Papier wieder zusammen. Wolfgang spürte, wie sich die Finger seiner Rechten schon wieder in sein Haar wühlten. In seiner Vorstellung sah er, wie Charlotte seinerzeit jene Zeilen an ihn voller Zorn auf ihren Schaukelstuhl gelegt haben musste, bevor sie ihre Wohnung verließ und für immer aus seinem Leben verschwand. Ja, jene bitterbösen Worte schmerzten ihn noch immer: ´Wolf, ich hasse dich! Dafür, dass du mich so eiskalt abservierst, um diese eingebildete Ziege Carmen zu heiraten. Ich will dich nie mehr wieder sehen. Hörst du – nie wieder!` Dieser Schaukelstuhl, der später seinen neuen Platz hier in seinem Wohnzimmer vor dem Fenster fand, war das Einzige, das er noch vorfand, als er inmitten der gähnenden Leere ihres ausgeräumten Apartments stand. Das hölzerne Ding schien hin- und her zu wippen - so, als hätte Lotte gerade noch darin gesessen und es zum Schaukeln gebracht.

Starr richtete sich sein Auge wieder auf den gegenüber liegenden, bewaldeten Hügel. Warum musste das damals alles so kommen? Es sah so gut für ihre Liebe aus - bis diese Carmen auftauchte. Für ihn war sie nur eine Kollegin; nie sah er in ihr die attraktive Frau, die sie ohne Zweifel war. Sicher, für das elterliche Theater war sie ein Gewinn, denn ihre Ausstrahlung begeisterte das Publikum. Eine ganz andere Eigenschaft aber interessierte seinen Vater weit mehr; sie war wohlhabend. Er schüttelte sich, weil ihm Vaters harte Worte in den Sinn kamen. ´Du hörst mir jetzt ganz genau zu! Du wirst die Sache mit dieser kleinen Schön beenden. Du kennst die finanziell angeschlagene Lage unseres Hauses. Du trägst als unser Sohn und künftiger Erbe des Familienvermögens eine besondere Verantwortung.` Wie er dieses befehlende ´Du` hasste! Und auch das nachfolgende Ultimatum. ´Sohn, Carmen Ferres ist unser bestes Pferd im Stall; und sie ist reich. Also kümmere dich gefälligst mehr um sie und zieh sie an Land; auf Dauer, meine ich! Und das spätestens bis Weihnachten, damit wir sie zum Familienfest als Schwiegertochter in die Arme nehmen können. Verstanden?! Sonst ....` Ausgeführt hatte er seine Drohung nicht, doch die Art seiner Eltern, mit Ungehorsam umzugehen, kannte er sehr wohl. Er stampfte mit dem Fuß auf den Steinboden. Seine Fingernägel bohrten sich in die Handballen. Was war das nur für ein Vater?! Und ... - sich das einzugestehen, fiel ihm schwer - ... warum hatte er ihm am Ende nur nachgegeben? War es eigene Schwäche? War es Vaters unnachgiebiger Wille? Oder eben nur seine strenge Erziehung? Einerlei – heute wusste er, dass er seine Gefühle zu Lotte zugunsten der Familienräson aufgab. Ob das, gemessen an dem, was finanziell auf dem Spiel stand, richtig oder falsch war, vermochte er bis heute nicht klar zu entscheiden. Tatsache aber war, dass er es getan hatte. Niedergeschlagen wandte er sich ab, drehte sich um und ging zurück ins Wohnzimmer.

Nachdem er geduscht, sich umgezogen und etwas gegessen hatte, setzte er sich in den alten, aus schwerem Mahagoni gefertigten Schaukelstuhl. Er kuschelte sich in das im Rücken liegende große Kissen und fühlte sich irgendwie ganz nah bei seiner Lotte von damals. Wehmut überkam ihn. Wie oft hatte sie selbst darin gesessen; nur mit jenem dunkelfarbigen Morgenmantel aus Chinesischer Seide bekleidet, den er ihr zum Geburtstag geschenkt hatte. Wie verführerisch sie ihn ansah, wenn sie dann aufstand, den fast durchsichtigen Stoff zu Boden gleiten ließ und ihn mit einer eindeutigen Geste ins Schlafzimmer lockte! „Oh Lotte!" Ein wohliger Seufzer verließ seine Brust. Im selben Moment aber tauchte in seinem Kopf wieder Vaters Stimme auf. ´Sohn, du wirst einmal mit unserer Bühne das wertvolle Erbe deines Großvaters übernehmen.` Das war an seinem sechzehnten Geburtstag. Mein Gott, wie stolz er damals war – und wie dumm! Doch das begriff er erst, als es dafür schon viel zu spät war. Nie hätte er sich träumen lassen, wohin ihn diese Familientradition führen würde. Zu seiner Geldheirat mit einer Frau, die er nicht liebte; nur, um damit den elterlichen Betrieb zu sanieren. Verdammt - was hatte ihm das letztlich eingebracht? Aufgebracht schlug er mit der flachen Hand auf die Armlehne. Er hatte dafür Lotte aufgegeben. Und kaum mehr als zwei Jahre nach der pompösen Hochzeit folgte die Scheidung - und die hatte es in sich; mit einem Kopfschütteln dachte er unwillkürlich an den Film ´Der Rosenkrieg`. Ohne Carmen und ihr Geld war zudem das Theater auch nicht mehr lange zu halten gewesen.

Mit einem energischen Ruck wippte er nach vorne und griff nach dem Glas, das auf dem kleinen Tischchen aus Indien stand; er leerte es in einem Zug und schüttelte sich – das war zu viel Kubanischer Rum auf einmal. Unruhig nestelte er an den Knöpfen seines Hemdes. Lottes ´Ich hasse dich!` begann erneut den Raum seiner Erinnerungen an das Ende ihrer Liebe zu füllen. Konnte er es damit überhaupt wagen, morgen in jenen Blumenladen zu gehen? Was nämlich, wenn es sich bei jener Frauengestalt tatsächlich um Lotte handelte? Sie würde ihn doch augenblicklich erbost auffordern, das Geschäft zu verlassen. Im besten Fall würde sie ihn kühl begrüßen, um ihn gleich darauf mit einem entschiedenen ´Du, für dich gibt´s hier keine Blumen. Mach´s gut!` hinaus zu komplimentieren. Bei der Vorstellung daran blähte er die Backen auf und atmete laut aus. Musste er sich das wirklich antun? Oder? Hoffnung flackerte in ihm auf. Machte er sich zu viele Gedanken? War nicht inzwischen so viel Zeit vergangen, dass sie über dem stand, was er damals tat? Vielleicht würde sie ja sogar mit zitternder Stimme ´Oh mein Gott – Wolf! Wie schön, dich zu sehen!` ausrufen. Sicher würde sie ihm irgendwann vorwerfen, dass er sie damals in die Wüste schickte, dann aber tatsächlich sagen: ´Schwamm drüber – das ist ja schon so lange her; und schließlich konntest du damals ja auch gar nicht anders.` Oh, wie sehr wünschte er sich das, hatten sie beide doch eine wundervolle Zeit miteinander! Wer weiß – vielleicht würden sie beide ja .... Sein Blick richtete sich bei diesem wagemutigen Gedanken nach draußen in den mittlerweile dunkel gewordenen Abendhimmel, an dem in der Ferne die Venus aufgegangen war und hell zu ihm hinüber strahlte. Dabei war es ihm so, als wollte sie ihm ein Zeichen senden; eines, das ihm Mut machen sollte, morgen einfach dorthin zu gehen.

Er drückte sich tiefer in das Kissen seines Schaukelstuhls, um seinen Erinnerungen noch näher zu kommen. Vor ihm tauchte die junge Schauspielerin Charlotte Schön auf, die sich um eine Stelle am Theater bewarb. Als er in der Türe zum kleinen Konferenzsaal stand und sie das erste Mal sah, verschlug es ihm den Atem. Schön war sie tatsächlich, jene Frau Schön. Ihre anmutige Erscheinung traf ihn wie ein Blitz aus heiterem Himmel. Er spürte, wie Nervosität in ihm aufkam, wie sein Herz heftig zu schlagen begann, wie sein Mund trocken wurde, wie sich seine Augen in den ihren zu vergraben suchten. In der nächsten Minute wusste er, dass er sich soeben verliebt hatte, noch bevor er überhaupt ein einziges Wort mit ihr austauschen konnte.

Mit geschlossenen Lidern ließ er seine Gedanken lebendig werden. ´Guten Tag! Wolfgang Sommer mein Name. Ich bin der zweite Intendant unseres Theaters. Vielen Dank für Ihre Bewerbungsunterlagen, Frau Schön.` Er machte nach seiner Begrüßung eine Pause – er brauchte sie! Wie sehr ihn seine innere Aufregung doch in diesem Moment verunsicherte! In seinem Kopf sauste ein Karussell um dessen eigene Achse. Was geschah da? Welcher süße Zauber lag plötzlich auf ihm! Der Liebreiz dieser jungen Frau zog ihn von Minute zu Minute mehr an. Trotz der Kürze dieser Zeit fühlte er sich in ihrer Gegenwart unerklärlich wohl. Beinahe schien es ihm, als kannte er sie schon eine halbe Ewigkeit. Ihr Blick ruhte auf ihm, der seine auf ihr. Er glaubte fast, sein Herz pochte im Gleichklang mit ihrem - ganz leise, ganz laut, ganz langsam, ganz schnell, bedächtig und rasend zugleich. Er erinnerte sich, während er sein Glas erneut füllte, noch genau an ihre ersten Worte. ´Vielen Dank, Herr Sommer, dass ich kommen durfte.` In ihrer Stimme lag ein Zittern, das ihn ahnen ließ, dass auch ihr Herz schneller schlug. War er etwa nicht alleine mit dem Durcheinander seiner Empfindungen, hatte er damals gedacht, ja sogar gehofft. Er nahm einen Schluck und folgte seinen Gedanken. Sie saß da, mit übergeschlagenen Beinen. Die rechte Hand lag auf der Lehne des schwarzen Ledersessels. Wie ein Gemälde im goldenen Rahmen kam sie ihm vor. Schulterlanges, blondes

Haar; etwas wild zerzaust. Helle, zarte Haut. Leichte Röte auf den Wangen. Bildschön einfach!

Ja, er hatte es sofort gefühlt; sein Herz ließ keinen Zweifel zu. Er hatte es sofort gewusst; sein Kopf ließ keinen Zweifel zu. Er hatte es sofort gespürt; sein Bauch ließ keinen Zweifel zu. Es gab keinerlei Ungewissheit darüber, dass er sich verliebt hatte. Nie zuvor hatte er eine Frau getroffen und dabei auf Anhieb gewusst, dass ihm gerade die Liebe auf den ersten Blick begegnet war. Seit dem Moment, in dem er ihr gegenüberstand, konnte er sich dem von ihr ausgehenden Zauber nicht mehr entziehen – so, als stünde er Circe gegenüber, der aus der griechischen Sagenwelt entsprungenen Schönen, die ihn unweigerlich in ihren Bann zog. Wolfgang sog die Luft um ihn ganz tief ein – und hatte dabei die Vorstellung, nochmals jenes betörende Parfüm zu riechen, dessen Duft die junge Schauspielerin von damals umhüllte. Ja, für ihn gab es seit ihrer ersten Begegnung kein Entrinnen mehr; Charlotte hatte ihn verzaubert! „Ach Lotte", stöhnte er, „warum mussten wir uns nur verlieren?"

Nach Stunden des Schwelgens in seinen Erinnerungen – die Kirchturmuhr hatte soeben elf geschlagen - unterbrach ihn sein Gähnen. „Ich glaube, mein Junge, es wird Zeit für dich", ermahnte er sich halblaut. Er erhob sich, löschte die Kerze auf dem Tisch und lag wenige Minuten später mit dem festen Willen im Bett, in seiner Fantasie seine Liebe von damals mit in den Schlaf zu nehmen.

Kapitel 2

„Hallo Liebster, wach auf!" Laut drang dieser Ruf in sein Bewusstsein. Schlaftrunken fuhr er hoch. Was war das? Aufgeregt riss er die Augen auf – und blickte in das Stockdunkel seines Schlafzimmers. Woher kam diese Stimme? Eine Stimme, die er kannte und deren Süße er nie vergessen hatte. „Lotte?", hauchte er in die Dunkelheit hinein. Wie ein Widerhall klangen die Worte noch einmal in seinem Kopf: „Hallo Liebster, wach auf!" Seine linke Hand tastete über die andere Hälfte seines Französischen Bettes. Sanft und vorsichtig forschten seine Fingerspitzen nach dem, was er – noch halb betäubt von der Macht des Schlafes - dort neben sich zu finden hoffte. „Bist du es?" Statt der ersehnten Antwort durchdrang nur Stille den Raum – ebenso wie seine langsam klar werdende Erkenntnis, nur geträumt zu haben. Er drehte sich zur Seite und knipste die Nachtischlampe an. Gleißendes Hell riss ihn in die nüchterne Wirklichkeit - sein nächtliches Wunschdenken hatte ihm einen Streich gespielt. Dort lag niemand. Natürlich nicht!

Er stand auf, ging ins Bad, ließ aus dem Hahn eiskaltes Wasser in beide zu einer Schale geformten Hände fließen – und schüttelte sich, als er sich alles mit Wucht in sein Gesicht goss. Er wollte einen klaren Kopf bekommen. Warum hatte er so intensiv und gefühlvoll von Lotte geträumt? Nachdenklich schaute er in den Spiegel. Bewegten sich da nicht seine Lippen? Ihm schien es so, als spreche sein Konterfei zu ihm: ´Wolf, warum lässt dich der Gedanke an sie nicht los? Frag doch mal dein Herz!` Starr vor Staunen fixierte er sein Spiegelbild. Unwillkürlich legte sich seine Hand flach auf seinen Brustkorb. Er spürte das heftige Pochen und wusste im selben Moment, was das zu bedeuten hatte. Sein Herz hatte ihm mit diesem freudigen Schlagen geantwortet. Glücklich ging er wieder ins Bett und schlief rasch ein.

Am nächsten Morgen war er nicht ohne Grund schon vor acht in der Praxis. In Kürze würde seine nächste Patientin kommen; gerade bei ihr war es ihm besonders wichtig, sich rechtzeitig in ihre seelische Konfliktlage zu versetzen; sie war nun einmal sein derzeit schwerster Fall, und er hatte es sich zur Aufgabe gemacht, sie aus ihrer familiären Umklammerung zu befreien. Es war eine solche, die er aus seinem eigenen Leben im elterlichen Theater leider selbst sehr gut kannte. Immer wieder spiegelte sich für ihn in der Schicksalsgeschichte dieser Frau in gewisser Weise das Leben des jungen Sohns Wolfgang wider. „Bist ein ganz armes Ding, Henriette", murmelte er, als er ihre Krankenakte aufschlug. Mitte dreißig, recht hübsch, aber schrecklich altmodisch gekleidet, dachte er. Spätes Kind erzkonservativer Leute; ihr alter Herr ein despotischer Moralapostel, wie er im Buche steht. Lässt ihr kein Fitzelchen freien Willen. Unbedingter Gehorsam ist für ihn das Erste Gebot. Nun, irgendwie würde er es schon schaffen, sie seinen Klauen zu entreißen!

Dr. Wolfgang Sommers zweiter Beruf erfüllte ihn sehr; das wurde ihm an jedem einzelnen Arbeitstag wieder bewusst. Besonders dann, wenn er nach einer Behandlungsstunde bei der Verabschiedung in die dankbaren Augen einer Patientin schaute und dabei erkannte, dass es ihr vor einer Stunde bei weitem schlechter gegangen war. Gut, dass er sich damals, als er seinen Posten am Theater verlor, seinen alten Traum erfüllte und Psychologie studierte. Heute hatte er seine eigene Praxis mit einem stets vollen Terminkalender.

„Hallo, Frau Söderberg." Er schaute in zwei verheulte, tränennasse Augen. Noch in der offenen Türe nahm er sie fürsorglich in seine Arme. „Na, na, wer wird denn weinen.   Kommen Sie erst einmal herein, setzen Sie sich auf Ihre Couch und erzählen Sie mir alles." Heftig schluchzend begann sie ihm gleich darauf ihr Leid zu klagen. Am Ende ihres Wortschwalls packte sie augenscheinlich die Wut und sie schimpfte lauthals: „Das muss ich mir doch von dem alten Mann nicht bieten lassen, Herr Doktor, oder?" Seine Antwort gar nicht abwartend tobte sie weiter. Gut so, Mädchen, dachte er; endlich fängst du an, dich gegen deine herrschsüchtigen Eltern zu wehren. Er hörte ihr weiter aufmerksam zu. Nach einiger Zeit aber ertappte er sich dabei, wie seine Gedanken abschweiften. Seine Fantasie führte ihn in einen Raum voller bunter Blumen, deren verschiedene, betörende Düfte ihm in die Nase zu steigen schienen. In mitten all der Pflanzen stand seine Lotte und hielt ihm einen hübsch gebundenen Strauß entgegen. Wolfgang spürte, wie ein Lächeln über sein Gesicht huschte.

Doch kaum beglückte ihn dieser Tagtraum vollends, da erlebte er, warum ihm das besser nicht hätte passieren sollen. Seine Patientin brach ihren begonnenen Satz ab und fragte irritiert: „Habe ich etwas Falsches gesagt, Herr Doktor?" Er stutzte. „Äh, nein; wieso?" „Weil Sie …, na ja, Sie haben so komisch gelächelt. Und das, wovon ich ihnen gerade berichte, ist doch wirklich nicht zum Lachen, oder?!" Nimm dich zusammen und konzentriere dich gefälligst, rügte ihn sein Verstand. „Nein, nein! Das hatte doch nichts mit Ihnen zu tun. Erzählen Sie nur weiter, liebe Frau Söderberg."

Ich muss sehr bald wissen, ob jene Frau tatsächlich Lotte ist, ging es ihm allerdings kaum fünf Minuten später durch den Kopf. Ungeduld beschlich ihn; wann war diese Sitzung endlich vorüber. Am liebsten würde er die Zeit nur damit verbringen, an Charlotte zu denken – und daran, ob er sich trauen sollte, in jenem Blumenladen aufzutauchen. Seine Gedanken schweiften immer wieder dorthin, wo er seine Lotte wähnte. Hin und her gerissen zwischen seinem wohligen Blick in die Vergangenheit und dem mulmigen Gefühl, das ihm seine Angst vor Lottes barscher Reaktion bereitete, blieb er bis zum Ende seines Arbeitstages unentschlossen.

Endlich zu Hause und allein mit sich und seinen Überlegungen saß er in seinem Schaukelstuhl und ließ den Tag an sich vorüber gleiten. „Warst heute wirklich nicht bei der Sache, mein Lieber!", gestand er sich kleinlaut ein; er sprach oft mit sich selbst, wenn er alleine war. „Das muss aufhören, hörst du! Geh morgen in diesen blöden Laden, damit du endlich weißt, ob sie es überhaupt ist! Und wenn ja, dann begrüße sie mutig mit einem ´Hallo Lotte, wie geht´s dir?` Dann wirst du schon sehen, ob sie noch immer verletzt und böse ist." Doch genau dieses kleine Wörtchen ´böse` hatte es in sich, denn es brachte ihm ihre Wut in Erinnerung, mit der sie ihn damals mit bebenden Lippen angeschrien hatte. ´Wolf, wenn du mir ...` - sie hatte gestockt, weil ihr die Stimme den Dienst versagte - ´wenn du mir nicht sofort hoch und heilig versprichst, deinem Vater und diesem Miststück von Ferres klarzumachen, dass du sie auf keinen Fall heiratest, dann ..., dann ....` Wolfgang sah vor seinem inneren Auge förmlich, wie Lotte ihre zitternden Hände über ihren Mund legte, als wollte sie eigentlich nicht aussprechen, was sie sich offensichtlich zu sagen vorgenommen hatte. ´... dann wirst du mich nie mehr wieder sehen! Das schwöre ich dir! Oder bildest du dir etwa tatsächlich ein, ich wäre dann neben der da als die

Nummer zwei nur deine heimliche Geliebte? Das, mein Lieber, kannst du vergessen!`

Wolfgang stöhnte laut auf und warf die Arme in die Höhe. Wie hatte er sich nur auf so etwas einlassen können? Warum hatte er es nicht geschafft, aufzubegehren? Wäre es nicht seine Pflicht gegenüber Charlotte und sich selbst gewesen, den Eltern sein klares ´Nein!` entgegen zu halten? Warum waren ihm sein Gehorsam und das wirtschaftliche Überleben des verfluchten Familienbetriebs wichtiger als sein eigenes Glück? Oder hatte er überhaupt keine Wahl? Als einziger Sohn musste er doch das Theater vor dem wirtschaftlichen Absturz retten. Zehn Finger begannen wild durch sein Haar zu fahren. Dass er Lotte damit wehtat, war eben der Preis dafür. Das Leben war nicht immer gerecht. Doch damit hatte sie allen Grund dazu gehabt, ihn zu hassen! Sein morgiges Auftauchen im Blumengeschäft konnte er also vergessen!

Doch irgendwie musste er doch herausfinden, ob jene Frau vor dem Laden seine Lotte war! Er runzelte die Stirn und sein rechter Zeigefinger trommelte gegen seine Unterlippe. Ihm kam eine Idee. Warum schrieb er nicht einen Brief? Dann könnte Lotte – sollte sie es tatsächlich sein - ihm antworten, ohne dass er ihrem Zorn unmittelbar ausgeliefert wäre. Ja, das ginge. Vielleicht. Zu überzeugen vermochte ihn dieser Gedanke jedoch nicht wirklich. Schwerfällig erhob er sich und ging hinaus auf die Dachterrasse, dort hinüber, von wo aus er am Vorabend völlig durcheinander hinunter ins Tal geschaut hatte. Ach, warum war das Leben immer so schwierig? Sie dort aufsuchen ging nicht; und einen Brief an eine Frau schicken, von der nicht einmal wusste, ob sie Lotte war, war auch Unsinn. Sollte er das Ganze nicht besser einfach vergessen? Gestern war gestern, heute war heute – und Schluss damit!

Kapitel 3

Am folgenden Samstag stand er schon vor dem Morgengrauen auf. Wolfgang fühlte sich wie gerädert. Sein Herz pochte hart gegen seine Brust. Er hatte wieder eine unruhige Nacht. Die Erlebnisse der letzten Monate seiner gemeinsamen Zeit mit Charlotte verfolgten ihn. Wie so viele Gespräche hatte auch jener zermürbende Dialog, der ihn im Bett geplagt hatte, nichts mehr von der Glückseligkeit, mit der ihre Liebe begonnen hatte: ´Ach Wolf, ich kann nicht ohne dich leben, weil ich dich so sehr liebe. Ich werde jedoch niemals nur die Geliebte eines Verheirateten sein können. Du wirst dich entscheiden müssen, zwischen ...;` - wie hässlich ihr Lachen geklungen hatte; und auch ihr nachfolgendes – ´... zwischen Geld und Liebe.` ´Aber du weißt es doch, Liebes; ich trage die Verantwortung für das alles,` hatte er gekontert. ´Ja, die trägst du; vielleicht. Aber hast du sie nicht auch für uns beide? Ich glaube fast, du liebst mich gar nicht richtig.` Wie bitter ihm nun dieser Vorwurf aufstieß! War Lotte damit nicht ungerecht gewesen? Natürlich liebte er sie. Das mit dem Theater und Carmen hatte doch eigentlich gar nichts mit seiner Liebe zu ihr zu tun. Hätte sie ihn in seiner schwierigen Lage nicht besser verstehen müssen? Musste sie deshalb gleich weglaufen?

Nach dem Mittagessen dachte er wieder an die Idee, jener noch Unbekannten im Blumengeschäft einen Brief zu schicken. Sollte er es nicht trotzdem einfach tun? Kurz entschlossen holte er aus seinem antiken Sekretär einen Bogen Schreibpapier, setzte sich und begann:

Liebe Leserin! Ich sah Sie neulich vor dem Blumenla-
den, in dem Sie offensichtlich arbeiten. Nun bin ich
mir nicht sicher, ob Sie eine mir Unbekannte oder die
Frau sind, welche ich von früher kenne. Sollte Ihr
Name Charlotte Schön sein, so würde ich mich sehr
über eine Antwort freuen.

So begann er seine Zeilen an die Gestalt seiner großen
Hoffnung. Schon wollte er davon erzählen, dass er das
bedauerte, was damals geschah. Doch noch während
er seine Worte zu formulieren begann, begriff er es; er
konnte doch einer Fremden nicht sein Gefühlsleben
offenbaren; was nämlich, wenn jene Frau nicht Lotte
war?! Enttäuscht ließ er den Kugelschreiber auf die
Platte mit dem edlen Vogelaugenahorn-Furnier sinken, zerknüllte den Briefbogen und warf ihn kraftlos
in den auf dem Boden stehenden Papierkorb.

Am Nachmittag erledigte er die Einkäufe und schlen-
derte danach ziellos und in Gedanken versunken die
Gassen der Altstadt entlang – bis er plötzlich stutzte.
Er hatte sich Straßenzug um Straßenzug jenem Blumengeschäft genähert, so, als hätte ihn eine magische
Kraft dorthin gezogen. Ebenso verwundert wie erfreut
blieb er stehen und schmunzelte; der Wunsch in ihm,
sich Gewissheit zu verschaffen, war doch größer gewesen als seine Sorge vor einer bitterbösen Abfuhr.
Schon sah er den Laden an der Straßenecke vor sich
auftauchen. Nach einigen weiteren Häuserreihen
stand er, von einer Litfaßsäule verdeckt, auf der gegenüberliegenden Straßenseite. Neugierig spähte er
nach drüben – und fuhr zusammen.

Die Glastür öffnete sich und eine Frau trat, gefolgt von
einer zweiten, aus dem Geschäft. Das ist doch ...! Er
schaute genauer hin; grelles Sonnenlicht blendete ihn.
Verdammt, warum hatte er seine Brille nicht mitgenommen?! Er hielt seine flache Hand über die Stirn

19

und versuchte die Person, die er zu erkennen glaubte, genauer zu sehen. Doch da schob sich schon die andere vor sie. Diese war hager, trug einen kurzen Rock und eine weit ausgeschnittene Bluse. Mit ihrem grellroten, kurz geschnittenen Haar kam sie ihm wie ein Leuchtturm vor, der die Aufmerksamkeit aller Seemänner auf sich ziehen sollte. Trotz seiner Aufregung entlockte ihm diese Vorstellung ein Lächeln. In ihrer Linken hielt sie eine Leine, an der ein kleiner Hund mit weißem Fell verspielt zerrte. Sie gab seinem Drängen nach und ging einige Schritte nach vorn.

Da konnte er sie endlich erkennen - die Schwarzhaarige von neulich. War das Lotte? Sie trug eine graue Hose, einen ebensolchen kurzärmligen Pullover und ... - „Aha!", entfuhr es ihm – „ ... wieder so ein albernes Kopftuch." Zwischen ihrem Brustkorb und dem Oberarm klemmte der untere Teil eines großen, in Folie gehüllten Blumenstraußes mit ... „Nein!", rutschte es ihm ein weiteres Mal heraus; es waren gelbe, rote und weiße Calla, die Blumen, die Lotte am liebsten mochte, und die er ihr so oft mit nach Hause brachte. Sprach das nicht dafür, dass sie es war? Während sie die Ladentüre abschloss, spornte ihn der Gedanke zum sofortigen Handeln an; sollte er diese Gelegenheit nicht augenblicklich nutzen? Geh rüber und begrüße sie!, schallte es in seinem Kopf; einem Echo gleich wiederholte sich diese innere Aufforderung. Geh rüber, geh rüber! Als überforderte ihn dieser Befehl, drehte er sich abrupt um und lehnte sich mit dem Rücken gegen die runde Werbesäule. Für einen Moment schloss er die Augen. Mutlosigkeit lähmte ihn. Lotte war doch nicht alleine. Und sich am Ende auch noch vor dieser anderen beschimpfen zu lassen – wozu sollte er sich das geben?

Lautes Bellen lenkte ihn von diesem Gedanken ab. Er löste sich von der ihm Schutz gewährenden Säule,

machte einen Schritt zur Seite, schaute neugierig hinüber auf den gegenüberliegenden Gehweg – und spürte Blässe in seinem Gesicht aufkommen. Der kleine
Hund jagte über die Straße, direkt auf die Litfaßsäule
zu; die Frau mit der langen Hundeleine vermochte
ihm kaum zu folgen. „Lass ihn, Sabine; er will doch
nur zu seinem Schnüffelplatz." Wolfgang begriff; damit war sein Versteck gemeint! Nun überquerte auch
die Schwarzhaarige die Straße. Langsamer als jene
aufreizend Gekleidete. Er erkannte, warum. Sie zog
ihr rechtes Bein nach. Ja! Sie musste seine Lotte sein.
Er stand jetzt keine vier Meter entfernt von ihr, allein
verdeckt durch das mit Plakaten beklebte, steinerne
Rund und den mannshohen Busch daneben – an dem
der kleine Bello zu Wolfgangs größtem Unbehagen
schon herum schnüffelte. „Komm, Tarzan, wir müssen
heim!" Erneut vernahm er diese Stimme. Lottes
Stimme! Kein Zweifel – oder? Sein Herz begann zu
rasen, als er einen weiteren Blick riskierte. Zwar vermochte er wegen der großen Sonnenbrille ihre Augen
nicht zu erkennen; doch ihre Gesichtszüge und dieser
Mund mit den vollen Lippen - wie gut kannte er das
alles! Das schwarze Haar aber ...? Lotte, das steht dir
überhaupt nicht, dachte er enttäuscht. Wo ist dein
wunderschönes Blond? Und dieses hässlich gestreifte
Kopftuch! Er wich zurück und verschwand wieder
vollends hinter der Säule. Auf keinen Fall durfte sie
ihn jetzt sehen.

„Tarzan! Hopp, hopp. Daheim gibt´s auch ein feines
Futter für dich. Ach, Sabine, was ich dir noch erzählen
wollte: Die Blumenbestellung für Schmidsohn wurde
storniert; ruf bitte gleich am Montag den Großhändler
an und ...." Mehr verstand er nicht; Lottes Worte verloren sich Schritt um Schritt mehr in der Ferne. Erleichtert, nicht entdeckt worden zu sein, sowie glücklich über eine nun klare Erkenntnis atmete er tief

durch und blies die Luft laut aus. Ja! Das war Lotte! Seine Lotte!

Und nun? Warum ... - ein Gedanke schoss ihm durch den Kopf. Einer, der ihm gefiel. Wenn er sie soeben nicht hatte ansprechen wollen, so konnte er ihr doch wenigstens heimlich folgen. Dann wüsste er, wo sie wohnte und könnte sie vielleicht sogar dort ... - zu verwegen kam ihm diese hoffnungsvolle Idee vor, als dass er sie zu Ende denken wollte. Stets in gebotenem Abstand hinter den beiden Frauen bleibend und immer den Schutz einer der Platanen am Straßenrand oder der parkenden Autos nutzend ging er hinter den beiden her. Am Marktplatz angelangt trennten sich die Frauen. Als Lotte kurz darauf nach links in eine schmale Gasse abbog, ahnte Wolfgang, welchen Weg sie einschlagen würde. Diese Strecke hatte nur ein Ziel: Die Alte Brücke über den Fluss hinüber zu dem am Hang liegenden Wohngebiet. Aha, dort wohnst du also; dort, von wo aus man die schönste Aussicht auf das Schloss da oben hat. Er lenkte seinen Blick für einen Moment dorthin, wo der steile Pfad hinüber zum Schlossberg führte.

Während er tief durchatmete, verließ ihn ein wehmütiges „Ach!" Wie oft hatten sie sich damals dort oben ihrer Verliebtheit hingegeben, waren Arm in Arm durch den Park gewandelt und hatten sich von der Sommersonne bescheinen lassen, während Amor Pfeil um Pfeil auf sie abschoss. Sie standen dann dort hinten an der Mauerecke mit dem Ausblick auf die Dächer der Altstadt. Zeitlos lang, wortlos still, tonlos ruhig, einander umarmend, bis ihre Seelen miteinander eins wurden und ihre Herzen im Gleichklang schlugen. Lotte flüsterte dabei schweigend, was er gerade dachte; seine Hände taten das, wonach sie gerade gierte; ihre Küsse waren zärtlich und wild zugleich und verlangten nach mehr. In jenen Momenten war ihre kleine Welt der Liebe in Ordnung; dann schwebten sie im siebten Himmel. In Ordnung wenigstens, bis …. Eine dunkle Wolke legte sich über seine Gedanken, und er riss sich vom Anblick des Schlosses los. Warum hatte damals alles so kommen müssen?

Nach weiteren wohl fünfzehn Minuten Fußwegs blieb Lotte vor einem in die Jahre gekommenen Haus stehen. Von weitem beobachtete er die Szenerie. Es war eine rot eingedeckte Jugendstil-Villa. Neben dem hölzernen Eingangstürchen, das von einer mit schräg aufgelegten Ziegeln bedeckten Mauer eingefasst war, stand ein breiter und hoher Lebensbaum. Als Lotte die Pforte öffnete, quietschten deren Angeln laut; sie taten es erneut, als sie und ihr Hund dahinter verschwanden. Nun wusste er wenigstens, wo seine Liebe von damals zu Hause war.

Wolfgang ließ seinen Blick nach rechts schweifen; auf der gegenüber dem Haus liegenden Straßenseite bildeten vielfarbig angelegte Blumenbeete, dichte Büsche und eine Reihe alter Linden einen kleinen Park, in dem einige Bänke Spaziergänger zum Ausruhen einluden. „Hübsch hast du´s hier!", murmelte er. Ein warmes und liebevolles Gefühl durchfuhr ihn, und er verharrte in dem glücklichen Gedanken daran, seine Lotte in dieser schönen Stadt wiedergefunden zu haben. Erst Minuten später betrat er den Park und ging im Schutz der Büsche weiter, solange, bis er die Hausnummer jener alten Villa erkennen konnte. Er entzifferte an der Mauer, deren Putz an einigen Stellen schon abbröckelte, eine ´8` – und stutzte; die Acht war Lottes und seine Lieblingszahl; sie hatten sich an einem Achten kennen gelernt.

Kapitel 4

Während der folgenden Arbeitswoche nahm sich Wolfgang täglich vor, seine Aufmerksamkeit wieder deutlich mehr seinen Patientinnen zu widmen – doch gelingen wollte es ihm nicht wirklich. Immer wieder sah er Charlotte vor seinem geistigen Auge - in jenem Blumenladen, bunte Sträuße bindend und ihren Kunden damit Freude schenkend. Auch beobachtete er sie in seiner Fantasie auf dem Weg zu ihrem Haus, begleitet von diesem kleinen, wuseligen Hund. Selbst von ihrer Wohnung machte er sich eine Vorstellung. Und wie schön Lotte doch noch immer war, nach so unendlich vielen Jahren! Selbst ohne ihr blondes, langes Haar. Allein, das Fröhliche in ihren Gesichtszügen, das er so an ihr liebte, hatte er nicht entdecken können, als er sie vergangene Woche sah. Etwas Bitteres schien ihre frühere Lebensfreude zu verdecken. Auch jener eigenartig geduckte Gang und der scheue Blick, mit dem sie die Passanten um sich herum beäugte, wunderte ihn sehr. Sie war doch immer so ein lebensbejahender und offenherziger Mensch gewesen. Was hatte sie nur so verändert? Eine Mischung aus Neugierde und Sorge befiel ihn. Wie gern wüsste er mehr über sie und darüber, wie es ihr seitdem ergangen war. Du musst über deinen Schatten springen, schimpfte seine innere Stimme mit ihm! Geh endlich zu ihr!

Aber konnte er ihr denn wirklich ohne jede Vorwarnung gegenüber treten? Würde er Lotte damit nicht völlig überfahren? Er selbst war schließlich auf ein Wiedersehen vorbereitet; sie aber nicht. Dieser erste Moment würde ja letztendlich auch darüber entscheiden, wie heftig ihre Reaktion ausfiele. Wie aber könnte er sich ihr nähern, ohne gleich mit der Tür ins Haus zu fallen? Er legte die Stirn in Falten und überlegte, während er auf seine nächste Patientin wartete. Ihm wollte nichts einfallen. Nach Minuten des Grübelns aber verließ seinen Mund - wie aus der Pistole geschossen – ein erfreutes „Ja!" Eine Eingebung hatte ihm die Lösung gebracht. War er nicht Schauspieler gewesen?!

Am Samstagnachmittag kam ein älterer, am Stock gehender Mann langsam die Straße entlang gelaufen. Er trug einen für die warme Jahreszeit viel zu dicken, altmodischen Anzug mit Krawatte. Als er den kleinen Park vor dem Haus mit der ´8` erreicht hatte, wählte er eine freie Parkbank aus, die von einer halbhohen Hecke verborgen war, ihm dennoch einen guten Blick auf jene alte Villa gewährte. Den Stock mit dem Silber beschlagenen Griff legte er neben sich ab, lehnte sich selbstzufrieden zurück und wartete. Irgendwann demnächst würde es ja geschehen! Eine gewisse Frau Schön käme mit ihrem kleinen Hund an der Leine aus dem Haus. Er könnte sie beobachten, ohne erkannt zu werden. In aller Ruhe würde er dann den geeigneten Augenblick wählen, um sie - all seinen Mut zusammennehmend – anzusprechen.

Die Zeit verging. Nach einer Stunde begann Ungeduld an seinen Nerven zu zerren. Und nach weiteren auf seiner Armbanduhr abgelesenen dreißig Minuten überkam ihn wieder seine alte Unsicherheit. Nervös fuhr seine Hand zum Haar hinauf, um darin zu wühlen; gerade noch rechtzeitig besann er sich darauf, dass sein Kopf von einer Perücke bedeckt war, die er dadurch unweigerlich verschoben hätte. Am liebsten hätte er sie sich herunter gerissen, so sehr spürte er unter ihr die Hitze der Sonne, die an diesem Nachmittag unbarmherzig brannte; doch seine Tarnung, das wusste er, war der Kompromiss gewesen, auf den er sich innerlich geeinigt hatte. Es war der Mittelweg zwischen seinem fehlenden Mut einerseits, mit seinem unerwarteten Erscheinen Lottes Wut auf ihn zu steigern und seinem innigen Wunsch andererseits, sich ihr zu nähern. Zu mehr hatte er sich nicht durchringen können. Und eigentlich fand er seinen Einfall, so wie früher am Theater verkleidet als älterer Herr hier her zu kommen, gut.

Auf dem Weg hierher hatte er sich im spiegelnden Schaufenster eines Modegeschäfts ein letztes Mal mit kritischem Blick geprüft. Saß alles richtig? Würde sie ihn auch wirklich nicht erkennen, obwohl sie ja selbst als talentierte Schauspielerin genug von der Kunst des Verkleidens verstand? Was er sah, hatte ihn beruhigt. Er trug einen dunkelblauen Anzug mit Krawatte und goldener Nadel, schwarze Lederhalbschuhe und eine Halbbrille mit Horngestell. Mit seinem silberfarbenen, schulterlangen Haar sah er irgendwie interessant aus – sympathisch, anziehend und dennoch ziemlich sonderbar. Sein Bart bedeckte das Kinn bis fast zum Halsansatz. Wuschelige, graue Augenbrauen lagen schwer auf seinen Lidern. Vorsichtig hatte er an den aufgeklebten Brauen gezupft; ja, sie hielten. Das aufgetragene Make-up mit den Altersflecken war zu einem Teil seines Gesichts geworden. Die Hände schauten viel zu weit aus dem kurzen Ärmel der Jacke mit den ausgebeulten Seitentaschen heraus. Der alte, leicht gebeugt und am Stock gehende Mann vor ihm war ganz gewiss nicht mehr der agile Psychotherapeut Dr. Wolfgang Sommer. Beruhigt erkannte er, dass er noch nichts verlernt hatte; wie viel Spaß ihm damals das Verkleiden machte! Ilona, die Theater-Visagistin, hatte ihm sehr viel beigebracht. Nie hätte er gedacht, diese Fähigkeiten noch einmal gebrauchen zu können.

Voller Unrast schaute er wieder hinüber zu dem alten Haus. Zweifel kamen in ihm auf; vielleicht war sie gar nicht daheim? Dann wäre er heute ganz umsonst hierhergekommen. Seine Ungeduld wuchs; wieder schaute er auf die Zeiger seiner Armbanduhr - Zeiger, die nicht Halt machen wollten, sich rücksichtslos vorwärts bewegten, ohne dass etwas geschah. Er rutschte auf der harten Holzbank hin und her. Eine weitere halbe Stunde verging. Wolfgang saß mittlerweile in sich zusammen gesunken da, mit halb geschlossenen Augen, bar jeder Hoffnung, Lotte heute zu sehen. Langsam, aber sicher kam er zu dem Schluss, dass seine Idee zwar gut, jedoch nicht gut genug gewesen war. Offensichtlich war Charlotte nicht da, sodass sie mit ihrem kleinen Hündchen auch nicht herunter kommen würde, um mit ihm Gassi zu gehen. Genau darauf hatte er aber spekuliert, wohl wissend, dass auch Hunde Bedürfnisse hatten.

So gab er frustriert auf und erhob sich schwerfällig. Er warf einen letzten, enttäuschten Blick auf den Hauseingang – und zuckte zusammen. Genau in diesem Moment vernahm er das schrille Quietschen des hölzernen Törchens. Zuerst sah er den kleinen Hund mit dem weißen Fell herauskommen, dann sie. Es hatte doch noch geklappt! Ganz vorsichtig ließ er sich wieder auf die Bank nieder und beobachtete, wie Charlotte die schmale Straße überquerte, wobei der Hund sein Frauchen an dessen Leine zu ziehen schien. Der weiße Zwerg steuerte geradewegs auf die Parkanlage zu. Unbehagen erfasste den heimlichen Beobachter; dieser neugierige Vierbeiner würde doch nicht etwa ...! Kaum hatte Wolfgang diese Sorge gedacht, verwirklichte sie sich auch schon; das Hündchen erreichte den Rand des kleinen Parks und hob sofort sein Beinchen - an diesem Baum, an jener Hecke. Unaufhaltsam näherten sich Hund und Frauchen seiner Bank. Panik überkam ihn - und die Erkenntnis, seinen Mut, hierher zu kommen, überschätzt zu haben. Hoffentlich würde sie ihn nicht gleich erkennen. Doch war seine

Maskerade, beruhigte er sich, nicht viel zu professionell, als dass sie ihn als jenen Wolfgang Sommer von damals entlarven könnte?! Hoffentlich, sonst .... Rasch drehte er seinen Kopf weg und schaute angestrengt in die entgegengesetzte Richtung. Aus dem Augenwinkel heraus verfolgte er den kleinen Schnüffler - und fluchte innerlich. Es war passiert! An seinem Hosenbein spürte er die Hundeschnauze. Wolfgang erstarrte zur Salzsäule.

„Tarzan! Kommst du sofort hier her. Lass den Herrn in Ruhe! Ach, entschuldigen Sie bitte; aber er ist halt so neugierig." Blitzschnell wog er seine Chancen ab. Einfach mit ein paar belanglosen Worten aufstehen und die Flucht ergreifen? Nein! Nun musste er die Suppe auslöffeln, die er sich eingebrockt hatte. Einen Sekundenbruchteil später drehte er sich vermeintlich überrascht zu der Frau neben sich um, tat, als stutzte er und meinte mit einem Seitenblick auf den ihm gefährlich gewordenen Köter: „Ach, das ist doch nicht schlimm." Dabei ließ er seine Hand nach unten gleiten und strich dem Tier übers Fell. „Bist aber ein braver Hund", heuchelte er. „Ein Yorkshire?" „Ja. Sie kennen sich wohl mit Hunderassen aus?" „Nur ein wenig." „Ein schöner Tag heute, nichtwahr. Und ziemlich heiß; selbst Tarzan wollte heute gar nicht zu seiner gewohnten Zeit Gassi gehen. Na, Hunden macht diese Sommerhitze eben auch was aus. Und Sie ...." Die Frau schien kurz zu überlegen, denn sie schaute ihn ebenso verwundert wie scheu an. „Sie sonnen sich hier im dunklen Anzug?"

Diese Frage gefiel Wolfgang gar nicht. Verlegen schaute er auf der Suche nach einer einigermaßen vernünftigen Antwort an sich herab, konnte aber nur ausweichend reagieren: „Nun, ich genieße einfach von hier oben die wunderschöne Aussicht ..." - er streckte den Arm aus und zeigte ins Tal - „... auf den Fluss und das

Schloss." „Na, da haben Sie aber Recht. Ich sitze auch gerne hier auf der Bank, solange Tarzan den kleinen Park nach Botschaften seiner Artgenossen absucht – so wie jetzt wieder. Schauen Sie nur! Ich nenne das immer ´Zeitung Lesen für Hunde`." Ein Lächeln huschte über ihre blass wirkenden Wangen. Sicher, dachte Wolfgang, glänzen ihre großen Augen jetzt unter ihrer Sonnenbrille mit den verspiegelten Gläsern erfreut - so wie früher, wenn wir gemeinsam lachten. „Ob ich mich ..."; die Frau schaute ihn unsicher an; „... kurz setzen dürfte. Tarzan ist ja noch beschäftigt."

Oh nein! Was sollte er tun? Einerseits genoss er Lottes Nähe sehr, andererseits fühlte er sich verflixt unwohl in seiner zweiten Haut. „Aber natürlich" brummelte er etwas verhalten in seinen künstlichen Bart und versuchte dabei, so locker und unbeteiligt wie möglich zu wirken. Er nahm seinen Stock von der Bank und klemmte ihn zwischen die Beine. Sie ließ sich auf der äußersten Ecke nieder. „Wohnen Sie hier, wenn ich fragen darf? Ich habe Sie in dieser Gegend noch nie gesehen." Ihre Stimme kam ihm irgendwie besorgt vor. „Nein, nein. Ich hatte nur in der Nähe Bekannte besuchen wollen; die waren aber nicht zu Hause." Wolfgang gönnte seiner inneren Aufregung eine kleine Pause, bevor er weiter sprach; sein Herz schlug ihm bis zum Hals. Er merkte, wie seine Aufregung es ihm schwer machte, seine Stimme zu verstellen – so, wie er es an der Schauspielschule gelernt hatte. „Und Sie? Wohnen Sie hier?" Er fühlte, wie er unter seiner Maskerade rot wurde. Weißt doch, dass sie da drüben zu Hause ist, rügte er sich. Lotte gab keine Antwort. Mit fragenden Augen wandte er sich zu ihr. Warum sagt sie nichts? Ist doch kein Geheimnis, hier zu wohnen, oder? Sie nahm seinen Blick auf – und wich ihm sofort aus. Stattdessen traf ihn mit eigenartig scharfer Stimme eine Gegenfrage. „Wo genau wohnen denn

Ihre Bekannten?" Was sollte das denn? Warum wollte sie das wissen? Was konnte er ihr antworten? Er kannte doch keinen einzigen Straßennamen hier oben. „Unten in der Stadt, kurz hinter der Brücke in dem alten Haus, in dem im Parterre diese Pizzeria ist", log er. Die Frau neben ihm hob leicht den Kopf und runzelte die Stirn. „So! Und dann machen Sie den weiten Weg hier hoch?" Ihm wurde noch heißer – und das kam nicht von der sengenden Sonne am Himmel! Irgendwie lief das Ganze gerade aus dem Ruder. Wieso klangen ihre Worte plötzlich so sehr nach Misstrauen? Ihr prüfender Blick lag schwer auf ihm. „Ich dachte mir eben, hier oben wäre es nicht so heiß wie unten im Tal." Etwas Besseres fällt dir wohl nicht ein, beschimpfte ihn seine innere Stimme; das glaubt sie dir doch nie.

Umso beruhigter war er, als nach einigen Sekunden ihres Schweigens doch noch ihre offen gebliebene Antwort kam. „Dort hinten in dem Haus mit dem roten Ziegeldach und den Gauben; da habe ich eine kleine Dachwohnung." Erleichterung erfasste ihn. „Lebt sich sicher sehr gemütlich unter dem Dach. Hat so etwas Kuscheliges." Wie vom Teufel geritten und völlig unkontrolliert fügte er hinzu: „Sie lieben ja genau wie ich Dachwohnungen!" Bist du total verrückt geworden, jagte es durch sein Gehirn! Wie kannst du nur dieses Detail aus eurer gemeinsamen Vergangenheit erwähnen?! Sofort sah er, wie sich der Oberkörper der Frau neben ihm aufrichtete; in hartem Tonfall entgegnete sie: „Wie meinen Sie das bitte? Woher wollen Sie das wissen, he?" Jetzt war er verloren; er befand sich in einer Sackgasse, in der es keine Umkehr gab. Was konnte er nur sagen? Sollte er jetzt nicht die Karten auf den Tisch legen und sich zu erkennen geben, um zu verhindern, dass sich die Misere, in die er sich ganz offensichtlich hinein manövriert hatte, noch schlimmer wurde? Nun war wohl der Augenblick gekommen, auf den er gewartet hatte, um sich Lotte gegenüber zu offenbaren.

Sein Mund öffnete sich zum ersten Wort seines großen Geständnisses, doch noch bevor er es aussprechen konnte, drang laut keifendes Gebell an sein Ohr. Ebenso schnell wie Lotte riss er den Kopf herum. Zwei Augenpaare suchten nach dem Grund für das gefährlich klingende Bellen und leidvolle Jaulen. Den Bruchteil einer Sekunde später sprang sie aufgeregt auf und rannte quer über den Platz zur gegenüber stehenden Bank. Ihr Hündchen versuchte sich verzweifelt gegen einen die Zähne fletschenden Bullterrier zu wehren. Mit einem für Wolfgang überraschend energischen Tritt traf Lotte das aggressive Tier, das sofort jaulend zurückwich. Doch im selben Augenblick drang eine tiefe, lallende Männerstimme aus der hinteren Ecke des Parks an sein Ohr. „Hey Alte, bist wohl verrückt, meinen Hund zu treten." Sofort gab sie bissig Kontra: „Halten Sie gefälligst ihren Köter an der Leine!" Schon schoss ein kräftig aussehender Kerl in einem eng anliegenden, schwarzen Muskelshirt auf sie zu und baute sich wenige Zentimeter vor ihr auf. „Du blöde Ziege, du. Soll dir wohl eine verpassen?" Der Mann hob drohend seine rechte Hand.

„Was soll das!", schrie Wolfgang hinüber, sprang auf und hechtete mit vier, fünf großen Schritten auf die beiden zu. Mit mächtigem Schwung stieß er den Kerl zur Seite. „Verschwinde, du Flegel!", herrschte er ihn an. Der aber fing sich rasch und stürzte sich bedrohlich schnell auf Wolfgang. „Opa! Was mischst du alter Sack dich in Dinge ein, die dich einen Scheißdreck angehen." Schon traf seine Pranke Wolfgangs Kopf hart. Kräftige Finger krallten sich gleich darauf in sein Haar und zerrten daran. Im nächsten Moment hatte ihn der weit Größere mit beiden Händen am Kragen und begann ihn zu würgen. Wolfgang aber wusste sich zu wehren; blitzschnell breitete er die Arme zur Seite aus, ballte die Hände zu Fäusten, holte Schwung und traf dann mit aller Wucht beide Nierengegenden des Angreifers. Gleichzeitig ließ er sein rechtes Knie hochschnellen. Die Hände des Burschen vor ihm fielen herab. Laut aufschreiend krümmte er sich – das Knie hatte perfekt getroffen! Wolfgang stieß ihn zu Boden. „Hau bloß ab, sonst ruf ich die Polizei!" Dann drehte er sich um und meinte: „Komm Lotte, wir gehen. Sei ganz ruhig; der hat genug." Wolfgang wusste, dass von dort keine Gefahr mehr für sie drohte; einen guten Tritt in diese Gegend hielt nicht einmal der stärkste Mann aus.

Die Frau vor ihm starrte den grauhaarigen Herrn mit dem Bart vor sich fassungslos an. Ihr Blick war wirr und ungläubig. Ihr Mund öffnete sich halb; ihre Lippen begannen zu zittern. „Ihr Bart .... Ihre Haare!" Irritiert nahm Wolfgang Lottes Worte auf – und erschrak. Sofort fuhr seine Hand nach oben, zu seinem Kinn, dann zu seiner Perücke; beides hatte sich im Kampf gelöst und hing schief und halb abgerissen herab. „Mist!" entfuhr es ihm halblaut. Die Gefahr, in der sich Lotte so plötzlich befand, hatte ihn völlig vergessen lassen, dass er in der Gestalt eines älteren Herrn nicht in ein paar Sätzen bei ihr sein durfte, geschweige denn so kämpfen konnte. Sein Gegenüber stemmte die Hände in die Hüften, holte hörbar laut Luft und schrie ihn an: „Was soll das? Sie sind ja gar kein ...; Sie sind ...; wieso sind Sie verkleidet und ..., und ..." - ihre Stimme überschlug sich – „.... woher kennen Sie meinen Namen?" Ihre Augen waren aufgerissen, als ihn ihre nächsten Sätze mit Macht trafen: „Und wieso sprechen Sie plötzlich ganz anders? Verflixt – Sie ...." Erst sah er blanke Angst, dann Verblüffung in ihrer Miene. Mit lang gezogenen Worten schrie sie ihn an: „Du ... bist ... doch ... Wolfgang? Der bist du doch! Wolfgang Sommer. Was willst du hier?

32

Was soll das?" Sie schluckte. „Verschwinde, du ...!" Ihr Satz erstickte, weil sich ihre Hand auf ihren offenen Mund presste. Lottes Augen waren weit aufgerissen. Ihr Körper bebte.

Wolfgang begriff, was er angerichtet hatte; genau das, was er hatte vermeiden wollen, war geschehen - sie ohne Vorwarnung mit seinem Auftauchen zu konfrontieren. Jetzt half ihm nichts mehr; er musste augenblicklich Farbe bekennen. „Ich ...; also, das ist so ...." „Ja?" Schärfer hätte es nicht klingen können, was schrill zwischen ihren Fingern aus ihrem Mund heraus drang. Noch während er verzweifelt nach den richtigen Worten suchte, kam sie auf ihn zu und riss ihm Bart und Perücke vollends herunter. „Das darf doch nicht wahr sein! Wolfgang Sommer! Was für ein Spiel spielst du mit mir? Wieso tauchst du hier verkleidet vor mir auf?" Ihre Augen blitzten ihn an.

Wolfgang spürte, wie sich auf seiner Stirn dicke Schweißtropfen bildeten. Am liebsten hätte er sich in diesem Moment in Luft aufgelöst und wäre einfach nicht mehr da gewesen. „Ja, Lotte, ich bin´s. Lass mich erklären. Bitte! Ich ...." Ihr schlanker Finger legte sich einer Drohung gleich steif über Mund und Nasenspitze und pochte heftig dagegen. „Ich höre!" „Charlotte, ich sah dich neulich vor einem Blumenladen und war ...." Ihre Augen verengten sich zu Schlitzen. „Ja und?" „Mein Gott, Lotte. Ich war wie vom Blitz getroffen. Du wieder hier in der Stadt. Wäre am liebsten gleich rein gestürmt und hätte dich ..., na ja, vor Freude begrüßt eben; ging aber nicht; steckte mitten im Straßenverkehr." „So so. Und warum dann dieser blödsinnige Firlefanz hier?" Sie zerrte an seiner altmodischen Anzugsjacke. Er schluckte. „Na ja ...." „Was – na ja?" „Dein Brief von damals eben." Er schnaufte tief durch – und sah im gleichen Moment so etwas wie Überraschung über Lottes Gesicht huschen.

Ihre Hände hoben sich und umhüllten in einer Geste der Verblüffung ihre Wangen. „Das weißt du noch?" hauchte sie mit großen Augen. Wolfgangs Kopf deutete ein Nicken an. „Deshalb also dieses Theaterspiel?" Sein Nicken wurde deutlicher. „Du hattest Angst, ich würde dir den Kopf abreißen, weil du damals ...?" „Ja, Lotte, hatte ich; dein ´Ich hasse dich` und ...." In Mitten seines Satzes sah er, wie der Ausdruck ihrer Augen versteinerte. „Und dein ´Nie mehr ...` – ich hab´s nie vergessen können." Augenblicklich passte sich ihre Stimmlage der Verkrampfung ihrer Gesichtsmuskeln an. Ihr eiskaltes „Hatte auch allen Grund dich zu hassen, Herr Sommer!" traf ihn ins Mark. „Und eines will ich dir sagen. Geändert hat sich das nicht!"

Mit einem Ruck drehte sie sich um, rief nach Tarzan und rannte davon. Noch bevor Wolfgang das abrupte Ende ihres Wiedersehens richtig begriff, war sie schon auf der anderen Straßenseite. „Aber ... halt. Lotte! Ich dachte, wir könnten uns ...." Fassungslos sah er zu, wie sie, ohne sich umzudrehen, das hölzerne Törchen aufstieß und dahinter verschwand. Das einzige, was er noch hörte, war das Quietschen der verrosteten Angeln.

Kapitel 5

„Hallo Ulli, Wolf hier. Sag mal, hast du heute Abend schon was vor?" „Äh, nun ja, Moni ist übers Wochenende mit Freundinnen weg; hat sie mich gestern so ganz nebenbei wissen lassen. Nein, nix Besonderes. Warum fragst du?" „Bräuchte mal deinen Rat. Bin ziemlich fertig. Weiß nicht, was ich machen soll. Wollen wir essen gehen? Wie wär´s bei Gänsentalers? Ich könnte mit dem Wagen so gegen acht dort sein." „Wenn ich eingeladen bin." „Klar, du Gauner." „Aber wieso? Was ist denn passiert? Sag, alter Freund! Du klingst ja richtig durch den Wind." Wolfgang atmete tief durch. „Hab sie getroffen; mit ihr gesprochen." „Wen, bitte?" „Sie eben!" „Carmen?" „Ach, du spinnst ja. Die würde ich von allen Frauen dieser Welt am wenigsten sehen wollen. Nein; Lotte natürlich." Wolfgangs Herz machte vor Aufregung Sprünge. „Glaub ich nicht. Um deine Worte von eben zu benutzen: Die ist doch ganz sicher die letzte, die dich sehen will; nach dem, was du damals mit ihr gemacht hast. Weißt genau, was ich davon halte. Eine solche Frau der elterlichen Firma zu opfern – du Blödmann!" „Nun mach mal nen Punkt. Ich hab mich eben für den Familienbetrieb und nicht für sie entschieden. Konnte doch das Theater nicht untergehen lassen!" „Und dem armen Mädchen hast du das Herz gebrochen. Das war, gelinde gesagt, schäbig.

Aber ...", lenkte er ein, „... egal; ist ja deine Sache gewesen. Erzähl mal lieber, wo ihr euch getroffen habt. Ich denk, sie ist über alle Berge, seit du sie in den Wind geschossen hast. Ist sie immer noch so schön? War so ne tolle Frau; haste gar nicht verdient gehabt." „Nun reicht´s aber, Herr Anwalt! Sei brav – sonst gibt´s kein Abendessen!" Halb erbost, halb schmunzelnd lachte er und fuhr fort: „Ja, sie ist noch immer so schön; nur irgendwie ...."; Wolfgang legte den Zeigefinger auf die Wange; „... verhärmter, ernster, bedrückter – weiß nicht recht." „Und wo?" „Was wo?" „Wo hast du sie ...?" „Ach so - vor einem Blumenladen – zuerst." „Na, da konntest du ihr ja gleich einen Strauß mit Calla abkaufen und schenken, he?" „Das weißt du?" „Klar. Und hast du?" „Nein, hab sie da doch gar nicht gesprochen." „Bitte? Ich denke, ihr habt euch gesehen." „Hab sie doch nur verfolgt, mit einem Hund." „Seit wann hast du einen Hund?" „Quatsch, ich doch nicht – sie." „Nun mal ganz langsam! Okay, dann hat also sie einen Hund. Aber wieso hast du sie verfolgt? Ich denk, du hast mit ihr geredet." „Hab ich auch. Später. Aber dann ist sie einfach weggelaufen. Obwohl ich ihr diesen Betrunkenen vom Hals geschafft hab." „Welchen Betrunkenen? Herr Dr. Sommer, du redest wirr! Wieso weggelaufen? Ach so, ich kapier; sie hat kein Interesse mehr an dir? Da kann ich sie nur zu gut verstehen." Wolfgang schnaufte tief durch, schwieg aber. „Also, was war jetzt genau? Ich versteh nämlich gar nichts mehr; erst triffst du sie, sprichst aber nicht mit ihr; dann verfolgst du sie mit deinem Hund – äh, nein, das ist ja ihr Köter. Machst mich völlig konfus! Zudem hat sie was mit einem Säufer, vor dem du sie beschützt. Und am Schluss ... - was für ein Durcheinander!" Wieso versteht mich der Kerl nicht?, schimpfte Wolfgang innerlich. Ist doch alles ganz einfach. „Ulli, ich glaub, es ist besser, wenn ich´s dir heute Abend in Ruhe erzähle. Okay?!" „Ist wohl wirklich besser. Also bis um acht."

Als ihn Frau Gänsentaler so herzlich wie immer begrüßte, saß Ulli bereits am Tisch und nippte an einem Cocktail. „Na, schon da; bin ich etwa zu spät?" Wolfgangs unsicherer Blick fiel auf seine Armbanduhr. „Nein, nein; ich war mit meinem letzten Schriftsatz früher fertig als gedacht und wollte nicht mehr nach Hause fahren." „Und? Was macht die Kanzlei? Wieder ein paar lukrative Prozesse geführt?" „Ja, ich bin zufrieden. Und bei Dir? Einige gut betuchte Psychopathinnen für viel Geld behandelt?", gab er stichelnd den Ball zurück. „Das sind ...", entgegnete Wolfgang fast etwas zu barsch, „... keine Psychopathinnen! Das sind Menschen, die Lebenshilfe brauchen; so ähnlich, wie deine Mandanten, mein Lieber. Merk dir das ein für alle Mal!" „Ja, ja, ich weiß. Mich würdest du ja auch am liebsten auf die Couch locken. Aber das läuft nicht! Mein Oberstübchen funktioniert noch ganz perfekt." Sein Zeigefinger tippte gegen seine Stirn. „Na egal. Erzähl mir lieber, was so wichtig ist, dass du mich sogar zum Essen einlädst?" Er grinste breit.

Ohne weitere einleitende Worte brach es aus Wolfgang heraus: „Also: Neulich abends fuhr ich von der Praxis nach Hause, wegen eines Unfalls allerdings eine andere Strecke als sonst. Da sah ich aus dem Augenwinkel heraus vor einem Blumenladen eine Frau, die gerade dabei war, die Ladentür abzuschließen. Ich schaute genauer hin, weil sie mir irgendwie bekannt ...." „Ach so ...", unterbrach ihn Ulli, „... und das war Lotte?" „Ja – und nein. Sicher war ich mir nämlich nicht; die Frau sah wie Lotte aus – und dennoch anders. Ein paar Tagen danach war ich dort; wollte wissen, ob sie´s war." „Und? Was hat sie gesagt, als du in den Laden kamst?"

„Kam ich nicht." „Jetzt fabulierst du ja schon wieder, Wolf." „Nein, tu ich nicht! Als sie raus kam, war sie nicht allein. Da konnte ich nicht ...." „Was nicht?" „Mit ihr sprechen." „Wieso nicht?" „Na, wegen ihres Abschiedsbriefs natürlich." Sein Freund machte einen viel sagenden Augenaufschlag. „Verstehe! Von wegen ´Ich hasse dich` und so." Wolfgang schlug kurz die Augen nieder. „Na, da bin ich ihr eben gefolgt. Bis nach Hause." „Aber dort hast du sie dann angesprochen, nichtwahr?!" „Nein." „Feigling! Aber echt – warum denn nicht?" „Na ja, hab mich eben nicht getraut. Aber später schon!", legte er rasch nach. „Da war ich bei ihr zu Hause." „Na also, geht doch! Und – hat sie dich noch erkannt; mit deinen grauen Haaren?" Er lachte hämisch. „Das sind nur ein paar Strähnen; und die sind silberfarben und nicht grau, Herr Anwalt! Musst du mich immer damit aufziehen?" Sein Freund grinste über beide Ohren.

„Also?" „Was, also?" „Sie hat dich doch sicher gleich wieder erkannt." „Ach so! Nein; am Anfang hat sie ja nicht gewusst, wer ich bin." „Echt? Nicht mehr gewusst, wer du bist? Na ja, schon verdammt lang her; und jünger bist du nicht gerade geworden." Wolfgang schnaubte erneut. „Erst, als dieser Typ mit dem bissigen Köter auftauchte und sie schlagen wollte. Na dem hab ich mal gezeigt, wo der Hammer hängt." Ulli verdrehte die Augen. „Jetzt kapier ich gar nichts mehr. Ich kapituliere." Er ließ sich in die Lehne seines Stuhls zurückfallen.

Wolfgang versuchte es mit anderen Worten: „Lotte konnte doch vorher nicht sehen, wer ich bin." Doch das Unverständnis in Ullis Gesicht wuchs. „Ist deine alte Traumfrau etwa mittlerweile erblindet? Also, Herr Dr. Sommer, wieso soll sie dich nicht erkannt haben?" „Ganz einfach, ich war nicht ich." „Wie - nicht du? Was soll das denn wieder bedeuten?" Ungeduldig ruckelte Ulli auf seinem Stuhl hin und her. In die Enge getrieben gestand Wolfgang: „Ich hatte ... mich ... verkleidet - so wie früher, im Theater."

Plötzliche Stille erfüllte den Raum um ihren Tisch. Schweigendes Kopfschütteln war das Erste, was Wolfgang als Antwort bekam. Dann entlud sich Ullis Fassungslosigkeit lauthals - dies allerdings vom Hauch eines Lächelns um dessen Mundwinkel begleitet. Mit lang gezogenen und scharf betonten Worten zweifelte er am Verstand seines Freundes: „Du spinnst, Wolf! Du bist doch total bescheuert!" Mehr kam nicht. Wolfgang fühlte, wie er rot wurde; unsicher senkte er seinen Blick. Doch zu seinem Erstaunen vernahm er im nächsten Moment Ullis schallendes Lachen. Wolfgang blickte in freundlich strahlende Augen. „Du bist echt verrückt, aber trotzdem .... Irgendwie schon ein guter Einfall; erst einmal beschnuppern, ohne sich zu erkennen zu geben. Wolltest, dass sie dir nicht gleich den Kopf abreißen kann." Wolfgangs Unbehagen verlor sich bei diesen Worten ein wenig. „Aber was war mit diesem Kerl und dem Köter? Wieso hat sie dich erst dann erkannt? Versteh ich nicht!" Er hob fragend den Kopf. „Als ich zu ihr gerannt und auf diesen Rüpel losgegangen bin, ging meine Tarnung flöten. Und dann hab ich sie auch noch bei ihrem Kosenamen genannt - bei der ganzen Aufregung." „Und dann?" „Sie war stinksauer und ist weggelaufen."

Ulli schlug kurz die Augen nieder. „Oh Wolf! Das soll einer begreifen. Da muss ich erst mal Ordnung reinbringen." Er atmete kräftig durch und richtete seinen Oberkörper auf. „Okay! Hohes Gericht, ich darf zusammenfassen. Mein Mandant sah eine Frau vor einem Blumenladen, erkannte in ihr später seine frühere Geliebte, von der er sich vor Jahren wegen einer durchaus Unwürdigeren aus rein finanziellen Interessen trennte. Er folgte ihr bis nach Hause, um sie später incognito aufzusuchen, wobei er seine Tarnung nur deshalb aufgeben musste, weil er einen jene Frau angreifenden Hundebesitzer zusammenschlug. Die Gerettete zeigte ihm allerdings die kalte Schulter und eilte davon. Und wenn sie nicht gestorben sind ...."

Ulli lachte erneut laut auf. „Das heißt, sie will nicht, dass du sie wieder siehst." Wolfgang ließ den Kopf auf die Brust sinken. „Hab´s mir aber doch so gewünscht; jetzt, da sie wieder in meinem Leben aufgetaucht ist." Ulli stützte seine Unterarme auf den Rand der Tischplatte und beugte sich nach vorn. „Was hast du dir auch nur davon versprochen? Glaubst doch nicht ernsthaft, an damals anknüpfen zu können, he? Bei dem, was du dir geleistet hast." „Ach was! Bis auf das Ende war unsere Liebe doch wunderschön. Warum soll das ein für alle Mal zu Ende sein?", gab Ullis Freund trotzig zurück. „Oder ist sie mir etwa ohne Grund über den Weg gelaufen? Überleg doch mal! Ist doch ein Wink des Schicksals!" Seine Stimme wurde leiser. „Okay – ich hab´s vermasselt. Aber ich kann doch jetzt nicht einfach aufgeben. Was soll ich nur machen? Ulli! Noch mal zu ihr nach Hause fahren? Oder in den Laden? Oder … vielleicht schreiben? Komm, sag was!"

Verzweifelt sah er seinen Freund an. Der ließ sich wieder langsam in die Rückenlehne fallen. „Ist doch ein guter Gedanke - ein Brief", meinte er bedächtig. „Wolf, geh es sachte an. Hast ja gemerkt, wie es in ihr aussieht." Er presste Luft durch die nahezu geschlossenen Lippen, sodass es nach einem Pfiff klang. „Mann, das Ganze hättest du dir – und insbesondere Lotte - wirklich ersparen können, wenn du damals …." Er schüttelte den Kopf. „Bist wohl noch immer in sie verliebt, wie ich das sehe. Sie aber umgekehrt nicht mehr. Zu Recht!" Wolfgang überging seinen Vorwurf. „Also, du meinst, ich soll ihr schreiben?" „Kannste machen, klar; dann hätte sie zu Hause alle Zeit der Welt zu überlegen, was sie mit dir anfangen soll; und auf welche Weise sie dir ordentlich eins überbrät." Er grinste. „Wenigstens weißt du dann, woran du mit ihr bist." Wolfgang atmete tief ein und aus. „Schau - ihr seid damals in unterschiedliche Richtungen geweht worden wie zwei Blätter im Herbstwind. Und dabei hast du Idiot das Gebläse sogar auf die höchste Stufe gestellt. Doch eventuell ist diese stürmische Jahreszeit nun vorüber und der Frühling bringt euch nach einem langen Winter noch einmal den wohlig-warmen Wind der Liebe. Obwohl – Wolf, ehrlich! Ich glaub nicht dran. Aber vielleicht wird dir dabei endlich klar, dass man mit einem Menschen nicht so umspringt - so, wie du es mit ....“ „Ja, ja!“, unterbrach er ihn. "Okay! Wenn du das nicht von mir hören willst, dann schreib Lotte und lass dir von ihr sagen, was für ein willfähriges Söhnchen du warst.“

Wolfgang richtete sich verärgert auf, schwieg aber. „Gut, dann schreib ich ihr.“ Er erhob die Stimme. „Hatte ich ja auch schon vor, bevor wir uns hier trafen“, heuchelte er. Damit konnte er seinen Anwaltsfreund aber nicht täuschen. „Dass ich nicht lache! Hab dich ja erst dazu ermutigen müssen. Willst wohl, dass ich mir meine Essenseinladung nicht verdient habe?“ Wolfgang lenkte lachend ein: „Klar bist du eingeladen. Guter Rat ist immer teuer. Vielleicht meint es das Schicksal dieses Mal mit Lotte und mir ja wirklich besser als damals, und ich bekomme eine zweite Chance. Dann wäre dein Honorar ja eine gute Investition.“ „Stimmt – nachdem du damals die erste ordentlich vermasselt hast, mein Wertester! Also streng dich jetzt bloß an! Vielleicht ist das Ganze für dich und euch wirklich eine Chance. Ich wollte, ich bekäme noch einmal eine solche.“

Wolfgang sah nach diesem letzten Satz zu, wie sich Ullis Blick irgendwo hinter ihm verlor; gleichzeitig senkte sich seine Stimme und er meinte versonnen: „Ich beneide dich um diese aufregende Geschichte. Solch ein Abenteuer würde mir nach zwanzig Jahren Ehe mit Moni auch gut tun, wirklich! Aber ....“ Er unterbrach sich selbst und schaute weiterhin abwesend an seinem Freund vorbei. Wolfgang ahnte, was er meinte – seine Ehe war schon lange zu einer reinen Zweckgemeinschaft verkümmert.

Nicht nur, weil Frau Gänsentaler den beiden Freunden im Laufe des Abends nacheinander drei vorzüglich schmeckenden Gänge und als Dessert eine Mousse au Chocolat brachte, sondern weil sie ihnen sogar eine dritte Flasche Medoc öffnen sollte, wurde es nach diesem heiklen Thema noch ein unbeschwerter Männerabend. An dessen Ende waren beide mächtig angeheitert und nahmen ein Taxi - ihre Autos wollten sie am nächsten Tag holen.

Kapitel 6

Es war ein harter Arbeitstag gewesen. Selbst Tarzan spürte das und zerrte auf dem gesamten Heimweg nervös jaulend an seiner Leine. „Gib Ruhe, Hund!", raunzte sie ihn an. „Wir sind ja gleich da." Alles hatte an diesem Tag schlecht begonnen; als sie kurz vor acht gerade dabei war, die Ladentüre aufzusperren, klingelte schon das Telefon im Büro. Sie hastete zum Hörer und meldete sich außer Atem: „Schöne Blumen, guten Tag." „Ja, hallo! Floristik-Großhandel Rosenauer und Co. hier. Frau Schön, es tut mir leid. Unser Fahrer liegt auf der Intensivstation; Verdacht auf Blinddarm-Durchbruch. Wir können Sie heute nicht beliefern." „Nicht? Nein, das geht nicht! Ich habe hier elf Aufträge liegen. Ich brauche Ware, spätestens bis um zehn." „Das ist schlimm, aber was soll ich tun? Ich habe keinen Ersatzfahrer; erst morgen." „Na prima!", erwiderte sie zornig und knallte den Hörer auf die Ladeschale. „So ein Mist!" Sie war stinksauer.

Natürlich hatte es dann Ärger gegeben, als die Kunden nach einander vertröstet werden mussten. Die ganz wichtigen Aufträge, die nämlich für die anstehenden Beerdigungen am Nachmittag, konnte sie ausführen. Sabine hatte das Notwendige für teures Geld in anderen Blumenläden der Stadt einkaufen müssen; aber der Gewinn war ihr damit natürlich verloren gegangen – und dazu der eine oder andere verärgerten Kunden sicher ebenfalls.

Als es dann endlich sechs Uhr abends war, verriegelte sie ziemlich genervt die Ladentüre, um sich auf den Heimweg zu machen. Immer heftiger zog ihr Hund an der Leine, bis sein Frauchen endlich die Haustüre aufschloss, wo sie ihn losmachen und die Treppe hinauf sausen lassen konnte. Wie jeden Abend leerte sie zuerst ihren Briefkasten. Mit einer Hand packte sie alles, ging die Treppe hinauf und öffnete die Wohnungstüre. Tarzan schüttelte sich kräftig und jagte in die Flurecke, in der sein Wassernapf stand. Charlotte warf die Post auf das kleine Tischchen, streifte die Schuhe ab und stieß mit dem Fuß die Türe zu, um sogleich den Sicherheitsriegel zu schließen.

Beiläufig schaute sie durch, was im Postkasten gelegen hatte. Werbung, die Tageszeitung, eine Urlaubskarte von Tante Martha aus Ibiza und ein rotes Kuvert. Sie stutzte. Von wem war das denn? Sie drehte den Umschlag neugierig um. Kein Absender. Komisch! Und wieso rot? Noch während ihr Gehirn diese Farbe registrierte, erstarrte sie. Sie spürte, wie von eben auf jetzt Schweißtropfen auf ihrer Stirn standen. Ihr Gesicht schien blutleer zu werden. „Oh nein! Bitte nicht das!", entfuhr es ihr. Nackte Angst stieg in ihr auf. Vor ihrem inneren Auge liefen die Bilder eines Horrorfilms ab – eines, in dem sie das Opfer war. „Nein, bitte nicht!", flehte sie lauthals das unsichtbare Schreckensbild an, das sich da wie eine aus dem Höllenfeuer hervor schießende Teufelsgestalt bedrohlich vor ihr aufbaute. „Noch einmal halte ich das nicht durch. Hast du mich gefunden, du Schwein?!" Charlottes Körper bebte. Verzweifelt spürte sie, wie sich das Schattengespenst einer dunklen Vergangenheit ihrer bemächtigte. Immer deutlicher tauchte es vor ihr auf - dieses gehässig grinsende Gesicht mit jenem bösartigen Lachen. „Hast mich also doch aufgespürt!" Blankes Entsetzen drang aus ihrer schrillen Stimme. Sie wusste es: Noch heute musste sie flüchten, untertauchen - noch einmal, wie seinerzeit. Ja! Sofort - gleich - jetzt. Keine Stunde mehr war sie hier sicher.

Mit vor Angst geweiteten Augen und trotz ihrer nun zitternden Hände, die ihr den Dienst vollends versagen wollten, nestelte sie hastig an dem Kuvert, bis es offen war. Mit spitzen Fingern zog sie zwei zusammengefaltete Bögen beschriebenen Papiers hervor. Ihr vor innerer Abscheu fahrig gewordener Blick fiel widerwillig auf die ersten Zeilen. Sofort atmete sie erleichtert auf. Das war nicht seine Handschrift! „Nein", hörte sie sich sagen, „der Brief ist ja gar nicht von ihm!" Sogleich machte sich Neugierde breit. Aber von wem? Schon während der ersten Worte fühlte sie, wie ihr Atem ruhiger wurde; was sie da las, waren nun wirklich keine Worte des Mannes, der ihr Leben in eine Hölle verwandelt hatte.

Liebe Charlotte,

Entspannung legte sich wie ein wärmender Mantel über ihren noch immer bebenden Körper. Trotz ihrer sofort aufkommenden Ahnung nagte noch ein Hauch von Ungewissheit an ihr. Sie übersprang die Zeilen der ersten Seite und griff hastig nach dem zweiten Blatt; an dessen Ende las sie:

Ganz herzlich
dein hoffender Wolf

Er also. Na, der traut sich was. Soll mich doch in Ruhe lassen! Mit einem Schlenker ihrer Hand ließ sie das Papier abfällig auf das kleine Tischchen neben der Garderobe gleiten. Sie überlegte; woher wusste der überhaupt, dass sie hier wohnte, als er neulich unten im Park saß? Sie atmete tief durch. Sein Auftauchen war doch kein Zufall! Bricht mir erst das Herz und taucht dann aus heiterem Himmel auf, als wäre nichts geschehen. Und dann auch noch in dieser blöden Verkleidung!" Trotz ihrer Verärgerung langte sie nach dem Brief, ging ins Wohnzimmer, setzte sich in den hohen Lehnsessel und begann weiter zu lesen.

Zunächst bitte ich dich um Entschuldigung dafür, dass ich dich mit meinem Theaterspiel so dumm an der Nase herum geführt habe. Das war ganz bestimmt nicht meine Absicht, Charlotte! Ich wollte dich nicht mit meinem plötzlichen Erscheinen überfallen, sondern auf den richtigen Augenblick warten, um dir alles zu erklären. Klar, ich hätte dich auch einfach mit einem ´Hallo, schön dich zu sehen, Lotte! Wie geht es dir?` begrüßen können. Aber ...; nun ja, das hab ich einfach nicht geschafft. Ob du es glaubst oder nicht – die harten Worte deines Abschiedsbriefs habe ich bis heute nicht vergessen.

Aber lass mich bitte von vorne anfangen. Sicher hast du dich gefragt, woher ich deine Adresse kenne. Nun, das war so: Neulich abends fuhr ich nach Hause. Da sah ich dich vor einem Blumenladen; ganz sicher war ich mir aber nicht, weil du dein Äußeres so sehr verändert hast. Also trieb mich die Neugierde etwas später wieder dorthin. Kaum war ich angekommen, verließt du gemeinsam mit einer Frau und deinem Hündchen das Geschäft. Da erkannte ich dich zweifelsfrei und folgte dir – bis zu dem Haus mit der Nummer ´8`. Ja, so war das. Und ganz ehrlich – das unerwartete Wiedersehen hat mich ganz schön aufgewühlt und an damals erinnert.

Charlotte merkte, wie ihr Puls schneller wurde. Er hatte sie wieder gefunden – und das hat ihn aufgewühlt. *Hat er mich also während all der Jahre nicht vergessen?*

Als ich dann wusste, wo du lebst, konnte ich´s nicht wirklich lange aushalten; ich musste dich treffen. Deshalb setzte ich mich verkleidet in den kleinen Park in deiner Straße und hoffte, dass du mit deinem Hund irgendwann hinunter kommen würdest – was ja dann auch geschah. Obwohl, fast hätte die Ungeduld meinen Mut übermannt und ich wäre gegangen.

„Was heißt da Mut, Herr Sommer. Da muss ich ja wohl lachen", entfuhr es ihr. Mutig sein hätte bedeutet, mir offen und ehrlich, nicht aber als alter Mann verkleidet gegenüber zu treten, dachte sie weiter. Und außerdem – es ist nicht mutig, sondern unverfroren, sich so an mich heranzumachen. Wo er doch mit dieser ...; sie legte ihre flache Hand über den Mund und schloss dabei die Augen. Ein Frauengesicht tauchte vor ihr auf - eines, das sie hasste; ... mit dieser Carmen Ferres verheiratet ist, der Mistkerl. Erbost zerknüllte sie das Blatt Papier in ihren Händen und warf es auf den Boden. Wie kann er nur! „Ich verachte dich, Wolfgang Sommer!" Sie schluckte schwer an diesem Wort – aber genauso war es. „Ja, das tue ich noch immer. Aber ...." Sie atmete tief durch. Wie oft hatte sie an die schöne Zeit mit ihm gedacht; schön, bis diese Hexe auftauchte. Sie beugte sich nach unten, langte nach dem Papierknäuel und streifte es glatt. Ihre Neugierde war größer als ihr Zorn auf ihn.

Tja, was solltest du noch wissen? Ach so, die Ehe mit Carmen hat nur zwei Jahre gehalten. Es war sehr dumm von mir, mich auf diese Heirat einzulassen, obwohl ich sie nicht liebte.

„Du Idiot!", brauste sie wütend auf. „Ist das etwa für dich der einzige Grund dafür, dass das dumm war? Zählen meine Gefühle gar nicht?" Sie krümmte die Finger ihrer Linken zur Faust und trommelte damit auf die hölzerne Lehne neben sich. Tarzan schaute bei diesem harten Geräusch irritiert auf.

Und nach der Scheidung ging´s natürlich auch ganz rasch mit dem Theater zu Ende. Es musste verkauft werden. Und ich – das war das einzig Gute daran – stand endlich nicht mehr so unter dem Einfluss der Eltern und konnte, meinem alten Traum entsprechend, Psychologie studieren. Meine Praxis habe ich übrigens hier in der Goethestraße. Übrigens Hausnummer acht; komischer Zufall, nichtwahr?!

„Mir doch egal!", reagierte sie barsch, registrierte aber sehr wohl, dass sie das Wort ´Zufall` kurz überdachte; sie legte die Stirn in Falten und murmelte: „Es gibt keine Zufälle!" Dann griff sie nach dem auf ihrem Schoß liegenden zweiten Blatt.

Ach, jetzt erzähle ich die ganze Zeit nur von mir. Wie ist es dir so ergangen? Wüsste so gerne mehr von dir. Könnten wir uns denn nicht doch mal treffen? Denkst du, es ginge? Ich würde mich so sehr freuen! Schau, auch wenn du damals nicht bei mir bleiben wolltest, so hatten wir doch vorher eine wunderschöne Zeit. Vielleicht verabreden wir uns sogar oben im Schlosspark; was hältst du davon, Lotte?

Charlottes Mund öffnete sich halb; fassungslos schüttelte sie den Kopf. Was bildete der sich denn ein? Mal treffen könnten – auch noch dort oben. „Ich glaub, du spinnst total", brach es aus ihr heraus. „Springst einfach so locker, lässig über das hinweg, was du mir angetan hast." Und auch über das, dachte sie verbittert, was deinetwegen danach aus mir geworden ist. Ein Schaudern durchfuhr sie. „Treffen – pah, ich denke ja gar nicht dran." Obwohl, dachte sie noch im selben Atemzug, dann könnte ich ihm endlich so richtig die Meinung sagen. Wieder richtete sich ihr Blick auf die Zeilen.

Ach Lotte! Ich bin so erleichtert, dass ich dir schreiben kann. Wie gut, dass das Schicksal dich mir noch einmal geschenkt hat.

„Oh nein, mein Lieber! Ganz sicher nicht geschenkt. Glaub ja nicht, du könntest so ohne weiteres die alten Zeiten wieder aufleben lassen. Du hast mich allenfalls per Zufall auf der Straße gesehen. Mehr nicht! Das hat keinerlei Bedeutung. Sie stutzte; ihr Puls begann mit einem Mal zu rasen. Oder etwa doch kein Zufall? Zufälle gab es doch nicht!

Wir haben zwar viel Zeit verloren; aber ist es denn wirklich schon zu spät für uns. Was damals war, ist doch Vergangenheit. Lass es uns einfach vergessen, hm?
Bitte, denke darüber nach und schreib mir.

Ganz herzlich
dein hoffender Wolf

Charlottes Arm sank nach unten und ihre Finger ließen das Papier los. Es flatterte leise zu Boden. Sie spürte ihren Herzschlag rasen; ihre Hand legte sich auf ihren linken Busen. Sie musste sich beruhigen. Soviel Unverfrorenheit auf einmal – das war zu viel für sie! „Lass es uns einfach vergessen ...“; sie wiederholte das Geschriebene in bissigem Tonfall. Doch neben ihrem Ärger fühlte sie noch eine andere Regung. Es war ihr, als schlügen zwei Seelen in ihrer Brust. Enttäuschung, Verletzung, Hass hieß die eine, Wehmut die andere. Wie gut wäre es doch, das Schlechte aus der Erinnerung verbannen zu können, dachte sie dabei. Aber wie schlimm es ihr erging, nachdem er sich gegen sie entschied, würde sie nie im Leben vergessen können!

Sie erhob sich, ging hinüber zu Tarzan, hob ihn mit einer Hand aus seinem neben dem großen Globus stehenden Körbchen, setzte sich wieder in ihren bequemen Sessel und sah zu, wie er ihr Kraulen genoss. „Sei froh, du kleiner Mann, dass du nur ein Hund bist; wir Menschen haben es viel schwerer als ihr." Er schaute zu ihr hoch, als verstünde er sie; also setzte sie nach: „Oder warst du etwa schon einmal unsterblich, drei Jahre später aber tot unglücklich verliebt? Na siehst du!" Tausend Erinnerungen auf einmal tauchten vor ihren von kleinen Tränen benetzten Augen auf. Schauer jagten über ihren Rücken, je mehr sie an jenes Liebespaar Lotte und Wolf von damals dachte. Wie ein mächtiger Tsunami, der alles mit sich zerrt, was sich ihm in den Weg stellt, überwältigte sie in diesem Moment die Flut ihrer innigen Gefühle. Wie schön war es doch damals mit ihm! Verwirrt wanderte ihr Blick im Wohnzimmer auf und ab, hin und her gerissen von den Auswirkungen dieses Briefes. Um sich von dem großen Durcheinander in ihrem Kopf abzulenken, nahm Charlotte die neben ihr auf dem kleinen Tischchen liegende Zeitschrift zur Hand und begann sie durchzublättern. Doch sie vermochte sich nicht zu konzentrieren. Ihre aufgewühlten Gedanken landeten immer wieder bei Wolfgang. Als sich zudem ihr Magen mit der klaren Ansage ´Hunger` meldete, ließ sie Tarzan auf den Teppichboden gleiten, erhob sich, ging hinüber in die Esszimmerecke und deckte den Tisch.

Damit fertig setzte sie sich auf ihren Platz – und blickte völlig konsterniert auf das, was sie getan hatte: Statt nur einen hatte sie zwei Teller, statt nur ein Glas hatte sie zwei Gläser, statt nur ein Besteckpaar hatte sie zwei davon aufgelegt. Ohne Nachdenken, einfach so. Sie betrachtete das Ergebnis ihres unbegreiflichen Versehens, lächelte zunächst, lachte dann lauthals und fing gleich darauf an herzzerreißend zu weinen. Wolf war wieder da! Trotz all der tiefen Wunden, die er ihr geschlagen hatte, war er erneut in ihre Gefühlswelt eingedrungen. Wie damals, in ihrer gemütlichen Dachwohnung, hatte sie den Tisch ganz automatisch und wie das Selbstverständlichste der Welt für zwei gedeckt. Sie griff zur Stoffserviette, trocknete ihre nassen Wangen, erhob ihr Glas und prostete ihrem imaginären Gegenüber zu.

Ihr Herz machte dabei einen kleinen Freudensprung; ihr Verstand aber rügte sie sofort: Lotte, gib dich nicht diesen trügerischen Emotionen hin! Trau Wolfgang nicht – er hat dich schon einmal im Stich gelassen! Und zeige ihm auf keinen Fall, dass es in deinem Herzen noch immer einen Platz für ihn gibt! Ja!, gab sie ihrem Kopf Recht. Auf keinen Fall! Einfach zur Tagesordnung übergehen, sah ganz sicher nicht nach dessen Einsicht über das Unrecht aus, das er beging! Hatte er denn alles Geschehene vergessen? Wusste er denn nicht mehr, wie oft sie wegen der elterlichen Ablehnung ihr gegenüber stritten und wie oft sie ihn weinend anflehte, nicht auf seinen Vater zu hören, sondern auf sein Gefühl? Hatte er sie denn überhaupt wirklich geliebt? Hatte sie sich damals vielleicht völlig in ihm getäuscht? War seine Liebe nur Lüge gewesen? Nur ganz kurz durfte dieser Vorwurf in ihren Überlegungen verweilen; schon meldete sich ihr Herz mit einem energischen ´Nein!` zu Wort. Lotte, erinnere dich! Auch deinem Wolf war die Entscheidung zwischen der Familientradition und seiner Liebe zu dir schwer gefallen. Aber trotzdem, widersprach ihr Kopf augenblicklich! Ein Treffen mit ihm kommt nicht in Frage! Zu sehr hat er dich verletzt! Richtig!, dachte Lotte. Wie verzweifelt war sie doch gewesen, als sie einsam und verlassen weit weg von ihm in jener winzigen Wohnung saß; dort, wo sie nächtelang ihren Trennungsschmerz und ihre Wut niederschrieb. In Briefe an ihn - die sie dann doch nie abschickte. Sie biss sich rasch auf die Lippen, um die Tränen zu unterdrücken, die ihr gerade wieder in die Augen treten wollten.

Wo waren die eigentlich? Nachdenklich legte sie ihren Zeigefinger auf ihre Nasenspitze. Tarzans Bellen unterbrach sie. „Hund, gib Ruhe! Was ist denn, mein süßer kleiner Liebling?" Sie beugte sich zu ihm und hob ihn hoch. „Ich weiß, du spürst genau, wie aufgewühlt ich bin – du kluger Hund." Im Keller etwa? Diese Briefe. Ein Seufzer verließ ihre Brust, als sie sich erinnerte, wie viel tausend Tränen sie beim Schreiben verloren hatte. Sie konnten nur im Keller sein! Kurz entschlossen sagte sie: „Tarzan, ich bin gleich wieder da." Kaum eine Minute später nahm sie im Treppenhaus zwei Stufen auf einmal in Richtung Kellergeschoss. Sie war durcheinander; wie sehr hatte sie Wolfs Auftauchen doch aus dem Gleichgewicht gebracht! „Wieso passt der Schlüssel nicht?" schimpfte sie. Ein halb verärgertes, halb belustigtes Lachen entwich ihr, als sie begriff, vor Frau Reichholds Kellertüre, nicht aber vor ihrer eigenen zu stehen. „So was ist mir ja noch nie passiert!", grummelte sie, als sie endlich in ihrem Kellerverschlag stand. „So, wo seid ihr?", überlegte sie laut. Im Regal hinter den Einmachgläsern? Nein. Ganz unten hinter den Kisten mit den Weinflaschen? Auch nicht. Sie stöberte hier und dort. So ging die Suche noch einige Minuten weiter, bis Charlotte sich besann. Halt! Versuch es doch mal mit Denken; bist ja total verwirrt. Es gibt doch eigentlich nur einen einzigen Platz, wo sie sein konnten; in dem kleinen Stoffkoffer; den musst du suchen.

Ein eiskalter Schauer lief ihr über den Rücken. Der Koffer brachte ihr mit einem Schlag die schrecklichen Stunden ihrer Flucht in Erinnerung. Nur mit dem, was sie am Leib trug und mit den paar Sachen, die sie in aller Eile eingepackt hatte, war sie damals aus dem

Haus gerannt, als dieser Teufel kurz die Wohnung verlassen hatte. Jeden Moment in der Angst lebend, er könnte ihre Flucht zu früh entdecken und sie mit Gewalt zurückholen. Dorthin, wo er sie wie eine Gefangene gehalten hatte. Ja, der kleine Koffer mit dem doppelten Boden war damals der Platz gewesen, an dem sie auch das verbergen konnte, was ihr so unendlich wichtig war – ihre Briefe an Wolfgang.

Mit aller Kraft schob sie die schwere Kartoffelkiste zur Seite. Ihr Herz klopfte hörbar laut, als sie ihn erblickte und aus der Ecke zerrte. Da stand er vor ihr – er, der die Geschichte ihrer verhängnisvollen Liebe zu dem Mann verbarg, der sie nach drei Jahren nicht mehr wollte. Schnapp, schnapp – die altmodischen Verschlüsse klappten auf und gaben den Deckel frei. Mit zitternden Händen fingerte sie an dem Bezugsstoff herum, bis sie den Deckel des Geheimfachs zu fassen bekam. Sie hob ihn leicht an und dann aus dessen seitlicher Verankerung heraus. Da lagen sie! Zwei kleine Bündel mit Briefen. Briefe, die sie in der Zeit ihrer Verzweiflung über die Einsamkeit schrieb - eine Einsamkeit, in die Wolfgang sie gezwungen hatte, weil er …. Sie schluckte den Kloß hinunter, der sich bei dem Gedanken daran in ihrem Hals bildete. Da lagen sie! Noch immer. Nie hatte sie sie abgeschickt. Wozu auch? Ihre Liebe bedeutete ihm doch nichts mehr. Zaghaft griff sie nach einem der Bündel, berührte die mit einem Band zusammen gehaltenen Briefe – und verlor die Beherrschung. Ohne dass sie es hätte verhindern können, schossen Tränenfluten aus ihren Augen. Zu Vieles lag da vor ihr: Traurigkeit. Verzweiflung. Hass. Aber auch Liebe – trotz allem. Ein Gedanke wanderte durch Lottes Kopf. Hätte ich sie nicht besser doch zur Post gebracht? Vielleicht wäre Wolf dann noch zur Besinnung gekommen.

Tarzan bellte sie vorwurfsvoll an, als wollte er sagen: Was soll das! Einfach weggehen; ohne mich. Doch statt ihn mit ein paar Streicheleinheiten zu besänftigen, ging Charlotte an ihm vorbei schnurstracks ins Wohnzimmer, setzte sich an den Tisch, auf dem noch alles vom Abendessen stand. Ungeduldig riss sie an den Schlaufen der grünen Bänder, die ihre Briefe umhüllten - allerdings viel zu ungestüm, sodass einige von ihnen auf ihrem Schoß landeten. Also musste sie zunächst nach dem Kuvert mit der schwarz geschriebenen ´1` suchen. Sie hatte damals alle Umschläge auf deren Rückseite mit Nummern versehen.

Damals. Sie schluckte schwer an ihren Erinnerungen. Damals. Sie hatte nur noch geweint. Tag und Nacht. Wochenlang. Hoffnungslosigkeit hießen ihre Tage, Verzweiflung ihre Nächte. War es wirklich richtig, gegangen zu sein, ohne weiterhin um ihn zu kämpfen? Diese Frage nagte in jener Zeit unentwegt an ihr. Die Kluft zwischen ihren Wünschen nach einem gemeinsamen Leben und Wolfs Entscheidung war übermächtig groß geworden. Jedes Treffen in ihrer Dachwohnung war während der letzten Monate mehr und mehr von Aussichtslosigkeit überschattet gewesen. Immer öfter wurde ihre Liebe davon erdrückt, dass Wolfgang es nicht schaffte, sich gegen diese fixe Idee seines Vaters mit Carmens Geld zu wehren. Und außerdem: Seine Eltern hatten sie sowieso von Anfang an nicht ernsthaft als Wolfs Freundin akzeptiert; das hatten die sie stets spüren lassen. Immer öfter musste er sie trösten. Seine Worte hatte sie noch immer im Kopf: ´Liebes, irgendwann werden sie dich mögen.` Doch dieses Irgendwann kam nicht; ganz im Gegenteil!

Mit zitternden Händen entnahm sie dem Kuvert ihren ersten Bogen von Hand beschriebenen Papiers, schaute darauf – und erinnerte sich; Tränen traten in ihre Augen, Tränen wie jene, die sie ganz offensichtlich damals vergossen hatte, als sie diese erste Seite mit ihren Worten füllte; die Tinte, welche die Buchstaben geformt hatte, war nämlich verlaufen, verwischt von dem salzigen Nass ihrer Augen. Wie sehr musste sie damals geweint haben!

Wolf,
ich bin weg. Meine Augen haben bald keine Tränen mehr. Mein Herz kennt kein Schlagen mehr. Mein Gesicht hat sein Lachen verloren. Meine Hände haben vergessen, wie sich deine Haut anfühlt. Mein Kopf klagt dich an. Mein Herz klagt dich an. Ich hasse dich aus tiefster Seele.

Wolf, du hast mir das Herz gebrochen. Wolf, ich verzeihe dir niemals, dass du dich gegen mich entschieden hast. Wolf, ich verfluche deine Prinzipien von Pflichterfüllung und Familientradition. Ich verfluche auch deine Carmen, die mit ihrem Geld deinen Vater zu dem brachte, was er von dir verlangte. Wolf, ich werde wohl daran zugrunde gehen, dass ich dich nicht mehr in meiner Nähe weiß. Wolf, ich sehe kein Glück mehr, wenn ich in den Spiegel schaue – und das ist deine Schuld! Ich hoffe sogar, dass du einmal in deinem verfluchten Leben ebenso leiden musst wie ich.

Doch bei all meiner Wut, meiner Enttäuschung und meinem Schmerz wisse eines: Ich werde dich nie aus meinem Herzen verbannen können, weil ich es dir für alle Zeiten geschenkt habe. Damit du mich aber nie mehr berühren kannst, werde ich meine Liebe zu dir ganz tief in mir vergraben. Nie mehr sollst du mir wehtun können.

Unsere Liebe war die schönste, die ich je erlebte und ganz sicher je erleben werde. Sie begann einem Wunder gleich – dem Wunder der Liebe auf den ersten

Blick. Doch du zerstörtest dieses Wunder mit einem Federstrich; mit dem Entschluss, eine Frau zu heiraten, die du nicht liebst, deren Geld aber dein Vater nutzen will. Ich verfluche dich dafür, dass du mir drei Jahre meines Lebens stahlst.

Ich erinnere dich, Wolfgang Sommer! Als ich dich das erste Mal sah, begann das Blut in meinen Adern schlagartig schneller zu fließen, angetrieben von meinem rasenden Herz. Völlig durcheinander versuchte ich deinem Blick stand zu halten und nicht rot zu werden. Ich wollte dich nicht merken zu lassen, dass du mich total aus der Bahn warfst. Ich saß hilflos da – wie das Kaninchen vor der Schlange. Dein Blick durchbohrte mich, suchte seinen Weg tief in meine Seele hinein. Damit entfachtest du in mir binnen Minuten ein Feuer, das mich zu verbrennen drohte. Ich verliebte mich in dich – und hatte dabei nicht einmal die Zeit zu entscheiden, ob ich das auch wollte. Du hast mich im Sturm erobert, Wolf. Doch drei Jahre danach hast du meine Liebe zu dir mit Füßen getreten. Ja, erinnere dich, Wolf! Genau so begann unsere Liebe auf den ersten Blick. Denke nun an das Ende und fühle meinen Schmerz.

Werde unglücklich mit deiner Carmen – ja, das wünsche ich dir von ganzem Herzen.

Nicht mehr deine
Charlotte Schön

Charlottes Brustkorb hob und senkte sich in rascher Folge. Ihr Atem raste. Sie legte den Brief zu den anderen, die noch immer auf ihrem Schoß verharrten, als wollten sie auch gleich gelesen werden. Das aber schaffte sie nicht – zu sehr schmerzte die Wunde, die seit Wolfs unerwartetem Erscheinen wieder aufgebrochen war.

Kapitel 7

Wolfgang war während der vergangenen Tage unausgeglichen und ungewohnt launisch geworden. Wie konnte er nur darauf hoffen, dass Lotte seinen Brief überhaupt lesen würde? Und wenn doch – wie würde sie auf seinen Vorschlag reagieren? Sicher hast du sie mit deiner Heimlichtuerei so verärgert, dass sie dich nicht mehr sehen will, tobte es in ihm. Unermessliche Ungewissheit nagte an ihm. Wie schön wäre es doch, würde sie ihn treffen wollen. Dann könnte er ihr noch besser erklären, was in ihm vorging, als er sich verkleidet an sie heran pirschte. Doch würde sie das überhaupt wollen?

Die letzten Nächte hatte er oft wach gelegen und nachgedacht. Gleich den fliegenden Sitzen eines Kettenkarussells tauchten dieselben Fragen und Zweifel immer wieder vor ihm auf. Gab es damals wirklich keine andere Lösung als die, welche ihm die Familienräson auferlegte? War Geld wirklich wichtiger als Liebe? Hätte er nicht auf sein Recht pochen müssen - darauf, mit Lotte glücklich zu bleiben? Das zwischen ihnen war doch Gleichklang pur; was sie dachte, erkannte er im selben Moment; was sie sich wünschte, erfüllte er ihr im selben Atemzug. Warum musste er sein Glück opfern? Opfern für etwas, was sein Großvater gegründet hatte. Oder war er einfach nur zu schwach gewesen, sich zu wehren – oder zu blind, um zu erkennen, was im Leben wirklich zählt?

An jedem einzelnen Tag öffnete Wolfgang in ungeduldiger Erwartung seinen Briefkasten, dies sogar schon früh morgens, wenn er in der Praxis ankam, obwohl der Briefzusteller zu dieser Zeit noch gar nicht da gewesen sein konnte. Einerlei, dachte er jedes Mal; keine Stunde wollte er verpassen, in der das dort schon gelegen haben würde, worauf er so sehnlich wartete: Charlottes Antwort. Doch wochenlang schaute er vergeblich nach.

Als er schon jede Hoffnung auf eine Antwort Lottes aufgegeben hatte, geschah es dann doch. Eines Nachmittags lag ein Kuvert mit ihrem Absender im Postkasten. Strahlend, aber gleichzeitig auch angespannt schaute er auf die Uhr; in einer viertel Stunde würde die nächste Patientin kommen. Ungeduldig drückte er auf den Knopf mit dem nach oben gerichteten Pfeil. Sekunden vergingen, die ihm wie Minuten vorkamen. „Hallo, Herr Aufzug, Beeilung - ich will heute noch auf meiner Etage ankommen", brummelte er. „Na endlich!" Oben angelangt schloss er hastig die Türe auf und eilte ins Büro. Nahezu liebevoll tasteten seine Finger über den Umschlag. Mit einem tiefen Atemzug durch die Nase nahm er dessen Geruch in sich auf - und glaubte dabei, Lottes Duft wiederzuerkennen. Jenen Duft, den er tausend Mal aufgesogen hatte, wenn er gierig erregt seine Lippen auf ihrer Nacktheit hatte Walzer tanzen lassen. Dann riss er es auf, fingerte nach dessen Inhalt und las.

Hallo Wolfgang,

du wartest sicher schon ungeduldig auf meine Antwort. Und du bist ebenso gespannt darauf, wie sie ausfällt. Nicht so gut, denke ich, wie du sie dir vorstellst. Denn das, was du da von mir verlangst, ist zu viel!
Hast du überhaupt begriffen, was dein damaliges Verhalten bei mir anrichtete?

Charlotte

PS: Deine Maskerade war übrigens ziemlich lächer-
lich.

Wolfgang spürte, wie sich seine Finger in sein Haar
wühlten und seine Gesichtszüge zu Stein wurden. „...
dein damaliges Verhalten bei mir anrichtete", wiederholte er ihre Worte mit matter Stimme. Ihm kamen
die ihn rügenden Worte seines Freundes Ulli in den
Sinn. Hatte er Lotte tatsächlich mehr verletzt als es
ihm bewusst war? Ganz offensichtlich, denn die Sprache ihrer vor ihm liegenden Entscheidung war deutlich. Sie wollte ihn nicht wieder sehen. Wolfgang versank in sich. Alles in ihm schien zu erlahmen. Seine
Gedanken an Lotte hörten auf zu denken. Sein Gefühl
für sie hörte auf zu fühlen.

Etwas riss ihn aus seiner Lethargie. Es klingelte
Sturm. Erschrocken eilte er zur Tür. Sein Blick auf die
Uhr klärte ihn auf. Das war seine nächste Patientin. Er
schaute kurz in den Spiegel, strich sein zerzaustes
Haar glatt und öffnete dann mit einem Ruck die Türe.
„Herr Doktor. Ich klingele mir hier die Finger wund.
Warum machen Sie denn nicht auf?" Dann stürmte
Frau Meisenstein an ihm vorbei durch den Gang in
Richtung ihrer Couch, die sie sofort in Beschlag nahm.
„Es ist ja gar niemand anderes hier! Weswegen musste
ich dann so lange vor der Türe warten, bis Sie endlich
öffnen, Herr Doktor?" Sie gab ihm keine Gelegenheit
zu irgendwelchen Erklärungen und setzte sofort nach:
„Also, fangen wir an?!" Noch bevor er sich auf ein
einleitendes Wort konzentrieren konnte, begann die
aufgebrachte Frau vor ihm mit sich überschlagender
Stimme: „Gestern ist mir etwas ganz Schreckliches ....
" Ihren Satz noch nicht zu Ende gesprochen, schlug
ihre Stimmung jedoch von eben auf jetzt um und sie
brach in Tränen aus. Das gab Wolfgang für einen
Moment die Zeit sich zu fangen und das Heft in die
Hand zu nehmen: „Aber, aber. Es ist doch alles gut."

Er kannte das schon von ihr; es war eben Ausdruck ihrer außerordentlichen psychoneurotischen Belastung. Schon war sie wieder aufgestanden und hing schluchzend an seiner Schulter. „Ach, ich brauche Sie doch so sehr. Es ist alles so schlimm." Schlimm ist nur, dachte er ärgerlich, dass mir ihr Make-up gerade mein weißes Hemd einfärbt. Während er sich sanft von ihr befreite, sah er erschrocken, dass Lottes Brief noch da lag. Schon entdeckte ihn auch seine hypernervöse Patientin und langte danach; doch er war schneller und verstaute ihn in der Schublade seines Schreibtisches. „Können wir dann?", drehte er halb belustigt, halb ernsthaft den Spieß um und forderte sie mit einem erwartungsvollen Blick auf, ihm ihr Leid zu klagen. Anfänglich hörte er aufmerksam zu; doch trotz aller Mühe, sich ihren Sorgen zu widmen, schweiften seine Gedanken sehr bald wieder zu Lotte.

Kapitel 8

Noch bevor es schellte, war Tarzan zur Wohnungstüre gerannt und hatte aufgeregt an ihr geschnüffelt. Er bellte. Wer konnte das so spät noch sein, fragte Charlotte sich besorgt? Die alte Standuhr ihrer Erbtante im Flur bestätigte ihr ungutes Gefühl, das sich sofort in ihr auftat. Es war schon fast neun Uhr. „Ja bitte?", rief sie unsicher durch die geschlossene Türe und lauschte aufmerksam. „Frau Schön! Ich bin es, Frau Reichhold." Sie erkannte deren Stimme. „Tarzan, sei ruhig! Es ist nur unsere Nachbarin." Charlotte drehte den Schlüssel zweimal herum und öffnete die Türe soweit, bis diese an den Sicherheitsriegel stieß. „Entschuldigen Sie die späte Störung, Frau Schön. Aber ich komme erst eben vom Krankenhaus heim und finde das da in meinem Briefkasten." Mit diesen Worten reichte sie ihr ein Kuvert durch den Türspalt. „Oh, Danke! Das ist aber lieb von Ihnen. Der lag in Ihrem Fach? Auf den Briefträger kann man sich wohl auch nicht mehr verlassen - ist sicher wieder irgendeine unterbezahlte Urlaubsvertretung." „Ja, es wird immer schlimmer; und das bei stets steigenden Portokosten."

„Verzeihen Sie, dass ich die Türe nicht ganz aufmache, aber ich bin abends vorsichtig", erklärte sie – und dachte dabei mit Schaudern daran, dass sie dafür allen Grund hatte. „Nochmals vielen Dank. Geht es Ihrem Mann wieder besser?" Deren Miene verfinsterte sich merklich. „Ach ..."; ihre Augen wurden feucht; „... ich glaube, das wird nicht mehr." „Das tut mir so unendlich leid. Aber lassen Sie den Kopf nicht hängen, liebe Frau Reichhold; sicher wird noch alles gut." Charlotte überlegte kurz. „Wollen Sie nicht am Sonntag mal auf einen Kaffee zu mir kommen? Dann können Sie mir ein wenig erzählen; das wird Sie vielleicht von Ihren Sorgen ablenken?" Die Traurigkeit in der Miene der alten Dame wurde von einem dankbaren Lächeln abgelöst. „Oh ja, gerne. Das täte mir gut." Ihre Nachbarin senkte nachdenklich den Blick. „Aber wenn, dann geht es nur morgens. Ich muss ja wieder zu meinem Heinrich." „Aber natürlich! Sagen wir ..."; Charlotte zögerte. „Wissen Sie was - kommen Sie doch gleich um zehn zum Sonntags-Frühstück. Einverstanden?" „Oh ja, da freue ich mich. Also dann, gute Nacht, Frau Schön." Zu dem neugierig schnüffelnden Tarzan schauend sagte sie: „Schlafen Sie gut, Herr Hund!" und ging auf ihre Wohnungstüre zu. Rasch schloss Charlotte ihre eigene wieder und drehte den Schlüssel zweimal herum.

Ihr Blick suchte nach dem Absender – und wunderte sich. Wolf. Was wollte der denn noch? Hat er es denn nicht kapiert? Mit ihrem Zeigefinger schlitzte sie flink das Kuvert auf.

Liebe Lotte,

ich danke dir für deine Antwort – auch wenn sie mich traurig macht. Und auch zum Nachdenken zwingt. Es scheint mir, als hätte es wirklich deines unerwarteten Erscheinens in der Stadt bedurft, um mich endlich dazu zu bringen, in mich zu gehen und ernsthaft über die Vergangenheit nachzudenken. Genau deshalb kann ich auch nicht aufgeben und muss dir einen weiteren Brief schreiben. Selbst auf die Gefahr hin dich noch mehr zu verärgern.

Ich begreife langsam das Maß, in dem ich dich mit meinem damaligen Tun enttäuschte. Versteh du aber bitte auch, warum ich so handeln musste – für die Familie, für das Theater. Zugegeben - ich war zu unerfahren, um nach einer anderen Lösung zu su-

chen und zu schwach, um mich gegen Vater zu stellen. Heute würde ich´s anders machen, ganz sicher! So aber hat er mir etwas abverlangen können, was mein Innerstes eigentlich gar nicht wollte. Ich hätte nicht auf meinen zu Gehorsam verpflichteten Verstand, sondern auf mein Herz hören sollen. Aber Vater hatte mich total im Griff. Versteh mich bitte nicht falsch; ich will nicht alle Schuld an dem Ganzen auf ihn schieben. Aber vielleicht verstehst du damit besser, warum ich … - nun ja, du weißt schon.

Ihre Augen rasten über diese Zeilen; ihr Mund stand dabei vor Erstaunen halb offen. Ihre Augen füllten sich mit Tränen. „Oh Wolf; du weißt ja gar nicht, wie Recht du damit hast!" Er hatte seinen Sohn fest im Griff. Sie atmete tief durch. Doch es war allein deine Schwäche, die mein Leben kaputt machte. Wenn du nur eine winzige Ahnung davon hättest, was ich danach erleben musste, würdest du mich auf Knien um Vergebung bitten.

Charlotte wischte sich mit dem Ärmel ihrer Bluse die Tränen aus dem Gesicht. Rasch hastete ihr Blick über die letzten Zeilen seines Briefs.

Wenn du mir mein jugendliches Handeln irgendwie nachsehen kannst, so bitte ich dich nun nochmals um ein Treffen. Es bedeutet mir sehr viel. Bitte.

Dein Wolf

Mit entrücktem Blick schaute sie von dem Papier auf - und in die Weite ihrer bitteren Erinnerungen. Konnte sie es wagen, sich diesem Mann trotz seiner nicht wirklich nach ernster Einsicht klingenden Worte ein zweites Mal zu nähern? Durfte sie es riskieren, noch einmal verletzt zu werden? Oder sollte sie besser einen dicken Schlussstrich unter die Angelegenheit

´Wolfgang Sommer` machen? „Ach, könnte ich nur mit jemand darüber reden." Aber da gab es niemand. Sabine? Nein! Sie war ihr eine treue Mitarbeiterin, aber keine Vertraute. Frau Reichhold etwa? Mit ihrer Nachbarin? Sie war alt und hatte ganz sicher genug Lebenserfahrung, um ihr einen guten Rat zu geben. Und sie hatte das Herz auf dem rechten Fleck. Und ... - Lotte strahlte - ... sie würde ja am Sonntag zum Frühstück kommen!

„Kommen Sie doch herein." Schon kurz vor zehn hatte sie an Charlottes Wohnungstüre geklingelt. „Hm! Das duftet aber lecker nach frischen Brötchen, Frau Schön", sagte sie, während beide ins Esszimmer gingen. „Ja, am Sonntagmorgen gibt es bei uns immer Brötchen - Tarzan darf ausnahmsweise ein halbes abbekommen. Nehmen Sie ihren Kaffee mit Milch und Zucker?" „Nur Milch bitte. Ich muss wegen meiner Blutwerte ein wenig aufpassen, wissen Sie." „Aber selbstverständlich! Setzen Sie sich am besten hier hin." Charlotte deutete dabei auf den alten Holzstuhl mit den gedrechselten Beinen und dem karierten Sitzpolster. „Von da aus haben Sie einen schönen Blick auf mein Blumenfenster." „Die sind aber auch schön,..." - scherzhaft fügte sie hinzu: „.... Frau Schön." Charlotte lachte. „Na, wenn meine Pflanzen nicht schön wären, dann hätte ich meinen zweiten Beruf verfehlt. So, nun Guten Appetit. Greifen Sie zu!" Ihr Gast warf ihr einen neugierigen Blick zu; „Zweiter Beruf?" Unbehagen befiel Charlotte – warum hatte sie das eben nur erwähnt?! Sie atmete tief durch und gab Antwort. „Tja. Ich war früher einmal ..."; sie verstummte wieder. Frau Reichhold spürte, dass sie bei ihrer Gastgeberin etwas Unangenehmes berührt hatte. „Oh, ich wollte nicht .... Sie reden nicht gerne darüber?" „Nein, nein – es ist nur ..."; wieder blieb Charlottes Stimme stecken. „Es tut noch immer weh, wenn ich daran denke, in jungen Jahren eine Schauspielerin gewesen zu sein. Bis ....“

„Lassen Sie! Wir sprechen einfach über etwas anderes.“ Sofort lenkte sie ab: „Haben Sie diese leckere Erdbeer-Marmelade selbst gemacht?“ Eigentlich war Charlotte dankbar für diesen gut gemeinten Versuch, das Thema zu wechseln; doch hatte Frau Reichhold nicht eine Antwort verdient?! Und wollte sie nicht überhaupt mit ihr reden?! Über all das. Sie fuhr, ohne auf die selbst gekochte Marmelade einzugehen, dort fort, wo sie sich selbst zuletzt unterbrochen hatte.
„... bis ein sehr böser Mann in mein Leben trat und mir am Ende nicht nur meinen Beruf, sondern fast alles nahm, was ich hatte – bis auf ....“ Frau Reichholds forschender Blick forderten sie auf weiter zu reden; „... meine Erinnerung an einen anderen Mann. Er hieß Wolfgang und war meine große Liebe. Wir arbeiteten am selben Theater. Ach ... - aber was ist daraus geworden!“ Sie schlug die Augen nieder. Charlottes Seufzer bewegte die alte Dame sichtbar. „Jetzt reden wir aber wirklich über etwas anderes!“ reagierte Frau Reichhold fürsorglich. „Und wenn es über das Wetter ist.“ Mit einem heiteren Lachen steckte sie Charlotte sofort an. Und sie war froh, damit etwas Zeit gewonnen zu haben, bis sie von ihrem Problem mit Wolfs Auftauchen erzählen würde.

Ihre Nachbarin sprach nun über ihren kranken Ehemann und darüber, dass sie Angst davor hatte, bald Witwe zu sein. „Ja, ja, das Leben ist nicht immer leicht. Erst das mit unserem Max, der so früh gestorben ist. Dann meine Enttäuschung, dass es mit einem zweiten Kind nicht geklappt hat. Und jetzt.“ Sie atmete tief durch. „Wenn mein Heinrich nicht mehr ist, bin ich ganz alleine.“ Charlotte legte rasch die Hand auf ihren Arm. „Na, na! So weit ist es ja noch nicht. Und außerdem bin ich ja auch noch da! Zu mir können Sie immer kommen, wenn Sie sich zu einsam fühlen, liebe Frau Reichhold." Trotz des dankbaren Blicks aus den Augen der alten Frau fühlte Charlotte Traurigkeit in sich aufkommen. Wie gerne hätte sie damals mit Wolf eine Familie gegründet!

„Haben Sie eigentlich Kinder?", hörte sie ihre Nachbarin fragen, während sie noch diesem Gedanken nachhing. Ohne eine Antwort abzuwarten setzte sie nach: „Wieso lebt solch eine hübsche Frau wie Sie denn überhaupt alleine?" Charlotte lachte verschämt. „Mit Männern habe ich kein Glück. Mein letzter ist ein sehr böser Mensch und meine große Liebe Wolfgang brach mir das Herz." Ihr Gegenüber schüttelte den Kopf. „Wie schlimm!" „Hm – sehr schlimm! Aber wissen Sie, was weit schlimmer ist?" „Was?" „Obwohl ich ihn dafür hasse, was er mir angetan hat, habe ich noch immer Gefühle für ihn. Und zu allem Elend ist neulich etwas passiert, womit ich überhaupt nicht zu recht komme." Ein fragender Blick ermutigte sie weiter zu reden. „Genau dieser Wolfgang ist wieder in meinem Leben aufgetaucht – und ..., und ... - er ist noch an mir interessiert. Aber ich will das eigentlich nicht."

Die warme Hand, die sich in diesem Augenblick auf die ihre legte, tat ihr gut. „Bedeutet dieses ´eigentlich`, dass Sie es vielleicht doch wollen? Sie haben nur Angst, er könnte Ihnen noch einmal wehtun, nichtwahr?" Charlotte schaute sie dankbar an und nickte. „Kindchen – wenn Sie den Rat einer alten Frau hören wollen, dann ...?" Charlotte schaute sie mit geweiteten Augen an. „Ja, natürlich. Ich weiß doch nicht, was ich tun soll." „Nun, das ist doch ganz einfach", begann sie. „Hören Sie auf Ihr Herz; stellen Sie sich eine einzige Frage: Charlotte, liebe ich diesen Mann wirklich noch so sehr, dass ich ihm verzeihen und noch einmal vertrauen will? Wenn Sie dann auf Ihren Herzschlag achten, wissen Sie, was das Richtige ist."

Sie schaute sie ruhig an. „Und. Lieben Sie Ihren Wolfgang noch so?"

Charlottes Kopf sank auf ihre Brust. Ihre Schultern fielen schlaff herab. So saß sie da – völlig in sich gekehrt. Warum war eine so kurze Frage so schwer zu beantworten? Mit einem Mal streckte sich ihr Körper; ihr Blick richtete sich fest auf Frau Reichholds Augen; mit fester Stimme sprach sie aus, was ihr Herz beschlossen hatte: „Ja, natürlich liebe ich ihn noch! Schließlich waren jene Jahre mit ihm die schönsten meines Lebens. Obwohl er zum Schluss ein solcher Idiot war! Aber ich hasse ihn auch. Dafür, dass er mich damals nicht wollte, sondern eine andere heiratete." Charlotte atmete schwer. Die Hand, die eben noch auf ihrer ruhte, strich nun über ihren Arm. „Davon mal abgesehen - was wiegt mehr? Hass oder Liebe." Lotte zuckte die Achseln. „Die Liebe - eigentlich." „Was hindert Sie dann daran ihn zu treffen? Wenn es Ihnen zu gefährlich wird, können Sie sich doch immer noch zurückziehen." Charlotte nickte; erst bedächtig und dann entschlossen. Nun wusste sie, dass sie es wagen sollte.

Eine halbe Stunde später war die alte Dame aufgebrochen, um zu ihrem Mann ins Krankenhaus zu fahren. Charlotte ging mit Tarzan Gassi und erwischte sich auf dem Rückweg, dass es sie zu jener Parkbank hin zog, auf der unlängst ein älterer Herr gesessen hatte. Ihre Hand fuhr, während ihr kleiner Hund schnüffelnd Zeitung las, sachte über die raue Sitzfläche, als wollte sie auf diese Weise die Körperwärme spüren, die Wolf damals ausgestrahlt haben musste, als er – ganz sicher aufgeregt – auf sie gewartet hatte. Ihre Gedanken schweiften dabei ab - hinüber in die Zeit ihres Kennenlernens und zu den wundervollen Stunden gemeinsamen Glücks. Doch auch ein anderes Bild tat sich vor ihr auf: Jener Augenblick, in dem sie die Türe zu ihrer leer geräumten Dachwohnung für immer hinter sich zuschlug. Im selben Moment spürte sie, wie ihr Herz zu stolpern begann. Wie konnte er ihr das nur antun?! Die Finger, die noch eben zart über die Bank gestrichen hatten, ballten sich zu einer Faust. Charlotte hob sie hoch und ließ sie mit Gewalt auf das Holz niederfahren; immer wieder hämmerte sie darauf, solange, bis der aufkommende Schmerz sie bremste. „Du elender Schuft!" Sie erschrak über das Zornige in ihrer Stimme. „Warst so ein Schwächling; zu feige, um dich gegen deinen gewieften alten Herrn zur Wehr zu setzen. Sie rieb sich ihren schmerzenden Handballen. Na warte, dachte sie – zornig und verschmitzt zugleich. Die ihr dabei in den Sinn kommende Idee, ihn in seiner Praxis zu überraschen, gefiel ihr. Ich werde dir die Hölle heiß machen und dich auf Herz und Nieren prüfen, mein Lieber, ob du es wert bist, dass ich meine Zeit noch einmal an dich verschwende.

Tarzans Bellen riss Charlotte aus ihren Gedanken. „Gib Ruhe, du kleiner Riese! Dein Frauchen hat Kummer und denkt nach; dabei hast du es gefälligst nicht zu stören, hörst du?!" Ihre Worte klangen schärfer als gemeint, sodass ihr Hündchen schlagartig zu bellen aufhörte. „Brav so; aber du hast ja Recht; wir gehen jetzt nach Hause und ich mache dir ein feines Freßchen. Los!" Er verstand sofort und zog sie regelrecht von der Bank weg, so kraftvoll zerrte er an seiner Leine.

Kapitel 9

Ah, diese neue Patientin, dachte Wolfgang erfreut, als er auf seinen Kalender schaute - eine Frau de Jong. Klang holländisch am Telefon. Sie sollte seine letzte für heute sein. Was hatte sie gesagt, besann er sich? Sie hätte ganz schlimme Probleme in ihrer Partnerschaft und käme nicht mehr alleine damit klar. Na, schauen wir mal, wie wir sie wieder aufbauen können. Ein Blick auf die Uhr zeigte ihm, dass er sich bis dahin noch einen Kaffee genehmigen konnte.

Exakt um fünf klingelte es, dreimal kurz hinter einander. „Da ist sie ja; eine ganz Pünktliche", murmelte er, stand auf, schritt durch den Flur, öffnete die Türe – und blickte ins Leere. Da war niemand. Irritiert schaute er um die Ecke auf den seitlich verlaufenden Flur. Er zuckte zusammen. „Guten Tag, Herr Dr. Sommer!", klang es ihm verschmitzt entgegen. Er kniff die Augen zu und öffnete sie wieder, als wollte er sich vom Trugbild einer Fata Morgana befreien. „Das darf ...; nein, das darf doch nicht wahr sein! Du?", stammelte ein völlig überfahrener Wolfgang ungläubig. Mit wenigen Schritten stand sie unmittelbar vor ihm. „Du batest mich doch um ein Treffen. Hier bin ich also. Möchtest du mich nicht herein bitten?" Fahrig fuhr seine Hand in sein Haar. „Äh, ja, natürlich! Charlotte - ich kann es noch gar nicht glauben. Natürlich, komm doch rein. Weißt du ..., eigentlich erwarte ich eine neue Patientin - aber bitte." Er machte einen Schritt zur Seite, um sie eintreten zu lassen. „Das ist wirklich eine wunderschöne Überraschung! Ach Lotte, ich freue mich so sehr!" Sie aber blieb schweigend im Hausflur stehen. Wolfgang schaute sie verwirrt an. Sie musterte ihn eindringlich. Dann runzelte sie die Stirn, kniff die

Augen leicht zusammen und meinte bedenklich: „Ich hoffe, du begreifst, dass mir dieser Schritt auf dich zu äußerst schwer fällt." Wolfgang merkte, wie sich seine Finger erneut in seinem Haar verfingen. Unsicherheit befiel ihn. Dann besann er sich auf eine passende Antwort. „Ja! Das tue ich, Lotte. Umso froher bin ich, dass du gekommen bist." Das schien die Situation zwischen ihr und ihm etwas zu entspannen, denn sie ging an ihm vorbei und betrat die Praxis.

„So, so, du wartest also noch auf eine Patientin - etwa auf eine Frau ..."; sie machte eine Pause und meinte dann in niederländischem Akzent „... de Jong?" Konsterniert starrte er sie an, so, als hätte ihm soeben das Orakel von Delphi eine verborgene Wahrheit offenbart. „Woher ...? Wieso ...?" Sie schaute ihn lächelnd an. Da dämmerte es ihm „Ach so ist das. Du bist diese Frau. Stimmt´s?" Sie nickte. „Na, glaubst du denn, du allein kannst jemanden hinters Licht führen, mein Lieber?" Er schlug kurz die Augen nieder und dachte an seine Verkleidung. „Zugegeben, diese Überrumplung ist dir gelungen. Und da jene Dame damit nicht mehr kommen wird, hätten wir ja Zeit für einander. Du hast doch Zeit mitgebracht, oder? Ich habe so viele Fragen an dich – und du doch sicher auch an mich."

Bewegungslos verharrte er, während er sie abwartend anschaute. Ihre Augenlider schlossen sich zu Schlitzen. „Wie viel Zeit ich dir opfern werde, hängt ganz und gar von dir ab." Im Bruchteil einer Sekunde streckte sich sein Oberkörper, und seine Schultern bewegten sich nach hinten, als wollten sie etwas Unangenehmes von sich abschütteln; die Kälte in ihrer Stimme jagte ihm einen Schauer über den Rücken. „Wie meinst du das?" „Ganz einfach: In dem Moment, in dem du mich auch nur ahnen lässt, dass du mich an der Nase herum führst, um mir noch einmal weh zu tun, bin ich weg." Dabei hob sich ihre Stimme bedrohlich. „Denn ich rate dir eines, Dr. Sommer: Spiel nicht ein zweites Mal mit mir!" Blut schoss ihm in den Kopf. „Aber ich ..., ich habe doch gar nicht ...." Charlotte unterbrach ihn barsch: „Ich an deiner Stelle würde diese Worte noch einmal überdenken, bevor ich weiter reden würde, Wolfgang! Oder begreifst du, verflixt noch mal, noch immer nicht vollständig, was du damals gemacht hast?"

Unheilvolles Schweigen trat zwischen sie. Wolfgang schluckte. „Lotte, hör zu. Natürlich weiß ich, dass mein Handeln nicht ganz richtig war - einerseits. Aber ..." „Spinnst du?", fuhr sie ihn an; „irgendwie nicht richtig, sagst du? Du Idiot hast mich eiskalt in den Wind geschossen. Statt gegen den Willen deines Alten zu mir zu halten, hast du dich dazu weich klopfen lassen, diese blöde Carmen zu heiraten. Glaubst du etwa, das hätte ich mit ansehen wollen – vielleicht noch als euer Hochzeitsgast, he?", keifte sie. Der Blitz in ihren Augen traf ihn wie eine Pfeilspitze. „Ja – äh, nein, natürlich nicht. Aber ..." „Nix aber! Du hast mich und unsere Liebe verkauft; ja genau - für Carmens Kohle verkauft. Schäm dich!"

Wolfgang wich zwei Schritte zurück und stieß dabei an das Sideboard hinter ihm. Noch während Lottes harte Worte in seinen Ohren dröhnten, erschrak er. Die noch eben lautstark Schimpfende wurde plötzlich blass um die Nase. Er sah, wie Lotte zu schwanken begann. „Kann ich mich irgendwo hinsetzen?" „Aber ja doch. Komm, dort drüben steht eine Couch. Geht´s dir nicht gut?" Sie schaute ihn ungläubig an. „Ja! Tut es nicht. Denkst du, das Ganze geht spurlos an mir vorüber? Ist echt nicht einfach für mich, Wolf, wenn ich dich heute wiedersehe und dabei an damals denken muss. Weißt du, wie das für mich war? Wochenlang hoffte ich, du würdest mich suchen, nachdem ich gegangen war. Ich hab den Himmel angefleht, du mögest mich finden und mir sagen, du hättest es dir mit Carmen doch anders überlegt." Sie schlug sich mit der flachen Hand auf ihren Oberschenkel. „Aber nichts, überhaupt nichts ist passiert! Ich lag halbe Nächte wach; allein; in diesem kahlen Zimmer; in dieser fremden Stadt. Ich rief in der Dunkelheit nach dir. Ich flehte zu Gott, er möge dich zur Vernunft bringen. Aber nichts geschah! Warum nur, Wolfgang? Warum?"

Wieder schwankte sie. „Komm endlich und setz dich. Bitte!" Während sie Platz nahm, wurden ihre Wangen nass. „Oh Lotte, bitte weine nicht. Ich wusste ja nicht ...." Behutsam ließ er sich neben ihr nieder und setzte dazu an, seinen Arm auf ihre Schulter zu legen, um sie zu beruhigen. Doch sie wehrte ihn ab. „Nicht, Wolf!" Was hatte er nur angerichtet? Wie froh war er noch eben gewesen, dass sie zu ihm gekommen war. Und nun das! Die einst mit ihm so glückliche Lotte versank neben ihm in Tränen darüber, dass er sie damals .... Er atmete tief ein, um seiner Niedergeschlagenheit Herr zu werden. Du musst auf sie zu gehen, Wolfgang, hörte er seine innere Stimme dabei sagen. Sehr, sehr rasch, sonst wirst du sie niemals für dich gewinnen können. Zeig ihr, was du fühlst! Sag ihr, wie leid dir das Alles tut. Los! Wie automatisch legte sich seine Hand sachte auf ihren zitternden Arm. Dieses Mal wies sie seine Berührung nicht zurück. „Lotte, bitte entschuldige. Mir war ja nicht bewusst, dass ich dir so sehr wehgetan habe." Für eine ganz kurze Weile schwieg er, um nach weiteren Worten der Erklärung zu suchen.

„Ich kann das Geschehene nicht mehr aus der Welt schaffen oder es ...."; erneut suchte er nach den richtigen Worten; „.... irgendwie wieder gut machen. Aber vielleicht ..."; wieder unterbrach er sich; „.... vielleicht haben wir ja ...." Lottes Augen weiteten sich ein wenig, während sich ihre Stirn in Falten legte - so, als ahnte sie, was er gleich sagen würde. „Ich meine ...." Das brachte ihn wieder ins Stocken. „Jetzt schau mich nicht so entrüstet an! Hat es für dich denn gar keine Bedeutung, dass wir uns wieder gefunden haben?" Sie öffnete den Mund halb, schwieg aber. „Sollte unsere Liebe nicht eine zweite Chance verdient haben, Lotte?!" Sie musterte ihn eindringlich. Ihr Kopf bewegte sich langsam hin und her. Sie biss sich auf die Lippen. Doch sie sagte nichts. Wie hilflos er sich fühlte! Hoffnungslosigkeit machte sich in ihm breit. Er hatte sich so sehr gewünscht, sie kämen sich wieder näher. Doch danach sah es ganz und gar nicht aus. Die Sache war wohl verloren!

Umso erstaunter war er, als Charlotte plötzlich die Hand auf die seine legte. „Ach Wolf! Glaub nicht, ich sei heute nur aufgetaucht, um dir die Leviten zu lesen." Ihre Stimme vibrierte dabei. „Ich wollte doch nur ...; na ja, ich wollte auch hören ..., hm, wissen, wie du über das von damals denkst. Und ..."; sie drehte ihren Kopf zu ihm; „... was du eigentlich von mir willst, nach all den Jahren." Erleichterung erfasste ihn; und Hoffnung. Er atmete tief durch. „Was ich von dir will, Lotte. Ich sehne mich danach, dein Vertrauen wiederzugewinnen. Lotte, ich habe mich während der vergangenen Monate immer öfter gefragt, ob da noch so etwas wie ein heftiges Pochen in mir ist, wenn ich an dich denke. Mein Herz hat stets mit einem überzeugten ´Ja!` geantwortet." Er sah sie eindringlich an, um seinen Worten noch mehr an Überzeugung zu verleihen. „Und ...?", fügte er hinzu. Sie schaute ihn fragend an. „Und Lotte - wie ist das bei dir? Hast du noch Gefühle ...?" Noch bevor er seinen Satz beenden konnte, lagen ihre Finger auf seinen Lippen. „Frag nicht! Nicht jetzt."

Mit einer heftigen Bewegung rückte sie von ihm weg in die Sofaecke, wischte sich die Tränen aus dem Gesicht und forderte ihn mit fester Stimme auf: „Erzähl mir lieber, wieso euer Theaterbetrieb in der Taunusallee nicht mehr existiert. Natürlich war ich gleich dort, als ich seinerzeit wieder zurück in die Stadt kam. Aber statt eures Gebäudes gab es da nur ein großes, neues Wohnhaus. Ach so – und wieso habe ich dich eigentlich nicht im Telefonbuch gefunden? Und ... - Wolf, ich will so viel von dir wissen." Sie streifte ihre Halbschuhe ab und kreuzte die Beine zum Schneidersitz. „Sag, Wolf, was hast du während der vielen Jahre gemacht?"

Wolfgang fühlte, wie ihm sogar zwei Steine auf einmal vom Herzen fielen; sie interessiert sich für mich, dachte er und wurde ruhiger. „Okay. Also, wo fange ich an? Das Theater musste verkauft werden; das ist ..."; er legte nachdenklich den Zeigefinger auf die rechte Wange; „... so zehn Jahre her; war finanziell nicht mehr haltbar, nach der Scheidung." Lottes Lachen hatte etwas Gehässiges an sich. Er sagte nichts dazu, wusste aber, wie Recht sie damit hatte. „Tja, ich hing danach die Schauspielerei an den Nagel und erfüllte mir einen lang gehegten Traum." „Das Psychologiestudium. Hier an der Uni?" Er nickte. „Bald nach dem Abschluss eröffnete ich meine Praxis. Und meinen Namen fandst du wohl nicht, weil ich nur im Branchenverzeichnis stehe." „Na klar. Nach einem Psychodoktor suchte ich ja auch nicht."

„Und hast du ...?" „Hm?" „Natürlich hast du wieder geheiratet! Wie viele Kinder habt ihr?" Wie bissig das in seinen Ohren klang! Er sah, wie Lotte ihn fixierte. Die angespannte Neugierde sprang ihr förmlich aus den Augen. So schnell, wie ihm die Antwort über die Lippen kam, so wichtig war es ihm, nichts zwischen ihnen beiden stehen zu haben, was das junge Pflänzchen, welches gerade zu wachsen begann, stören könnte. „Oh nein, Lotte. Ich bin nicht verheiratet!" Und um ihrer wohl nächsten Frage zuvor zu kommen, setzte er nach: „Und eine Freundin gibt es ebenfalls nicht. Ich bin absolut solo." Charlotte atmete hörbar auf, vermied aber jede Freude in ihrer Mimik. „Na egal; das geht mich ja gar nichts an." Wolfgang schmunzelte innerlich; warum fragst du dann so genau?!

Doch wollte er es umgekehrt nicht auch unbedingt wissen?! Oh ja! „Bist du verheiratet?" Augenblicklich verfinsterte sich Charlottes Miene. Etwas Bedrohliches lag in ihrem Gesichtsausdruck, etwas wie … - er suchte das passende Wort; etwas wie Panik. Lottes Blick verlor jeglichen Halt und verschwand im Nirgendwo. Es schien ihm, als würde sie versuchen, der Beantwortung seiner Frage zu entrinnen. Ihre Linke presste sich auf ihre Lippen. Minuten vergingen. Dann sah er, wie sich fünf Finger in das Polster krallten. Was erschreckte sie nur so an dieser Frage? Wolfgang konnte sich keinen Reim darauf machen.

Plötzlich aber brach Lotte ihr Schweigen. Wütend schrie sie ihn an: „Du bist schuld an allem! Du allein!" Lotte beugte sich zu ihm rüber und begann mit ihren Fäusten gegen seinen Oberarm zu trommeln. Die Schläge trafen ihn hammerschwer. „Wolf, warum warst du nicht bei mir, als ich dich so brauchte? Wie sehr hätte ich deine Hilfe …." Wolfgang rang um seine Fassung. Er hatte doch nur gefragt, ob sie verheiratet ist. Was konnte daran so schrecklich sein, dass sie so heftig reagierte? Und wieso griff sie ihn derart an?

Endlich hörte sie auf ihn zu boxen und holte tief Luft. „Alles mit dir war so schön. Warum hast du das kaputt gemacht? Warum hast du mich in den Abgrund eines Lebens gestürzt, das mir nur Schmach und Angst brachte?" Sie machte eine Pause, als wäre sie sich nicht schlüssig darüber, wie sie fortfahren sollte. Dann sprach sie mit erhobener Stimme weiter: „Ich war damals lange Zeit am Boden zerstört und wollte einfach nicht begreifen, dass du mir nie mehr antworten würdest, wenn ich nach dir rief. Genau in dieser schweren Zeit begegnete ich einem Mann, der es verstand, auf mich einzugehen. Er nahm sich meiner Trauer und Einsamkeit an und verbrachte viel Zeit mit mir."

Sie stampfte mit den Füssen auf den Boden. „Warum nur habe ich nicht gemerkt, was sich hinter der fürsorglichen Fassade dieses Teufels verbarg?" Ein tiefer Schluchzer zwang sie zu einer Unterbrechung. Wolfgang spürte ein überraschtes Erstaunen in seinem Gesicht aufkommen. „Ja, Wolfgang Sommer. Du hast mich von dir weg gestoßen und mich damit in die Hölle dieses Dämons getrieben. Du bist schuld daran, dass ...." Ihre Stimmbänder versagten ihr den Dienst und ihre Augen ertranken in ihren Tränen. Wolfgang hörte, als sie weiter sprach, wie ihre Stimme bebte. „Tu mir so etwas nie mehr an, Wolfgang Sommer! Hörst du – nie mehr!" Er spürte, wie ihm das Blut in den Kopf stieg. Wie konnte er antworten – auf das, was sich da gerade vor ihm auftat. „Ja ..., nein ..., äh, natürlich nicht. Aber sag mir bitte, was dieser Mann dir angetan hat."

Lottes Kopf bewegte sich erst langsam, dann aber immer heftiger hin und her. „Ich kann nicht!" Mit einem Ruck stand sie auf. „Nicht heute. Bitte! Das alles hat mich zu sehr aufgewühlt. Sei mir nicht böse – aber ich gehe jetzt." „Oh nein, Lotte. Lass uns lieber über etwas anderes reden; bitte." Sie verneinte entschieden. Verzweiflung erfasste ihn. „Sehen wir uns wenigstens wieder?" Bang schwebte die Frage zu ihr hinüber. Mit einem Achselzucken reichte Charlotte ihm die Hand. „Komm, begleite mich zur Türe." Widerwillig erhob er sich. „Und?" „Was und?" „Sehen wir uns wieder, Lotte?" Seine Stimme klang gehetzt. „Weiß nicht. Ich muss erst eine Entscheidung treffen. Wolf, du hast mir so viel Unglück gebracht." Ein Schauer lief ihm den Rücken hinunter. „Entscheidung? Aber ...." „Ja – ich muss mein Herz befragen, ob es dich ...." Er schnitt ihr das Wort ab, ahnte er doch, wovon sie sprach. „Ob es mich noch will?" Sie nickte. „Ja, Wolfgang. Genau das!"

Kapitel 10

„Donnerwetter - da hast du aber einen schönen Blick auf den Fluss und den Schlossberg!" Charlotte strahlte. „Was glaubst du, wie toll der Blick nachts ist, wenn das alte Gemäuer angestrahlt wird. Bei klarem Himmel bin ich am allerliebsten hier auf meinem Balkon; dann lege ich mich ..." – Charlotte zeigte auf eine blau bezogene Metallliege in der Ecke – „... da drauf und schaue stundenlang in die Sterne." Wolfgangs Augen ruhten liebevoll auf ihr. „Willst du was trinken?" „Nur, wenn du auch ...." Sie lachte. „Wie früher, als wir stets das Gleiche taten. Weißt du noch?" „Und ob!" „Ja, ich schenk mir einen Roten ein; einen Bardolino Classico; der ist nicht so trocken; genauso, wie du ihn magst." Charlottes schmunzelte.

Als die Kristallgläser leicht aneinander stießen, war er es, der zuerst das Wort ergriff. „Lotte, ich hab mich riesig gefreut, als du mich anriefst. Danke, dass ich heute Abend kommen durfte!" Sein Blick war der strahlendste, der sein Gesicht seit langem verließ. „Es tut mir leid, dass ich neulich so abrupt gegangen bin; aber du hast einfach zu viele Wunden auf einmal aufgerissen, weißt du. Ich habe die drei Wochen seitdem wirklich gebraucht, um mir Klarheit zu verschaffen." „Hauptsache, dein Herz hat nicht ´Nein! zu mir gesagt." Das Ende des Satzes klang so deutlich nach einer Frage, dass Charlotte sie nicht ignorieren konnte; ein Grinsen huschte über ihr Gesicht. „Nun ja, schauen wir mal. Komm, setz dich hierher auf die Holzbank und erzähl mir ein bisschen von dir, Wolf." Und zu Tarzan meinte sie: „Hopp, mein kleiner Riese." Schon saß er neben ihr. „Was möchtest du wissen?" „Hm. Eines interessiert mich schon. Wenn du mich nicht zufällig vor meinem Laden gesehen hättest, wärst du dann nie auf die Idee gekommen, dich auf die Suche nach mir machen? Ich hab mich nämlich sofort nach dir umgesehen, als ich vor drei Jahren hier her kam. Wenn auch ohne Erfolg."

„Nun ja, darüber nachgedacht habe ich schon ab und an. Aber ich wusste ja gar nicht, wo ich suchen sollte, geschweige denn, dass du wieder in der Stadt bist. Und ...." „Was?" „Und außerdem stand zwischen uns etwas, was ich nicht vergessen habe." „Du sprichst in Rätseln. Was meinst du, Wolf?" „Na, deinen bitterbösen Abschiedsbrief. Dort kann ich ja lesen, dass du ...." Sie fiel ihm ins Wort. „Den hast du noch? Nein!" Ungläubiger hätte ihr Blick nicht sein können. Er schaute sie ernst an. „Doch, Lotte. Das wenige, was mir von dir blieb, als ich in der leer geräumten Wohnung stand, habe ich behalten! Den Schaukelstuhl und diesen Brief. Glaub ja nicht, dein Verschwinden wäre spurlos an mir vorüber gegangen." Halb murmelnd und mit zitternden Lippen sprach sie zu ihrem Hund: „Hörst du das, Tarzan? Er hat ihn aufgehoben. Ich kann´s nicht glauben." Die Hand, die sich nun auf Wolfgangs Arm legte, blieb wohltuend lange dort liegen. „Ja, deine letzten Zeilen standen zwischen uns. Wie konnte ich´s da wagen, dich zu suchen?" Er atmete tief durch. „Was hätte es gebracht, dich zu finden? Selbstverständlich würdest du verheiratet und Mutter dreier Kinder sein; und ich wäre nur noch der Hauch einer schwachen Erinnerung für dich gewesen. Oder du hättest mir wütend die Türe vor der Nase zugeschlagen." Lotte ließ den Blick an ihm vorbei gleiten.

„Und du?" „Wie – und ich?" „Warum hast du dich nicht schon viel früher darum bemüht, mich zu finden? Schon bevor du wieder hierher gezogen bist, meine ich?" Zu seiner Überraschung brauste sie auf: „Weil ich dich zu jener Zeit unbedingt vergessen und nie ..., nie ..., nie mehr sehen wollte!" Ihre Worte trafen ihn hart. Sofort bereute er gefragt zu haben. Ihre Stimme klang nach Zorn, doch in ihren Augen lag etwas anderes. „Entschuldige – aber versteh mich, Wolf; ich musste dich begraben; ganz tief unter der Erde. Nur so konnte ich dich und das, was geschehen war, irgendwann vergessen. Deshalb kam ich damals nicht auf den Gedanken, nach dir zu suchen. Das hätte nur wieder alle Wunden, die du mir schlugst, aufgerissen." Sie seufzte schwer. „Und außerdem ..."; sie unterbrach sich, weil sie schlucken musste; „... hätte es ..."; wieder blieben ihr die Worte im Hals stecken"; „... für mich ... keine Möglichkeit ... dafür gegeben." Wolfgang horchte auf. Hatte das etwa mit jenem Mann zu tun, von dem sie neulich nicht gerade freundlich sprach?

Charlottes Blick entschwand wie geistesabwesend irgendwo dort, wo ihre Erinnerungen sie hinzutreiben schienen. Eine merkwürdig gespannte Ruhe legte sich wie eine dunkle Wolke über die beiden. Es war eine höchst trügerische Stille - in Lottes Mimik gesellte sich zu jener Abwesenheit nun so etwas wie Aufruhr. Und tatsächlich - plötzlich änderte sich ihre Stimmung sichtbar – ruhig und dennoch unheilvoll. Die Finger ihrer rechten Hand begannen in kurzer, hektisch klingender Abfolge auf dem Tisch herum zu trommeln. Ihr Mienenspiel zeigte Wolfgang, dass sie aus jener Weite zurückkehrte; ihre Augen suchten unstet den Weg zu seinem Haaransatz, strichen quer über seine in Falten gelegte Stirn, wanderten wieder hinauf zu seinen Haarspitzen und nochmals zurück nach unten. Dann blickten sie direkt in die seinen - bedrohlich und angespannt. Schon sah er, wie Zornesröte in ihr Gesicht aufstieg; er kannte das aus früheren Zeiten, wenn sie ihren Ärger über irgendjemanden nicht mehr zurückhalten konnte. Als sich ihr Oberkörper dann auch noch kerzengerade und steif aufrichtete und ihre flache Hand donnernd auf der Tischplatte vor ihnen aufschlug, wusste er, dass ihn im nächsten Augenblick ein mächtiges Gewitter treffen würde.

„Verdammt, wie konntest du mich damals nur aus deinem Leben verbannen? Hast mich aus dem Paradies unserer Liebe unmittelbar in die Hölle getrieben!" Die Eiseskälte in ihrer Stimme ließ ihn frieren. Charlottes Miene war unnachgiebig hart geworden; die Wangenmuskeln waren angespannt. Hilflos kämpfte er gegen den vorwurfsvollen Inhalt ihres hitzigen Aufschreis. Was konnte er ihr nur sagen? Und was meinte sie nur mit ´Hölle`? Was musste sie erlitten haben? Stumm bleibend öffnete und schloss sich sein Mund. Suchend forschte sein Verstand nach einer Antwort. Ewige Sekunden dauerte es, bis er die ohnmächtige Stille durchbrechen konnte. „Es tut mir wirklich leid .... Nie hätte ich gedacht ..., Lotte. Ich meine ...." Es wollte ihm einfach nicht gelingen, die zu seinen verwirrten Gedanken passenden Worte zu finden. Doch irgendetwas musste er sagen! Er wich aus: „Sag mir doch lieber endlich, was es mit diesem Mann auf sich hat. Ich sehe doch, dass es da etwas Schlimmes gibt – oder etwa nicht?"

Schweigen trat zwischen die beiden. Erwartungsvoll und angespannt zugleich musterte er Lotte, doch ihren Gesichtsausdruck vermochte er nicht zu deuten. In ihren Augen war etwas Unentschlossenes zu erkennen; was mag sie, grübelte er, nur daran hindern, ihm davon zu erzählen? Lotte presste ihre Lippen aufeinander und senkte ihren Blick. Weil sie nichts sagte, platzte ihm der Geduldsfaden. Er wollte endlich eine Antwort, wenigstens auf diese eine Frage. „Lotte! Sag – bist du etwa verheiratet? Ist dein Ehemann der Grund für dein Zögern und diese Furcht in deinen

Augen?" Seine Aufregung war nicht zu überhören - so stimmgewaltig, wie er sprach.

Charlottes Gesichtszüge erstarrten. Sie legte langsam ihren rechten Zeigefinger über ihre Lippen. Es war ihm, als kämpften zwei Mächte in ihr. Bislang hatte sie sich bewusst geweigert, diese Frage zu beantworten. Ob sie es jetzt endlich tun sollte? Er sah sie an, doch ihr Mund blieb geschlossen. Erst als er dazu ansetzte, seine Aufforderung zu wiederholen, gab sie nach. Das aber, was er in einem einzigen Wort vernahm, war nicht das, was er zu hören sich erhofft hatte. „Ja!" - es war ein niedergeschlagenes ´Ja`; und ein von Angst erfülltes sowie nach Aussichtslosigkeit klingendes.

Für Wolfgang war es ein weit schlimmeres ´Ja`. Mit ihm lösten sich seine stillen Hoffnungen von eben auf jetzt in Luft auf. Lotte war also nicht frei – frei für ihn? Oh Himmel, warum hast du sie mir dann über den Weg laufen lassen? Er schloss die Augen, solange, bis sie erneut zu reden begann. Mit gepresster Stimme fuhr sie fort: „Ja, verheiratet, Wolf!" Er schwieg, auch weil er sah, wie schwer ihr diese Antwort fiel. Und er gab ihr Zeit, um sie für sich selbst zu haben; er brauchte sie, um das zu verdauen, was sie ihm soeben offenbarte. Wie sehr warf ihn das aus der Bahn! Erst Minuten später hörte er ihre nach Verzweiflung klingende Stimme. „Wolf, du musst mir helfen. Bitte! Ich fürchte mich so sehr!" Das Beben ihres Körpers bekräftigte ihre Worte. „Vor ihm?" Ein panischer Blick war ihre erste Antwort. Für den Bruchteil einer Sekunde merkte er, wie ihn dieses Entsetzen in ihren Augen mitzureißen versuchte. Doch er musste ruhig bleiben. „Wolf, du musst mich beschützen." „Natürlich! Das verspreche ich dir. Aber sag mir, was da mit dir und ihm los ist. Wie sonst kann ich dir helfen?" Sie schlug ihre Lider nieder. Wolfgang wurde ungeduldig. Nicht nur dieses Zögern zerrte an seinen Nerven. Nein

– er nahm bei dem Gedanken an den möglichen Grund ihres Zauderns ein beklemmendes Gefühl in seiner Brust wahr.

„Bitte, Lotte!" Sie verschränkte die Arme. Er ließ nicht locker. „Lotte, ich höre!" Sie stieß einen lauten Seufzer aus. „Also gut. Hör zu. Nachdem ich dich einigermaßen vergessen hatte, kam, wie gesagt, jener andere Mann in mein Leben. Niemals hätte ich allerdings gedacht, dass mich mein Sehnen nach Wärme und Nähe so unendlich blind machen würde." Sie atmete bei diesen Worten tief durch. „Im Handumdrehen gelang es diesem Teufel, mich mit seinem Charme zu erobern. Dass er mich schon ein Jahr danach in Angst und Schrecken versetzte, hätte ich mir nie träumen lassen."

Charlottes Stimme klang bei diesen Worten scharf und bitter; sie stöhnte laut auf und schaute Wolfgang flehend an. „Dieser Mensch ist ein wahrer Satan, Wolf!" Unvermittelt verließ Lotte augenscheinlich die Kraft, die sie bislang beim Berichten noch aufgebracht hatte, denn sie begann zu schluchzen. Ihre Hände legten sich über ihren Mund, der sich vor offenkundigem Entsetzen weit geöffnet hatte. Erst nach Wolfgangs „Lotte, du musst jetzt nicht weiter davon sprechen, wenn du nicht kannst" beruhigte sie sich. „Ach Wolf, es ist so schrecklich." Lottes Wangen waren fahl und eingefallen geworden und ihre Lippen bleich und zitternd wie Espenlaub beim leisesten Windhauch. Hilflosigkeit bemächtigte sich Wolfgang. Wie konnte er ihr nur helfen?

„Dieser Kerl ist …." Wolfgang sah zu, wie sich ihre Lippen nur noch wortlos bewegten. Sie fasste sich. „Erst lockte er mich mit schönen Worten; dann saß ich plötzlich in seiner Falle und konnte nicht mehr raus." Stocksteif, fast wie gelähmt, saß sie da und starrte

Wolfgang an. „Wolf, er war ..., er hat ....." Erneut brach sie ihren Satz ab. Nochmals versuchten ihre Lippen Worte zu formen, doch sie wurden von weiterem Schluchzen erstickt. Erst Minuten später gelang es ihr sich endgültig zu fangen, vermochte ihm jedoch nicht die Erklärung zu geben, auf die er so dringend wartete.

„Du, ich ..., ich schaffe es doch noch nicht." Sie drückte sich eng an ihn. „Halt mich fest, Wolf, ganz fest und lass mich nie mehr los." Er legte seine Arme um sie. Als er Nässe sein weißes Hemd durchdringen spürte, wusste er um die Flut ihrer Tränen, die sie an seiner Brust vergoss. Nach langen Minuten gemeinsamer Wortlosigkeit ergriff zu Wolfgangs Erstaunen Charlotte wieder die Initiative. Sie löste sich von ihm, richtete sich auf und atmete tief durch. „Lass uns über etwas anderes reden, ja! Sag, was hast du in dir gefühlt, als es das Theater nicht mehr gab? Interessiert mich, weil ich Jahre zuvor in derselben Situation war, als für mich das – hm, unser gemeinsames Theaterspielen verloren war." Wolfgangs Miene verfinsterte sich. „Was denkst du? Ich war fertig mit der Welt und mit mir selbst. Alles hatte ich verloren: Meinen Job, mein Einkommen – und ..."; er wurde kleinlaut; „.... dich. Ich wurde depressiv und missgelaunt, wusste nichts mit mir anzufangen. Wochenlang schlief ich nicht richtig, fragte mich, warum es das Schicksal so schlecht mit mir meinte." Er schaute in Lottes aufmerksame Augen. „Ja, mir ging es damals arg schlecht; bis ich mich fing und beschloss, wie du ja weißt, an die Uni zu gehen. Das Studium hat mir geholfen, wieder Fuß zu fassen. Doch mir fehlte etwas Wesentliches: Die Liebe. Mein Grübeln drehte sich immer und immer wieder um die Frage, warum es für mich in diesem Leben kein Glück gab. Ich hatte dich verloren und haderte oft mit mir, inwieweit ich an meinem Schicksal selbst schuld war." Er schaute sie traurig an. „Wenigstens die Antwort darauf wurde mir zunehmend klarer, als ich mich als studierter Psychologe mit meinem eigenen Ich zu beschäftigen begann."

Charlottes Aufmerksamkeit wuchs zunehmend. Endlich, dachte sie, gibt er preis, was ihn damals bewegte und wie er sich damit auseinandersetzen musste – so wie sie selbst, als er sie verstieß; und wie sehr er unter seiner Situation litt. Traurigkeit befiel sie bei der Erinnerung daran, dass sie ihm in jenem ersten, nie an ihn abgeschickten Brief genau das hasserfüllt gewünscht hatte. „Heute weiß ich, dass das Wesen meines Charakters das Problem war - woher es auch immer stammte; ob von meiner Erziehung zum gehorsamen Sohn oder von meiner Unfähigkeit, mich zu wehren. Allein durch meine Art hatte ich das zerstört und verloren, was mir während unserer gemeinsamen Zeit so viel bedeutet hatte, Lotte: Deine Wärme, deine Nähe, deine Zärtlichkeit. Mein Kopf ließ mir keine Ruhe; immer wieder stiegen damals jene Bilder von uns in mir hoch – Bilder unserer wunderbaren Zweisamkeit, die dort oben ..."; er tippte sich heftig an seine Stirn; „... für immer gespeichert waren. Ich begann an mir zu arbeiten, versuchte zu lernen anders zu werden, wenn es um wichtige Entscheidungen ging, die ich zu treffen hatte. Jahr um Jahr mehr gewann ich den Eindruck besser darin zu werden, klar und deutlich ´Ja` oder ´Nein` zu sagen. Nicht zu dem, was andere von mir wollten, sondern zu dem, was ich selbst wollte."

Charlotte kam aus dem Staunen nicht mehr heraus. Hatte sich dieser Mann da vor ihr tatsächlich vom Saulus zum Paulus verwandelt? War er seinerzeit wirklich soweit in sich gegangen, um zu begreifen, warum das Alles damals so schief lief? „Doch weißt du, Lotte, die richtige Nagelprobe, also eine Sache, bei der es wirklich um alles ging, fehlte mir in dieser Zeit der Selbstfindung – so etwas wie damals mit dir und Carmen und Vater. Allerdings ....." „Ja?" „Seit ich dich neulich vor dem Blumenladen entdeckte, gibt es so etwas wieder – nämlich die zu treffende Entscheidung, dich wieder haben zu wollen. Und dieses Mal habe ich ganz allein entschieden und ´Ja` gesagt. Auch – zugegeben – wenn ich dabei schon noch einige innere Hürden überwinden musste, wie du ja leider erlebt hast." Lotte schmunzelte und dachte dabei an seine dämliche Verkleidung. „Und hätte ich nicht so stur an meinem Wunsch, dich zu treffen, festgehalten, säße ich wohl nicht hier, nichtwahr?"

Lotte richtete sich auf. „Wolf, das hast du gut gemacht! Und weißt du auch warum? Weil du mir damit Mut machtest, ebenfalls eine Entscheidung zu treffen; dich nämlich aufzusuchen, dich an mich herankommen zu lassen und dich heute sogar in mein zu Hause einzuladen." Im nächsten Augenblick spürte er ihre Lippen auf seinem Mund. „Danke dafür!" Dann ließ sie abrupt von ihm ab und fuhr fort: „Aber trau dich nicht, mit mir zu spielen, Dr. Sommer!" Ihr Blick zeigte, wie ernst es ihr war. Doch sofort schwenkte sie um. „Und jetzt gehen wir beide ins Esszimmer; schließlich habe ich für uns gekocht. Holst du den Wein aus dem Regal im Wohnzimmer und die Gläser, ja?! Dann kann´s gleich losgehen."

So wurde der Abend mit einem dreigängigen Menü eingeläutet; daraufhin saßen sie beide noch einige Stunden auf dem Balkon und beantworteten sich gegenseitig all die Fragen, auf die sie Antworten haben wollten. Die jedoch zu stellen, die Wolf am meisten interessierte, unterließ er trotz seiner großen Neugierde - und auch Sorge - wohlweißlich. Die Sache mit jenem Bösen in ihrem Leben sollte Lotte selbst zum Thema machen; zu sehr hatte er den Schmerz erkannt, der sie hierzu plagte. Erst, als es von der Kirchturmuhr zwölf schlug, begriffen die beiden, wie spät es geworden war. Mit einem deutlichen Blick auf die mittlerweile zwei geleerten Rotweinflaschen meinte Lotte: „Wolf, so kannst du nicht mehr fahren. Wenn du willst, kannst du hier bleiben. Allerdings ..."; sie hob ermahnend den Zeigefinger; „... nur, wenn du auf dem Sofa schläfst. Okay?" Glücklicher hätte sie ihren Wolf wohl an diesem Abend nicht machen können. „Natürlich okay!"

Kapitel 11

Wolfgang schreckte auf. Krampfhaft versuchte er sich zu konzentrieren. Was war das eben, das ihn aus seinem Schlaf riss? Er lauschte. Wie aus weiter Ferne kommend, drangen nach Angst klingende Schreie und Worte an sein Ohr. „Lass mich. Geh weg!" Dann ein „Hilfe!", bevor lautes und Herz zerreißendes Schluchzen zu ihm drang. Mit einem Schwung stellte er sich auf die Füße und folgte im Licht des durchs Wohnzimmerfenster scheinenden Vollmondes jener Stimme. Er strengte sich an, die Unbegreiflichkeit seiner Wahrnehmung einzuordnen. Keine Sekunden vergingen, bis er vor Lottes Schlafzimmertüre stand. Wieder vernahm er einen Schrei. Entschlossen drückte er die Klinke hinunter, stand im nächsten Augenblick an der Kante ihres im fahlen Schein des Mondes stehenden Bettes – und zuckte zusammen. Stocksteif aufrecht saß sie auf ihrem Laken. Ihr Mund stand halb offen. Zu seiner Überraschung aber waren ihre Augen geschlossen. Lottes Gesicht glich einer einzigen von Entsetzen gezeichneten Grimasse. In der Rechten ihres ausgestreckten Arms hielt sie etwas, das in ihm intuitiv Angst erzeugte. Wolfgang rieb sich die verschlafenen Augen; es war etwas metallisch Schwarzes, das unmittelbar auf ihn gerichtet war. Schlagartig verlor sein Gesicht jede Farbe; er glaubte zu spüren, dass seinen Kopf alles Blut auf einmal verließ. Verdammt! Ein Revolver. Einem Reflex folgend duckte er sich und schrie: „Charlotte, ich bin`s, Wolfgang. Dein Wolf!" Entsetzt starrte er sie an. „Mach die Augen auf, Lotte!" Blitzschnell sprang er zur Seite, um ganz aus der Schusslinie zu kommen und versuchte, von der Seite nach ihrem Arm, nach ihrer Hand, nach der Waffe zu greifen. Im selben Moment sah er, wie sich ihre Lider öffneten; ihre Augen richteten sich auf ihn, dann auf ihre Hand, deren Finger sich um dieses tödliche Eisen krallten. Sie schien begreifen zu wollen. Sekundenlang. Dann plötzlich kam ihr Aufschrei; schrill und verzerrt. „Oh Gott!" Tonnenschwer fiel ihre Hand aufs Bett.

Entsetzen klang in ihrer Stimme. „Wolf. Er …. Er …. Er war wieder hier!", brach es schluchzend aus ihr heraus. „Wolf, hilf mir doch! Ich halte es nicht mehr aus. Er lässt mich nicht in Ruhe?" Der nur mit seinem schwarzen Slip bekleidete Mann vor ihr verstand nichts – überhaupt nichts. Wer ist ´Er`, fragte er sich, vor Schreck noch ganz aufgewühlt. Wolfgang war völlig überfordert. „Hab keine Angst, Liebes. Hier ist niemand. Nur ich. Ganz sicher! Du hast nur schlecht geträumt." Doch dann fuhr er sehr bestimmt fort: „Und bitte, lass den Revolver los, ja!" Sie starrte nach unten. „Du lieber Himmel, was tue ich da? Habe ich dich etwa …?" „Nein, noch nicht. Wäre doch auch sehr schade um mich, oder?!" Wie ihm in dieser Situation noch Ironie gelang, verstand er dabei nun wirklich nicht! Lotte löste ihre Finger von der Waffe. Sofort rollte sich Wolfgang zu ihr, griff danach und schob den Gegenstand seines Entsetzens unters Bett. Erst dann setzte er sich neben sie und nahm sie behutsam in seine Arme. „Ganz ruhig, Liebes; ich bin bei dir." Lottes Weinen wurde nun zügellos. Sie umklammerte ihn wie eine Ertrinkende. „Ich kann nicht mehr; ich halte diesen Terror einfach nicht mehr aus. Wolf, bitte hilf mir", flehte sie ihn an.

Fragen über Fragen jagten rasend schnell durch sein Gehirn. Was hatte das Alles nur zu bedeuten? Wovor hatte sie solch eine panische Angst, dass sie mit einem Revolver im Bett schlief; und woher hatte sie den überhaupt? War dieser ´Er` ihr Mann? Wolfgang überlegte, rekapitulierte im Bruchteil einer Sekunde den gestrigen Abend. Was hatte sie erzählt? Gedankenfetzen jagten durch seinen Kopf. Geht sie tatsächlich seinetwegen mit dieser Waffe schlafen? Wolfgang unterbrach seine Suche nach der Wahrheit und antwortete der zitternden Frau in seinen Armen. „Natürlich, Liebes, helfe ich dir." Seine Stimmlage wurde härter: „Aber sag mir bitte – meinst du mit ´Er` deinen Ehemann?"

Charlottes Reaktion auf seine Frage überrollte Wolfgang förmlich - gleich einer über ihn stürzenden Riesenwelle. Zuerst nahm er ein Herz erweichendes Stöhnen wahr und danach eine unaufhaltsame Flut von Worten und Sätzen, welche aus ihr heraus brach – so heftig, als könnte sie dem Druck, der auf ihr zu lasten schien, nicht mehr Stand halten. „Ja! Er ist der Teufel in Person. Er ist .... Er will mich ...." Sie senkte den Blick. „Deshalb die Schusswaffe?" Sie nickte. „Die hab ich ihm weggenommen; ich brauch sie, wenn er kommt, um mich zu holen; dann erschieß ich ihn. Ja, das tu ich! Er droht mir. Nicht nur nachts in meinen Träumen. Auch am Tag. Immer wieder. Seit ich ihm weggelaufen bin. Nicht mehr, indem er mir mit seiner Faust zu verstehen gibt, dass er mich jederzeit totschlagen kann, weil ich schließlich sein Eigentum sei. Aber indirekt – und unmissverständlich. Wolf, wenn er mich findet, geht alles wieder von vorne los. Wie oft hatte ich Todesangst, wenn er betrunken nach Hause kam – und auch sonst, wenn es ihm einfach danach war, mir seine körperliche Überlegenheit zu zeigen. Nie hätte ich am Anfang gedacht, dass er so ein gemeiner Sadist war. Sein Charme war einfach überwältigend. Zu Beginn umgarnte er mich mit Liebesschwüren, verwöhnte mich mit allem, was es zu kaufen gab. Von seinen Geschäften erzählte er mir zwar nur oberflächlich, aber er schien im Geld zu schwimmen. Er sei in der Finanzbranche sehr erfolgreich, erklärte er nur, wenn ich mehr wissen wollte."

Charlottes Worte überschlugen sich vor Aufregung. „In meiner Verliebtheit war ich total verblendet – ich dumme Kuh", fügte sie, hörbar wütend auf sich selbst, hinzu. „Aber später hätte ich stutzig werden müssen! Allzu rasch hatte er darauf gedrängt, dass wir heiraten. ´Ich will dich besitzen, Liebste, mit Haut und Haaren. Du gehörst jetzt mir, nur noch mir, du meine Süße!`, hatte er mir stets ins Ohr geflüstert, wenn er mit mir schlief. Immer lauter und vehementer wurde sein Werben, bis es sich zu einer unnachgiebigen Forderung auszuwachsen begann. Deshalb wohl war ich nicht fähig, meinen Verstand reagieren zu lassen. Zu beeindruckt war ich von der perfekten Fassade dieses tollen Mannes, die er vor mir aufgebaut hatte. Zu verlockend war der Hoffnungsschimmer in mir ...“; sie senkte ihren Blick; „... wieder einen Mann gefunden zu haben, dem ich etwas bedeutete. Also ließ ich mich letztendlich gerne auf eine Heirat ein. Ach Wolf, es ist alles so schrecklich!"

Wolfgangs Mund stand offen; er war überwältigt und erschüttert. Lotte vergrub ihr Gesicht in ihre Handflächen und schluchzte wieder. Er versuchte sie zu beruhigen: „Liebes, wenn du nicht weiter erzählen möchtest ...?" „Nein, nein, Wolf; es muss endlich raus aus mir; ich ersticke sonst noch daran. Du sollst alles wissen. Also ...." Sie richtete sich wieder kerzengerade auf und schniefte, bevor sie weiter sprach: „Also, kaum hatte er mich mit einer pompösen Hochzeitsfeier zu seiner Ehefrau gemacht, begann er sein wahres Gesicht zu zeigen. Er wurde unaufmerksam, als hätte er sein Ziel erreicht und müsste sich keine Mühe mehr geben. Es gab keine Liebesbriefe, keine Blumensträuße, keinen Schmuck mehr für mich. Er kümmerte sich überhaupt nicht mehr um mich, ließ mich links liegen, kam sehr spät - und oft nächtelang gar nicht - nach Hause. Tauchte er dann irgendwann auf, riss er mich aus dem Schlaf, schrie mit mir herum und erniedrigte mich ..." - wieder kämpfte Charlotte um ihre Stimme - „... auf ganz schlimme Weise. Am schmerzlichsten war es aber für mich, wenn er ohne ersichtlichen Grund tagelang nicht mit mir sprach. Er behandelte mich wie Luft. So etwas halte ich aber nicht aus, Wolf; du weißt, ich brauche Zuwendung, Nähe, Zärtlichkeit - nicht aber diese eiskalte Lieblosigkeit.

Wenn ich es dann nicht mehr ausgehalten habe, bin ich tatsächlich wie ein getretener Hund zu ihm gekrochen und habe ihn um Verzeihung gebeten – Verzeihung für etwas, was ich ja überhaupt nicht getan hatte. Ich flehte ihn auf Knien an, doch wieder gut zu sein. Darauf hatte er es ganz offensichtlich abgesehen; er wollte mich damit klein machen, wollte mir jede Kraft und jedes Selbstbewusstsein rauben. Hatte er das geschafft, spielte er schlagartig den Liebenden, verwöhnte mich, schlief zärtlich mit mir. Einerseits genoss ich es dann so sehr, seine Wärme zu spüren; andererseits fühlte ich mich aber so schrecklich benutzt. Kaum hatte er nämlich seinen Spaß gehabt, warf er mich sprichwörtlich wieder in die Ecke, sodass es mir schlimmer als vorher ging."

Wolfgang saß wie benommen da. Entrüstung und Wut auf jenen Kerl kochten in ihm hoch. „Was für ein Mistkerl! Wie lange ging das mit Euch? Warum bist du nicht von ihm weg? Sag!" Vehement brach es aus ihr heraus: „Das ging doch gar nicht! Er hatte mich ..." - sie zögerte - „... irgendwie abhängig von sich gemacht. Mit seinem Zuckerbrot- und Peitsche-Spiel hatte er mich im Griff. Außerdem dachte ich tatsächlich, ich könnte ihn mit meiner Liebe wieder in den Mann verwandeln, in den ich mich anfangs verliebt hatte. Wie dumm ich doch war! Und von ihm weggehen – Wolf, du hast ja keine Ahnung!" Sein fragender Blick bohrte sich in ihre Brust. „Ich hatte schlicht und ergreifend nackte Angst vor ihm. Er konnte sehr, sehr brutal sein und drohte mir, niemals auch nur an so etwas zu denken. Ich höre noch immer seine Stimme: `Ich würd dich überall finde, mein Schatz, und dir dann ein bisschen Säure in dein hübsches Gesichtchen kippe` hat er mir immer wieder in seinem sarkastischen Tonfall gesagt. Oh, wie ich ihn hasse!"

Sie biss sich auf die Lippen. „Aber es kam noch viel schlimmer. Irgendwann begann er damit, mitten in der Nacht irgendwelche Kerle, die er Geschäftsfreunde nannte, mit nach Hause zu bringen. Die trugen zwar, wie er, nur feine Anzüge, benahmen sich aber wie Pöbel. Oft waren sie angetrunken und grölten herum; ohne Rücksicht darauf, dass ich schlafen wollte. Eines nachts ..."; die zitternde Frau neben Wolfgang hielt sich für einen Moment mit beiden Händen ihren Mund zu, als wollte sie das im Keim ersticken, was ihre Stimme nun verraten sollte; „... kam er wieder mit diesen Typen im Gefolge heim; natürlich so laut, dass ich schlagartig aus dem Schlaf aufschreckte. Plötzlich rissen sie die Schlafzimmertüre auf und stürzten sich auf mich. Er stand dabei hämisch grinsend im Flur. An den Haaren zogen sie mich aus dem Bett, schleifte mich halbnackt ins Wohnzimmer und ...." „Und?", schrie Wolfgang entsetzt auf.

„Sie zwangen mich, vor ihnen zu tanzen – und am Ende mit ihnen ...." Wolfgang sah, wie sich ihre Hand erneut über ihren Mund stülpte, so, als müsste sie sich sogleich übergeben. Sie flüsterte nur noch. „Wolf, oh, Wolf, ich schäme mich noch heute so sehr." Seine Arme legten sich um sie. „So hat er mich dann regelmäßig erniedrigt – und mir brutal in den Bauch geboxt, wenn ich mich zu wehren wagte." Stumm vor Ohnmacht starrte Wolfgang sie an. „Erst viel später ist mir klar gemacht worden, was er mit mir vorhatte; dieser Unmensch war dabei, mich zu seiner Prostituierten zu machen, indem er alles daran setzte, mir jegliche Selbstachtung zu nehmen. Deshalb zwang er mich mit Gewalt zu solchen ekelhaften Dingen." Wolfgang atmete schwer. „Was meinst du mit klar gemacht worden? Von wem?" „Von meinem Anwalt – und meiner Therapeutin." „Thera... !" „Ja, Wolf! Ich war nur noch ein Schatten meiner selbst, als ich floh."

Wolfgangs Finger krümmten sich, bildeten Fäuste. Seine Gesichtszüge spannten sich. Er versuchte seine Erschütterung in Worte zu kleiden. „Ich .... Ich könnte ihn .... Wo ist dieses Schwein? Sag es mir! Damit ich ihn umbringe." Lotte bewegte ihre Schultern heftig auf und ab, so, als wollte sie ihre Abscheu vor ihrem Peiniger loswerden. „Wolf, denk nicht einmal daran; Ference – ach so, das hab ich noch nicht gesagt; so heißt das Zuhälterschwein; Ference Büyük. Also dem bist du nicht gewachsen! Er ist ein körperlich durchtrainierter Karate-Kämpfer; er benutzt tödliche Waffen, als handele es sich um Spielzeug; er ist absolut skrupellos." Wolfgang aber beharrte auf seiner Frage: „Wo ist dieses Stück Dreck, Lotte? Sag es mir!" „Zurzeit sitzt er noch den kleinen Rest einer Gefängnisstrafe ab; wegen wiederholter schwerer Körperverletzung." Sie schloss die Augen und schnaubte ihre Not heraus: „Aber meine Ruhe vor ihm habe ich dadurch trotzdem nicht; er hat seine Leute auf mich angesetzt."

Wolfgang glaubte zu fühlen, der Boden unter ihm bewegte sich. Lottes Worte wiederholten sich in seinem Kopf: ´Dem bist du nicht gewachsen - der hat seine Leute auf mich angesetzt.` Abgründe taten sich vor ihm auf. Er spürte Angst in sich aufkommen, Angst vor einer Situation, der er machtlos ausgesetzt war. Wie sollte er Lotte helfen können, wenn sie selbst daran zweifelte, er könnte das schaffen? Er fühlte sich so unendlich hilflos – genauso, wie Lotte. Er saß da, erstarrt von dem, was sich an Schreckensbildern vor ihm aufbaute - aufbaute wie ein Monster, das all seine Gedanken an das Gute im Menschen mit dessen gierigem Maul verschlang. Während seine Augen fassungslos an ihr vorbei blickten, tauchten in seinem Kopf urplötzlich Worte auf. Lottes Worte. Solche, die ihm vorgeworfen hatten, er sei an ihrem Schicksal schuld. Jetzt, da sie ihm ihr Unglück in den hässlichsten Farben geschildert hatte, wusste er, was sie damit gemeint hatte. War er denn wirklich für all das verantwortlich? Weil er sich damals anders entscheiden musste? Wäre sie andernfalls nicht in die Fänge dieses Kerls geraten? Rasch schlug er die Lider nieder. Er wollte nicht sehen, was ihm da klar werden wollte.

Erst Minuten später fing er sich. „Aber sag, Lotte, du bist ihm dann entkommen?" „Ja, Wolf! Ich habe so viel Schreckliches ertragen müssen, bis ich es eines Tages nicht mehr aushalten konnte – nach einer ganz besonders schlimmen Nacht, in der er mir das da antat." Ihr ausgestreckter Finger deutete auf die Narbe über ihrer Nase. „Das war also er! Ich wollte dich bis jetzt nicht danach fragen; dachte, du würdest mir irgendwann von selbst erzählen, woher sie stammt." „Ja, er! Die gab mir den Rest – und rüttelte mich endgültig wach; meine Panik vor einer weiteren Strafaktion war übergroß; wie schlimm würde es das nächste Mal für mich ausgehen, wenn jene letzte Nacht schon die Hölle gewesen war?! Tags darauf, am späten Abend, als der Mistkerl die Wohnung verlassen hatte, um am Kiosk Bier zu holen, überwand ich all meine Furcht und raffte in Windeseile ein paar Sachen zusammen. Dann rannte ich die Treppe hinunter auf die Straße, um in die entgegengesetzte Richtung zu flüchten; ich bebte vor Angst davor, dass er mich dennoch erwischen und wieder nach oben schleifen würde, um mich brutal zusammen zu schlagen und dann wieder zu ...." Charlottes Stimme versagte.

Wolfgang zitterte vor Wut. „Und – hat er dich ...?"
„Ich hatte Glück und erreichte die gerade abfahrende
Straßenbahn. Wie benommen drückte ich mich dann
ganz tief in einen Sitz. Dort saß ich, völlig in mich
versunken, Station um Station; mit geschlossenen
Augen wollte ich nichts mehr sehen, mit tauben Ohren
nichts mehr hören, mit erstarrten Gedanken nichts
mehr wissen von all dem, was mich verfolgte. Ich verlor jegliches Gefühl für Raum und Zeit, ja, für mich
selbst - war ich doch in all diesen Jahren unter diesem
Teufel zu einem Nichts zusammen geschrumpft. Allein
das Rattern und Quietschen der metallenen Wagenrä-
der auf den eisernen Schienen drang in mich – monoton und nichts sagend. Irgendwann aber fuhr ich zu
Tode erschrocken zusammen; eine raue Männerstimme über mir sprach mich mit einem lauten ´Hallo!`
an. So, dachte ich, das war´s jetzt! Nun würde er mir
wieder mit seinen Stiefeln in den Bauch treten, mir die
Kraft seiner Fäuste beweisen und mich an den Haaren
nach Hause zerren. Lieber wollte ich auf der Stelle
sterben. Als ich mit halb geöffneten Augen verängstigt
aufschaute, stand er vor mir. Ein großer, kräftiger
Mann. Völlig verloren blickte ich in sein Gesicht und
dann nach Rettung suchend an ihm vorbei. Doch alles
hatte sich gegen mich verschworen. Der Bahnwagen
war leer, kein einziger Fahrgast hätte mir helfen können. Durch die Fensterscheiben erkannte ich, dass die
Straßenbahn in einer riesigen, nur schwach beleuchte-
ten Halle stand.

„Und ...?" Wolfgangs Blick flackerte vor Aufregung.
„Und ...? Lotte, sag!" „Ich erinnere mich noch an seinen lustigen Dialekt; ungefähr so: ´Kann i Ihne helfe?
Is Ihne net gut?` Erst da begriff ich, dass es nicht
Ference oder einer seiner Schläger war. ´I bin de Fah-
rer`, sagte er dann. ´Mer sin im Depot ogekomme. Sie
müsste jetzert aussteige!` Ich war völlig durcheinan-
der; wusste ja nicht, wo das Straßenbahn-Depot lag;

und wohin ich gehen sollte? ´Kann i Ihne helfe?`, hat er noch mal gefragt. Er sah mir wohl an, wie dreckig es mir ging. Ich glaub, da hab ich hemmungslos angefangen zu weinen. Weißt, Wolf, da war plötzlich einer, der es gut mit mir meinte. Nachdem ich mich einigermaßen gefangen hatte, hab ihm dann erzählt, was passiert war und dass ich nicht wusste, wohin. Hat mir ganz ruhig zugehört und dann gemeint, ich könnte mit zu ihm. Seine Frau würde im Frauenhaus arbeiten und wüsste schon, was zu machen war. ´Mädche, seie Sie ganz ruhig; nun kann Ihne nix mehr passiere!` Wolf, du glaubst nicht, wie gut mir diese Worte getan haben. Ja", schluchzte Lotte, „so entkam ich an diesem Abend der Hölle."

„Da hattest du wirklich ganz großes Glück." Er lachte bitter. „Deshalb auch der Revolver. Den hast du von ihm?" „Hab ich mitgenommen, als ich davonlief. Ich wusste ja, dass er stets schussbereit im Regal hinter den Büchern lag. Den brauche ich." „Den fasst du nun aber nicht mehr an, hörst du! Hättest mich ja um ein Haar erschossen." Sie schaute ihn an. „Doch! Den brauch ich; wenn er auftaucht." „Aber du willst ihn doch nicht etwa ...?" Er scheute sich auszusprechen, was er dachte. Ihm lief ein Schauer über den Rücken, während er sie fragend fixierte.

Statt einer Antwort fragte sie nur: „Willst du wissen, wie es weiterging?" und fuhr, ohne seine Antwort abzuwarten, fort: „Also, die Frau des Straßenbahnfahrers war sehr hilfsbereit und brachte mich für die ersten Tage in diesem Haus unter, in dem erstaunlich viele vor ihren Männern weg gelaufene Frauen Unterschlupf gefunden hatten. Mit den beiden als Begleitschutz hob ich bei der Bank mein Sparguthaben ab; ich hatte doch damals - erinnere dich - Onkel Heinis kleines Vermögen geerbt. Zum Glück bewahrten mich meine Schutzengel davor, Ference davon zu erzählen.

Nun ja, diese tolle Frau half mir auch, aus der Stadt heraus zu kommen. Ich bräuchte irgendwo anders eine Wohnung, hatte sie gemeint und sich darum gekümmert. Sie fand für mich, ausgerechnet hier in unserer Stadt – welch ein eigenartiger Zufall - als Untermieterin bei Freunden eine klitzekleine Wohnung; natürlich hatte ich mich zunächst nicht polizeilich umgemeldet; erst später, mit Hilfe meines Anwalts; der sorgte für einen Sperrvermerk im Melderegister. Wäre ja viel zu gefährlich gewesen. Sogar eine Arbeit in einer Gärtnerei, in der ich – freilich für einen Hungerlohn - ohne Papiere arbeiten konnte, beschaffte sie mir. Ich wusste, dass es für mich ein Zurück in mein altes Leben nicht geben konnte. Aber von irgendetwas musste ich ja leben."

Nun konnte ein vor Anspannung fast platzender Wolfgang nicht anders; er unterbrach sie. „Aber du hast das Schwein dann angezeigt." Sie schaute ihn verständnislos an und schüttelte den Kopf. „Nein! Wolf, was hätte das gebracht? Spätestens vor Gericht hätte ich ihm wieder gegenübertreten müssen. Ich wollte ihn um alles in der Welt nie mehr sehen müssen." Wolfgang schnaubte ärgerlich, besann sich dann jedoch und tadelte sich selbst wortlos für seine naive Vorstellung. „Nun, langsam erlangte ich damals wieder etwas Selbstsicherheit, lebte jedoch äußerst zurückgezogen. Meine Frisur und meine Kleidung hatte ich total verändert. Ich traute mich weder abends durch die Stadt zu bummeln noch in ein Lokal zu gehen; stets hatte ich diese tief sitzende Angst davor, sie – entweder er oder einer seiner Kumpane, die er in so vielen Städten sitzen hat - könnten dort auftauchen und mich entdecken. Ganz sicher hat der Mistkerl von Ference eine Fangprämie auf mich ausgesetzt. Irgendeiner hätte mich dann an einer dunklen Straßenecke abgefangen und einfach erstochen. Weißt du – nur so hätte er vor seinen Leuten wieder gut da gestanden;

schließlich war diesem Macho-Schwein die Frau weggelaufen. Das muss ihn furchtbar in seiner Ehre getroffen haben!"

Vor Wolfgangs innerem Auge spielte sich die von Lotte angedeutete Szene ab – blutend und schmerzverzerrt lag sie im schmutzigen Nass einer unbeleuchteten Gasse und röchelte fast schon besinnungslos ein letztes ´Hilfe`. Ihn schauderte. Nur mit Mühe gelang es ihm, sich von diesem Bild – und von dem Gedanken daran, dass er an ihrem Tod vielleicht tatsächlich eine Mitschuld getragen hätte, zu befreien. Krampfhaft versuchte er, sich auf die Realität der Gegenwart zu konzentrieren. Wie konnte er ihr nur helfen? „Noch heute lebe ich in dieser Angst, zumal er mir seine Warnungen, mir etwas Schlimmes anzutun, schon geschickt hat." „Wie – geschickt?", brauste er auf. „Ich denk, er weiß nicht, wo du bist." „Weiß er auch nicht. Aber er kennt natürlich die Adresse meines Scheidungsanwalts."

„Du bist geschieden? Ich denke ...." Lottes Kopfschütteln unterbrach ihn. „Nein. Die Scheidung läuft – wenn auch schon jahrelang." Ihre Augen änderten wieder ihren Ausdruck und schlüpften, wie es ihm schien, in ein schwarzes Kleid tiefer Trauer und Hoffnungslosigkeit. „Er wehrt sich mit Händen und Füssen gegen ein Scheidungsurteil. Und er droht meinem Anwalt – natürlich in unverfängliche Worte gekleidet - damit, mich eher zu töten als mich als Ehefrau aufzugeben." Beklemmung sowie Furcht zeichneten sich in ihrem Gesicht ab. „Wie meinst du das?" „Nun, er hat ausrichten lassen, ich solle daran denken, was der Pfarrer damals in der Kirche sagte." Er ahnte, was sie meinte. „Bis dass der Tod euch scheide?" Sie hob und senkte ihren Kopf leicht. „Aber das kann er doch nicht ernst meinen; so etwas ...", hakte er ein, wurde aber unmittelbar unterbrochen. „Ich kenne ihn und weiß sehr wohl, wie todernst er das meint; glaube mir, Wolf. Wenn er mich kriegt, dann ...“; ihre Stimme starb mitten im Satz. Ein Schütteln durchzog ihren Körper.

Wie sehr sie ihm in diesem Augenblick Leid tat! Und wie furchtbar unwohl er sich in seiner eigenen Haut fühlte! Er widerstand der Versuchung, mit weiteren Fragen seine Finger in die Wunde zu legen, die Lotte so sehr schmerzte. Mit Absicht wählte er deshalb ein ganz anderes Thema. „Aber wieso gehört dir heute ein Blumengeschäft, Charlotte?“ „Gehört mir nicht; hab ich nur gepachtet. Das war Glück, ein wunderbarer Zufall. Durch meine Arbeit in der Gärtnerei entdeckte ich meine Liebe zu Pflanzen und Blumen. Irgendwann erzählte mir eine Kundin, eine alte Dame wollte aus Krankheitsgründen ihren Blumenladen aufgeben. Ich witterte eine Chance für mich; also besuchte ich sie öfter. Schon bald hatten wir uns ein wenig angefreundet. Nachdem ich ihr mein Interesse an ihrem Geschäft bekundet hatte, wurden wir tatsächlich handelseinig – sie war dabei sehr großzügig. Einen Monat später hatte ich den Blumenladen gepachtet.“ Der Hauch eines befreiten Lächelns huschte über ihr Gesicht. „Weißt du, der Laden macht mir so viel Spaß. Es ist einfach schön, anderen Menschen mit Blumen Freude zu bereiten.“ „Hm! Mit Calla zum Beispiel, deinen Lieblingsblumen“, meinte Wolfgang spitzbübisch und entlockte Charlotte damit ein Schmunzeln. „Das weißt du noch? Ach Wolf, du Lieber.“ Wie gut ihm diese Worte taten!

„Und wann wirst du geschieden sein, Lotte?“ Anspannung und Neugierde bezwangen ihn, trotz allem nochmals auf das heikle Thema zurückzukommen. Sie atmete tief durch. „Ference war sehr gerissen. Er spielte einfach ´Toter Mann` und tauchte unter. Gerichtliche Schreiben wurden nicht beantwortet. Es schien ihn einfach nicht zu geben. Nur mit Hilfe eines Detektivs bekam mein Anwalt heraus, dass sich dieser Verbrecher bei einem seiner Kumpel eingenistet hatte. Doch von dort verschwand er auch bald wieder und blieb unauffindbar. Dann aber erfuhren wir, dass die Polizei ihn erwischt hatte. Er wurde wegen dieser Sache mit der Prostituierten verurteilt und sitzt seitdem im Knast." Wolfgangs ebenso hasserfülltes wie befriedigtes „Gut so!" unterbrach sie nur kurz.

„Von da an war er zwar für die Scheidungssache erreichbar; das hatte uns aber wieder nichts geholfen. Sein Anwalt stützte sich auf irgend so einen blöden Paragrafen - von wegen Härtefall oder so; seine Resozialisierung sei gefährdet, wenn man ihm das Fundament seiner Ehe wegnehmen würde. Ich habe damals gekocht, aber uns waren erst einmal erneut die Hände gebunden." „Das ist ja Hohn und Spott. So ein gemeiner Hund!" „Richtig! Und es ging weiter. Mein Anwalt bekam immer wieder Anrufe. Und Post. Für mich. Natürlich anonym. Auch eine Fangschaltung brachte nichts; die Anrufe kamen von öffentlichen Fernsprechern. Danach ging es erst richtig los. Eines Tages kam ein Drohbrief aus zugeschnittenen Zeitungsbuchstaben; das ist seine Lieblingsmethode Angst zu verbreiten. Schrieb von ungehorsamen Ehefrauen. Und davon, wie früher Hexen gefoltert und verbrannt wurden. Und von anatolischen Opferriten. Du musst wissen, Ference Vater war ein streng konservativer Türke. Den Brief hat die Kripo nach Spuren untersucht – wie erwartet war jedoch nichts Brauchbares darauf zu finden. Monatelang ging das so weiter – bis ...“; in Charlottes Stimme schwang nun wieder diese sie schier überwältigende Angst von vorhin; „... vor zwei Monaten das bisher Schlimmste geschah."

Nichts Gutes ahnend sah er sie mit fragenden Augen an. „Da rief mich mein Anwalt im Laden an und meinte, er habe ein größeres Päckchen ohne Absender in seine Kanzlei geschickt bekommen. Die Adresse bestünde aus grob ausgeschnittenen Zeitungsbuchstaben. Er hätte keine Lust gehabt, hatte er ironisch gemeint, wegen einer Briefbombe sein Büro renovieren lassen zu müssen. Aber es war ihm verdammt ernst damit, glaube ich. Nun, die Polizei hat es dann von ihren Sprengstoff-Experten öffnen lassen." „Und?" „Eine Plastiktüte war drin. Mit ..."; Wolfgang sah, dass sie all ihre Kraft aufbringen musste, um sich zum Weiterreden zu zwingen. „... dem abgeschnittene Kopf eines ..."; wieder blieben ihr die weiteren Worte im Hals stecken. „Was, eines ...?"; Wolfgangs Frage klang wie ein Schrei der Empörung, das Schlimmste erwartend. „... eines kleinen Hundes. Alles war voller Blut, hat der Polizist meinem Anwalt berichtet.

Und ..."; sie vergrub ihr schmerzverzerrtes Gesicht in seiner Schulter; „... und ...; Wolfgang, verstehst du: Er meint mich damit - das weiß ich ganz genau. Hat mir oft genug angedroht, mich zu massakrieren, käme ich auf die Idee wegzulaufen. Aus der Ehe auszubrechen, ist für ihn, damit verglichen, noch weit schlimmer und fordert seine Rache noch mehr heraus. Deshalb habe ich auch schon mehrfach überlegt, den Scheidungsantrag zurückzuziehen." Blankes Grauen stand in Charlottes Gesicht, als sie schaudernd aufschaute und meinte: „Er wird mich irgendwann finden, irgendwo erwischen und dann eiskalt töten. Da gibt es für mich keinen Zweifel! Oh Wolf, Wolf ..., hilf mir doch! Bitte!"

Sprachlosigkeit erfüllte nun das Schlafzimmer. Keiner von beiden sagte auch nur ein einziges Wort. Wolfgang schaute Lotte hilflos an; er versuchte, die letzte Konsequenz dessen zu begreifen, was sie da schilderte. Da gab es also diesen Mann, der im Gefängnis saß, aber dennoch seinen langen Arm nach Lotte ausstreckte und sie mit Hilfe seiner Ganovenfreunde in

Angst und Schrecken versetzte. Doch nicht nur das! Dieser Kriminelle wollte seine Ehefrau umbringen, nur weil sie nicht als seine persönliche Sklavin bei ihm bleiben wollte. Eine weitere, noch viel schlimmere Erkenntnis sprang Wolfgang tausendmal deutlicher ins Gesicht. Dieser Unmensch war drauf und dran, ihm Lotte wegnehmen, kaum dass sie wieder in seinem Leben aufgetaucht war.

Dies vor Augen, brach Wolfgang das Schweigen der beiden. „Lotte, wir müssen irgendwie versuchen, dich da rauszuholen. Was können wir nur tun? Soll ich mal mit ihm reden?" Aus ihrer Kehle drang ein verkrampftes Lachen. „Wolf, in welcher Welt lebst du? Das ist ein verbrecherischer Zuhälter; der lässt doch nicht mit sich reden!" Sie schlug sich dabei mit der flachen Hand auf die Stirn und schnaufte tief durch. „Wie dumm ist das denn!" Er überging die Härte dieses letzten Satzes. „Dann ..., dann zeig ihn an." „Pah! Weswegen? Wenn mein Anwalt schon sagt, ihm könne man nichts nachweisen", kam es ihm schrill entgegen. „Aber du kannst doch nicht warten, bis er ...." „Verdammt!", fuhr sie ihm über den Mund. „Ich kann nichts machen! Kapier es doch!" „Irgendetwas muss aber doch geschehen!", gab er verärgert zurück. „Du kannst doch nicht wie ein ...." „Doch! Kann ich – und muss ich! Hab doch gar keine Chance gegen den." „Unsinn! Man hat immer eine Chance", brauste er auf. „Ich werde morgen zur Polizei gehen, Lotte." Ihre Stimme wurde scharf. „Untersteh dich! Das ist ganz allein meine Entscheidung. Oder geht es etwa um dich und dein Leben?" Das traf ihn. „Ja, auch! Schließlich möchte ich ..., also ...; ich meine, ich will dich ..., für mich ...."

Lautstark unterbrach sie sein Stammeln. „Ach so ist das! Ganz schön egoistisch, Herr Doktor." Ihr Blick wurde böse. „Denkst bloß an deine Interessen. Aber eins sage ich dir: Wenn ich mit Ference einen Fehler mache, dann werde ich tot sein; verstehst du – ich, nicht du. Also verschone mich gefälligst mit deinen ....« Sie brach ihren wütenden Satz ab und rollte die Augen, weil Tarzan in seinem Körbchen neben dem Bett zu bellen anfing. „Halt die Schnauze, du blöder Hund!", herrschte sie ihn an. Wolfgang konnte nicht fassen, was er da hörte. Was konnte das Hündchen dafür? Und er selbst, meinte er es doch nur gut mit ihr. Zorn packte ihn. „Und, Frau Schön, wie soll ich der gnädigen Frau dann helfen? Und um meine Hilfe hast du mich doch schließlich gerade eben noch gebeten, oder?" Sie fuchtelte mit den Armen und stieß ihn von sich weg. „Dann lass es eben! Du verstehst mich überhaupt nicht und helfen kannst du mir sowieso nicht!"

Wolfgang musterte sie eindringlich. Sie will sich, stellte er ebenso verärgert wie enttäuscht fest, gar nicht helfen lassen! Kaum hatte er angesetzt, seinen Mund zu öffnen, um weiter zu reden, kam von ihr ein entschiedenes „Geh jetzt, Wolf! Ich sehe, dass es ein Fehler war, dir all das zu erzählen. Verschwinde! Los, geh ins Wohnzimmer! Ich glaube, ich bleibe doch besser alleine." Mit einer energisch abwehrenden Bewegung verschränkte sie die Arme vor dem Körper. Verständnislos starrte er sie an – und sah dabei in ein Gesicht, das ihm unendlich fremd vorkam. Ihr Blick flackerte und kam ihm so giftig vor wie ihre Worte, die in seinem Kopf nachhallten. Er konnte nicht glauben, dass sie ihn so zurückwies. Seine Augen trafen ihre und senkten sich fast im selben Moment nach unten. Wie konnte sie so mit ihm umgehen. Er war doch nicht ihr Feind, sondern versuchte nur, sie vor diesem Verbrecher zu beschützen. Wie in Zeitlupe bewegte sich sein Kopf hin und her. Noch etwas anderes kam ihm in diesem Augenblick der Enttäuschung in den Sinn. In welchen Sumpf war er durch sie da nur geraten? Ein gewalttätiger Zuhälter; eine aggressiv gewordene Charlotte; und er dazwischen, ohne dass sie sich helfen lassen wollte. Wie sollte da aus ihm und ihr etwas werden, wenn sie sich jetzt schon so stritten, und sie ihn von sich weg stieß und – er schluckte – doch lieber alleine bleiben wollte? Wortlos wandte er sich von ihr ab, ging hinaus und schloss die Türe.

Kapitel 12

Als Wolfgang auf der Couch erwachte, war es draußen noch dunkel. Er fühlte sich wie erschlagen. Was war das nur für eine Nacht! Die Frau, die ihn mit bösen Worten aus ihrem Schlafzimmer geworfen hatte, war – so hatte sie ganz offensichtlich verstanden werden wollen - nicht mehr seine Lotte! So hatte er sie noch nie erlebt – außer damals, als sie ihm androhte zu gehen, würde er Carmen .... Oder? Er wurde nachdenklich. Hatte er heute Nacht nur zu wenig Verständnis für sie aufgebracht? Hatte sie das auf die Palme gebracht? Vielleicht. Doch das Ganze mit ihr hatte er sich schon anders gedacht. Die Sache mit diesem Ference passte so gar nicht in sein Leben. Er wollte wieder mit Lotte zusammen kommen. Natürlich! Aber gehörte dazu dieser gewalttätige Verbrecher? Sicher nicht! Am Ende geriet er selbst noch derart zwischen die Fronten, dass der Kerl ihm etwas antun würde. Musste er sich wirklich in eine derartige Gefahr begeben? Er erhob sich, schlüpfte in seine Kleidung, strich sich über sein Haar und verließ auf leisen Sohlen Charlottes Wohnung. So rasch würde er nicht wieder kommen. Er brauchte Zeit zum Überlegen.

Auch Lotte schien es so zu gehen, dachte er, bis zu dem Tag, als sie - fast zwei Wochen später - in der Praxis anrief. „Lotte hier." „Ja?" Seine Stimme klang abweisend. „Du ...." „Hm?" „Also wegen neulich; wollte mich entschuldigen." „Musst du nicht. Nicht mehr so wichtig." Er hörte ihr Stöhnen. „Aber warum denn? Wolf! Es war doch nur, weil ich ...." „Was – weil du?", unterbrach er sie abrupt. „Du hast mich angegriffen, obwohl ich dir doch nur helfen wollte. Und außerdem

...." „Was meinst du mit außerdem?"; ihre Stimme hörte sich ängstlich an. „Na ja. Ich weiß nicht mehr so genau, ob das mit uns ...." „Aber Wolf! Du wolltest doch ...." „Da wusste ich aber noch nichts von deinem Schlamassel, in den ich da reingezogen werde." Erneut hörte er Lottes Schnaufen. Ihr Tonfall wurde kälter. „Verstehe! Willst mir also nicht helfen. Und mich wieder alleine lassen. Na, das kenn ich ja schon von dir."

Die Härte in ihrer Stimme traf ihn; und dieser Vorwurf ebenfalls. Wollte sie ihn schon wieder attackieren. Oder, schoss es ihm durch den Kopf, hatte sie damit etwa Recht? Er fühlte sich von beiden Möglichkeiten in die Enge getrieben – und schlug zurück: „Quatsch! Sicher will ich dir helfen! Aber bist du nicht diejenige, die meine Hilfe ablehnt?!" Für ein paar Sekunden kam keine Antwort. „Ja – war echt blöd von mir, dich so anzuschreien. Natürlich brauche ich deine Unterstützung; aber ...." „Aber?" „Bin mir nicht sicher, ob ...." „Was – ob?" „Ob ich mich wirklich auf dich einlasse und dir ..." Er hörte etwas Flehendes am Ende dieses ´dir`. „Wolf, hast du denn überhaupt ..."; wieder druckste sie nur um das herum, was sie sagen wollte. „Was meinst du?" Sein Ton wurde einfühlsamer. „Hast du wirklich Gefühle für mich? Ich meine, ehrliche? So viel und so echte, dass du das auf dich nehmen kannst, was auf dich zukommt, wenn du gegen Ference an meiner Seite stehst?"

Es verschlug ihm den Atem; diese Frage hatte er jetzt ganz bestimmt nicht erwartet, zumal genau das sein Problem war. Er gegen diesen Schläger – wie sollte das gut gehen? Er schlug die Augen nieder. Was konnte er ihr antworten? Die eine Wahrheit; dann müsste er zugeben, Angst um seine eigene Haut bekommen zu haben. Oder die andere Wahrheit; dann müsste er ihr das sagen, worüber ihn sein Herz während der vergangenen Tage nicht im Zweifel ließ: Er wünschte sich nichts sehnlicher, als mit ihr zusammen zu sein. Doch konnte er sich auf ein Leben mit ihr einlassen, das von ständiger Bedrohung begleitet sein würde? Würde das ihre Liebe nicht am Ende ersticken? Dieser Ference schien ihm nach ihren Erzählungen nicht gerade einer zu sein, der aufgeben würde. Nahezu eine Minute lang ging ihm all das durch den Kopf.

„Wolf. Bist du noch dran?" Er holte tief Luft. „Ach Lotte! Wenn das so leicht zu sagen wäre. Ich weiß es nicht - und am Telefon sowieso nicht." Er überlegte. „Besser, wir treffen uns noch einmal. Was hältst du davon?" Ihr „Vielleicht hast du Recht" klang erleichtert und dennoch angespannt. „Samstag? So um acht. Im ´da Pepe`. Das ist in der Neckarstraße, Ecke Hintere Gasse?" „Okay." Nach seinem „Also bis um acht" legte er ohne abzuwarten, ob sie noch etwas sagen wollte, auf – und fühlte sich dabei unendlich schlecht. Was nur würde er ihr an diesem Abend zur Antwort geben?

„Dottore Sommer! Wie geht Ihne? Alora, habe isch schöne Tisch an Fenster, wie jedes Male." „Danke, Pepe, sehr gut." Der kleine Sizilianer mit seiner Stupsnase und winzigen Äuglein war ein lustiger Typ, mit dem sich Wolfgang stets gerne über Bella Italia unterhielt. „Dottore, heute isch mache Ihne ganze frische Ravioli Speziale mit eine Salat von Rucola, si?" Fragend schaute er in das skeptische Gesicht seines Gastes. „Oder vielleischte ein Muschel an penne mista?" „Na, ich weiß noch nicht." Er schaute auf die Armbanduhr. „Bin ja zu früh. Bringen Sie mir doch am besten zuerst einmal ein Glas Bardolino. Aber nicht den neuen, sondern den ...." Pepe unterbrach ihn noch im Satz. „Natürlische, den duemillequattro. Bin isch gleiche wieder bei Ihne."

108

Wolfgang machte es sich an seinem Tisch direkt an der zur Straße gerichteten großen Glasscheibe gemütlich und schaute in die Runde. Das kleine Restaurant war schon voll besetzt; gut, dass er für seine Verabredung mit Charlotte seinen Lieblingstisch reserviert hatte. Hinter der Theke wuselten Massimo, Pepes Neffe aus Nàpoli, und eine junge Frau mit rabenschwarzem, schulterlangem Haar emsig herum. Der Junge winkte freundlich zu ihm hinüber. „Dottore, gehte alles gute?"; er nickte. Nicht wirklich, dachte er bei sich. Die Sache mit Lotte entwickelte sich gar nicht so, wie er sich das wünschte. Einfach zu viele Probleme. Und nachher würde sie von ihm die ausstehende Entscheidung einfordern – eine, die er selbst noch immer nicht abschließend kannte. Die Frau neben Massimo schaute auf. Ganz ruhig lagen ihre großen, dunklen Augen auf Wolfgang. Sekundenlang durchdrang ihn ihr Blick - forschend, abschätzend, interessiert, fragend, nach einer Antwort suchend; nach einer ganz bestimmten, wie es ihm schien. Erst danach öffnete sie ihre äußerst sinnlichen Lippen; nur ein wenig; dann ließ sie ihre weißen Zähne zum Vorschein kommen – und die Spitze ihrer Zunge. Die Andeutung eines Lächelns verließ ihr Gesicht in Richtung seiner Augen. Wow! Die weiß, schoss es ihm durch den Kopf, wie sie ihre erotische Anziehungskraft wirken lassen kann.

„Und, haben Dottore schon entschlicßt? Muscheln oder meine frische Penne", unterbrach Pepe diese spannungsgeladene Szene, als er den Wein brachte. „Habe ich auch zarte Kalbestreife mit ein Gemüs von Zucchini und Aubergine; isse lecker." „Klingt auch verlockend; aber ich warte noch."
„Naturalmente, Dottore." Wolfgang überlegte kurz. „Wer ist die junge Frau dort neben Massimo? Eine neue Kellnerin? Sie ist sehr schön." Ein erfreutes Strahlen erhellte Pepes Gesicht; mit gesenkter Stimme

flüstere er: „Grazie mille; isse mein kleine Schwester. Wohne in Roma; besuche uns für drei Woche. Si,si! Una bella donna - Isse sehr schöne Frau - und noche, äh, wie sage man hier in Germania? Noche nixe verheirat." Mit einem viel sagenden Blick fügte er ebenso verschmitzt wie verschwörerisch hinzu: „Vielleichte Dottore möchte kenne lerne?" „Ach Pepe, ich glaube nicht. Ich habe ja ..."; er stockte; „Also, ich meine, ich erwarte um acht meine Freundin." Er zeigte auf den Tisch. „Zwei Gedecke!" „Ach ich Dumme; nix habe gesehen. Aha, neue Frau in Leben?" Neugierde schaute aus seinen kleinen Augen. Wolfgang nickte; ein frohes Lachen blieb allerdings aus. Mit einem Seufzer des Bedauerns zog Pepe von dannen und verschwand hinter der Türe zur Küche. Wollte der mich etwa tatsächlich soeben mit seiner Schwester verkuppeln? Wolfgang schmunzelte.

Gut, dachte er, dass Lotte noch nicht da war; er brauchte ein wenig Zeit, um sich auf ihr Kommen – und auf das, was er zu sagen hatte – einzustimmen. Er würde ihr heute Abend seine Sorge darum eröffnen müssen, dass sich ihre Beziehung irgendwie anders entwickelte, als er angenommen hatte. Aber ebenfalls, dass er froh war, sie wiedergefunden zu haben. Er nahm einen Schluck Wein. Sein spürbarer Herzschlag ließ ihn wissen, wie es in ihm aussah. In ihm kämpften zwei Mächte gegen einander: Seine Empfindungen für Lotte einerseits und sein ungutes Gefühl in Bezug auf den Ärger mit ihrem Ehemann andererseits. Er fühlte sich wie ein aufgeblasener Luftballon, in dem sich zu viel Luft befand, und der Gefahr lief zu platzen, wenn sich nicht etwas ändern würde. Aber was? Und in welche Richtung?

Etwas unterbrach seine unschlüssigen Gedanken. Eine Stimme. Eine Frauenstimme. Ganz leise und behutsam, zuckersüß und verlockend. Er schaute auf. „Wie bitte?" Zwei Augen strahlten ihn an - aufregend schwarz wie der sternenlose Nachthimmel; feurig glühend wie die Augen eines Panthers vor dem Sprung auf sein Opfer; verführerisch wie eine orientalische Schönheit unter durchsichtigen Schleiern. „Herr Doktor, möchten Sie vielleicht schon bestellen?", flüsterte es ihm verheißungsvoll entgegen. Sein überraschter Blick erfasste zweierlei; zunächst die von zwei Händen mit rot lackierten Fingernägeln gehaltene, in Leder gebundene Speisenkarte; sodann ein einladend-fülliges Dekolleté. „Äh ... - Danke!", brachte er, nach oben in ein wunderschönes Frauengesicht schauend, verwirrt heraus. „Legen Sie sie ruhig hin, für später, wenn ...." Er lehnte sich in seinem Stuhl zurück und sah sie an. „Sie sind Pepes Schwester." Mit nun unter den langen, schwarzen Wimpern halb geschlossenen Augen schaute sie ihn ganz ruhig an; er fühlte sich dabei wie das Kaninchen vor der Schlange. Sie beugte sich leicht vor, legte die Karte hin und streifte dabei mit ihrem nackten Arm wie zufällig sein Gesicht - er spürte ihre aufgestellten Härchen an seiner Wange.

„Ja, die bin ich!", hauchte sie. „Ich heiße auch Caprese, wie Pepe", verriet sie ihm, als handele es sich um ein Geheimnis, das sie nur ihm allein offenbaren wollte. „Aber sagen Sie doch Giovanna zu mir - bitte, Herr Doktor. Giovanna!", wiederholte sie mit lockender Süße und ließ ihre Stimme engelgleich klingen. Ihr ganzes Sein war in diesem Moment eine einzige Einladung zu einem Abenteuer; ihre Augen sprachen Bände. Wolfgang wusste nicht, wie ihm geschah. Dennoch bemühte er sich, ihrem Blick Stand zu halten. Der verlockende Duft ihres Parfums stieg ihm in die Nase. „Sie sprechen sehr gut Deutsch." Er versuchte das Gespräch unter Kontrolle zu bringen. „Viel besser als ihr Bruder."

Doch seine Bemühung, mit dieser Belanglosigkeit ihren Fängen zu entkommen, beeindruckte sie nicht im Geringsten; ganz im Gegenteil - sie beugte sich nun vollends nach vorne, als wollte sie ihn noch mehr von ihren fraulichen Vorzügen überzeugen. Eine weitere Welle ihres Duftes traf ihn. „Ich studiere ja auch Ihre Sprache, Herr Doktor. In Roma." Was dann geschah, brachte ihn aus der Fassung. Sie zog den neben ihm stehenden Stuhl vor, nahm wortlos darauf Platz, beugte sich vertraut zu ihm und legte ihre Hand auf seinen Unterarm. Dabei lächelte sie ihn siegessicher an. Kaum hatte er den Mund geöffnet, um etwas zu sagen, verblüffte sie ihn erneut. „Herr Doktor. Auf Deutsch bin ich sehr begabt." Ihre Zunge benetzte ihre vollen Lippen. „Ich könnte es Ihnen gut ... machen."

Es schien ihm, als hätte sie vor diesem letzten Wort kurz überlegt. Genau dieses verschlug ihm die Sprache. Halb ärgerte ihn ihre Dreistigkeit, halb bewunderte er diese Frau dafür, so mutig auf ihr Ziel zuzusteuern. Und dieses Ziel war er! Obwohl doch leicht zwanzig Jahre zwischen ihr und ihm lagen. Der Gedanke, ihr Interesse geweckt zu haben, gefiel ihm schon. Sie wollte ihn – unverblümt und ohne jedes Drumherum. Schon fuhren ihre Finger durch sein Haar. „Äh, das war, glaube ich, nicht das richtige Wort; ich meine natürlich zeigen. Ich könnte ihnen mein Deutsch gut zeigen." Raffiniert, dachte er; gerade noch mal die Kurve gekriegt, das kleine Luder. Doch ihr folgender Satz bewies das Gegenteil. „Oben, auf meinem Zimmer." Schnell wie ein Blitz griff sie mit einer Hand an der Tischkante vorbei in Richtung seines Bauches nach unten. „Soll ich Ihnen zeigen, wie gut?" Völlig perplex versuchte er zurückzuweichen, was die Rückenlehne seines Stuhls ihm allerdings verwehrte. Schon glaubte er ihre rot lackierten, langen Fingernägel zu spüren; allein - im letzten Augenblick machte ihre Hand kehrt und griff nach dem, was auf dem Tisch lag. „Bitteschön! Zuvor suchen Sie sich aber in aller Ruhe etwas zu Essen aus. Etwas Feuriges vielleicht?"

In diesem Augenblick hörte er Pepes aufgeregtes „Giovanna – bitte!" vor sich. „Der Dottore isse nix alleine; hat er Freundin. Kann jede Momente komme rein. Was soll sie denke von dir und meine Ristorante. Ist doch keine …." Die junge Frau spritzte erschrocken auf. „Ist ja schon gut, Pepe; ich wollte ja nur nett sein." „Ja, ja; aber nixe so. Avanti, avanti in Küche, du …!" „Scusi, Dottore! Giovanna isse noch sehr jung und – wie sage Sie in Deutsche – unstümlich." „Ungestüm", korrigierte Wolfgang ihn, halb dankbar für Pepes Hilfe, halb belustigt über das Ganze. „Kein Problem, mein Lieber. So habe ich doch wenigstens ihr Schwesterchen kennen gelernt." Er lachte. „Wolle Dottore bestelle. Isse schon nach achte. Freundin komme nixe mehr?" Wolfgang schaute auf seine Armbanduhr. Tatsächlich! Wo blieb Lotte nur? „Nein, nein, ich warte natürlich noch."

Wer an diesem Abend aber auch um halb zehn noch nicht gekommen war, hieß Lotte. Wolfgangs Versuche, sie telefonisch zu erreichen, waren erfolglos geblieben. Auch auf sein spätes Klingeln an der Haustüre reagierte sie nicht – obwohl er von unten in ihrem Wohnzimmer Licht gesehen hatte. Erst am nächsten Morgen erreichte er sie im Geschäft. „Schöne Blumen, guten Tag." „Ich bin´s. Sag mal, Lotte, warum bist du gestern Abend nicht ins ´da Pepe` gekommen? Wir waren doch verabredet." „Warum, willst du wissen?" Ihre Stimme überraschte ihn; sie klang hart und kalt. „Ja! Ich habe versucht, dich …." Sie fiel ihm ins Wort. „Weiß ich. Aber ich hatte keine Lust, mit dir zu sprechen. Wolfgang Sommer, ich habe überhaupt keine Lust mehr dazu. Hast mir ja unmissverständlich gezeigt, dass es mit deinen Gefühlen für mich nicht so weit her ist wie ich hoffte. Aber das hättest du mir auch gleich am Telefon sagen können, als wir uns verabredeten!" Wolfgang fühlte sich wie vor den Kopf gestoßen. „Wovon, Frau Schön, sprichst du da überhaupt? Ich verstehe nur Bahnhof." „Ach, Herr Doktor wissen nicht, was ich meine. Vergessen Herr Doktor so schnell? Wollte mich etwa seiner Freundin vorstellen. Danke, darauf kann ich verzichten. Diesen schlechten Film hatten wir beide ja wohl schon; brauche ich kein zweites Mal!" „Wie bitte? Wieso Freundin, verflixt?! Ich habe keine Freundin." „Lügner! Ich habe euch doch gesehen. Bei Pepe. Du und diese rassige Kleine. Zärtlich schmusend am Tisch."

Rassige Frau? Ach du meine Güte! Er begriff schlagartig. Seine Finger verfingen sich in seinem Haar. Charlotte musste exakt während der Minuten auf Pepes Ristorante zugegangen sein und durch das Fenster geschaut haben, als diese blöde Giovanna .... Er kochte innerlich vor Wut. „Aber Lotte, das war doch ganz anders. Das war doch nur die ...." „Schweig und verstrick dich nicht noch mehr in Lügen. Bist nicht mal Manns genug ehrlich zu sein." Nun platzte Wolfgang der Kragen. „Jetzt halt aber mal die Luft an, Frau Schön. Wen du da an meinem Tisch gesehen hast, war nur Pepes kleine Schwester, die sich einbildete, mich anbaggern zu können. Oder glaubst du denn wirklich, ich wäre so dumm, in Erwartung deines Kommens herum zu flirten? Lotte, denk doch mal! Pepe hat sie ganz schnell zurück gepfiffen, als er es bemerkte. Kannst ihn ja fragen, wenn du mir nicht glaubst."

Schweigen beherrschte die folgenden Sekunden. Dann hörte er ein gehauchtes „Wirklich?" „Natürlich wirklich! Lotte!" „Aber es sah doch ...; Wolf, ich dachte ...; wo wir uns doch neulich so gezankt haben. Da sah ich diese Frau, die mit einer Hand ...; und deinen Arm streichelte sie auch ...; und deinen Kopf. Da bin ich weggerannt." „Und hast gleich gedacht, ich wollte dich nicht mehr und würde mit einer anderen ...?" „Hm." „Aber Lotte!" „Wolf, entschuldige bitte. Ich glaube, das war ziemlich dumm von mir." „Ziemlich!" „War doch so froh, dass wir verabredet waren, um noch einmal zu reden; dachte doch nach deinen letzten Worten neulich, du machst einen Rückzieher. Aber irgendwie erinnerte mich das ...." Er verstand ihr Zögern so, dass sie sich nicht zu sagen traute, was ihr da wohl auf der Zunge lag. „Ja?" „Na ja", druckste sie weiter. „Schließlich hast du mich ja schon einmal ...." Dieser Vorwurf traf ihn wohl zu Recht. „Lotte! Das tut mir auch wirklich leid. Aber lass das doch bitte endlich Vergangenheit sein." Wie gern hätte er ihr ´Einverstanden; hast ja Recht` gehört; doch das kam nicht, stattdessen ein „Bist du mir sehr böse, Wolf? Wegen meines Verdachts gestern."

„Natürlich nicht, Lotte. Wer weiß - umgekehrt hätte ich vielleicht dieselben Zweifel an dir gehabt. Ein attraktiver Mann an deinem Tisch, der dich anschmachtet – das würde mir nicht wirklich gefallen!" Ihr Aufatmen konnte er deutlich hören. „Du. Hättest du Lust, unser geplatztes Treffen nachzuholen? Ich würde auch was Feines kochen." Noch immer klang Unsicherheit in ihrer Stimme durch. Er überlegte. Würde das wieder in einem Streitgespräch enden? Und in ihren Panik-Reaktionen vor diesem Ference. Ach, einerlei! Er sehnte sich doch nach ihrer Nähe! „Gerne! Aber ohne Revolver", gab er zur Antwort und lachte dabei. Allerdings merkte er auch, wie sich Freude und Sorge in seiner Stimme mischten. Sie erwiderte sein Lachen. „Ja doch! Freu mich!" Einen Atemzug später folgte ihr gehauchtes „Auf dich." Sanft berührten diese beiden Worte sein Ohr; sein Herzschlag beschleunigte sich. „Ich könnte um sieben? Soll ich was mitbringen?" Sie schien zu überlegen, denn für Sekunden kam nichts. „Ja! Einen, den ich recht gut leiden kann. Dich." Das

Klicken in seiner Hörmuschel zeigte ihm, dass sie aufgelegt hatte. Ein Strahlen huschte über sein Gesicht – er war glücklich.

Nicht nur an diesem Abend, sondern während einiger weiterer tauchte immer wieder Ference in ihrem gemeinsamen Gedankenaustausch auf. Lotte klagte Wolfgang ihr Leid und führte ihm vor Augen, wie schrecklich ihr Leben nach ihrer Zeit der glücklichen Zweisamkeit von damals verlaufen war. Sie tat es nicht – davon war er überzeugt -, um sein Gewissen zu belasten; doch in ihm wuchs die Erkenntnis, was seine damalige Entscheidung für ihren neuen Lebensweg zur Folge hatte. Er gewöhnte sich dabei mehr und mehr daran, dass über Lottes Leben ein Damoklesschwert hing, da sie jederzeit mit einer weiteren Attacke jenes Kerls rechnete. Mit all seinem psychologischen Einfühlungsvermögen bemühte er sich darum, nicht nur Lotte diese Angst zu nehmen, sondern auch seine eigene Sorge um sie – und sich selbst - in den Griff zu bekommen. Aber trotz all seines Könnens ließ sich der böse Geist Ference nicht ganz aus ihrem neuen Leben vertreiben; auch und gerade nicht aus seinem eigenen Bewusstsein, das ihm nicht verhehlen konnte, dass er sich irgendwann gegen diesen Mann zu stellen haben würde.

So kamen sich die beiden in vielen, nächtelangen Gesprächen immer näher. Sie redeten über die Zeit ihrer Liebe, erinnerten einander an ihre ersten Momente, in denen sie sich ineinander verliebten – ja, schwelgten einfach gemeinsam in alten Erinnerungen. Zu Wolfgangs Freude ersparte Lotte es ihm, das Thema ´Carmen` auf den Tisch zu bringen. „Weißt du, Wolf", hatte sie gemeint, „ich habe nun beschlossen, unserem Miteinander eine zweite Chance zu geben; deshalb habe ich alles Schlechte aus unserer Zeit von damals verbannt. Wenn ich´s mal nicht schaffe, dann sieh es mir nach. Dann küsst du mich einfach und verjagst die bösen Erinnerungen."

Sehr viel deutlicher wurde ihm Lottes Entscheidung aber, als etwas geschah, was zum Beginn ihrer zweiten Liebe wurde. Eines Abends – sie saßen bei einem Glas Chianti auf ihrer Couch – glaubte er seinen Ohren nicht zu trauen. „Wolf." Sie schaute ihn liebevoll an. „Hättest du eigentlich sehr viel dagegen, wenn du heute Nacht bei mir schläfst?" Das Flackern in ihren Augen verwirrte ihn, denn es war üblich geworden, dass er hier und da auf ihrer Couch übernachtete. Statt nachzufragen runzelte er die Stirn und schaute sie nach einer Erklärung suchend an. „Ich meine, nicht im Wohnzimmer." Der Schauer, der ihm bei diesen nach süßer Verführung klingenden Worten über den Rücken lief, war ein äußerst wohliger. Er öffnete den Mund, brachte jedoch keinen Ton heraus. Dann spürte er ihre Lippen an seinem Ohrläppchen – und hatte keinen Zweifel mehr daran, was seine Lotte gemeint hatte.

Kapitel 13

Etwas wie das Schlagen von Wellen an eine hölzerne Wand weckte ihn. Langsam öffnete er die Augen und sah schlaftrunken um sich. Wo war er? Die Wände um ihn herum waren holzvertäfelt, in dunklem Mahagoni gehalten. Rechts neben ihm stand eine große Holztruhe mit schweren, schmiedeeisernen Beschlägen. Sie weckte in ihm Erinnerungen an seine Kindheit – an jene Truhe voller Gold und Diamanten, hinter der in Stevensons Abenteuer-Roman ´Die Schatzinsel` alle Seeräuber her waren. Neben dieser stand ein hell gebeizter Schrank, der aus Schiffsplanken gemacht sein musste; so schwer, wie er da stand, glich er jenem Kapitän der ´Bounty`, noch bevor dessen Segelschiff in die Hände der Meuterer fiel - standhaft, energisch, unnachgiebig, jedem Wellengang, jedem Feind stolz und mutig trotzend. Wieder hörte er dieses Geräusch von eben; es war ihm, als schlüge eine große Welle mit Macht gegen einen hölzernen Schiffsrumpf.

Während Wolfgang sich streckte, um die Müdigkeit aus seinen Gliedern zu pressen und einen klaren Kopf zu bekommen, drehte er sich suchend nach rechts. Ein heller Lichtstrahl blendete ihn, so dass er seine Augen zusammen kneifen musste. Im Gegenlicht erkannte er ein kleines, rundes Fenster. Das sieht aus wie ein Bullauge, überlegte er verwundert. Ja tatsächlich! Das war ein Bullauge! Es ließ die schon hoch stehende Sonne all ihre Strahlen gleißend hell in den Raum schicken – in einen Raum, der einer Kajüte glich? Jetzt dämmerte es ihm: Genau dort lag er - in einer Schiffskajüte! Auf einem Segelschiff. Langsam gewöhnten sich seine Pupillen an das grelle Licht, sodass er unter dem runden Fenster ein kleines Schränkchen

erkennen konnte; auf ihm sah er eine zierliche Tisch-
uhr in goldfarbenem Gehäuse. Sein Blick auf das ver-
glaste Ziffernblatt erschreckte ihn: Zehn nach elf. Oh
weh! Er besann sich – langsam aber sicher gewährte
ihm sein Gedächtnis einen alles erklärenden Einblick
in seine Lage. Hatten sie tatsächlich so lange geschlafen? Ja, gestern Abend war es wirklich sehr spät geworden. Ihre Liebesnacht hatte nicht enden wollen;
bis in die frühen Morgenstunden hatte es gedauert,
bevor sie beide völlig erschöpft eingeschlafen waren.

Wie glücklich er doch war, als Lotte ihn vor einem
Monat fragte, ob er denn statt auf dem Sofa nicht lieber neben ihr einschlafen wollte; noch immer bekam
er Herzklopfen, wenn er sie in Gedanken seine Hand
nehmen und ihn in ihr Schlafzimmer ziehen sah. Seitdem verbrachten sie beide die Nächte stets gemeinsam, entweder bei ihr oder bei ihm.

Wolfgang schaute sich nach ihr um. Ihr rechter Arm
lag noch immer unter seiner Schulter und umfasste
ihn. Sein Bein lag schwer auf ihrem leicht angezoge-
nen Oberschenkel und bedeckte jene Stelle, die er nun
endlich wieder Tag für Tag als Tor zum tausendfachen
Glücksempfinden erleben konnte. Ja, dachte er, sie
war noch immer eine wundervolle Liebhaberin. Sein
geistiges Auge betrachtete das Geschehen der vergangenen Nacht noch einmal, als würde es gerade passieren: Wie jedes Mal lockte er sie anfänglich nur mit
sinnlichen Blicken; sie bestärkte ihn mit süßen Worten in seinem zusehends wachsendem Begehren. Als
Antwort hierauf bedeckte er sie mit heißen Küssen,
wohl wissend, dass er sie damit mehr und mehr erregte - solange, bis sie sich ihrer Leidenschaft ungezügelt
hingab. Als wollte sie die erotische Spannung zwischen ihnen noch steigern, langte sie dann mit einer
Hand nach der auf dem Boden stehenden Flasche; er
verstand, füllte ihren Nabel mit Sekt - und nahm jede

einzelne jener herrlich prickelnden Perlen mit seiner Zungenspitze auf. Ihre erregten Laute belohnten ihn dafür und trieben ihn zu weiteren Zärtlichkeiten an. Irgendwann gab sie ihrem eigenen Drängen nach, um endlich seine Stärke in sich fühlen zu können. Als sie ihm nach weiteren tausend Sekunden höchster Erregung endlich das entscheidende Zeichen gab, musste auch er sich nicht mehr beherrschen. Ihre weit geöffneten Augen sahen genussvoll jenem kurzen Sekundenbruchteil entgegen, in dem er sie mit seiner Glut zu füllen beginnen würde.

Wolfgang spürte die elektrische Hochspannung, die sich während dieser Erinnerungen in seinem Körper aufbaute. Sein liebevoller Blick glitt zärtlich über ihr Gesicht. Er konnte sich nicht satt sehen an ihr. Sie ist so wunderschön, sprach sein Herz zu seinem Verstand. Dieses Ebenmaß von Augen, Nase, Mund, antwortete dieser, ist einzigartig. Auch ihre vollen Brüste und dieser verführerische Popo, ergänzte sein Bauch mit höchster Zufriedenheit, sind wie ein Geschenk der schönen Liebesgöttin Aphrodite. „Du, meine Schöne!", flüsterte er seiner schlafenden Lotte ins Ohr.

Im selben Moment öffneten sich ihre Lider. Hatten seine Worte sie doch geweckt? „Guten Morgen!" hauchte sie ihm entgegen. Er blickte in zwei lächelnde, große, wunderschöne Augen. Mit seinem Zeigefinger bedeckte er sogleich behutsam ihre Lippen und antwortete ebenso leise: „Guten Morgen! Ich liebe dich! Ich liebe dich aus dem tiefsten Inneren meines Herzens." Das Strahlen in ihrem Gesicht machte ihn selig. „Ach Wolf, du mein Lieber!" Sie zog ihren Arm unter seiner Schulter hervor, stützte sich auf ihren Ellbogen und küsste ihn, zärtlich und so gierig zugleich, dass ihm die Luft auszugehen drohte. Als er – ganz erfüllt von ihrem aufkeimenden Begehren – mit seinem eindeutigen Blick um Gnade bat, folgten stattdessen weitere Küsse, die ihn wehrlos machten.

„Weißt du, Wolf, es war die wohl beste Idee deines Lebens, mich zu dieser wunderschönen Kreuzfahrt zu überreden. Ich danke dir so sehr dafür!" „Ja, mein Herz. Wir mussten einfach mal raus. Ich ahnte, wie gut es dir tun würde, etwas anderes zu sehen und ..., nun ja, ganz weit weg von diesem Mann zu sein. Nur gut, dass du deine Angestellte dazu bringen konntest, zwischenzeitlich den Blumenladen allein zu führen." „Ja, auf Sabine kann ich mich verlassen. Aber du hast es mit deinen Patientinnen ja auch hinbekommen." „Klar! Du bist tausend Mal wichtiger als jeder andere Mensch auf dieser Welt. Wir haben schon zu viele Jahre verloren. Wie viel gemeinsame Zeit uns noch bleibt, weiß nur der Himmel! Jetzt wird gelebt – du kennst ja das mit dem Carpe diem."

Sie nickte ihm glücklich zu und küsste ihn erneut, dieses Mal noch gieriger. Dieser Einladung kam er sofort nach; einem hungrigen Löwen gleich umfasste er sie kraftvoll; sofort spürte er ihre Antwort – die Beine seiner Wildkatze umschlangen ihn. Er hörte das laute Pochen ihres Pulses, als er seine Reißzähne an ihren lang gestreckten Hals legte, um gleich darauf ihr wollüstiges Fauchen zu vernehmen. Ihre sich aneinander reibenden Körper tanzten im Dreivierteltakt aufeinander. Eine sichtbar erregte Lotte schaute ihrem Wolf fest in die Augen, bevor sie mit den bebenden Lippen ihres halb geöffneten Mundes seine lüsterne Zunge begrüßte. Seine rechte Hand wanderte indes auf ihren vollen Brüsten entlang und liebkoste ihre rosaroten, im Nu steif gewordenen Knospen. Das reizte ihn so sehr, dass er sich von ihrem innigen Kuss befreien musste, um mit seiner Zunge – einer Schlange gleich – auf Wanderschaft zu gehen; unterwegs traf er auf tausend salzig schmeckende Perlen auf ihrer heißen Haut. An ihrem Nabel angekommen, fühlte er plötzlich Lottes Hand an dem seinen – und gleich darauf ihre tastenden Finger dort, wo seine Gier nach ihr unbändig wurde.

Wie viel Kraft kostete es ihn beherrscht zu bleiben! Doch auch seine Liebste hatte wohl Mühe damit; laut vernahm er ihr Stöhnen, als die Spitze seiner suchenden Zunge über das Zentrum ihrer Lust huschte. Aus dieser zarten Bewegung wurde noch in derselben Sekunde ein stürmisches Tänzeln; ihr Liebhaber wollte Lotte nicht mehr aus seinen Fängen lassen. Die zunehmend fordernden Bewegungen ihrer einen Hand dort unten zeigten ihm, wie sehr er sie zum Wahnsinn trieb. Als sich die rot lackierten Nägel ihrer anderen in das Fleisch seiner Schultern gruben und dann über seinen Rücken nach unten fuhren, stieß er einen lauten Seufzer aus. Seinen Schmerzenslaut belohnte sie damit, dass sich ihre Krallen in seine festen Pobacken bohrten. Seine Liebespein steigerte sich ins Unermessliche.

Auf diese Weise folterten sich die beiden unaufhörlich, dabei jedoch stets darauf achtend, rechtzeitig abzulassen, um ihrer Leidenschaft nicht ein zu frühes Ende zu bereiten. Irgendwann aber, als die wieder auf einander gerichteten Blicke ihnen das Ende des warten Wollens verrieten, drang er in sie ein; ganz sachte zuerst, dann aber mit aller Macht. Ihr aus tiefsten Tiefen kommendes „Ah!" war für ihren Wolf das Startzeichen; seine Bewegungen wurden schneller und schneller, bis der Punkt erreicht war, an dem es für ihn gleich kein Zurück mehr gab. Auch Lottes hemmungslose Rufe nach Mehr zeigten ihm, dass sie gleich so weit sein würde. Feurig heiß traf eine Welle der Ekstase auf die nächste, während ihr Leib sich gegen ihn presste und seine Stärke mit kräftigen Stößen dagegen hielt. „Jetzt!" flehte sie ihn an. Wolf durfte es endlich zulassen – er spürte, wie glühende Lava aus dem Vulkan in ihm feurig heiß nach oben schoss. Sein Körper wurde zu einem einzigen Vibrieren, als er in ihr verglühte und er hinter dem Schleier seiner Besinnungslosigkeit zusah, wie Lotte ihren Kopf nach hinten warf, ihre Augen verdrehte und den begehrten süßen Tod starb.

Erschöpft und ineinander versunken schliefen sie Minuten später noch einmal ein. Erst Stunden später vermochte sie der schrille Klang der Schiffsglocke, der das baldige Ablegen des mächtigen Seglers ankündigte, aus ihren tiefen Träumen zu holen. „Hallo, Herr Dr. Sommer. Wie geht es meinem tollen Liebhaber?" Charlotte küsste ihn zärtlich auf den Mund und meinte zwar schläfrig, dennoch sehr bestimmt: „Wenn ich jetzt nichts zu essen bekomme, werde ich nicht mehr kräftig genug sein, auch nur eine weitere Liebesnacht mit dir zu überleben." Diese Worte ließen ihn mit einem Schlag seine Augen weit öffnen und versichern: „So weit werde ich es ganz sicher nicht kommen lassen, meine schöne Wilde! Schon aus größtem Eigeninteresse nicht. Also dann, raus aus den Federn und ab unter die Dusche!" „Jawohl, mein Kapitän. Dann gibt es an Deck ein Stück Kuchen. Und beim Dinner werde ich deine Augen mit meinem kleinen Schwarzen verwöhnen – und deine Fantasie mit der Frage beschäftigen, ob ich etwas darunter trage." Blitzschnell löste sie sich aus seiner Umarmung und verschwand im Badezimmer ihrer Kajüte.

„Zunächste empfehl ich pour Madame ein köstlisch Pissaladiére als Vorspeis", begann Pierre, der Tischkellner, auf ihre Frage, womit er sie beide an diesem Abend verwöhnen wolle. Mit einem lächelnden „Oh lala ..." ging Charlotte auf sein großes Bemühen ein, sein perfektestes Deutsch an den Tag zu legen, ohne jedoch seinen französischen Akzent dabei verstecken zu können; „... was verbirgt sich denn dahinter, Pierre?" Mit einem nahezu beleidigten Unterton, als müsse man die Feinheiten seiner Französischen Küche doch kennen, bekam sie zur Antwort: „Ein Spezialität aus unsere Provence natürlisch! Eine äh, wie sage isch in Deutsche, ein kleines Stück von Zwiebeltort." „Ah", half Wolfgang ihm: „Ein Zwiebelkuchen." Diese Einmischung gefiel dem befrackten Ober offensichtlich ganz und gar nicht; ohne seinen Blick auf Wolfgang zu richten, erklärte er Charlotte weiter: „Oui. Avec sardell und oliv et ail ...." Sofort unterbrach sie ihn mit etwas gerümpfter Nase: „Sardellen und Oliven sind okay; aber Knoblauch, Pierre?" „Non, non, nur ganze wenisch, Madame; und alles in eine fein Mantel von Teig hineine gerollet. Danach vielleischt zu Erregung von Appetit eine klein Salade Nicoise – Sie sagen in ihre Sprach Nizza-Salat?! Ich mache Sie entzückt - Madame werden misch lieben!"

Bei diesen verheißungsvollen Worten sah er ganz tief in Charlottes Augen, als säße er mit ihr allein bei Kerzenschein am Tisch und wollte sie am liebsten sofort verführen. Schon beim allerersten Dinner im kleinen Restaurant des Schiffs vor drei Tagen hatten sie beide bemerkt, dass Charlotte ihm sehr zu gefallen schien und er sich bei seinen ausführlichen Empfehlungen stets ausschließlich auf sie konzentrierte. Obwohl Lotte wie immer bewusst auf ein dezentes Dekolleté achtete, spürte sie seine Blicke dort, was ihr, wie sie Wolfgang gegenüber schon am Anfang der Reise sagte, sehr unangenehm war. „Die Reize meiner Formen sind", hatte sie ihm dann auch versichert, „schließlich nur für dich bestimmt."

Pierre fuhr, ohne seine begehrlich schauenden Augen von ihr abzuwenden, fort: „Mit ein kleine Paus für Sie, danach, isch würde sagen, eine ganze junge Lamm a là Provencial avec Kartöffel von Rosmarin und un peu de légume." „Aha, etwas Gemüse - welches genau, Pierre?", schaltete sich Wolfgang fragend ein. Seinen Anspruch auf Pierres´ Aufmerksamkeit noch unterstreichend, fügte Wolfgang forsch hinzu: „Und zum Hauptgang natürlich unseren Wein von gestern!" Die Bestimmtheit seines Tonfalls zwang den Kellner nun doch, dem Tischherrn seinen Blick zu schenken. „Natürlich, Monsieur! Den Côte du Rhône", antwortete er sichtbar verärgert. Deutlich pikiert darüber – so kam es Wolfgang vor -, dass es dem Herrn wohl nicht zu wissen genügte, dass es Gemüse gab - einfach Gemüse eben -, so, wie er es gesagt hatte, führte er monoton auf: „Kohl von Blume, Zucchini, Karott, Paprika." Um wohl diese unerhörte Einmischung seines ihn ganz offensichtlich störenden Gastes sofort wieder vergessen zu können, richtete Pierre sein erhabenes Wort wieder an Charlotte: „Danach isch bring eine Sorbet von Zitron und Orange pour Madame ...." Als wollte er jenem Herrn am Tisch deutlich zeigen, dass er ihn ungern in dieses Zwiegespräch einbezog, fügte er, ohne sich zu ihm umzudrehen, hinzu: „... und für Monsieur ein Tarte au citron. D´accord!"

Während Charlotte über dieses bestimmende „In Ordnung!" zu dem Zitronen-Kuchen schmunzelte und Wolf einen vergnüglichen Blick zuwarf, stimmte dieser dem Vorschlag für das heutige Dinner mit einem deutlich kühlen „Einverstanden, Herr Unter-Kellner!" zu und entließ ihn mit einem ebenso ärgerlich klingenden wie ironischen „Merci! Das kleine Herr Garcon könne nun in Küche seine gehen, vite, vite; ganze schnell!" Keinen Zweifel wollte Wolfgang darüber zulassen, dass der freche Mohr nun seine Schuldigkeit getan und zu gehen hatte.

„Ist ganz schön kess, der Kerl. Höchstens zwanzig und schon so ungeniert hinter den Frauen her. Hast du beobachtet, wie er dasselbe Spiel auch dort drüben an dem Tisch mit dem jungen Pärchen macht; die Kleine sieht aber auch ziemlich sexy aus in ihrem Cocktailkleidchen, nicht wahr?" Wolfgang antwortete nicht. „Ach Wolf, sei nicht sauer auf ihn." „Dieser blöde Fatzke! Soll sich gefälligst um seine eigene Frau kümmern – falls er überhaupt eine bekommt, die sein anmaßendes Anbaggern anderer Frauen duldet. Macht dich einfach vor meinen Augen an, dieser ...." Wolfgang kochte innerlich. „Du hast schon Recht, Liebster; ich selbst würde es mir ganz sicher nicht gefallen lassen, wenn du so hinter anderen Damen her wärst; das kannst du mir glauben! Dafür bin ich viel zu ..."; sie überlegte kurz; „... ja, eifersüchtig; das bin ich schon! Ich werde dich ganz sicher nie mehr mit einer anderen Frau teilen." „Na, siehst du - da kann man sich über so einen dreisten Typen schon mal aufregen!", erwiderte Wolf, durch ihre zustimmenden Worte wieder besänftigt. „Oh, ich liebe dich für deine Eifersüchtelei, mein Wolf, mein Held, mein Ritter!"

Mit diesen Worten erhob sie sich, ging um den Tisch herum, beugte sich tief zu ihm hinunter und küsste ihn zärtlich - sicher wissend, dass dies von dem am Nachbartisch bedienenden Pierre ganz neidisch beobachtet wurde. „Wolfgang Sommer, du bist meine große Liebe, seit ich dich das erste Mal gesehen habe. Du bist meine Nummer Eins und ..."; sie setzte sich wieder an ihren Platz; „... und das nun für immer!" Wolfgang strahlte sie ebenso glücklich wie dankbar an. „Du bist wundervoll, Liebes!" Ohne es auszusprechen, dachte er weiter: Es wird Zeit, dass ich dir einen goldenen Ring an deine rechte Hand stecken kann.

„Du bist noch wundervoller! Weißt du ...?" „Was, Lotte?" „Weißt du ...?" „Na, sag schon!" „Weißt du, dass ich schon wieder Lust auf dich habe", flüsterte sie ihm über den Tisch zu und schenkte ihm dabei ihren verführerischsten Augenaufschlag. „Ich spüre dich noch immer ...!" Sie schloss die Augen und ließ - wie Wolfgang sogleich aus ihrem Munde erfuhr - ihren Fantasien freien Lauf. „Ich genieße es so sehr, wenn du mich streichelst und küsst und mich danach mit deiner Stärke verwöhnst." Ihre Worte taten ihm so gut - ihm, dem es gefiel, ihr ein guter Liebhaber zu sein. Viel erregender als das Gesagte war für ihn das Gefühl, das sich seiner bemächtigte, als er plötzlich unter dem Tisch ihren nackten Fuß zwischen seinen Lenden fühlte. Sie öffnete die Augen ganz weit und fragte ihn völlig unschuldig: „Ist was, Wolf?" Er schluckte. Ein äußerst wohliger Schauer lief ihm über den Rücken. „Schätze, wir beide haben eine lange Nacht vor uns." Sein Blick war gierig, als wollte er sie am liebsten gleich jetzt und hier haben. Charlotte nahm seinen Blick mit demselben Begehren auf und hielt ihm stand. Minutenlang verschmolzen ihre Augenpaare ineinander und genossen das wilde Flackern des Feuers, das dort brannte – und nicht nur dort!

„Pissaladiére, s`il vous plaît!" Aus der Welt ihrer lustvollen Empfindungen herausgerissen, schauten beide auf. Pierre stand vor ihnen, mit versteinerter Miene und erkennbar sauer über die Zärtlichkeiten der beiden, denen er eben hatte zusehen müssen. Mit diesen knappen Worten und ohne das gewohnte „Bon appétit" servierte er die lecker aussehende Vorspeise mit dem unaussprechlichen Namen. Noch bevor der aufdringliche Nebenbuhler jedoch entschwinden konnte, ließ Wolfgang es sich nicht nehmen, mit an Lotte gerichteter, lauter Stimme zu sagen: „Nun, Mon Cher, wenn es unser kleiner Casanova nicht schafft, dann wünscht dir eben dein Liebhaber einen guten Appetit." Charlotte lachte laut auf. „Ich genieße deine Art, mit spitzer Zunge und ironischen Bemerkungen zu reagieren. Aber schreiben kannst du noch besser; dabei spielst du richtig mit den Worten. Ich denke nur an deine Kurzgeschichten und Romane, aus denen du mir immer vorliest. Am schönsten jedoch sind für mich deine Liebesgedichte – die verzaubern mich wirklich! Obwohl ....“ Sie zögerte, gab seinem fragenden „Ja?“ aber sofort nach: „Nun, zugegeben, anfänglich hatte sie mir schon etwas ausgemacht, diese Oden an das weibliche Geschlecht. Aber all die Zeilen tragen ja keine Namen, sodass sie allen Frauen, nicht nur einer einzelnen anderen gelten. Dennoch – eifersüchtig machen sie mich trotzdem!“ Sie lachte, doch es war ein eher unnatürlich gepresstes Lachen.

Wolfgang beruhigte sie: „Liebes! Diese Gedichte meinen doch immer nur eine einzige Frau – eine Frau, die damals die wahre Liebe in mein Herz pflanzte, wie ein kleines Bäumchen, aus dem mittlerweile eine mächtige Eiche geworden ist. Du kennst diese Frau! Sie trägt deinen Namen: Charlotte Schön. Meine Gedichte sprechen doch von dir - und damit von unserer Liebe. Ich habe all das immer dann geschrieben, wenn es mir schlecht ging und ich mich danach sehnte, so glücklich zu sein wie ich es damals mit dir war. Nie aber galten meine Verse irgendeiner anderen Frau! Nie gab es eine andere, der ich ein so tief empfundenes Liebesgedicht hätte widmen können. Du brauchst wirklich nicht eifersüchtig sein!“ Wie gerne Charlotte seine Versicherung hörte, sah er ihrem strahlenden Gesicht an. Er hatte sie augenscheinlich davon überzeugen können, dass allein sie die Frau für ihn war, die ihm alles bedeutete.

„Aber du bist ja auch eifersüchtig, oder?“ „Und ob! Wenn ich nur daran denke, dass dich ein anderer angefasst hat; dort ....“ Charlotte schaute ihn liebevoll an. „Ach du mein Süßer; ich gehöre doch nur noch dir!“ Dann lenkte sie ihn ab, womit sie ihn wohl auf andere Gedanken bringen wollte: „Schmeckt übrigens wirklich lecker!“ Sie reichte ihm ihren gehäuften Löffel hinüber. „Nimm – du hast ja deinen Teller schon

128

leer gegessen." „Danke." Er ließ den Happen über seinen Gaumen fließen. „Hm!", gab er genüsslich zurück. „Der Koch muss ein Genie sein." Sie lachte und meinte liebevoll: „Aber natürlich kommt er an deine Kochkünste nicht heran." „Ach Unsinn! Ich kann doch nur einfache Sachen machen", wiegelte er ab, obwohl er sich natürlich über ihr Lob freute. „Von wegen! Seit wir zusammen sind, verwöhnst du mich mit wundervollen Menüs – was man aber leider auch an meiner Figur sieht!" Ihre Hand strich über ihr kleines Bäuchlein, worauf er wohlwollend schmunzelte.

Nach der Vorspeise folgte der nächste bestellte Gang und dann ein Sorbet, das Pierre schweigend auf den Tisch stellte. „Schau mal, meine Liebste, was uns der Chef de Cuisine durch seinen aufdringlichen Boten bringen lässt", sprach Wolfgang so laut in Lottes Richtung, dass es auch noch am Nachbartisch zu hören war – und zu einem hämischen Grinsen des dort mit seiner weiblichen Begleitung sitzenden, jungen Mannes führte, der sich wohl auch über Pierre geärgert hatte. Um seinem Missmut über diesen unverschämten Kerl abschließend Genüge zu tun, erlaubte er sich eine ihm wohltuende Geste, die diesen Kerl treffen sollte: Blitzschnell holte Wolfgang aus seiner Jackett-Tasche einen schweren Metall-Knopf, der am Vortag an seiner alten Jeans abgegangen war; seine diesen umschließende, geschlossene Hand streckte er dann vermeintlich großzügig Pierre zu; der glaubte augenscheinlich an ein Trinkgeld, das ihm hier zugesteckt werden sollte; mit gespielt untertänigem Kopfnicken sowie mit einem gehaucht dankenden „Merci!" griff er danach und ließ den runden Gegenstand unbesehen in seine eigene Hand gleiten, um ihn sodann in die kleine Seitentasche seines Kellner-Jäckchens zu stecken. Wolfgang schmunzelte zufrieden - und stellte sich das wütende Gesicht dieses Jünglings vor, das er bekommen würde, wenn er gleich in der Küche die Höhe des Tipps überprüfen würde.

„Heute Abend lassen wir es uns wieder sehr gut gehen, nichtwahr?!" Lotte nahm sein Wort mit einem nicht ernst gemeinten Brummeln auf: „Ja – und meine Waage wird am Ende der Reise wieder schimpfen." Wolfgang lächelte sie versöhnlich an. Als sie zuletzt beim Dessert angelangt waren, zeigte die Uhr fast zehn. Sie hatten sich wieder so unendlich viel zu erzählen gehabt und sich dabei immer und immer wieder gegenseitig mit den Augen liebkost, über den Tisch hinweg Küsse zugeworfen und sich zärtlich die Hände gestreichelt – ja, einfach ihre gemeinsame Nähe und Wärme genossen. Dabei war die erotische Lust in ihnen unaufhaltsam gewachsen. Charlotte war die erste von beiden, die nicht mehr an sich halten konnte; sie stand abrupt auf, stieß dabei beinahe ihren Stuhl nach hinten um, stolzierte bewusst lasziv auf Wolf zu, beugte sich vor und flüsterte ihm ins Ohr: „Genug des Redens! Nun bist du reif, mein Lieber. Ich will dich, Wolf, jetzt sofort ...." Ein nachfolgendes „... in unserer Kabine, sonst vernasche ich dich direkt hier vor allen Leuten" brauchte sie nur noch zu hauchen, denn Wolfgang zögerte nicht den Bruchteil einer Sekunde damit, ihrem Wunsch nachzukommen. Er erhob sich, griff nach ihrer Hand und ließ sich von ihr nach draußen ziehen – begleitet von den grimmig blickenden Augen eines gewissen Pierre.

Ihre Schiffsroute brachte sie während der folgenden zwölf Tage von Cuba aus zu einer Reihe traumhafter Ziele in der Karibik, zunächst - am Tag nach dieser stürmischen Liebesnacht - nach Jamaica. Schon früh morgens hatten sie beide einen umwerfenden Ausblick auf die Bucht von Kingston genossen. Das Panorama des kleinen Städtchens mit seinen unzähligen, bunt angemalten Häuschen und den einfachen Hütten am Ortsrand verlangte von Charlotte, eine ganze Reihe von Fotos zu machen. „Schau doch mal, Wolf, wie schön!", rief sie begeistert. „Ja, das hier ist einfach eine paradiesische Welt, Liebes; aber warte erst einmal den Landausflug ab." Nach dem Frühstück begann die Prozedur der Ausschiffung der Ausflügler auf kleinen Barkassen. An Land ging es mit klapprigen Kleinbussen aus der Stadt hinaus. Die Luft war heiß und feucht-schwül. Immer höher schraubten sich die lehmigen und steinigen Sträßchen nach oben. Eine herrlich unbekannte Flora umgab sie hier. Aufgrund der hohen Luftfeuchtigkeit wuchs und gedieh in diesen Breiten einfach alles. Riesige Palmen, hohe Bananenstauden mit zuckersüßen Früchten - von denen ihnen der Busfahrer während eines kurzen Stopps einige zum Kosten holte; oder jene grünen, langstieligen Pflänzchen, die ganz oben auf den Strom-Leitungen wuchsen, welche sich quer durchs Land von Mast zu Mast hangelten. „Die kenne ich von meinem Blumen-Großhändler", rief Lotte Wolfgang aufgeregt zu; „sie verkaufen sich aber schlecht, weil die Leute sie nicht richtig mit Feuchtigkeit versorgen; man darf sie nur ansprühen - diese Pflanzen ziehen das wenige Wasser, das sie brauchen, allein aus der Luft."

Kaum hatte Charlotte ihren Satz beendet, wurde ihre Freude gedämpft, denn sie blickte bedenklich hinaus; schon fuhr der Minibus nämlich ein zweites Mal in ein großes Schlagloch, so dass sie hin- und her geschüttelt wurde. „Oh weh, Wolf, ist das ein fürchterliches Gehoppel. Hoffentlich bricht diese alte Klapperkiste nicht auseinander." „Ja, dann stürzen wir alle in die Schlucht da unten. Schau nur aus dem Fenster!", scherzte er. „Wolfgang Sommer!", schimpfte Charlotte halb ernst, halb lachend und hielt sich dennoch ängstlich an seinem rechten Arm fest.

Etwa eine halbe Stunde später war die Fahrt durch dieses grüne Paradies zunächst zu Ende; der Fahrer hieß sie alle aussteigen. Nach einem kurzen Fußmarsch gelangte ihre kleine Gruppe an den Oberlauf eines gemächlich dahin fließenden Wasserlaufs. Dort lagen angeleint mehrere wackelig anmutende, etwa sechs Meter lange, äußerst schmale Boote. Jeweils zwei Personen sollten sich nun auf diese Gefährte wagen, deuteten die kräftig gebauten Einheimischen mit geübter Gestik an. In einem Langboot aus Bambusgeflecht konnten tatsächlich nur zwei sitzen – und das nur hinter einander; ganz am Ende stand, mit einer langen Stange als Ruder in den Händen, der Bootsführer. Wolfgang nahm Lottes mutigen Blick ganz stolz wahr. „Schau! Das ist ganz einfach!", rief sie ihm zu und stieg schnurstracks ein. „Ob uns das wackelige Holz-Ding trägt?", meinte er und setze sich ebenfalls hinein. Schon ging der abenteuerliche Ritt auf den Wellen los, mitten im Dschungel der Karibik. Zuerst recht gemächlich. Doch nach etwa zehn Minuten wurde der Fluss schmaler und merklich wilder. Wolfgang drehte sich um und beobachtete dort hinten den Mann am Ruder. Er hatte alle Hände voll zu tun, das schmale Boot in der Flussmitte zu halten. Charlotte genoss die immer schneller werdende Fahrt nun richtig und laut aufjauchzend: „Wolf, ist das nicht toll! Und wie das Wasser spritzt. Ich bin schon ganz nass. Tut gut, bei der Hitze!"

„Sieh doch!", machte Wolfgang sie auf etwas aufmerksam; „da drüben ist eine kleine Siedlung mit vielen Hütten, Feuerstellen, vollen Wäscheleinen und Booten. Und wie die nackten Kinder spielen und schwimmen. Die scheinen richtig glücklich in ihrem Paradies zu sein." „Oh ja! Aber da gibt es doch garantiert Wasserschlangen, oder?", fragte sie ihn besorgt. „Worauf du wetten kannst! Die Menschen hier kennen die Gefahr und passen auf. Mach dir keine Sorgen, mein

Engel." Dabei drehte er sich zu ihr um; was er sah, ließ ihn - mit einer gespielt ernsten Miene - sagen: „Aber meinen Arm würde ich trotzdem nicht so aus dem Boot ins Wasser hängen lassen!" Blitzschnell hob Charlotte ihn hoch. Wolfgang lachte. „War nur Spaß!" „Na warte, das gibt Rache", rief sie laut; mit der Hand schöpfte sie Wasser aus dem Fluss und schleuderte es ihm lachend über – einmal, zweimal, dreimal. „Pass nur auf, dass keine Schlange dabei ist!" Glück strahlte aus ihren Augen.

Weiter ging die Fahrt, bis die Boote irgendwann in einem Seitenarm des Flusses ruhigeres Gewässer erreichten. Dort lenkten die kräftigen Männer ihre schmalen Bambus-Gefährte zu hölzernen Bootsstegen, legten an und beendeten die aufregende Fahrt. Als alle ausgestiegen waren, ging es zu Fuß weiter. Nach einem etwa fünfminütigen Marsch über holprige Wege erreichte die Gruppe eine offene, runde Holzhütte auf einem gerodeten Platz, wo alle auf Holzbänken Platz nahmen. Ernesto, ihr Reiseführer mit dem vergilbten Strohhut, hatte ihnen schon gesagt, dass es hier ein Lunch geben würde. „Richtig romantisch ist das hier, Wolf, so mitten im Regenwald. Gib mir doch bitte noch so ein Stück Hühnchen vom Grill." „Hm, die sind lecker! Von denen und von dieser leckeren Knoblauch-Soße nehme ich auch noch etwas. Hier in der freien Natur bekommt man ordentlich Hunger."

Erst kurz nach sieben kehrten sie alle zu ihrem schwimmenden Hotel zurück. „Weißt du", gestand Charlotte, als sie die Türe ihres Kabinen-Appartements hinter sich zugezogen hatten, „heute bin ich ganz schön kaputt. Wir lassen uns am besten vom Zimmer-Service ein Abendmenü bringen. Und ...", ergänzte sie ihren Vorschlag, „... gleich zwei Flaschen Wein dazu. Hm, wie wäre das?" „Einverstanden. Die Ruhe wird uns gut tun!"

Nach dem Essen ließen sie sich auf dem Sofa nieder und kuschelten sich ineinander. „Ach Liebster! Ich danke dir so sehr für diesen tollen Urlaub hier mit dir. Endlich kann ich die Wärme deiner Liebe wieder spüren. Endlich kann ich die Worte deines Herzens wieder hören und die Freude deiner Augen wieder sehen. Du machst mich sehr, sehr glücklich, Wolf! Es ist so, wie am Anfang unserer drei Jahre von damals. Nun können wir das tun, was du mir einmal geschrieben hast; weißt du, was ich meine?" Er zuckte unwissend mit den Achseln. „Das, was du mir in diesem kleinen Büchlein festgehalten hast, das du mir zum Geburtstag schenktest." „Ach das. Natürlich! Als könnte ich es vergessen haben", antwortete er ihr sofort und begann ohne Zögern das vorzutragen, was sich in seinem Gedächtnis für immer eingebrannt hatte. „Da steht geschrieben:

Carpe diem – nutze den Tag zur eigenen Freude. Lass die Tage, die da kommen, nicht nur an dir vorüber ..."

Mitten im Satz unterbrach Charlotte ihn und beendete zu seinem Erstaunen seinen Spruch von damals:

„... ziehen. Dein Sein wäre nur Alltag. Halte jede Stunde fest und nutze sie, für dich, für deine Gedanken und Gefühle und für die wertvollen Höhepunkte, die du nie vergisst. Dann spürst du, wie dein Leben lebt."

Als sie endete, sah er sie - die kleine Träne, geboren aus Charlottes Ergriffenheit; sie hatte sich soeben auf den Weg gemacht, nach unten, die Wange entlang, um dort von leicht zitternden Lippen aufgefangen zu werden. Wolfgang strich ihr liebevoll durchs Haar, neigte seinen Kopf leicht vor und nahm - noch bevor jene zarte Glücksträne ihr Ziel erreichen konnte - dieses

134

salzige Kleinod voller Hingabe mit einem behutsamen Kuss auf. Eine überglückliche Lotte schmiegte sich noch enger an ihren Wolf und hauchte ihm zu: „Ja, dieses Büchlein bewahre ich seitdem wie einen wertvollen Schatz auf; und ich sehe, auch du hast deine dort niedergeschriebenen Worte nicht vergessen." Als Antwort küsste er sie – zuerst liebevoll, dann aber zunehmend inniger, bis sie zu merken schien, was da schon wieder zwischen ihnen beginnen wollte. Zu Wolfs Überraschung machte sie sich ohne Zögern von ihm los, erhob sich und verschwand ohne erklärende Worte im Schlafzimmer. Wolfgangs „Wohin gehst du?" überhörte sie geflissentlich und schlug die Türe hinter sich zu, sodass er völlig verdutzt zurückblieb. Doch schon nach ein paar Minuten öffnete sich die Türe wie von Geisterhand; ein neugieriger Wolfgang hörte nur eine honigsüße Stimme rufen: „Komm rein und schau doch mal, mein Tiger, was ich alles für dich ausgezogen habe."

Gegen Ende ihres Urlaubs begann sie die Wirklichkeit langsam wieder einzuholen – die, in welche sie zurückkehren mussten. Doch zuvor gab es für Wolfgang noch etwas zu tun. Für den letzten Abend an Bord hatte er sich etwas ganz Besonderes vorgenommen. Ihr romantisches Dinner hatte er früher als üblich arrangiert. Ein laues Lüftchen wehte übers Meer auf ihren Kabinenbalkon und hauchte ihrer Fantasie den Eindruck verzaubernder Klänge Karibischer Musik ein, begleitet vom spielerischen Schlagen der Wellen gegen den hölzernen Schiffsrumpf. Nach dem zweiten Gang reichte Wolfgang seiner Charlotte zu ihrer sichtbaren Überraschung plötzlich ein rotes Briefkuvert.

„Was ist das?", kam neugierig von ihr. „Öffne den Umschlag doch einfach", forderte er sie auf - selbst vor freudiger Erwartung auf das ganz aufgeregt, was geschehen würde. In einem Schwung riss Charlotte das

Kuvert auf und faltete einen Briefbogen auf. Ihre Augen flogen hastig darüber; ihre Stimme flüsterte ungläubig: „Ein Gedicht? Für mich?" „Ja, Liebste, für dich; ein sehr langes." Ihre Lippen formten ein glückliches: „Oh wie schön!" Wolfgang sah, wie ihre Neugierde das Geschriebene sogleich aufsaugen wollte. „Warte noch! Ich war letzte Nacht aufgewacht, weil ich einen Traum hatte. In dem erschienst du. Allein. Verlassen. Einsam. In einem Haus. Plötzlich wurde dort alles dunkel. Angst erfüllte dich. Dein Körper zitterte. Doch trotz alledem wuchs noch etwas anderes in dir: Hoffnung. Die Hoffnung auf eine für dich und mich gut ausgehende Zukunft. Ach Lotte, ich erwachte und hörte mein Herz so laut schlagen – so laut, als wollte es dich wecken. Ich war so aufgeregt und spürte in mir den unwiderstehlichen Drang, den Traum sofort aufzuschreiben - den Traum, der so hautnah und empfindsam die Geschichte unserer Liebe beschreibt. Ich nannte das Gedicht ´Rückkehr aus dunkler Einsamkeit.`"

Wolfgangs Blick war viel sagend und verheißungsvoll, als er Lotte aufforderte: „Lies es nun, Liebes." Sein Zeigefinger deutete ungeduldig auf das Blatt Papier. „Lies, Lotte, was meine Seele dir geschrieben hat!" Mit weit geöffneten Augen tat sie es, zuerst leise, für sich, doch gleich darauf laut, indem sie noch einmal von vorne begann:

„Rückkehr aus dunkler Einsamkeit

blitzeinschlag
irgendwo
stockdunkel
bin
allein im haus
einsam

schon so ewig lang
meine augen
weit aufgerissen
sehen nichts
außer
rabenschwarzer dunkelheit

plötzlich
ein laut
schwer fällt sie
ins schloss
die tür nach draußen
dort hinter mir
angst
zittern
beben
sekundenlang
dann aber
mut
und
mein suchendes
fragendes
„wer da?"

ein unsichtbares
„hallo?"
dringt an mein ohr
erkennt die stimme
seine stimme
seine?
oder doch nur
eine fremde?
mein flehendes
„bist du das?"
antwortet
ungläubig
flehend
bebend

laufe hoffend
auf die stimme zu

meine hände tasten
nach festem halt
meine finger suchen
das ende
dieser dunkelheit
des hausflurs
mein herz ersehnt
sich aber mehr:
das ende
der leere
meiner einsamkeit

schritt für schritt
entlang der kahlen wand
geh ich voran
bleib stehen
verliere ihn wieder
den mut von eben
hauche in den raum
ängstlich
nochmals
„bist du das - du?"
höre
noch einmal dieses
„hallo!"

verharren
lauschen
ein atem
seiner?
meiner?
totenstille in mir
will hören
irgendetwas!
etwas!

was?
das!

mein herz
in seiner angst
es pocht
so laut
zu laut!
zeigt
wo ich bin
verrät mich
an diese stimme
diese fremde stimme!
oder doch die seine?

fasse wieder mut
gehe weiter
auf diesen atem zu
stoße mich
an etwas
strauchle
stürze
krieche voran
verzweifelt
auf allen vieren
bis panik
mich lähmend macht
bezwungen von der Ohnmacht
bleib ich liegen
stell mich tot
gebiete meinem herz
mit seinem schlagen aufzuhören
damit er mich nicht hört
der fremde!
oder doch er?

feine härchen
warnen mich

stellen sich
fühlen etwas
was?
sterbe vor angst
spüre
männeratem!
raue hände!
körperwärme!
haut!
auf meiner
haut
erstarre
zu stein

spüre
immer mehr
davon
atem!
hände!
wärme!
haut!
vertraute haut?
bekannte haut!
neugierig
greife ich
nach diesen händen
nach dieser wärme
nach dieser haut
nach dir?
„bist du es?
wirklich?

höre schweren
männeratem
und
ein
„ja -
ich bin es!"

diese stimme
seine stimme
diese haut
seine haut
diese hände
seine hände

dreh den kopf
nach oben
zu ihnen hin
suche sie
finde sie
küsse sie
diese lippen
seine lippen

unendlich froh
spüre ich dich
endlich
nach so langer zeit
schmecke dich
endlich
nach so langer zeit
habe dich
endlich
nach so langer zeit
wieder
nach so langer einsamkeit

worte finden ohren
küsse ersticken tränen
wärme nährt glückseligkeit
dunkle traurigkeit
weicht gleißend hellem glück
augen sehen dankbarkeit
als das licht angeht
ganz plötzlich
wieder

endlich wieder
„ja, du bist es!"
„ja, ich bin es!"
„nie mehr
wird es nun
dunkel sein
um dich
um mich
um uns !"
„ja, nie mehr!
nur noch hell
so wie es damals war
bevor wir uns verloren"

Tränen schossen aus ihren Augen. „Wolf, das ist ...";
weiter kam sie nicht. Die Flut ihrer Gefühle war zu viel
für sie. „Wolf, das ist so traurig! Und doch so schön,
am Ende", schluchzte Lotte. „Genauso ging es mir, als
du nicht mehr da warst. Genau diese schreckliche
Dunkelheit spürte ich Tag um Tag in mir. Genau dieses Sehnen nach dir war in mir. Und die Hoffnungslosigkeit, dich nie mehr haben zu können. Aber dennoch
trug ich den innigen Wunsch in meinem Herzen, du
würdest mich aus dieser Dunkelheit befreien. Wolf,
Liebster," – ihre nach ihm ausgestreckten Hände begannen zu zittern – „lass mich bitte nie mehr alleine,
im Dunkel einer so fürchterlichen Einsamkeit, hörst
du!" „Nein, Lotte, nie mehr!", waren die einzigen Worte, die er ihr als Antwort gab, denn in diesem Moment
überfiel ihn wieder die bittere Erkenntnis, dass er es
war, der ihr diesen Schmerz zugefügt hatte.

Als Lotte sich in seiner Umarmung wieder beruhigt
hatte, war für Wolfgang der Augenblick gekommen,
auf den er sich schon den ganzen Tag freute; jetzt
wollte er es tun. Er löste sich von ihr, kniete unter
ihren erstaunten Blicken vor ihr nieder und begann
sehr ernst: „Nie mehr wirst du ohne mich sein müs-

sen. Und auch ich, Lotte, wäre glücklich und dankbar, nie mehr ohne dich sein zu müssen. Denn eines weiß ich heute endlich ganz sicher; sicherer als alles andere in dieser Welt: Du bist mein Lebensglück. Ich liebe dich und so ...“; er fuhr sich kurz durchs Haar, schluckte und fuhr dann mit feierlicher Stimme fort; „... frage ich dich, Charlotte Schön, jetzt und hier, unter dem Himmel der Karibik: „Möchtest du meine ...“

Weiter kam er nicht. Blitzartig presste sich Lottes flache Hand auf seine Lippen. Gleichzeitig brach ein hartes „Nein!“ aus ihr heraus. Ein tiefer und nach Ausweglosigkeit klingender Seufzer begleitete ihr weiteres: „Sei still, Wolf!“ Dann ließ sie sich von ihrem Stuhl hinab gleiten, ebenfalls auf ihre Knie, direkt vor ihn und griff nach seinen Händen. Wolfgang schaute in den versteinerten Blick zweier Augen, deren einzige Aussage Hoffnungslosigkeit zu sein schien. „Schweig bitte!“, wiederholte sie flehend. „Ich weiß, was du sagen willst. Ja, ich wünsche es mir so sehr. Ja, aber ....“ Verzweiflung erstickte ihre Worte. „... es geht nicht, Wolfgang!“

Ihre Antwort traf ihn schwer wie ein Hammerschlag. Seine Augen suchten in Lottes Gesicht eine Erklärung, fanden sie jedoch nicht. Trotz seiner Fassungslosigkeit versuchte sein Verstand, den Grund für Lottes Ablehnung zu begreifen. Was hatte er nur mit seinem Heiratsantrag herauf beschworen? Welche Lotte offensichtlich schmerzende, offene Wunde hatte er nur berührt? Doch nicht jene? Nach all den wundervollen Tagen und Nächten dieser Reise. Unfähig zu sprechen forschte er weiter in ihrem Gesichtsausdruck nach dem, was da gerade in ihr vorging. Lotte ließ seine Hände los und umfasste sein Gesicht. „Wolf! Versteh doch! Ich bin verheiratet – und das bis an mein Lebensende. Dieser Teufel wird sich niemals von mir scheiden lassen; wie soll ich mir dabei wünschen dürfen, deine Frau zu werden?!", versuchte sie ihm klar zu machen. „Und wenn es dennoch geschieht, ..." - Lottes Gesichtsfarbe wurde fahl – „... dann wird er mich umbringen, noch bevor du daran denken kannst, mir vor dem Standesbeamten dein Ja-Wort zu geben. Verstehst du?"

Wolfgang sah sie ungläubig an und weigerte sich verstehen zu wollen. Erst als er ihre vorwurfsvolle Stimme fragen hörte: „Willst du das? Willst du, dass er mich tötet? Willst du weinend an meinem Grab stehen müssen? Willst du das wirklich? Sag es mir, Wolf!" Kaum drang diese Aufforderung zu antworten in sein Bewusstsein, verzerrte grimmige Wut Lottes Miene und ihre zu Fäusten geballten Hände begannen gegen seinen Brustkorb zu hämmern, so fest, dass es ihm den Atem zu nehmen drohte - und so lang, bis Lottes Kraft unter einem Schwall von Tränen in sich zusammenbrach. Vor Wolfgang kniete ein verzweifeltes Bündel Elend.

Alles in Wolfgang bäumte sich auf. Wie viel unseligen Einfluss hatte dieser Unmensch über sie! Wie konnte er, jagte es durch seinen Kopf, seine geliebte Lotte nur aus der Spirale ihrer Verzweiflung befreien? Was vermochte er nur zu tun, um diesen Kerl daran zu hindern, Herr über sie – und ihre gemeinsame Zukunft - zu bleiben? Und wie konnte er Lotte nur dabei helfen wieder Mut zu fassen, fragte er sich, während seine Finger in seinen Haaren fahrig nach Halt suchten? Er probierte es: „Aber Lotte! Niemand wird dich umbringen! Natürlich wirst du einmal frei sein! Und dann werden wir ...." Als wollte er all ihre Ängste mit seinen Worten in einem Zug wegwischen, setzte er mit erhobener Stimme zu einem erneuten Heiratsantrag an: „Und deshalb frage ich dich, Charlotte Schön, ob ...." Doch wieder gelang es ihm nicht; sofort stoppte ihn Charlottes „Nein!". Erneut drang es schrill in sein Ohr, schmerzend in seinen Kopf, bis tief hinein in sein verletztes Herz, das diese Ablehnung nicht akzeptieren wollte. „Dieser Teufel hat zu viel Macht über mich. Am besten ….“ Sie stockte und schluckte schwer. „Am sichersten wäre es sowieso für mich, würde ich meinen Scheidungsantrag zurückziehen. Vielleicht wird ihn das wenigstens davon abbringen, sich mit dem Schlimmsten dafür an mir zu rächen, dass ich ihm weglief. Dann bleibe ich wenigstens am Leben – und wir beide zusammen. Heimlich natürlich, denn erfahren darf er das nie!“

Wolfgang erhob sich, zog Lotte hoch, nahm sie in seine Arme, drückte sie fest an sich und sprach mit ruhiger und entschlossen klingender Stimme: „Oh nein, Lotte, so schnell geben wir nicht auf, hörst du! Ich verspreche dir, dass ich dich vor diesem Kerl beschützen werde. Hab keine Angst vor ihm.“ Sein Verstand aber fragte ihn, wie er das bewerkstelligen wollte. Sein Herz jedoch war stolz auf ihn – stolz darauf, dass er endlich ganz und gar zu seiner Lotte stehen wollte. Diese ihn anspornende und wohltuende Empfindung wahrnehmend, setzte er nahezu trotzig nach: „Ich wünsche mir so sehr, dass dich jedermann so bald wie möglich mit ´Frau Sommer` anspricht.“ Der Kuss, den er ihr nun auf die Stirn gab, drückte nicht nur seine Liebe zu dieser Frau vor ihm aus, sondern sollte ihr seine feste Entschlossenheit klar machen. Du Mistkerl, grollte er innerlich, wirst es nicht schaffen, unseren gemeinsamen, neuen Lebensweg zu durchkreuzen! So wahr ich Wolfgang Sommer heiße.

Kapitel 14

Nachdem sie der Flieger aus der Sonne der Karibik wieder zurück in die Heimat gebracht hatte, war ihr erster Gang der zu Charlottes anderem Lebensgefährten: Tarzan. Der freute sich wie verrückt, als sein Frauchen ihn abholte; Charlottes Tante Anne hatte sich, seit sie ihn vor ihrem Karibik-Urlaub zu ihr gebracht hatten, mit dem Hund sehr angefreundet; deshalb gab sie das Hündchen nur äußerst ungern heraus. „Der fühlt sich doch so wohl bei mir – kann ich ihn nicht behalten?" „Tantchen, was hältst du davon, wenn wir dir so einen kleinen Hund schenken?", fragte Wolfgang sie. „Meinst du wirklich? Dafür bin ich doch viel zu alt!" „Ach! Aber während der vergangenen Tage warst du für Tarzan nicht zu alt, oder?" Sein Argument leuchtete ihr ein, und sie bedankte sich mit einem ungeduldigen „Wann denn?" schon im Voraus überschwänglich bei den beiden. Beim Verabschieden hörte er sie zu Charlotte flüstern: „Da hast du aber einen lieben Mann, Kindchen." Charlottes glücklich strahlende Augen zeigten, wie sehr sie damit Recht hatte.

Der Urlaub hatte einerseits ihnen beiden die beste Gelegenheit dafür geboten, ihr gemeinsames Glück in vollen Zügen zu genießen und andererseits Charlotte dazu verholfen, wenigstens ihre nächtlichen Angstträume zu verdrängen, wie sie Wolfgang allmorgendlich auf dessen fürsorgliches Fragen hin bestätigte. Beide begannen sie nun damit, ihr Leben neu zu gestalten, um viel Zeit miteinander zu verbringen. Wenn sie sich nicht in dem einen oder anderen Restaurant in der Altstadt zum Essen verabredeten, überraschte Wolf seine Liebste damit, dass er schon ein Drei-

Gang-Menü gekocht, den Tisch festlich eingedeckt und die gesamte Wohnung in ein einziges Meer von Kerzenlichtern gehüllt hatte, wenn sie abends, aus ihrem Blumenladen kommend, ihre Wohnungstüre öffnete. Selbst für Tarzan hatte er stets etwas besonders Feines zubereitet. Dann stand er, in seinen ausgewaschenen Lieblingsjeans und einem makellos weißen Hemd, das er, mit hochgekrempelten Ärmeln und weit aufgeknöpft, locker darüber trug, im Flur; er nahm ihr mit der rechten Hand den Mantel ab, zauberte mit der linken eine hinter seinem Rücken versteckt gehaltene, langstielige rote Rose hervor und freute sich über ihre wunderschönen und vor Glück funkelnden Augen sowie über ihr: „Guten Abend, du mein Traummann."

Auf diese Weise vergingen die ersten Monate nach ihrer Rückkehr von der Kreuzfahrt wie im Flug. Charlotte fühlte sich, wie sie ihm immer wieder sagte, geborgen und sicher mit Wolf an ihrer Seite und schlief nachts zunehmend besser. Wachte sie dennoch einmal schweißgebadet und um Hilfe schreiend auf, dann zog er sie sofort an sich und streichelte sie solange, bis sie sich beruhigt hatte und bald darauf in seinen Armen wieder eingeschlafen war. Insgeheim wunderte er sich allerdings schon darüber, dass sich Ference nicht erneut mit irgendwelchen Schweinereien in Erinnerung rief; ob er sie wohl damit auf die Folter spannen wollte, um sie dann aus ihrer vermeintlichen Sicherheit urplötzlich und für sie unerwartet wieder in seine diabolische Welt zu reißen? Natürlich behielt er seine Gedanken dazu für sich, war er doch froh, dass es Lotte psychisch recht gut ging.

Als er sich sicher schien, dass Charlotte ihre Angst vor einem erneuten Auftreten von Ference weit genug verdrängt hatte, nutzte er eines Abends die Gelegenheit dazu, das offen gebliebene Thema ´Heirat` wieder aufzugreifen. Mit der Türe ins Haus fallen wollte er aber nicht; zu tief saß noch die Enttäuschung über seinen misslungenen Antrag von damals. Deswegen hatte er sich etwas Besonderes ausgedacht. „Liebes, schau doch mal, was ich dir auf den Esstisch gelegt habe." Das machte sie neugierig. „Was denn?" Als er schwieg, erhob sie sich von der Couch und ging nachsehen. „Meinst du das Kuvert?" Er nickte. „Was ist denn da drin?" Er zuckte mit den Achseln. „Sag schon!" „Mach´s doch auf!" Schon klappte sie die offene Lasche hoch und zog heraus, was er meinte. „Ein Gedicht – für mich? Wieder eins." „Wem sonst würde ich eines schreiben?!" Mit Schwung setzte sie sich neben ihn und begann sofort laut zu lesen.

DU
MEIN SEELENGLÜCK,
MEIN LACHEN,
MEIN LIEBSTES.

MEINER AUGEN BLICKE
STRAHLEN HELL,
SEHEN SIE
DEINER AUGEN BLICKE.

DU MEINE SUCHT,
DU MEIN SEHNEN,
DAS DICH SUCHT
WIE EIN ERTRINKENDER

DAS RETTENDE UFER,
WIE DIE ANBETENDE
IHRE SONNE,
DIE SIE WÄRMT.

DU MEINE BESCHWINGTHEIT,
DIE MICH FLIEGEN LÄSST,
MICH IM TANZE DREHT

UND MEINEN NACKEN KÜSST.

DU MEIN WINDHAUCH,
DER MEINEN BAUCH
MIT TAUSEND SCHMETTERLINGEN
LOCKEND FÜLLT.

DU MEINE LEICHTIGKEIT,
DIE DICH UND MICH
HEUTE SO SEIN LÄSST,
WIE WIR BEIDE FRÜHER WAREN

UND GEWESEN WÄREN,
HÄTTE DAS SCHICKSAL
UNS NICHT GENOMMEN,
WAS WIR SCHON IN HÄNDEN HIELTEN.

LASS UNS NUN
SORGLOS UND BESCHWINGT
EINANDER UND UNSERE LIEBE
GENIESSEN EWIGLICH.

ALLEIN MIT DIR KANN ICH DAS,
DENN NUR DU MACHST MICH
LACHEN, FLIEGEN, TRÄUMEN,
SEHNEN, LIEBEN - GLÜCKLICH.

DU
BIST
MEIN
LEBEN!

Wolfgang schluckte schwer – erst ihre wohl klingende Stimme verlieh seinen in Worte gehüllten Gefühlen die richtige Bedeutung. Auch Lotte war bewegt; sie nahm seinen Kopf sachte zwischen ihre Hände und küsste ihn zärtlich auf den Mund. „Wie schön, Wolf!

Deine Zeilen treffen genau meine Empfindungen – so, als hätte ich sie geschrieben. Es scheint mir fast ...“ – sie schmunzelte – „... du kennst mich ein wenig.“ Er strahlte sie an. „Hm. Ich denke schon. Und weißt du auch, was die vier Schlusszeilen sagen wollen?“ Sie schaute auf das Blatt. „Du meinst, das mit ´Du bist mein Leben`?“ „Genau das. Ich will es dir sagen. Das bedeutet, dass ich in Zukunft mit dir leben möchte. Noch enger. Ganz eng meine ich. Richtig eben. Für immer. Als Ehepaar, Lotte. Bitte lass uns so schnell wie möglich heiraten; sobald die Scheidung durch ist.“ Er freute sich so sehr, spürte aber, wie sein Herz vor Anspannung mit einem Mal schneller schlug.

Kaum hatte er aber das Wort ´heiraten` in den Mund genommen, versteinerte sich Lottes Mimik. „Daraus wird nichts!“ „Bitte? Wieso nicht?“ „Du weißt es genau; ich hab´s dir schon auf dem Schiff gesagt.“ Blut schoss in seine Schläfen. „Du meinst doch nicht etwa ...?“ „Oh ja!“ Nein?!“ Ihr entschiedenes „Doch!“ traf ihn schwer. „Du hast tatsächlich ...?“ Sie nickte energisch. „Ja Wolf, ich habe den Scheidungsantrag zurückgezogen. Oder warum, glaubst du, hören wir die ganze Zeit nichts mehr vom Rechtsanwalt über irgendwelche Attacken dieses Teufels gegen mich, hä? Seitdem lässt er mich wenigstens in Ruhe.“ „Wie ... wie konntest du nur! Hinter meinem Rücken. Charlotte!“ „Verflixt und zugenäht!“, fuhr sie ihn an. „Kapierst du es nicht? Es geht um mein Leben; hörst du, um meines! Und darum, dass wir nur auf diese Weise zusammen bleiben können, ohne dass du an meinem Grab stehen und weinen musst. Deshalb habe ich so entschieden.“

Niedergeschlagen ließ er den Kopf auf die Brust sinken und schloss die Augen. Wie hatte sie das nur tun können. Hatte er nicht ein Recht auf eine gemeinsame Entscheidung?! Schließlich ging es auch um seine

Zukunft und um seine Liebe zu ihr. Minutenlang saß er so da – steif und in sich gekehrt. Sein Herz war verletzt und er wusste nicht, wie er auf die Frau neben ihm reagieren sollte. Am liebsten wäre er aufgestanden und weg gegangen. Allein seinem Verstand gelang es ihn zu beruhigen. Wie sehr ihn ihre harten Worte und ihre noch härtere Entscheidung auch trafen – sein Kopf ließ ihn mehr und mehr begreifen, dass sie mit diesem Entschluss nicht völlig falsch lag. War es nicht wirklich besser, eine lebendige Liebe zu leben als sich nur noch am Grab an eine untergegangene Liebe erinnern zu können?! Untergegangen, weil Ference am Ende eine gewisse Frau Charlotte Sommer aus Rache getötet hatte. Wolfgang öffnete seine Lider und schaute sie an. „Lotte, ich bin sehr traurig über deinen Entschluss. Du sollst aber wissen, dass ich ihn akzeptiere." Die Antwort, die er in ihrem Gesicht zu lesen glaubte, war: Es bleibt dir auch gar nichts anderes übrig!

Einige Wochen später hatte Wolfgang ausnahmsweise bis in den späten Abend hinein Behandlungstermine. Als gegen halb neun sein Praxistelefon klingelte und ihm das Display verriet, wer der Anrufer war, freute er sich deshalb umso mehr, wenigstens dank ihrer Stimme die wohlige Nähe seiner Lotte spüren zu können. Ohne sich mit Namen zu melden, sagte er: „Hallo Liebes; schön, dass du anrufst." Statt einer Antwort drang Schluchzen an sein Ohr. „Lotte?" „Wolf, komm bitte! Er ..." Ihre Stimme brach ab. Blut schoss in Wolfgangs Kopf. „Wie? ... Er? Lotte, sag!" „Ich hab ihn gesehen." Wolfgang traute sich nicht nochmals zu fragen – er begriff, wen sie meinte. „Das kann nicht sein; der ist doch im Gefängnis. Liebes, beruhige dich und erzähl mir, was genau du gesehen hast. Und bitte hör auf zu weinen; ich bin doch bei dir." „Eben nicht!", kam mit gebrochener Stimme zurück. Was er dann vernahm, war nur noch leises Weinen und Wimmern.

Verflucht, dachte er, warum bin ich nur heute nicht zu ihr gefahren?! Dann endlich verstummte dieses ihn so quälende Weinen seiner verzweifelten Lotte.

„Also ...", begann sie zögernd. „Ja?" „Ich bin vorhin, nachdem wir im Geschäft mit dem Papierkram endlich fertig waren, mit dem Wagen noch zum Einkaufen in den Supermarkt gefahren, weißt du in den hinter dem großen Sportplatz am Stadtausgang. Auf dem Weg nach Hause – es war schon dunkel - musste ich dann einer Baustellen-Umleitung folgen. Und dann ...." Sie stockte. „Und dann? Was ist denn dann passiert? Sag es mir, bitte, Liebes!" Wolfgangs linke Hand wühlte sich in sein Haar hinein - seine Nerven lagen blank. „Und dann ..."; wieder kam sie nicht weiter, weil ihr Wimmern ihr die Stimme lähmte. „Ja, und dann ...?", hakte er erneut hektisch nach.

„Dann überholte mich so ein großer Geländewagen; wie ein Irrer raste der an mir vorbei; dann - kaum war er vor mir – scherte er auf meine Spur ein; im selben Augenblick gingen die riesigen Suchscheinwerfer, die auf so einem Gestell über dem Heck befestigt waren, mit gleißend hellem Licht an und blendeten mich so sehr, dass ich die Hand vor meine Augen halten musste." „So ein Idiot!", entfuhr es Lottes Zuhörer am anderen Ende der Verbindung. „Als ich wieder etwas sehen konnte, war der schwarze Wagen schon ganz weit vor mir; der muss wie ein Bekloppter davon gebraust sein." „Puh - was für ein Glück, dass dir nichts passiert ist, Liebes", meinte er beruhigt und atmete tief durch. Die Pause, die nun kam, ließ ihn aber nichts Gutes ahnen. „Lotte ...?" Wieder hörte er ihr jammervolles Weinen von vorhin. „Was ist, Liebes? Sag doch!" „Ach Wolf, es war schrecklich. Von weitem habe ich dann gesehen, wie sich die roten Rücklichter in weiße Scheinwerfer verwandelten; der Fahrer hatte seinen Wagen gewendet und fuhr nun zurück; direkt

auf mich zu. Immer größer wurde dieses Riesenge-
fährt mit den hohen, breiten Reifen, das da mir entgegen raste. Stell dir vor ...“; Lotte unterbrach sich; „...
urplötzlich, höchstens zehn, zwölf Wagenlängen vor
mir wechselte der die Spur und preschte auf meiner
Seite direkt auf mich zu ...; immer schneller und
schneller. Ich wollte ausweichen, aber da war wegen
der Leitplanke kein Platz; und auf die Gegenfahrbahn
konnte ich nicht, weil gerade aus der Seitenstraße ein
Wagen kam. Wolf ..., ach Wolf! Dann war er so nah
vor mir, dass ich ihn sehen konnte.“

„Ihn?“ „Ference.“ „Wirklich ihn?“ „Ja, verflucht! Sag
ich doch! Erst vielleicht zehn Meter vor mir riss er
sein Lenkrad herum und sauste haarscharf an meiner
Fahrertüre vorbei. Es gab einen entsetzlichen Knall –
das war mein Außenspiegel; stell dir nur vor, der hätte
mich richtig erwischt. Ich hab aufgeschrien vor Angst,
während ich weiter mit aller Kraft auf die Bremse trat,
bis ich zum Stehen kam. Im Rückspiegel sah ich nur
noch die roten Lichter und ...“ „Und ...?“ „ ... und die
weißen Scheinwerfer auf dem Dach; die blinkten abwechselnd hell – dunkel – hell – dunkel; immer wieder, so, als lachte dieser Mistkerl mich aus.“ „Hast du
dir das Kennzeichen merken können, Lotte?“

Ein schriller Aufschrei war ihre Antwort: „Quatsch!
Wo denkst du hin? Das ging doch alles viel zu schnell.“
„Aber sein Gesicht ...; hast du das tatsächlich erkannt?
War das Ference?“ „Spinnst du? Natürlich war er das!
Diese diabolische Grimasse, die er mir durch die
Windschutzscheibe entgegengeschleudert hat, kenn
ich ja wohl besser als du, oder, Herr Psychiater! Wenn
ich sage, er war es, dann war er es!“ Wolfgang er-
schrak über diese hasserfüllte Tonlage. Wie blank
mussten ihre Nerven liegen! Prompt steckte ihn die
Aggressivität in ihrer Stimme an. „Du redest Unsinn,
Frau Schön – er kann es überhaupt nicht gewesen

sein, weil er im Gefängnis sitzt. Kapierst du das nicht?" Heftiges Schnauben war Lottes Antwort auf seinen barschen Ton. „Aber dann ist er eben inzwischen entlassen worden. Und wer sonst soll so etwas tun, hä?" „Woher soll ich das wissen? Es gibt doch genug Irre auf den Straßen." Die Pause, die nun eintrat, brachte Wolfgang wieder von seinen aufgepeitschten Emotionen herunter; er musste Lotte beruhigen! „Hör zu, Liebes; ich bin sofort bei dir. Ich lege jetzt auf. Und du gehst nicht mehr aus dem Haus und schließt deine Wohnungstür gut ab, hörst du! Also bis gleich."

Als er die Wohnungstüre öffnete, war der Flur leer. „Lotte?" Nichts. Er ging ins Wohnzimmer. Dunkel. Hinüber ins Schlafzimmer. Auch hier brannte kein Licht, doch aus der Ecke hinter dem Bett kam ein leises Wimmern. Er knipste die Deckenlampe an – und spürte, wie sich sein Herz verkrampfte. Zusammen gekauert saß sie, einem Häufchen Elend gleich, von einer Decke umhüllt auf dem Boden; allein ihr verheultes Gesicht lugte scheu hervor. Als sie ihre Augen öffnete und ihn wahrnahm, hatte er sich schon neben sie gekniet und seine Arme schützend um sie gelegt. „Liebes, sei ganz ruhig; ich bin ja bei dir. Aber ...." Sie schaute ihn fragend an. „Ich denke, wir sollten zur Polizei gehen und den Burschen anzeigen."

Der Blick, der ihn traf, war eine Mischung aus Unverständnis und nackter Angst. „Wolf! Was glaubst du, was passiert, wenn wir Ference die Polizei auf den Hals hetzen? Dann geht´s erst richtig los. Du kennst seinen Jähzorn nicht! Glaubst du denn wirklich, dass ich dann noch meines Lebens sicher bin? Oh nein, anzeigen werde ich ihn ganz bestimmt nicht! Jetzt, da er ja offensichtlich aus dem Knast raus ist, darf ich ihn auf keinen Fall provozieren, sonst ...." Ihre Hand ballte sich zu einer Faust, presste sich in ihren offenen

Mund und erstickte das, was Lotte zu sagen angesetzt hatte. Wolfgang schaute sie fassungslos an. „Oh nein! Ich werde still halten und mich wie ein Mäuschen auf der Flucht vor der Katze verkriechen." Sie schloss die Augen. „Woher weiß der nur, wo ich lebe? Oder ist das Ganze nur Zufall? Hat er mich vielleicht nur zufällig auf der Straße erkannt und dann verfolgt?"

Wolfgang sah seine Chance, um sie zu beruhigen. „Was sonst – natürlich war es Zufall; schließlich kann er nicht wissen, dass du hier wohnst." Ihr Seufzer bestärkte ihn allerdings nicht in der Hoffnung, es sei ihm gelungen, sie zu überzeugen. „Ach Wolf, wenn das nur so wäre." Sein „Ganz sicher, Liebes" klang nicht einmal in seinen Ohren einleuchtend. „Wolf ...." „Hm?" „Könnten wir vielleicht...." „Was denn, Liebes?" „... heute Nacht in deiner Wohnung schlafen? Und kann ich morgen dort bleiben?" So tief, dachte Wolfgang, steckt ihr der Schrecken und die Angst vor diesem Schwein in den Knochen! Wie sehr muss Ference sie doch beherrschen! Mit einem entschiedenen „Das machen wir, Lotte!" nickte er ihr liebevoll zu und nahm sie noch inniger in die Arme. „Und morgen früh würdest du dich bitte um mein Auto kümmern?" „Klar! Ohne Außenspiegel darfst du ja schließlich nicht fahren."

Auf der Fahrt zu Lottes vor dem Haus Nummer Acht stehenden Wagen versuchte sich Wolfgang auf eine Frage zu konzentrieren, die ihn die gesamte Nacht beschäftigt hatte: War es tatsächlich nur ein Zufall oder war Ference mittlerweile doch schon hinter das Geheimnis von Lottes Versteck gekommen? Hatte er ihr aufgelauert, weil er wusste, wo sie arbeitete? Kannte Ference vielleicht sogar schon die Adresse ihrer Wohnung? Oder machten sich Charlotte und er unnötige Gedanken? Wie vorsichtig musste er selbst heute sein, wenn er Lottes Auto holte, um es in die Werkstatt zu fahren? Wartete man dort schon auf sie? In all diesen Fragen steckte nichts, was ihm erlaubte, das Ganze doch nur als bösen Zufall ansehen zu können. Er musste tatsächlich sehr vorsichtig sein. Auf keinen Fall durfte ein dort Lauernder einen Zusammenhang zwischen Lotte und ihm erkennen; sonst könnte der sich an seine Fersen heften – bis dorthin, wo Lotte gerade war; in dem einzigen Versteck, das ihr im schlimmsten Fall noch geblieben wäre – in seiner Wohnung. Deshalb wollte er, das war sein Plan, an der Haustüre bei Lottes Nachbarin klingeln, statt die Haustüre selbst aufzuschließen. Zur Sicherheit würde er auch nicht mit seinem Wagen zu dem Haus fahren, sondern es in einer Seitenstraße abstellen, um dann den Rest des Weges zu laufen. So könnte er auch schauen, ob sich dieser große, glatzköpfige Kerl – wie Lotte Ference beschrieben hatte - dort irgendwo verbarg, um ihr aufzulauern. Er würde seinen schmutziggrauen Kittel, der er aus dem Keller geholt hatte, überziehen und seine alte Brille mit dem braunen Horngestell und den getönten Gläsern aufsetzen; vielleicht noch den Filzhut, der im Kofferraum lag. Dann sähe er wie ein alternder Monteur aus der Werkstatt aus, der damit beauftragt war, das Auto der Kundin Schön abzuholen. Sollte er tatsächlich beobachtet werden, wäre das für Lotte und ihn ungefährlich.

Er drückte auf den Klingelknopf – und musste nicht lange warten, bis eine krächzende Stimme fragte: „Ja bitte?" „Guten Tag, Frau Reichhold?", antwortete er mit gedämpfter Stimme in die Sprechanlage. „Ich komme von Frau Schön. Haben Sie kurz zwei, drei Minuten Zeit für mich?" Das Einzige, was kam, war schweres Atmen. „Frau Reichhold, es ist sehr wichtig. Frau Schön ist krank und ...." „Ach so; na gut. Kommen Sie hoch. Erster Stock." Es summte; er drückte die schwere Holztüre mit dem kleinen Fensterchen auf und stieg die Treppe hinauf. Vor ihm in der halb geöffneten Türe stand sie - eine pummelige Frau Mitte siebzig mit grauem Haar. Ihre kleinen dicken Hände – in einer hielt sie ein Küchenmesser – hielt sie vor ihre altmodische Kittelschürze, unter der ein schwarzes Kleid herausschaute. Ihre winzigen, wissbegierig schauenden Augen sprachen aus, was sie sogleich in Worte fasste: „Ich kenne Sie doch! Sie sind doch der Lieb ..., äh; ich meine, Sie besuchen Frau Schön in letzter Zeit öfter, nichtwahr?" „Ganz genau. Mein Name ist Sonntag, Dr. Sonntag", log er. So könnte sie einem nach Lotte fragenden Fremden nicht seinen richtigen Namen ausplaudern, was jenen auf ihre Spur bringen könnte.

„Ja, liebe Frau Reichhold; ich soll sie herzlich von Frau Schön grüßen. Sie ist leider ziemlich erkältet, so dass ich sie bei mir einquartiert habe, bis sie wieder gesund ist", machte er ihr weiter weiß. Er bemerkte ihren irritierten Blick, der an ihm auf und ab ging. Er begriff. „Oh, verzeihen Sie bitte meinen Kittel. Ich muss mich um Frau Schöns Auto kümmern. Jemand hat ihr den Außenspiegel abgebrochen. Ich soll auch noch nach dem Motoröl schauen. Meinen Anzug möchte ich mir dabei aber nicht ruinieren." Er deutete dabei auf seine dunkelblaue Anzugshose, die unterhalb des Kittels herausschaute. „Ach so – hab mich schon gewundert." „Ja, deshalb schaue ich heute zudem in Frau Schöns Wohnung nach dem Rechten. Ich muss ihr ja auch noch ein paar ihrer Kleidungsstücke und einiges andere bringen." „Das ist aber sehr fürsorglich von Ihnen, Herr Dr. Samstag." Rasch korrigierte er sie: „Sonntag". „Ach ja, Sonntag." „Sind Sie beide denn schon lange zusammen? Wo haben Sie sich denn kennen gelernt?" Aha, stellte er fest, Frau Neugierig will alles über uns beide heraus bekommen.

Aber nicht mit mir, liebe Dame, lachte er innerlich und lenkte sie mit bewusst ernster Miene ab: „Wie geht es denn Ihrem Mann, Frau Reichhold? Kommt er bald wieder aus dem Krankenhaus?" Als er sah, wie sich ihr Gesicht verfinsterte, ahnte er, was geschehen war. „Ach, Herr Doktor, dass das mit meinem Heinrich noch einmal etwas würde, hat ja keiner der Ärzte wirklich geglaubt." „Oh, das macht mich aber sehr, sehr traurig, liebe Frau Reichhold. Mein herzliches Beileid – natürlich auch im Namen von Frau Schön." „Wann ist er denn ...?" „Heute Nacht. Das ist alles sehr schlimm für mich; was hatten wir noch alles vor, mein Heinrich und ich. Ich vermisse ihn so sehr. Immerhin waren wir einundvierzig Jahre verheiratet. Aber er hat immer zu mir gesagt, ´Mariechen`, hat er gesagt - wissen Sie, ich heiße eigentlich Maria Magdalena; aber Magdalena hat er nicht gemocht; und wenn er mich ganz lieb gedrückt hat, dann hat er mich immer Mariechen genannt. ´Mariechen`, hat er also gemeint, ´wenn ich einmal nicht mehr bin, dann fange du ganz neu an zu leben. Mach all das, was du möchtest. Lass dich nur nicht hängen. Das Leben geht weiter`. Ich weiß ja, dass er damit Recht hat, wissen Sie. Aber schwer ist das trotzdem! Dennoch - er lebt ja in meinem Herzen weiter, mein Heinrich."

Es wurde sehr still in Wolfgangs Innerstem. Er spürte den Kloß in seinem Hals, der ihn am Schlucken hinderte. Sein Blick senkte sich in den Raum seiner Nachdenklichkeit. Wie tapfer sie war und klug - so, wie ihr Heinrich. Ob er selbst so stark sein könnte, wenn Charlotte nicht mehr da wäre? Auf sein „Tja, liebe Frau Reichhold, das Leben ist nicht immer leicht; aber ich bin ganz sicher, dass Sie es schaffen werden." Nach einer kurzen Pause fuhr er fort. „Danke, dass ich bei Ihnen klingeln durfte. Jetzt will ich noch ...." „Aber gerne geschehen, Herr Doktor", schnitt sie ihm das Wort ab, wobei sich ihr noch eben trauriges Gesicht wieder aufhellte. „Und grüßen Sie Frau Schön bitte von mir; und gute Besserung. Wir haben uns neulich so gut unterhalten, als ich bei ihr zum Frühstück eingeladen war." Lotte hatte ihm davon erzählt. Etwas Verschmitztes tauchte um ihre Augenwinkel auf. Ob sie wohl dachte, er sei jener Wolfgang aus Lottes Erzählung? „Also dann – ich gehe jetzt in die Wohnung. Vielen Dank noch mal und alles Gute für Sie."

Zehn Minuten später packte er den mit Lottes Sachen gefüllten Werkzeugkoffer, den er allein zu diesem Zweck leer mit nach oben gebracht hatte, in Lottes alten Wagen, schaute sich kurz nach rechts und links um, stieg ein und fuhr in Richtung Lottes Werkstatt los. Sie hatte ihm den Weg genau beschrieben. Zunächst bis zur Ampel, dann rechts ab die abschüssige Straße hinunter, an einem Park entlang, bis unter eine große Brücke, dort wieder rechts und dann bis zu der rechten Seitenstraße mit einem blau gestrichenen Eckhaus; an dem würde er schon das Schild ´Kfz-Werkstatt Müller und Söhne – gegründet 1951` sehen.

Die Ampel stand auf Rot, was er schon von weitem sehen konnte, sodass er erst gar keine Geschwindigkeit aufnahm, sondern langsam auf sie zufuhr. Gleich nachdem sie auf gelb umschlug, bog er ab und gab Gas; er wollte wissen, was solch ein alter 86er Merzedes noch so hergab. Schon stand die Tachonadel auf 65. „Donnerwetter, beschleunigt gar nicht schlecht! Nun aber auf die Bremse – du bist viel zu schnell!", ermahnte er sich laut. Seine drei Punkte in Flensburg waren genug! „Was soll das denn? Dieser Depp!" schrie er im nächsten Moment. Keine vierzig Meter vor ihm bog ein Sattelschlepper mit Karacho in die Straße ein und drängte dabei zwei von unten kommende Wagen zur Seite; deren Fahrer drückten noch auf die Hupe, während sie Wolfgang passierten. „Verdammt – kannst du Idiot nicht warten, bis ich vorbei bin!", schimpfte Wolfgang. Mit aufgerissenen Augen erkannte er über die hintere Ladefläche hinaus ragende Eisenträger. Das wird knapp, jagte es ihm durch den Kopf. Blitzschnell trat er, nun mit aller Kraft, auf das Bremspedal – und trat es durch, ohne einen Widerstand zu spüren.

Blut schoss ihm ins Gesicht. Seine Hände umschlossen krampfhaft das Lenkrad. Die auf seiner Augenhöhe liegenden Eisen rasten, wie es ihm schien, auf seine Frontscheibe zu, denn sein eigener Abstand dazu verringerte sich so rasend schnell, dass er panisch aufschrie: „Oh nein!" Hektisch zog er den Fuß zurück, um ihn erneut auf das Bremspedal zu pressen. Doch wieder tat sich nichts – außer, dass sein Wagen bergab immer schneller und die Entfernung zu den schweren Eisenteilen immer geringer wurde. Das war´s dann wohl!, schoss es ihm durch den Kopf. Verzweifelt trat er erneut auf das Pedal - bis auf´s Blech. Schon lagen nur noch zwei Wagenlängen zwischen seinem Oberkörper und den bedrohlich auf ihn gerichteten Metallträgern; gleich würden sie die Scheibe – und damit seinen Kopf - zertrümmern. Nicht einen Atemzug später riss er das Lenkrad nach links, um irgendwie an der Gefahr vorbei auf die Gegenspur zu kommen.

Sein Blick erstarrte – der ihm entgegen kommende LKW würde ihn todsicher erwischen. Aber welche andere Chance hatte er? Keine! Er zerrte den Lenker stark nach links und trat das Gaspedal bis zum Anschlag durch. Der Wagen schoss quer über die Straßenseite. Die Vorderräder stießen mit einem heftigen Schlag gegen die Bordsteinkante, die sie mit einem Satz überwanden. Noch bevor auch die Hinterachse die steinerne Straßenbegrenzung erreichen konnte, hörte er ein ohrenbetäubendes Krachen. Der von unten entgegenkommende Laster hatte ihn hinten erfasst. Wolfgang spürte, wie sein Kopf abwechselnd nach links und rechts sowie vor und zurück geschleudert wurde und dabei zweimal hart gegen die Seitenscheibe knallte. Der stechende Schmerz, der ihn durchfuhr, ließ ihn aufschreien.

Etwas Warmes über seinem linken Auge verschleierte ihm den Blick. Blut! Er spürte es über die Lippe laufen. Im rechten Augenwinkel sah er, wie sich seine Fahrtrichtung nach rechts änderte – der Aufprall musste die Hinterräder schräg über die Begrenzungssteine gepresst haben; sein blechernes Gefängnis raste nun über Stock und Stein holpernd parallel zur Gegenfahrbahn bergab. Der Wagen machte einen Satz – er musste über irgendetwas Hartes gedonnert sein. Wolfgangs Kopf schlug erneut nach links gegen die Scheibe. Mit aller Wucht! Er erkannte Grün, das ihm linkerhand begleitete. Der Park! Mehr zu begreifen gelang ihm nicht mehr, denn dieser letzte Schlag gegen das Glas war so hart, dass sein Denken auszusetzen begann. Krampfhaft versuchte er die Fahrt seines Wagens zu kontrollieren, doch sein Gehirn beherrschte nicht mehr, was mit ihm geschah. Er fühlte, wie er langsam aber sicher die Besinnung verlor. Sein Denken gelang nur noch in Zeitlupe. Seine Hände verkrallten sich in das Lenkrad. Seine Augen weiteten sich. Kinder! Frauen! Geschrei! Büsche! Achtung! Ein Baum! Hilfe! Ein mächtiger Aufprall raubte ihm das Bewusstsein.

„Hallo! Können Sie mich hören?" Eine Frauenstimme drang an sein Ohr. „Können Sie mich verstehen?", wiederholte sie. Was will die denn? Soll mich doch schlafen lassen! „Mach mir noch eine fertig, Klaus; rasch - wir müssen ihn wach bekommen." „Okay, Frau Doktor." Ich will doch aber gar nicht wach werden. „Den Wagen kann er verschrotten lassen", klang es aus einer anderen Richtung. Wovon redet der? Au – das tut weh. Wer sticht da in meinen Arm? „Hast Recht! Und dass der gerade noch am Spielplatz vorbei gedonnert ist – die Kinder hatten echt Glück." Kinder? Welche Kinder? „Schauen Sie, Frau Doktor! Er wacht auf." „Hallo! Ich bin Ihre Notärztin. Haben Sie Schmerzen?" Wolfgangs Hand tastete hoch zu seinem linken Auge. „Nicht! Das Auge haben wir verbunden." Sein verschwommener Blick traf ein freundlich lächelndes Frauengesicht. „Notärztin?" „Sie hatten einen Autounfall. Was tut Ihnen noch weh?" Unfall? Er versuchte sich zu konzentrieren. „Was für einen Unfall?" „Na ja, mit dem Merzedes", hörte er den Mann von eben sagen. „Totalschaden, ganz sicher!" „Können Sie nicht gefälligst Ihren Mund halten; damit regen Sie ihn doch nur unnötig auf!", herrschte die Frau vor ihm diesen Kerl an. Wolfgang erkannte, wie sie ihren Kopf nach hinten drehte. „Tschuldigung! Meinte ja nur ...." „Sie sollen nicht meinen, sondern Ihren Job machen - den Wagen aus den Büschen ziehen und in die Werkstatt schleppen. Okay!"

Eine andere Stimme drang zu ihm: „Frau Doktor! Der Mann heißt Sommer; hab seinen Ausweis gefunden." „Danke Klaus!" Merzedes? Ich fahre doch gar keinen Merzedes. Aber ..., aber Lotte! Er spürte einen kalten Schauer über seinen Rücken laufen. „Lotte!" Er versuchte sich aufzurichten. „Wo ist sie?" Eine warme Hand legte sich auf seine Schulter und drückte sie vorsichtig nach unten. „Bleiben Sie bitte liegen. Wen meinen Sie, Herr Sommer?" „Lotte!", schrie er nochmals. „Wer ist Lotte?" Er hob seinen Kopf leicht und drehte ihn zur Seite, in die Richtung der Männerstimme von eben; stand dort Lottes Merzedes? War sie noch im Wagen? „Meine Frau natürlich." „Klaus, geh mal rüber zum Einsatzwagen und hol mir einen der Polizisten." „Mach ich, Frau Doktor." Rote Hosenbeine durchkreuzten Wolfgangs Blick und entfernten sich schrittweise. Auf der Rückseite der Jacke, die dabei oberhalb der Hose auftauchte, erkannte er ein weißes Feld mit rotem Kreuz. Sanitäter. „Seien Sie ganz ruhig, Herr Sommer. Ihre Frau war nicht im Wagen, als wir Sie dort raus holten." Er blickte hoch, direkt in dieses Gesicht; wie gut ihm ihre lieb schauenden Augen taten. Ein Stich im Nacken nahm ihm die Kraft, seinen Kopf noch länger hoch zu halten; er sackte zurück nach unten. „Au!" „Tut das weh?" Er stöhnte, als er den leichten Druck ihrer Hand unterhalb seines Hinterkopfes spürte. „Ja!" „HWS - äh, ich meine Hals-Wirbelsäulen-Trauma. Ich lege Ihnen gleich eine Manschette um."

„Was gibt´s, Frau Doktor?" Wolfgang sah nichts, hörte nur eine rau klingende Männerstimme; eine andere als die von eben, die das mit dem Totalschaden sagte. „Herr Sommer hat eine Ehefrau. Kümmert ihr euch darum, sie zu verständigen?" „Klar! Aber ..."; die Stimme verebbte für einen Moment. „Die Zentrale sagt, der Wagen ist auf eine Charlotte Schön zugelassen." Wolfgang verdrehte die Augen nach oben; er wollte sehen, wer da hinter ihm redete. Er erkannte dunkelgrünen Hosenstoff. „Ja, das ist meine Frau, Charlotte Schön." „Wieso Schön? Ich denke, Sie heißen Sommer."

„Nicht so den Kopf strecken, bitte, Herr Sommer. Ihre Halswirbel. Kollege, kommen Sie doch auf die andere Seite, dann sieht er Sie." „Wenn´s sein muss!" Vor Wolfgang tauchte nun auch eine dunkelgrüne Uniformjacke auf - der Mann, der in ihr steckte und sprach, ging vor ihm in die Hocke; seine Miene war nicht freundlich. „Also?!" „Na, na!", ermahnte ihn die Ärztin. „Kann ein Polizist auch nett sein?! Herr Sommer ist doch kein Verbrecher." „Hm", brummte er. „Ob Sie mir, lieber Herr Sommer, vielleicht erklären könnten, wieso ..." drang an Wolfgangs Ohr. „Kann ich! Wir heiraten bald; deshalb sage ich ´meine Frau`." „Das ist aber rechtlich nicht korrekt, solange Sie nicht vor dem Standesbeamten unterschrieben haben!" Warum ist der nur so unfreundlich? „Also, nun machen Sie aber mal einen Punkt, Herr Kriminaldirektor", spöttelte die Ärztin. „Habe ich etwa Ehefrau gesagt?", gab ihm Wolfgang Kontra. „Nur Frau - Frau Schön eben. Den Unterschied kennen Sie ja sicher; nicht Ehefrau." „Wortglauberei!" „Unsinn!", fuhr sie ihm in die Parade, „Herr Sommer hat völlig Recht! Und jetzt kümmern Sie sich gefälligst um seine Frau!"

„Ja, bitte! Können Sie meine Frau anrufen und ihr ausrichten, dass ich bald zu Hause bei ihr bin, ja?" Wolfgang registrierte einen zu der Notärztin gerichteten, fragenden Blick des Mannes neben ihm. „Wann entlassen Sie ihren Patienten, Frau Doktor?" „Den nehmen wir zur Beobachtung mit, aber ich denke, schon gegen Abend. Herr Sommer hat ..." – Wolfgang sah wieder ihr liebes Lächeln über sich – „... einen übergroßen Schutzengel gehabt. Ein bisschen Augenlid, das übliche HWS und zwei verstauchte Hände; und das rechte Knie; aber das ist nicht schlimm." „Ist sie daheim, Herr Sommer? Wieso telefonieren? Die Wohnung ihrer ... äh ... Nicht-Ehefrau ist ja quasi um die Ecke; da fahren wir lieber gleich vorbei und sagen ihr persönlich, was passiert ist."

Um die Ecke, jagte es durch Wolfgangs Gehirn. „Nein, nein – nur anrufen!" Barsch drang ein ungehaltenes „Warum das denn?" an sein Ohr. Blöder Kerl! „Weil ...; Lotte ist nicht zu Hause." „Aber Sie sagten doch eben, Sie würden bald bei ihr zu Hause sein?" Die Stirn des Frauengesichts, in das Wolfgang Hilfe suchend schaute, legte sich in Falten. „Sie ist bei mir daheim?" „Wie, bei Ihnen?" Wolfgangs Puls raste. Er schloss sein Augenlid. „Eben in meiner Wohnung, nicht in der ihrigen." „Ich denke, Sie heiraten bald – und da leben Sie noch getrennt?" „Jetzt reicht´s aber, guter Mann?", schaltete sich die Ärztin wieder energisch ein, während sie mit beruhigendem Blick zu

Wolfgang meinte: „Lieber Herr Sommer, ich rufe Ihre Frau an; wie lautet denn ihre Telefonnummer?" „Danke, Frau Doktor, schauen Sie in meinem Handy unter ´L` wie ´Lotte` nach. Seine Hand griff zu seiner Hosentasche.

„Nix da, Frau Doktor; das ist unsere Sache!", widersprach der Beamte wutschnaubend. Wolfgang spürte etwas Kräftiges an seiner Hosentasche zerren. „Oh nein! Finger weg da von meinem Patienten, Herr ...." Wolfgang verfolgte ihren erbosten Blick auf das Namensschild an der Uniformjacke; „... Herr Thomas; nicht Sie, sondern ich bin für das physische und psychische Wohl meines Patienten verantwortlich – also rufe ich in diesem besonderen Fall Frau Sommer, ... äh, ich meine Frau Schön an. Ende der Diskussion!" Der Mund des Polizisten öffnete sich, doch die Augen der Frau blitzten ihn böse an. „Na gut, Frau ...?" „Dr. Schönefuß."

Zornig fuhr er, seinen Kopf wieder zu ihm drehend, Wolfgang an, als müsste er doch noch einmal auftrumpfen: „Aber Ihr unverantwortliches Rasen wird Folgen haben, das sage ich Ihnen! Wie konnten Sie einfach auf den Kinderspielplatz rasen? Sie hätten alle totfahren können." „Nun reicht´s aber! Muss das jetzt sein? Vernehmt ihn gefälligst morgen." „Schon gut, Frau Notarzt", gab er verächtlich zurück. Rasch kam ihr, um die Lage zu entschärfen, Wolfgang zu Hilfe: „Ganz einfach, weil ich nicht bremsen konnte, als der Sattelschlepper plötzlich einbog." „Was für ein Sattelschlepper? Davon wissen wir nichts. Und was heißt, bitte schön, Sie konnten nicht bremsen?" Die Stimme des Mannes wurde dabei deutlich lauter. „Ich glaube ..."; Wolfgang versuchte seine Gedanken zu sortieren. „Ja, was glauben Sie?" Hatte Lotte den Wagen nicht erst vor kurzem beim TÜV vorgefahren? Wie konnten dann vorhin die Bremsen versagt haben? Sollte etwa

...? Steckte dieser Teufel dahinter? „Ich glaube, Herr Kommissar ...“; Wolfgang sah, wie sich die Augen des Mannes zu Schlitzen verengten und sich sein Zeigefinger auf sein Kinn legte; „... da war jemand dran.“ „Sie wollen doch nicht behaupten .... Ja, ja, das kennen wir schon; einem anderen die Schuld in die Schuhe schieben. Quatsch! Sie sind mit überhöhter Geschwindigkeit von der Fahrbahn abgekommen. So war das!“

Wolfgang schloss die Augen. Nein, so war das eben nicht! Sollte er von Ference erzählen? Aber was hatte ihm Charlotte gestern eingeschärft: ´Wir dürfen Ference nicht provozieren, sonst ....` „So, Herr Thomas, wenn Sie meinen Patienten noch weiter behelligen, dann ...“; ihr Gegenüber stemmte die Hände in die Hüften und postierte sich breitbeinig vor sie; doch der energische Blick, mit dem ihn die drahtige Ärztin anblitzte, schien ihn zur Vorsicht zu mahnen; „... dann haben Sie eine Anzeige an der Backe, das verspreche ich Ihnen. Ihr rücksichtsloses Handeln gefährdet nämlich die Gesundheit meines Patienten. Und jetzt Tschüss!“ Als Wolfgang sah, wie die Arme des Uniformierten langsam an die Hosennaht glitten, wusste er, dass er nun Ruhe vor diesem übereifrigen Beamten haben würde. Mit diesen resoluten Worten verabschiedete die Frauenstimme den Mann, während sie ihren Kollegen heran rief: „Klaus, pack an; wir bringen ihn in die Klinik – bevor dieser Super-Cop hier ...; na, du weißt ja, was ich von so Typen halte.“

Wolfgang hielt das Auge geschlossen, während er spürte, wie die Trage hochgehoben wurde. Ihm schwirrte der Kopf. Das war Ference. Ganz sicher! Der hat Lottes Bremsleitung angesägt. Angst bemächtigte sich seiner Gedanken. „Bitte!“, rief er aus. „Ja, Herr Sommer?“ „Frau Doktor, rufen Sie meine Frau an. Jetzt gleich! Sagen Sie ihr, sie soll auf keinen Fall die Wohnung verlassen. Bitte!“ Hilfe suchend schaute er hoch zu der Frau am Fußende der Trage. Deren sorgenvoller Blick fiel auf einen hilflos wirkenden Mann, dessen Finger durch sein Haar fuhren. „Natürlich, Herr Sommer, das mache ich, sobald Sie im Krankenwagen liegen. Versprochen!"

Kapitel 15

„Oh mein Liebster!" Wolfgang spürte, wie Lottes Tränen seine Wangen benetzten. Ihre Hände fuhren zitternd über die seinen. „Tut es arg weh?" „Lotte, mach
dir keine Sorgen", beruhigte er sie. „Dank der Büsche
im Park, die den Wagen aufgefangen haben, ist ja
nichts Schlimmes passiert. Das bisschen ..." – er zeigte
auf sein Auge – „... ist bald wieder okay. „Aber ..."; ein
herzergreifendes Schluchzen ließ ihren begonnenen
Satz noch in ihrem Mund sterben. „Aber beinahe hätte
er dich umgebracht – oder ...." Sie legte ihre Hand
über ihren geöffneten Mund und fuhr erschüttert fort.
„... oder eigentlich mich; schließlich dachte er ja, ich
würde ohne funktionierende Bremsen in mein Auto
steigen." Wolfgang schlug kurz die Augenlider nieder,
weil ihm seine Erinnerung gleich einem Film die letzten schrecklichen Bilder seiner rasend schnellen Fahrt
über die Wiese auf die Kinder zu und dann in die dichte Hecke vorspielte. „Nur gut, dass ich niemand überfahren habe. Trotzdem - das wird natürlich für mich
ein Nachspiel haben." „Aber du kannst doch nichts
dafür; Ference steckt doch dahinter."

„Und wie soll ich das beweisen? Kannst du mir das
bitte sagen, Charlotte?" Sie schwieg. „Na, siehst du.
Der wird dich nie zufrieden lassen – und freigeben
auch nicht; das habe ich jetzt kapiert." Sein Tonfall
wurde strenger; seine Aufregung zeigte Wirkung.
Prompt runzelte sie die Stirn. „Aber ich habe doch
extra den Scheidungsantrag zurückgezogen, damit er
mich in Ruhe lässt", entgegnete sie. „Was das gebracht
hat, siehst du ja. Geh doch endlich zur Polizei!" Ihr
Körper spannte sich an und sie schlug die Augen nieder. „Wenn ich das tue, bin ich gleich tot." Resignation

sprach aus ihren nur gehauchten Worten. „Blanker Unsinn, den du da redest!"

Sofort wurde Wolfgang klar, zu heftig reagiert zu haben; Lotte konnte doch nichts dafür, dass dieser Ference so ein hinterlistiges Schwein war. Aber er selbst doch noch viel weniger, dachte er verärgert. Versöhnlich legte er seine Hand auf ihren Arm. „Egal. Hier bist wenigstens du für´s erste sicher." „Meinst du?" Sie stöhnte auf. „Ich hatte so sehr gehofft, er würde mich nicht aufspüren. Aber jetzt ...." Ja, schoss es Wolfgang durch den Kopf, mit Hilfe ihres Auto-kennzeichens kannte er Lottes Adresse. Fast mehr beschäftigte ihn aber der bedrückende Gedanke, dass er selbst nun auch in die Schusslinie geraten war; das gefiel ihm überhaupt nicht! Genervt meinte er barsch: „Weißt du, Charlotte, ich möchte jetzt nicht mehr über das Ganze reden. Ich gehe jetzt schlafen. Ich bin müde." Charlotte sah ihn verwundert an. Er verstand sie, hatte er doch auf diese Weise noch nie einfach ein Gespräch abgebrochen. Aber er wollte alleine sein; das Ganze begann für ihn deutlich aus dem Ruder zu laufen und er musste nachdenken.

Das erste, was er am nächsten Morgen tat, war, zu telefonieren. „Guten Morgen, Ulli; Wolfgang hier. Bin in der Praxis; gleich kommt meine erste Patientin. Muss aber vorher mit dir sprechen. Hast du mal fünf Minuten Zeit?" „Wart mal kurz. Muss gerade mal an die Türe."

Mist, dachte er, habe doch keine Zeit zum Warten, und gähnte dabei; nicht einmal die dritte Tasse Kaffee hatte es geschafft, ihn richtig wach zu bekommen. Er war erst gegen vier Uhr morgens neben Charlotte ein-geschlafen. Für kaum eine Sekunde jagten die Erinne-rungen an diese Nacht durch seinen Kopf. Zu viele Gedanken hatten ihn wie Plagegeister am Einschlafen gehindert – Gedanken daran, wie sich sein Leben während der vergangenen Monate verändert hatte und in welches Schlamassel er selbst damit geraten war; erst recht seit gestern. Er hatte Lotte nach so vielen Jahren zufällig auf der Straße gesehen, hatte sich ihr zögerlich genähert - und war zurück gewiesen worden. Beharrlich hatte er seinen Wunsch, sie wieder zu sehen, nicht aufgegeben, bis Lotte ihm eine zweite Chance gewährte. So weit war ja alles noch gut. Doch dieser Ference verfolgte sie. Und nun irgendwie sogar ihn selbst! Er wollte doch nur mit ihr glücklich und unbeschwert leben, so wie früher. Aber das jetzt ...!

Wolfgangs alte Zweifel nagten plötzlich wieder an ihm. Lottes Probleme passten nicht in sein Bild von einem neuen Liebesleben mit ihr. Allerdings - das musste er sich schon eingestehen – hatte ihre Situation wohl auch mit seinem Verhalten von damals zu tun. Aber, verdammt! Musste er sich deshalb wirklich fast umbringen lassen? Nur, weil er ihr half, das Auto in die Werkstatt zu bringen? War das Alles denn tatsächlich seine Angelegenheit? Bisher ja! Aber nun, nach diesem Attentat auf ihn? Ja, auf ihn, tobte der Ärger in ihm, denn schließlich wäre er beinahe tot gewesen.

Er versuchte einen klaren Kopf zu bekommen. Sollte ihm die Sache mit den Bremsen vielleicht eine Warnung sein? Eine Art Zeichen, die Beziehung mit Charlotte doch noch zu überdenken. Jetzt ging es auch um sein eigenes Leben; ganz davon abgesehen, dass er nun auch noch ein Strafverfahren am Hals hatte – gefährlicher Eingriff in den Straßenverkehr oder so. Was wäre, mein Gott, hätte er sogar dabei ein Kind überfahren? Dann säße er wegen Charlotte für Jahre im Gefängnis.

170

Sollte er noch bleiben? Oder besser ...? Was konnte er zu Lottes Schutz überhaupt gegen diesen Verbrecher tun? Nichts! Sie weigerte sich ja sogar zur Polizei zu gehen. Warum kuschte sie nur so – wo der Kerl doch machte, was er wollte. Selbst den Scheidungsantrag hatte sie zurückgezogen. Aber nichts hatte sich dadurch geändert; der Mistkerl schikanierte sie weiter – und sein eigener Traum von einer Heirat mit Lotte glich doch nur noch einer zerplatzten Seifenblase. Was brachte ihm das alles im Endeffekt ein? Ein weiterer Zweifel kam auf: Wollte sie sich überhaupt ernsthaft für ihn entscheiden? Hing sie nicht eher wie eine Marionette am Faden ihres ihr Leben bestimmenden Ehemanns? Warum sollte er ihr also beistehen – jetzt, da sie Sache richtig ernst wurde?

Er stutzte; mussten ihn derartige Gedanken nicht eher beschämen als ihm Recht geben?! Wolfgang Sommer, schimpfte seine innere Stimme mit ihm. Siehst du nicht, wie sehr Lotte an dir hängt? Begreifst du nicht, dass sie dich braucht? Willst du sie wirklich ein zweites Mal im Stich lassen! So wie damals. Pfui! Du musst bei ihr bleiben; und weißt du auch, warum? Weil du sie damals schändlich in die Wüste geschickt hast. Ohne dein beschissenes Verhalten wäre sie doch nie in die Falle dieses Psychopathen gelaufen. Du bist doch schuld an ihrem Desaster. Also hilf ihr da gefälligst auch wieder raus! Und noch eins: Es geht um Lotte und nicht um dich. Dass du im Merzedes saßest, war doch nur ein dummer Zufall. Der Anschlag galt ausschließlich ihr. Und auch dafür trägst du die Verantwortung. Vergiss das nicht!

Die Stimme seines Freundes am Telefon befreite ihn von dieser allenfalls einige Sekunden gedauerten, herben Standpauke. „So, da bin ich wieder. Na klar hab ich Zeit für dich; aber nur kurz; muss zum Landgericht; große Sache; ich glaube, mein Mandant ist tatsächlich ein Mörder, obwohl er so einen unschuldigen Eindruck macht. Also, wo brennt´s? Klingst irgendwie nicht gut." „Stimmt! Stecke da in einer besch ..., also bescheidenen Situation. Kannst du mich in einer Unfallsache vertreten?" „Wie hoch ist der Schaden – ich frage nur meines Honorars wegen?" Er lachte und Wolfgang wusste, dass er nur scherzte. „Nix da – es geht um mehr als um Geld; die wollen mich drankriegen, weil ich am helllichten Tag in einen Kinderspielplatz gerast bin. Und am Ende in die Hecken des Parks. Aber ich ...." „Hui! Also ein Strafverfahren. Hast du etwa jemand totgefahren?" „Um Gottes willen, nein; obwohl – knapp genug war es schon." „Alkohol?" „Quatsch! Die Bremsen." „Wie, die Bremsen?" „Na, die funktionierten nicht." „Aha, auch noch grobe Fahrlässigkeit – mindestens. Und arge Probleme mit der Versicherung. Warum aber? Du bringst doch deinen Wagen regelmäßig zur Inspektion, oder?" „Natürlich; und Lotte auch." „Wieso Lotte; was hat die damit zu tun?" „Na, ich bin doch mit ihrem Auto gefahren; mein Wagen stand zwei Straßen weiter. Hatte vorsichtshalber den alten Kittel an und den blöden Hut; dieser Kerl sollte mich nicht erkennen." „Hä, welcher Kerl?" „Der mit dem schwarzen Geländewagen; deswegen war doch der Außenspiegel ab."

„Wie – ab?" Wolfgang hörte den Freund auf der anderen Seite der Verbindung ungeduldig schnauben. „Wolf, du redest schon wieder kryptisch – und mir läuft die Zeit weg. Um´s also kurz zu machen: Ja, ich vertrete dich; ist doch klar! Und jetzt stelle ich dich zu Blümchen durch, ich meine zu Frau Blüm; mit ihr machst du einen Termin aus; für Morgen; und wenn sie sagt, das ginge nicht, dann richte ihr aus, sie soll einem anderen Mandanten absagen. Ich hätte gesagt, du hättest Vorrang. Aber ..."; er unterbrach seinen Redeschwall für eine Sekunde; „... bis dahin, mein Lieber, hast du gefälligst deine Gedanken sortiert, damit du mir die Sache ganz ruhig und geordnet berichten kannst. Einverstanden?! Sonst schlage ich auf´s Honorar ein weiteres Abendessen drauf." Das Klicken in der Leitung zeigte Wolfgang, dass er sich ein „Okay und Danke!" sparen konnte. Wie gewohnt war sein Anwalt tagsüber in Eile und schon auf und davon.

Als Wolfgang zum Mittagsessen nach Hause kam und die Wohnungstüre öffnete, stand Lotte zu seinem Schrecken mit kreideweißem Gesicht im Flur. Mit geweiteten Augen kreischte sie ihm hysterisch entgegen: „Wir müssen hier weg, auf der Stelle weg! Ich halte es nicht mehr aus! Es war so furchtbar!" Wolfgang musste sich beherrschen, um sich nicht augenblicklich von ihrer von Panik erfüllten Stimme anstecken zu lassen. „Aber Liebes, was ist passiert?" Ihr Tonfall wurde noch schärfer: „Achtmal hat mein Handy heute geklingelt. Immer wieder. Am Anfang habe ich gedacht, du wärst es - du warst es aber nicht!", schrie sie. „Und? Wer war dran?", hakte er nach, sichtbar bemüht, Ruhe zu bewahren. „Niemand!", schoss es aus ihr heraus. „Keiner! Nur so ein schweres Atmen." Er schaute sie verständnislos an. „Wolf, das war er!" „Woher willst du das wissen; ich denke, er hat nichts gesagt. „Hat er aber – bei seinem letzten Anruf!" Er wurde nervös. „Der hat doch gar nicht meine Telefonnummer hier." „Nicht deine. Meine. Hier." Dabei hielt sie ihm ihr Handy vor die Nase. „Hab ich doch gesagt." Sie schrie ihn dabei an. Da wurde auch er laut: „Und woher soll er bitte deine private Handynummer haben, bitteschön? Die kenn doch nur ich und ...." Ihre Stimme überschlug sich, als sie ihm das Wort abschnitt. „Richtig - und Sabine, also Frau Fingerhut. Und die – das hat mir Ference triumphierend mitgeteilt – hat sie ihm gegeben, weil er sich bei ihr wegen einer großen Blumenlieferung als jemand vom Hotel Schwarzenberger ausgegeben hatte. Da Sabine

173

davon nichts wusste und wohl dachte, die Sache sei wichtig, hat sie ihm meine Nummer gegeben – die blöde Kuh!"

Eine hochexplosive Mischung aus Ärger und Angst flackerte in ihren Augen. Wolfgang ging auf sie zu, um sie in die Arme zu nehmen. Sie aber stieß ihn mit ihren wild herum fuchtelnden Händen brüsk zurück. „Charlotte! Jetzt beruhige dich doch! Was hat er denn überhaupt gesagt?" Sie schnappte nach Luft. „Erst hat er mich gefragt, wie es mir so geht, besonders nach der – wie hat er sich so süffisant ausgedrückt, dieser Mistkerl – gemütlichen Autofahrt. Da war ich schon auf hundertachtzig. Dieses Schwein hat nur dreckig gelacht, bevor er zur Sache kam: ´Lottilein, wenn du nicht innerhalb einer Woche hier bei mir auf der Matte stehst und mich auf Knien anflehst, dir zu verzeihen, dann ... - na, du weißt schon!` Er war schlau genug, nicht auszusprechen, was er meinte; es hätte ja auf meiner Seite jemand mithören können. Aber, Wolf, glaube mir; ich habe ihn verstanden!"

Ein Zittern durchfuhr seinen Körper. Wolfgang brachte nur ein „Und?" heraus. Lottes Augen weiteten sich. „Was meinst du mit ´und`? Etwa, dass ich ihm nachgegeben habe? Wolf! Niemals gehe ich zu ihm zurück; lieber lass ich mich von ihm um ...." Sie erschrak augenscheinlich über die Konsequenz dessen, was sie da aussprechen wollte. Kleinlaut kam sogleich von ihr: „Nein, natürlich nicht; aber zu ihm zurück – niemals! Gerade jetzt nicht, wo du und ich ...." Etwas Frohes huschte über ihre Wangen. Er schaute ihr fragend ins Gesicht. „Na ja, ich war vor ein paar Tagen bei meiner Frauenärztin und hab jetzt den Befund." Wolfgang horchte auf. „Wieso? Was hast du? Bist du krank? Hast mir gar nichts gesagt." „Krank wäre wohl nicht der richtige Ausdruck dafür." Wolfgang verstand nicht und brauste ungeduldig auf. „Ja, was jetzt? Warum warst du dann dort?" Sie hielt seinem fordernden Blick schweigend stand. Bis es ihm dämmerte: Sie ist doch nicht etwa ...? Charlotte sah seinem Augenspiel an, dass er es begriffen hatte. „Ja – vielleicht; noch nicht ganz sicher, Wolf. Es sind erst zwölf Tage drüber."

Wolfgang war sprachlos. Ein gemeinsames Kind – mit Lotte – zu diesem Zeitpunkt, wo Ference sie zurück haben wollte. Er schüttelte den Kopf. Sofort trat ein Ausdruck tiefer Enttäuschung in ihr Gesicht. „Wieso? Freust du dich denn nicht?" „Aber doch – natürlich, Lotte. Es ist nur – warum gerade jetzt? Ich meine ..., also ..., Ference kennt nicht nur deine Handynummer, sondern auch deinen Arbeitsort im Blumenladen, wo er vorhin anrief. Er droht dir mit Schrecklichem, wenn du nicht zu ihm gehst. Denk an unser Kind. Ach was, an dich selbst. Und an ...." Alles drehte sich in seinem Kopf. Völlig durcheinander wusste er keinen klaren Gedanken mehr zu fassen. Da spürte er Charlottes Hand auf seiner Schulter. „Wolfgang Sommer; jetzt bleib ausnahmsweise du mal ganz ruhig! Du und ich werden ein Kind bekommen. Du und ich werden auch zusammen bleiben. Du und ich werden zu einander stehen und Ference überleben. Wir beide haben uns nicht dazu wiedergefunden, dass wir einander gleich wieder verlieren. Meinst du nicht auch?" Er stutzte über den energischen Ton in ihrer festen Stimme – und fühlte sich an seine letzten, beschämenden Gedanken erinnert. Entschlossen und überzeugt gab er ihr Recht. „Ja, Liebes; wir werden es gemeinsam schaffen; du und ich und ...." Er strich ihr liebevoll über ihren Bauch.

„Aber ..."; er sah sie ernst an; „... dann lass mich bitte wenigstens mit ihm reden. Schau, vielleicht hört er auf mich, und ich kann ihn von seinen bösen Absichten abbringen." Ihr Blick sprach Bände. „Nein! Der lässt sich nie darauf ein. Hab´s dir schon einmal gesagt. Du kennst ihn nicht!" „Aber was können wir denn verlieren? Wenn er keine Ruhe gibt, haben wir´s wenigstens versucht. Bitte! Denk doch auch an das Kind unter deinem Herzen. Das ist auch mein Kind, hörst du?!" Diese Worte zeigten Wirkung, obwohl ihr Ton ziemlich sauer klang. „Na ja, wenn du meinst, dann mach´s eben. Aber ...." „Was aber?" „Aber wie willst du überhaupt an ihn heran kommen?" Sie legte den Zeigefinger auf ihre Lippen und tippte gegen sie. „Vielleicht in seinem Puff in Frankfurt. Hat sicher seine Schwester übernommen, während er im Knast war." „Er hat eine Schwester?" „Hm! Halbschwester. Ist seine engste Vertraute – und noch mehr, glaube ich." Ihr abschätziger Blick ließ Wolfgang etwas Abstoßendes ahnen. „Du meinst doch nicht etwa ...?" „Da bin ich sicher!" „Abschaum!" Lotte nickte energisch. „Also, die kümmert sich um die Mädels; das heißt, hält sie mit ihren rüden Methoden brutal in Schach, damit sie keinen Unsinn machen – abhauen oder Freiergeld einbehalten und so. Ist ein fieses Dreckstück; fast schlimmer als Ference selbst."

Sie warf ihm einen sorgenvollen Blick zu. „Ob du das wirklich machen solltest? Wolf, das ist ein Milieu, mit dem du dich doch ganz und gar nicht auskennst. Wenn du ihm sagst, was du willst, schlägt er dich einfach zusammen. Du musst ihm ja schließlich offenbaren, dass du ..., ich meine, dass wir zusammen sind. Da sieht er sofort Rot." Hitze stieg in seinen Kopf; bei ihren dramatisch klingenden Worten wurde es ihm ganz mulmig. „Meinst du?" Er überlegte kurz. „Aber egal! Ich muss es wenigstens versuchen, um uns von ihm zu befreien." Lotte stutzte. „Uns?" Wolfgang hob überrascht den Kopf. „Natürlich uns. Es geht jetzt nicht mehr um dich allein. Wir sind bald eine kleine Familie." Der Kuss, der ihn nun mitten auf die Lippen traf, zeigte ihm, dass er in ihren Augen soeben etwas für sie Wichtiges gesagt hatte. Ja, dachte er bei sich, alia iacta est - der Würfel ist gefallen. Er würde es tun und dabei alle Bedenken, mit denen er sich herumgeschlagen hatte, aufgeben; nicht nur seiner Liebe zu Lotto wegen, sondern ganz gewiss auch wegen der eigenen Mitverantwortung an diesem ganzen Desaster.

„Was ist das für eine – diese Schwester?", fuhr er interessiert fort. „Halbschwester, um genau zu sein. Sie heißt Joszefa Orbán; ein ganz böses Weib! Hat mich oft in seiner Anwesenheit so fest ins Gesicht geschlagen, dass mein Auge tagelang blau war. Einmal hat sie mir den rechten Zeigefinger gebrochen - einfach so. Sie ist ungemein kräftig. Ference hat zugeschaut, nur gelacht und gesagt: ´Gut gemacht, Joszefa. Wer nicht gehorcht, verdient Strafe. So wie die Mädels, wenn sie nicht spuren`. So etwas machte sie nur, weil ich nicht schnell genug die nächste Bierflasche für sie geöffnet hatte oder auch dann, wenn ..."; Charlotte zögerte; „... ich ihr nicht ..., nun ja, anderweitig ..."; sie stockte erneut, bevor sie mit zittriger Stimme und flüsternd weiter sprach: „... zu Willen war - dieses perverse Stück! Solche Schweinereien hat sie von Joe gelernt; auch so ein dreckiger Zuhälter; total abartig. Oh je!", stöhnte sie. „Was hat mir Joszefa von dem alles erzählt. Pfui!" Charlotte schüttelte sich.

„Mit dem Typen war sie einige Zeit zusammen – heimlich. Ference haßt ihn deshalb. Besonderen Spaß machte es Ference und Joszefa immer, mit ihren scharfen Wurfmessern nach mir zu werfen. Ich musste mich dann so hinstellen ..." - Charlotte hob ihre Arme bei diesen Worten - „... mit ausgebreiteten Armen und gespreizten Beinen. Natürlich gingen die Messer immer um Haaresbreite an mir vorbei und schlugen krachend in die Türe hinter mir ein – aber konnte ich das jedes Mal vorher sicher wissen?! Gerade, wenn beide betrunken waren, hatte ich Todesangst. Sie sind perfekte Messer-Akrobaten; haben diese zwei Teufel von ihrer Mutter gelernt; im Zirkus."

Es war das erste Mal, dass Wolfgang in Charlottes Augen wirklich tiefe Abscheu und feurigen Hass zugleich sah. Meine Zeit, dachte er, wie tief muss diese Joszefa sie in ihrem Innersten verletzt haben. Charlotte sprach nun voller Eifer weiter. „Ference und sie sind so dicke mit einander." Sie machte mit Daumen und Zeigefinger eine entsprechende Bewegung. Wolfgang anschauend meinte sie leise und mit angstverzerrtem Gesicht: „Wolf, vor ihr musst du dich wirklich in Acht nehmen. Sie kann zuckersüß sein und dir im selben Augenblick ihre Faust in den Bauch rammen." Sie starrte Wolfgang an. „Bitte, geh lieber nicht dorthin. Ich sterbe vor Angst, wenn ich nur daran denke." Sein Kopfschütteln aber war deutlich; er musste es tun.

Kapitel 16

„Ference", hörte er die stark geschminkte Frau mit der halb aufgeknöpften Bluse rufen, die der obszönen Fantasie der an der Bar sitzenden Kerle augenscheinlich freien Raum lassen sollte. „Da ist einer, der mit dir reden will." Der Angesprochene war ein kahlköpfiger Hüne. Als er sich zu Wolfgang umdrehte, schaute dieser in ein scharf geschnittenes Gesicht mit stahlblauen Augen, die ihn fixierten. In seinem weißen Anzug kam ihm der Mann eigentlich recht elegant vor. Sahen so Zuhälter aus? Wollte der damit Eindruck auf die Damen machen, die auf den Barhockern saßen. Die hatten ihm, als er durch die Türe herein gekommen war, sogleich einladende Blicke zugeworfen. Wolfgang nickte dem Kerl kurz zu. Das war also der Mann, nach dem er gefragt hatte: Ference. Er kam auf ihn zu und baute sich vor ihm auf. „Ja? Sie suchen eine nette Dame?" Er schien zu überlegen. „Eine Junge is wohl nix für nen älteren Herrn, der schon en Stock braucht, oder? Hab aber was sehr Hübsches für ihn."

Er drehte sich zur Seite und rief zum hinteren Platz an der Bar: „Olga! Kundschaft. Zack, zack!" Wieder zu dem bärtigen, alten Mann in dem altmodischen Anzug gewandt, dessen dicke Augenbrauen auf dem Rand seiner auf der vernarbten Nase sitzenden Brille hingen, meinte er abschätzend: „Wie viel soll´s denn kosten dürfen, das Vergnügen? Die Olga is was Feines. Da sollten Sie nicht knauserig sein! Geben Sie ihr besser gleich eine große Flasche Champagner aus; dann wird sie besonders lieb sein und für Sonderwünsche einen guten Preis machen." Die von ihm herbei Zitierte eilte heran und machte einen Augenaufschlag, der, wie Wolfgang leicht angewidert vermutete, irgendwie erotisch sein sollte.

Rasch erhob er die Stimme: „Ich brauche keines Ihrer Mädchen, Herr Büyük; der sind sie doch, nichtwahr?" Sein Gegenüber gab selbstherrlich zurück: „Klar bin ich der. Das weiß doch hier im Viertel jeder!" Sein Tonfall änderte sich prompt und wurde scharf. „Was wollen Sie dann hier, wenn Sie nicht ...?" Die obszöne Bewegung, die seine Hände machten, war eindeutig. „Mit Ihnen sprechen." Der mächtige Kerl vor ihm stemmte seine großen Hände in die Hüften, während die Frau, die ihm zuvor Bescheid gegeben hatte, neugierig zusah. „Warum?", raunzte er ihn unwirsch an, während in seinem Blick etwas Bedrohliches lag. Wolfgang erschrak ein wenig, fühlte sich in seiner Verkleidung als alternder Mann aber sicher; einen Alten wird er nicht gleich zusammen schlagen, war sein Kalkül gewesen, als er beschloss, nicht als Herr Dr. Sommer, sondern in der Aufmachung dorthin zu gehen, die er schon einmal benutzt hatte. Dennoch entging ihm nicht, dass sein Herz deutlich schneller schlug, als er sagte: „Es geht um Charlotte."

Kaum hatte er ihren Namen erwähnt, machte der Riese einen halben Schritt auf ihn zu, sodass er seinen nach Zigarrenrauch riechenden Atem wahrnahm. „Was hast de mit der zu schaffen, Alter?", fragte er derb. „Wenn de en Bulle bist, dann zeig mir mal den Durchsuchungsbefehl; ohne den kriegste gleich Hausverbot, damit das klar is. Ich kenn mich aus mit den Gesetze." Wolfgangs Gesichtsmuskeln zuckten - die abrupte Änderung des Tonfalls verhieß nichts Gutes. Mit einer derart heftigen Reaktion hatte er auf die bloße Erwähnung von Lottes Namen nicht gerechnet. Als er nicht gleich reagierte, rief Ference nach hinten gerichtet: „Johnny, komm mal. Der Herr hier möchte gehen." Sofort erkannte Wolfgang im Augenwinkel

einen nach einem Preisboxer aussehenden Dunkelhäutigen in einem deutlich zu eng sitzenden, schwarzen Anzug auf die beiden zuschießen. „Ja, Boss?“

„Halt, halt! Ich bin doch nicht von der Polizei! Will
nur ….“ „Was?“, herrschte Ference ihn an. Rasch versuchte Wolfgang es auf die versöhnliche Tour. „Ich
soll Sie von Charlotte ganz lieb grüßen“, log er. Das
half; Ference Augen zeigten Neugierde. „Was hasten
du mit meiner Frau zu schaffen?“ Er überging diese
Frage. „Können wir uns, bitte, setzen?! Dann erzähle
ich´s Ihnen.“ „Wenn´s denn sein muss“, brummte er
und ging auf einen freien Tisch neben dem Tresen zu.
Wolfgang folgte ihm. „Setz dich!“ „Aber nur unter vier
Augen!“ „Sonst noch was?“ Die Wissbegier des Mannes überwog jedoch offensichtlich dessen Abneigung,
sich etwas vorschreiben zu lassen. Mit einem bestimmenden Schlenker seines Kopfes gab er der neben
dem Tisch stehenden Frau die herrische Anweisung:
„Joszefa, zisch ab!“ Aha – das war sie also, dachte
Wolfgang.

„Also?“ Ference Blick bohrte sich unnachgiebig in das
Gesicht des ihm gegenüber sitzenden, älteren Herrn.
Wolfgangs Zunge fuhr über seine Lippen; wie trocken
sein Mund doch plötzlich war! „Kann ich ein Bier bekommen?“ Eine Mischung aus Verblüffung und Ärger
sprang aus den Augen des Kerls. „Jetzt reicht´s aber!
Entweder du kommst jetzt sofort zur Sache, oder ich
….“ „Ja, ja! Ist schon gut“, kam er ihm zuvor, spürend,
dass er den Bogen nicht überspannen durfte; schließlich wollte er ja etwas von dem Mann.

„Charlotte hat mich quasi als Unterhändler zu Ihnen
geschickt. Sie bittet Sie inständig um Vergebung und
darum, dass Sie sie in Frieden lassen. Sie sagt ….“
„Pah! Hätt se wohl gern.“ Ference Lachen hätte gehäs-
siger nicht klingen können. Wolfgang durfte sich aber

nicht beirren lassen und fuhr fort: „Sie meint, Ihnen doch schon dadurch genug entgegen gekommen zu sein, dass sie auf die Scheidung verzichtet und dass Sie ...." „Dass ich net lach! Die is mei Frau un bleibt es auch; damit des ein für alle Mal klar is! Und eins kannste ihr sagen: Wenn se net bis Sonntag hier auf der Matte steht, dann ...." Seine Rechte fuhr unter seine offene Anzugsjacke, schob sie ein wenig zur Seite und gewährte einen kurzen Blick auf etwas, was ihn in seiner Deutlichkeit erschreckte; im Hosengürtel steckte eine Pistole.

Er nahm alle seine Beherrschung zusammen und gab mit eiserner Miene und so unbeteiligt wie möglich zurück: „Dann hätten Sie aber auch nichts mehr von ihr, oder?! Und käme sie zu Ihnen zurück, dann ebenfalls nicht. Was nützt eine Ehefrau, die tagtäglich jammert, wie unglücklich sie ist. Was hätten sie von einer Charlotte, die Ihnen am Ende wieder weglaufen würde? Oder sich in ihrer Not etwas antäte - oder vielleicht sogar Ihnen ...." Wolfgang deutete mit dem Finger auf das Eisen unter seiner Jacke. Er vermied es weiter zu sprechen, was ihm aber nichts half. Sofort musste er erkennen, mit dieser angedeuteten Drohung zu weit gegangen zu sein. Der Hüne sprang auf, stieß den Tisch zwischen ihnen zur Seite und ging auf ihn los. Den Schlag, der ihn hart an der Schulter traf, spürte er noch vor dem Geschrei des aufgebrachten Mannes. „Halt´s Maul, du alter Sack! Kommst da her in mein Haus und bedrohst mich. Dir blas ich gleich dein Gehirn aus dem Schädel." Er legte dabei die Hand auf die Waffe.

„Ference, nicht!", hörte ein zusammenfahrender Wolfgang eine Frauenstimme von hinten energisch rufen. „Der ist vielleicht doch ein Bulle." „Schnauze, Joszefa!" Wolfgang witterte seine Chance: „Ja! Am Ende hat sie Recht." Doch der Schreck, die ihn mit dem unerwarteten Schlag erfasst hatte, ließ seine Stimme nicht überzeugend genug klingen. „Da lach ich doch – der und en Polyp. Pah! Also: Du verpisst dich jetzt und sagst meiner werten Frau Gemahlin, sie soll verdammt noch mal ihren Arsch hierher bewegen."

Hoffnungslosigkeit erfasste ihn. Was konnte er nur tun; die Zeit lief ihm davon. Schon stand dieser Schwarze neben ihnen. Wolfgang erhob die Stimme: „Und wenn ich Ihnen Geld gebe?" Ein Stutzen tauchte in Ference Miene auf. „Was? Du willst se freikaufen?", schrie er ihn so aufgebracht an, dass sich seine Stimme überschlug und er dabei halbe Worte verschluckte. „Mei Frau is doch kei Hur, die man kaufe kann." Plötzlich spürte Wolfgang wieder den unangenehmen Geruch des Mannes vor seinem Gesicht; er war bis auf wenige Zentimeter an ihn heran getreten und schrie ihn noch heftiger als soeben an: „Wer bist du eigentlich, dass du dich hier so aufspielst? Woher kennst du die Charlotte? Haste etwa was mit meiner Frau? Dann dreh ich dir gleich den Hals um. Los, sag!" Seine Stimme klang roh und drohend.

Auf diese Frage aber hatte sich Wolfgang vorbereitet. „Ich bin ihr Onkel." Erstaunen trat in sein Gesicht. „Hä? Die hat nen Onkel? Davon weiß ich nix." „Bin erst seit einem Jahr aus Kanada zurück; hab da dreißig Jahre gearbeitet, dann aber meine Minen verkauft; wollte wieder in die Heimat zurück." „Minen?", entfuhr es ihm; Wolfgang sah ein Funkeln in seinen Augen. „Na ja, Gold eben." „Dann hast du also Kohle und spielst dich bei ihr als Geldsack auf. Du …! Aber ich sag dir was; auf dein Geld scheiß ich. Davon hab ich selbst genug." Er schüttelte energisch den Kopf und schrie: „Ich verkauf doch mei Frau nicht!"

„Ference!" Er fuhr herum. „Was is?" „Komm mal her."
Ein widerwilliges Schnaufen war seine Antwort.
„Schwesterchen, das hier ist Männersache! Also
Schnauze!" Sie ließ nicht locker und gab ihm ein zor-
niges „Komm her, sag ich, sonst …!" Wolfgang sah,
wie sie mit einer Hand an den oberen Teil ihrer offenen Bluse fasste und damit ihr ausladendes Dekolleté
bis zum Halsansatz bedeckte. „Du verstehst mich?" Zu
Wolfgangs Erstaunen gehorchte er. Welchen Einfluss
diese Frau doch auf ihn hatte, dachte er und erinnerte
sich. Hatte Lotte nicht angewidert davon gesprochen,
dass die beiden miteinander …. Igitt!

„Was willste denn, Süße?", hörte er ihn devot fragen.
Sie legte ihre Hand auf seinen Bizeps, stellte sich auf
die Zehenspitzen, reckte sich zu seinem Ohr hoch und
begann zu flüstern – in einer Art, als wollte sie ihn von
etwas überzeugen. Wolfgang verfolgte die Szene mit
Spannung – vielleicht war seine Idee, Lotte zur Not
frei zu kaufen, doch noch erfolgreich. Schließlich war
es – das wusste er von einer Patientin aus der Szene -
zwischen Luden üblich, sich gegenseitig Mädchen aus
dem Milieu abzukaufen.

„Okay, Alter." Ference kam zu ihm zurück. „Ich will
neunzigtausend. Bar auf die Kralle. Bis übermorgen.
Und nur kleine Scheine. Sonst kannst du die Sache
vergessen." Wolfgang schluckte; das war deutlich
mehr als er sich ausgerechnet hatte. Er schüttelte den
Kopf und schaute ihn an. Als nur ein unnachgiebiges
„Neunzigtausend!" kam, suchte er - an seinem massi-
gen Körper vorbei – den Blickkontakt zu dessen Halbschwester. Die aber fixierte ihn nur eiskalt und unnachgiebig. Da gab es keinen Verhandlungsspielraum!
Zu viel Geldgier spiegelte sich in ihren Augen wider.
Im Bruchteil einer Sekunde überschlug er seine Möglichkeiten, so viel Geld in so kurzer Zeit beschaffen zu
können. „Unmöglich! Ich brauche eine Woche dazu."

„Okay!", kam es von hinten. „Mittwoch nächster Woche. Zehn Uhr morgens. Seien Sie pünktlich. Und kommen Sie alleine." „Richtig! Wenn du jemand mitbringst", riss Ference das Gespräch wieder an sich, „ist der Deal geplatzt. Un jetzt schleich dich." Noch bevor Wolfgang begriff, was das kurze Kopfnicken in Richtung des muskulösen Preisboxers bedeutete, spürte er es; dessen riesige Pranke legte sich wie eine Eisenklammer um seinen Oberarm und zerrte ihn zum Ausgang. „Der Herr möchten gehen?" Mit einem „Schönen Tag noch!" drückte er ihn - dort angekommen - gegen die Wand, öffnete mit der freien Hand die Tür und stieß ihn nach draußen. Das grell klingende Lachen einer Frauenstimme begleitete ihn auf die Straße.

Kapitel 17

„Und – wie war es? Was hat er gesagt? Lässt er mich jetzt in Ruhe? Hast du Joszefa gesehen? Haben sie dir was getan? Ach Wolf, ich hatte solch eine Angst um dich!" Lottes erste, aufgeregte Worte klangen noch immer in Wolfgangs Ohr, obwohl nun schon genau eine Woche vergangen war. „Was?", hatte sie ihn angeschrien, als er ihr von seinem Versuch erzählte, sie freizukaufen. „Du hast ihm Geld geboten? Bist du von Sinnen? Ich bin doch keine Ware?" „Doch, Lotte, in seinen Augen bist du das; insbesondere in Joszefas. Begreif doch, dass ich diese letzte Chance, dich auf diese Weise von ihm zu befreien, nutzen musste." Völlig hysterisch war sie am Ende ins Schlafzimmer gerannt und hatte sich eingeschlossen. Die gesamte Nacht über. Wie befreiend war dann aber am Morgen für ihn ihr kleinlautes „Entschuldige, Wolf! Du hast ja Recht; du musstest es versuchen, um mich von ihm zu befreien. Das verstehe ich jetzt" gewesen. Mit Ference, hatte sie zugegeben, müsse man wohl in dieser Sprache sprechen; er sei eben ein Zuhälter und sie seine .... Sie hatte das letzte Wort hinunter geschluckt, war auf ihn zugekommen und hatte ihren Kopf an seine Schulter gelegt.

Und nun stand er wieder vor diesem Haus, aus dem er neulich unsanft hinaus geworfen worden war. Es war zehn vor zehn. Krampfhaft umklammerte er die Aktentasche; sie enthielt dicke Bündel Geldes. Exakt neunzigtausend Euro. Sein Herz schlug ihm bis zum Hals. Hätte er nur jemanden dabei gehabt. Das aber hatten sie ihm verboten. Dort drin würde er gleich ganz alleine diesen Leuten gegenüber stehen. Was, wenn sie falsch spielten? Dann .... Ach, er wollte gar nicht darüber nachdenken. Zweifel waren ihm während der letzten sieben Tage genügend gekommen! Welche Alternative aber hatte es gegeben? Keine – denn die ganze Sache fallen lassen, hätte ihn mit seinem Rettungsversuch total zurückgeworfen; und ganz sicher Ference Zorn auf Lotte gelenkt; einen, der wohl noch schlimmer sein würde als der, den sie – und er selbst - schon zu spüren bekommen hatten.

Er drückte auf den Klingelknopf und trat sofort wieder unsicher einen Schritt zurück; ob er es doch besser lassen und weglaufen sollte? Doch dazu war es zu spät – schon hörte er ein Knarren und sah, wie das kleine Fensterchen im oberen Türblatt aufging. Noch während es wieder zu geschlagen wurde, öffnete sich die Türe. „Ah, der Herr Onkel. Aber bitte, kommen Sie doch herein!", säuselte ihm eine Frauenstimme entgegen – eine, die neulich zuletzt sehr viel schriller getönt hatte. Zögernd trat er ein. Augenblicklich drückte Joszefa sich an ihm vorbei nach draußen. Was sollte das? Er drehte sich nach ihr um und sah, dass sie sich auf der Straße erst nach rechts, dann nach links umschaute, ihm dann mit einem „Sauber – keiner da" folgte und die Türe hinter sich schloss.

„Und, hast du die Kohle, Alter?" Kaum zwei Meter vor ihm stand Ference. Nicht mehr der fein gekleidete Etablissement–Besitzer vom letzten Mal, sondern ein Kerl in schwarzen Jeans, Pullover und mit – Wolfgang wurde es mulmig – Springerstiefeln und Lederhandschuhen. Im Augenwinkel erkannte er den dunkelhäutigen Rausschmeißer, der ihn so hart angefasst hatte, dass ihm der Arm noch immer wehtat. Der Kerl hatte sich neben dem Ausgang postiert. „Bitte, gehen wir doch zu dem Tisch dort", kam es süß von der hinter ihm stehenden Joszefa. „Und du bist mal ein bisschen netter zu unserem Gast, Brüderchen!" Ihr Tonfall war scharf. Ference brummte verärgert etwas Unverständliches.

Wolfgang fühlte sich alles andere als wohl. Er drückte die Tasche noch fester an sich. „Ja, ich habe das Geld. Aber wie kann ich sicher sein, dass Sie Lotte dann in Ruhe lassen?" Er sah Ference Augenaufschlag. Joszefa stand nun direkt neben ihm. „Aber natürlich können Sie da sicher sein, Herr …. Wie darf ich Sie denn überhaupt ansprechen?" Wie verständnisvoll und entgegenkommend ihre Stimme klang! Ihre Augen schauten ihn fragend an. Ach so – sein Name. „Niemand; Ottmar Niemand", log er. Unter diesem Namen würden sie ihn nicht finden können. Und, hatte er sich zudem überlegt, sollten sie ihn nachher verfolgen, würde ihnen das nicht gelingen. Dafür hatte er gesorgt. Er würde mehrfach die Taxen wechseln, dabei durch die ganze Stadt fahren und sich zuletzt in dem großen Kaufhaus absetzen lassen, in dessen Parkhaus sein Wagen stand. Zuvor würde er sich auf der Toilette in Dr. Sommer zurück verwandelt haben. Auf der Fahrt nach Hause würde er zudem stets darauf achten, nicht verfolgt zu werden.

„Auf Herrn Büyüks Wort können Sie sich verlassen, Herr Niemand. Und …." Noch bevor die bisherige Wortführerin fortfahren konnte, zog Ference das Ganze ungeduldig an sich. „Nun zeig erst mal das Geld, damit ich´s nachzähle kann. Oder hast du es etwa gar nicht dabei?" Schon war er bei ihm und entriss ihm mit beiden Händen die Aktentasche. „Halt, verdammt!" Zu spät. Schon öffnete er sie und schüttete die Banknoten auf den hinter ihm stehenden Tisch. Als Wolfgang ihn daran hindern wollte, spürte er ihn wieder – jenen eisernen Griff des Dunkelhäutigen. „Nur die Ruhe, Alterchen. Denk an dein Herz!" „Und? Hat er alles mitgebracht?", hörte er die Stimme der Frau, die mit einem Schlag nicht mehr so nett wie eben klang. Das Zählen ging schnell; die Zahlen auf den Banderolen waren rasch addiert. „Neunzig; okay!" „Dann", kam von Wolfgang, „sind wir uns einig? Sie lassen Charlotte in Ruhe und verfolgen sie nicht mehr?" Ein Zittern lag in seiner Stimme; die Situation raubte ihm mehr Kraft als er zu brauchen gedacht hatte.

„Werd´s mir überlege." „Was heißt da überlegen?" brauste Wolfgang auf. „Ich dachte ...." „Maul! Überlege heißt überlege. Schließlich geht´s ja um meine Ehefrau. Vielleicht muss ich das Geld ja auch als erste Anzahlung betrachte – oder als Schmerzensgeld dafür, dass ich so lange ohne mein liebes Lottilein auskommen musste. Ich bring´s jetzt erst Mal weg und wenn ich zurückkomm, sehen wir weiter." „Aber ..., aber das geht doch nicht", begehrte Wolfgang auf. „So war das nicht vereinbart, verdammt!" „Aber wer wird denn gleich fluchen, alter Mann", meinte der Typ hinter ihm und umklammerte ihn mit beiden Armen. Wolfgang versuchte sich aus dem Griff zu befreien. Vergeblich. „Johnny", wies Joszefa ihn an, „setz ihn auf die Bank da hinten und zeig ihm mal, wie gut du einen Arm auskugeln kannst, wenn er noch weiter rumzickt." Ein grässlich und gemein klingendes Lachen beendete damit Joszefas bisherige Freundlichkeit Wolfgang gegenüber endgültig. Angst überkam ihn; er fügte sich wortlos; was blieb ihm anderes übrig. Ference verließ - am Tresen vorbei – dic Bar durch eine Glastüre. Wolfgang starrte ihm verzweifelt nach. Die beiden anderen grinsten sich schweigend an. Er war gefangen und die Sache mit seinem Geld sah nicht gerade gut aus. Anzahlung. Schmerzensgeld. Das Schwein wollte also noch mehr aus ihm heraus pressen!

Erst nach einer ewig langen halben Stunde tauchte er wieder auf. Wolfgang begriff – er hatte das Geld weggeschafft, damit es hier nicht gefunden werden konnte, falls er doch zur Polizei ginge. „So, ich hab´s mir überlegt, Alter. Wir mache en Deal. Die eine Hälfte der Kohle is für mein erlittene Schmerz, weil meine liebe Ehefrau so lang nicht bei mir war; die andere is eine fifty-fifty Anzahlung. Damit krieg ich noch fünfundvierzigtausend - und das exakt in vierundzwanzig Stunde. Und weißte auch, wer mir die bringt?" Die Häme in seinem Ton war unüberhörbar. „Richtig, Schlaukopf: Charlotte! Und wenn sie nicht rechtzeitig kommt …." Wolfgang erstarrte – Ference flache Hand fuhr, einem Messer gleich, horizontal an seiner Gurgel vorbei.

Dann drehte er sich zu Joszefa um. „Süsse; willste dem Herrn nicht noch ein kleines Geschenk machen?" Ein gehässiges Strahlen erhellte ihre noch eben böse schauenden Augen. „Johnny, bring ihn zu mir an die Tür", gab sie mit einem grässlich klingenden Lachen zur Antwort. Der Grobian zerrte ihn im Schwitzkasten dorthin und ließ ihn los. Noch bevor Wolfgang sich ganz aufgerichtet hatte, sank er wieder in sich zusammen - Joszefa´s Faust hatte ihn mit aller Wucht in der Magengegend getroffen; so hart, dass ihm die Luft weg blieb. „So, das ist dein Mitbringsel – und eine Erinnerung an die guten alten Zeiten mit meiner unartige Schwägerin. Grüß sie schön von mir." Mit diesen Worten öffnete sie die Tür; erst lugte sie nach rechts und links und meinte dann: „Die Luft ist rein; schmeiß ihn raus, Johnny!" Im selben Moment spürte Wolfgang einen solch festen Stoß gegen seinen Rücken, dass er sich nicht halten konnte und auf allen Vieren auf dem Gehweg landete. Unter Gelächter schlug die Türe hinter ihm zu.

Er brauchte einen Moment um sich aufzuraffen; nicht, weil er sich verletzt hatte, sondern weil ihn eine Erkenntnis lähmte: Er hatte soeben sein Geld verloren.

190

Ference hatte nur mit ihm gespielt. Und er verlangte von Lotte, morgen mit noch mehr Geld zu ihm zu kommen. Hatte er wirklich alles falsch gemacht? Und hatte Lotte es ihm nicht prophezeit? Mit seinem Geldangebot wollte er einen Trumpf ausspielen, musste nun aber erkennen, dass er das Spiel verlor; verlor, weil sein Gegenüber mit gezinkten Karten gespielt hatte. Wie konnte er Lotte nun noch schützen? Was vermochte er gegen ihren Peiniger noch zu unternehmen? Hoffnungslosigkeit erfüllte ihn, während er nach seinem Stock griff, sich aufraffte und in Richtung Hauptbahnhof lief. Erst drei Stunden später war er zu Hause – erschöpft und niedergeschlagen.

Lotte hatte die ganze Nacht neben ihm gelegen und geweint. Am Morgen klammerte sie sich regelrecht an ihn und fragte – wie so oft am Vortag, als sie ihn angespannt begrüßt hatte – danach, was sie nur machen sollten. Ference heute das Geld bringen? Oder stattdessen am Ende ganz zu ihm zurückgehen? „Das sicher niemals!", tobte sie und strich sich dabei über ihren Bauch. Doch was sollte nun überhaupt aus ihr werden?, fragte sie ihn. Nach Hause konnte sie nicht zurückkehren und ins Geschäft traute sie sich ebenfalls nicht mehr. „Ich kann mich doch nicht auf Dauer hier bei dir vor ihm verstecken!", meinte sie zornig. Einen echten Plan hatte er nun auch nicht mehr. Sich bei ihm zu verstecken war das Einzige, was er ihr im Augenblick dringend riet.

Genau das verlangte er auch drei Tage später von ihr, als sie wieder davon anfing: „Ich muss in meine Wohnung, Wolf! Ich brauche frische Kleidung. Die Blumen müssen gegossen werden. Und ...." „Lotte, ich kümmere mich darum; gleich Morgen in meiner Mittagspause. Du aber bleibst hübsch hier und rührst dich nicht vom Fleck. Mit Tarzan geh ich ausgiebig Gassi, wenn ich aus der Praxis komme. Wie immer. In der

Zwischenzeit kannst du ja mit ihm runter in den Garten im Hinterhof gehen." Ihr resigniertes „Ja, ja" machte ihn nicht glücklich, denn eine überzeugte Einsicht wäre ihm lieber gewesen. Also hakte er nach: „Du bleibst in der Wohnung, Lotte! Versprochen?" Das aus ihrem Mund kommende Brummeln sollte wohl ein Einverständnis sein, hoffte er.

„Hallo, hier ist Dr. Sonntag. Ob Sie mir bitte noch einmal aufdrücken würden?" Ohne jede Antwort ertönte der Türsummer. Oben angekommen begrüßte er sie: „Guten Tag, Frau Reichhold; nett, dass Sie mir öffnen; ich habe doch tatsächlich nur Frau Schöns Wohnungsschlüssel dabei, den für die Haustüre aber vergessen", schwindelte er. „Aber das macht nichts, Herr Doktor. Ich freue mich doch, wenn Sie mich schon wieder besuchen. Heute haben Sie aber einen schicken Anzug an; nicht so wie neulich." Sie rollte mit den Augen. „Kommen Sie herein. Auf einen Kaffee vielleicht? Ich habe Kuchen gebacken; eigentlich für Sonntag, wenn Erna, also meine alte Freundin kommt. Wir waren schon in der Volksschule zusammen. Sie kommt mit dem Zug. Ein ganz armes Ding. Hat so eine schlimme Operation hinter sich. Hier unten." Sie deutete dabei auf ihren Unterkörper. „War nie verheiratet – hatte aber einen Freund; früher; ein hübscher Kerl; jung, drahtig; auch ein Doktor, wie Sie."

Sie unterbrach ihren Redeschwall, was den Ohren ihres sich völlig überfahren vorkommenden Gegenübers gut tat. Wie alleine sich die arme Witwe fühlen muss! Hat nun wohl niemand mehr zum Erzählen, dachte er bei sich. „Der ist ihr aber weg gelaufen – und hat sie mit dem Baby allein gelassen. Na, wenigstens hat er ordentlich gezahlt, dass der Bub studieren konnte. Der wohnt aber seit langem in Kapstadt, weil er dort eine Eingeborene hat; so mit Krussel-

Löckchen." Bei diesem Wort, das sie mit hochgezogener Oberlippe aussprach, drehte sie ihren Zeigefinger um dessen eigene Längsachse, als wollte sie eine lange Haarsträhne aufwickeln. „Ich habe sie einmal gesehen, als ich bei Erna zu Besuch war. Komische Frau! Also, weil der so weit weg ist, ist sie ganz alleine - die Erna, meine ich. Aber wir telefonieren jeden Sonntag mit einander; nur nicht nächsten Sonntag; da kommt sie ja zu mir. Mit dem Zug. Ach, das habe ich schon erzählt, oder?"

Welch wohltuendes Fragezeichen klang diesem Satz nach – und wie gut es war, dass selbst Frau Reichhold einmal richtig Luft holen muss, dachte Wolfgang beglückt und nutzte die Gelegenheit. Er machte zwei große Schritte nach links auf Lottes Wohnungstüre zu und meinte: „Liebe Frau Reichhold. Wie sehr leid es mir tut, dass ich Ihre verlockende Einladung heute nicht annehmen kann. Aber ich bin sehr in Eile. Bitte entschuldigen Sie mich." Es tat ihm wirklich leid, sich heute nicht mehr um sie kümmern zu können. Sicher könnte er, dachte er fürsorglich, ihr im Gespräch helfen, aus dem Loch, in dem sie seit dem Tod ihres Mannes zu stecken schien, herauszukommen. Aber es ging nicht. Er wollte nur rasch noch mehr Kleidung für Lotte holen, ihre anderen Aufträge erledigen und nach der Post im Briefkasten schauen. Schon bewegte sich der Schlüssel im Schloss und die Türe sprang auf.

Er drehte seinen Kopf noch einmal herum. „Aber das nächste Mal hätten Sie doch ein Stückchen Kuchen für mich, nichtwahr?" Mit den freundlichsten Augen, die ihm gelangen, schaute er sie dabei an – und nahm ihre Enttäuschung wahr. „Das ist sehr schade! Wo ich doch so alleine bin. Aber das mit dem Kuchen ist versprochen, Herr Dr. Sonntag, nichtwahr?! Vielleicht am übernächsten Sonntag, Herr Sonntag?" Sie lachte – ihr Wortspiel gefiel ihr wohl. Er lachte zurück. „Ganz sicher, meine Liebe, machen wir das einmal" waren die Worte, die Frau Reichhold noch erreichten, während er die Türe hinter sich zuzog. „Puh! Die Frau redet ja ohne Punkt und Komma", murmelte er vor sich hin. „Aber lieb ist sie ja!"

Im Schlafzimmer packte er alles, was Lotte ihm mitzubringen aufgegeben hatte, in ihren kleinen, unter dem Bett liegenden Rollenkoffer und war nach zehn Minuten wieder im Treppenhaus. Bemüht leise schloss er die Wohnungstüre und schlich nach unten; er wollte nicht noch einmal von Frau Reichholds Redeschwall überrollt werden. Gleich geschafft, dachte er erleichtert. Schon hatte er die Treppe zur Haustüre erreicht und steuerte auf die Briefkästen zu. „Wie schön, dass wir uns noch einmal treffen, Herr Doktor." Er traute seinen Augen nicht; ihre Arme vor ihrem üppigen Busen verschränkt stand die kleine Frau mit dem in ihre grässlich altmodische Küchenschürze gehüllten, gedrungenen Körper an die Wand gelehnt in der Ecke zwischen Kellertüre und Briefkästen und strahlte ihn an. „Ich wusste, dass Sie hier vorbei kommen würden. Ich wollte Sie doch noch fragen, wie es Frau Schön geht; hat sie sich noch nicht erholt?" Wolfgang schaute sie unsicher an. „Äh; wieso?" Erst dann begriff er. „Ach so – natürlich. Nein, sie hat jetzt auch noch eine schlimme Grippe bekommen; die hat sie ganz schön erwischt! Dauert wohl noch eine ganze Zeit, bis sie wieder fit ist." „Na, dann wünschen Sie ihr gute Besserung. Aber es bleibt doch trotzdem dabei, nichtwahr?"

Sein fragender Blick verriet ihr offensichtlich, dass er nicht wusste, was sie meinte. „Na, das", sprach sie in entrüstetem Ton, „was Sie mir soeben versprochen haben: Kaffee und Kuchen und ein netter Plausch zu zweit bei mir zu Hause." Rasch besann er sich: „Aber natürlich! Das holen wir gewiss nach. Nun entschuldigen sie mich aber, liebe Frau Reichhold; ich muss los und vorher noch ...." Er deutete auf die Briefkästen. „Also dann! Und vielen Dank noch mal." Er wandte sich den Postfächern zu. „Aber gerne doch. Bis bald, Herr Dr. Sonntag." Mit Erleichterung hörte er hinter sich das Schlurfen ihrer Hauspantoffel, in denen sie langsam die Treppenstufen nach oben nahm.

Hastig schob er den silberfarbenen Schlüssel in das kleine Loch und öffnete das hölzerne Türchen. Unmengen von Papier quollen ihm entgegen; er war seit drei Tagen nicht mehr hier gewesen. Er griff nach den Zeitungen und Werbeblättern und zog alles heraus. Bei seinem letzten prüfenden Blick stutzte er. „Huch!" Was lag dort noch in der hinteren Ecke? Es sah aus wie ein Stück Metall? Mit lang gestreckten Fingern angelte er es heraus, warf einen genaueren Blick darauf – und sah zu, wie seine Hand unkontrolliert zu zittern begann. Seine andere öffnete sich, ließ die Post zu Boden fallen und suchte Halt an der Wand, an der Frau Reichhold noch vor einer Minuten angelehnt gestanden hatte. Was er da silberfarben glänzend vor sich sah, war länglich, etwa zwölf Zentimeter lang, hatte einen Durchmesser von kaum zehn Millimeter und verjüngte sich nach oben. Wolfgangs Augen flimmerten. Sein Mund öffnete sich langsam, als wollte er das schmale Metall beim Namen nennen. Er kannte dieses Ding, das zwischen seinen Fingern lag und dessen Spitze auf seinen Brustkorb gerichtet war.

„Oh nein! Eine Gewehrpatrone", brach es aus ihm heraus. Schlagartig wurde ihm klar, was das zu bedeuten hatte. Ference würde nun seine Drohung wahr machen. Erschüttert begriff er, dass es für Lotte damit fünf vor zwölf geschlagen hatte. Würde sie nun endlich kapieren, wie sehr sie sich in Lebensgefahr befand, wenn sie seine Wohnung verlässt? Sie musste zudem endlich zur Vernunft kommen und zur Polizei gchen. Doch, zweifelte er, würde sie Ference damit überhaupt rechtzeitig von der Verwirklichung seiner Drohung abbringen können? Wohl kaum! Das musste er zugeben. Außerdem - wie sollte ihm das mit dieser Patrone nachgewiesen werden können? Oder die Sache mit den Bremsen an Lottes Auto? Gar nicht! Bisher hatte ihn die Polizei wegen keiner seiner Schweinereien Lotte gegenüber drankriegen können. Sie hatte wohl tatsächlich Recht mit ihrem Zögern gehabt. Diesem Kerl war nicht beizukommen; nicht mit normalen Mittel. Selbst das viele Geld, das er ihm anbot, hatte ihnen beiden ja nicht geholfen. Die gewaltsame Wegnahme der Geldscheine konnte er ihm nicht anhängen – ohne jeden Zeugen dafür. Lotte hätte auch nicht die Zeit für ein langwieriges Strafverfahren; sie brauchte sehr schnell Hilfe. Wie konnte er sie nur vor seinem tödlichen Zorn schützen?

Auf dem Weg zu seinem Wagen, den er wohlweislich einige Straßen weiter abgestellt hatte, suchte er die Antwort auf die sich wie riesige Berge vor ihm auftürmenden Fragen: Wie konnte er Charlotte vielleicht doch noch dazu bewegen Ference anzuzeigen? Obwohl - er selbst sah darin ja auch nicht wirklich einen Sinn. Oder, überlegte er, sollte er sie davon überzeugen, als Zeichen ihrer Unbeugsamkeit die Scheidungssache wieder aufzurufen? Würde das Ference zeigen, wie ernst es Lotte damit war, nicht zu ihm zurückzukehren? Wäre das aber genug, um ihn von seiner Rache abzuhalten? Würde ihn das nicht noch wütender auf sie machen? Was, wenn er sie – trotz ihres Verstecks bei ihm - dann doch irgendwie aufspürt und sie ...? Er wich diesem Gedanken aus; zu schlimm war das Bild, das sein Gehirn ihm da aufzeigte. Verzweifelt rasten seine Gedanken durch den Kopf und suchten nach einer Lösung. Lotte auf immer verstecken? Nein!

Er versuchte einen klaren Kopf zu bekommen. Irgendwie musste er die ganze Sache vielleicht von einer anderen Warte aus sehen. Nicht Lottes, sondern Ference Existenz war doch eigentlich das Problem. Ohne diesen Kerl gäbe es auch keine Sorgen. Aber diesen Verbrecher gab es nun einmal! Lottes gesamtes Leben lang! Seine Finger zerzausten sein Haar. Aber .... Er stutzte. Wirklich? Ihr ganzes Leben lang? Warum eigentlich? Er wiederholte laut: „Wirklich?" Und wenn .... Wolfgangs flache Hand schlug gegen seine Stirn. Natürlich! Das war es! Wenn es ihn plötzlich nicht mehr gäbe .... Absurde Vorstellung! Klar. Aber dann wäre Lotte von allen ihren Ängsten befreit. Wenn er sterben würde. Unsinn! Warum sollte dieser Bulle von Kerl gerade jetzt abkratzen? Sein kurzes Lachen klang nach Verbitterung. Konnte ihnen das Schicksal nicht zur Abwechslung mal helfen?! Vor langer Zeit stellte es ihnen beiden seine eigene Unfähigkeit in den Weg, sich gegen den Vater zu wehren. Damit verlor er sie, und sie kamen nicht für immer zusammen. Und jetzt sorgte es in der Gestalt dieses Teufels Ference dafür, dass ihnen die Straße ins Glück erneut versperrt blieb. Was sollte das nur? Er schnaufte tief durch.

Ference müßte sterben. Der Gedanke ließ ihn nicht los. Das hieße aber .... Nein! Ein Bild blitzte vor seinem geistigen Auge auf. Ein Unfall? Quatsch! Warum sollte so etwas gerade jetzt ...? Aber .... Ohne des Schicksals Gewalteinwirkung ging es doch nicht. Energisch schüttelte er den Kopf. Gewalt - unmöglich! So etwas tut keine Himmelsmacht. Dennoch .... Seine Hand fuhr in die Hosentasche und griff nach dem länglichen Metall. Ference machte doch gar keinen Hehl daraus, Lotte zu töten. Sein Oberkörper richtete sich auf. „Wenn er tot wäre, könnte er das nicht mehr." Also .... Wenn er tot wäre. Wenn er tot wäre. Immer wieder hallten seine Worte einem Echo gleich durch sein Bewusstsein. Es gab nur einen einzigen Weg, das zu erreichen. Er selbst müsste Schicksal spielen. Oh nein! Wie konnte er so etwas nur denken! Klar, ausgesprochen hatte er das schon. Damals, als ihm Lotte das mit Ference erzählte. Aber doch nur aus Wut – nicht aus wirklicher Überzeugung. Energisch schüttelte er den Kopf. Es musste doch noch eine andere Möglichkeit geben, um Ference zu stoppen!

Als er seine Wohnungstüre öffnete, stürmte Lotte mit offenen Armen auf ihn zu, um ihn zu begrüßen. Doch noch bevor ihre Küsse seinen Mund erreichen konnten, nahm er sie an der Hand und zog sie ins Wohnzimmer. „Liebes, setz dich und hör ganz genau zu, was ich dir jetzt sagen muss!" „Aber Wolf ...." „Gib mir deine Hand und bleib ganz ruhig. Und wisse, dass du nicht alleine bist; ich bin bei dir, hörst du, und werde dich immer beschützen." Sie schaute ihn erstaunt an und öffnete den Mund. „In deinem ...." „Aber Wolf, was ist denn passiert; und wieso bist du so blass. Geht´s dir nicht gut, Liebster?" „Nein ..., ja ...; ach, jetzt hör mir bitte zu! In deinem Briefkasten habe ich vorhin eine Nachricht gefunden." „Eine Nachricht? Von wem? Was steht drin?" „Nichts. Es ist kein Brief; aber das Ding, das da lag, spricht dennoch eine sehr, sehr deutliche Sprache. Es ist ...." „Mach´s doch nicht so spannend, Wolf; was ist es? Doch nicht etwa ...?" Ihre Stimme bekam einen unsicher wirkenden Klang. Mit einem „Also, dort lag eine ...", setzte er an, schaffte es aber nicht, das zu nennen, was Lotte ganz sicher sofort in Angst und Schrecken versetzen würde. Charlottes Blick begann Züge anzunehmen, die ihn ahnen ließen, dass sie zu begreifen anfing. Ihr Mund öffnete sich halb und ein fast gemurmeltes „Bitte nicht!" drang an sein Ohr. Wolfgang hielt die eigene Anspannung nicht mehr aus; statt weiter zu reden, griff er in seine Hosentasche und zog das heraus, von dem er wusste, welche Botschaft es verkörperte.

Schlagartig trat Entsetzen in Lottes Gesicht. „Was ... ist ... das?" Lang gezogen kamen die Worte über ihre Lippen. „Das ist doch ...; ist das nicht eine ...?" Sein Kopfnicken gab ihr die Antwort, die er noch einmal in Worte kleidete: „Das ist eine Gewehrpatrone; eine solche für eine Präzisionswaffe. Ich kenn mich damit aus; bei der Armee wurden wir daran ausgebildet. Damit trifft der Schütze aus dreihundert Meter ein Auge. Das sind übrigens auch die Mordinstrumente, mit denen in Kriegsgebieten Heckenschützen auf wehrlose Straßenpassanten schießen, um Terror unter der Bevölkerung zu verbreiten." „Aber ...." „Nichts aber! Dein lieber Ference schickt dir damit eine klare Message; eine, die du kennst." Sein Blick durchbohrte sie und wich erst aus, als sie ihren Kopf leicht zu einem bestätigenden Nicken hob und senkte. „Du meinst ...."

Wolfgang schloss für einen Augenblick die Augen – er musste sich selbst beruhigen. Dann schaute er sie ruhig an und erhob mahnend seine Stimme: „Lotte, es ist an der Zeit, dass wir etwas unternehmen, bevor ...."; er unterbrach sich, weil er zunächst den Kloß in seinem Hals herunter schlucken musste; „... es zu spät ist. Schau doch. Zuerst die Sache mit dem Geländewagen; dann der Anschlag mit den Bremsen; nun die Todesdrohung in deinem Briefkasten. Worauf willst du noch warten, bevor du dazu bereit bist, trotz aller Bedenken zur Polizei zu gehen? Sag mir das! Noch bist du bei mir sicher. Aber willst du, verdammt noch mal, ewig in diesen vier Wänden eine Gefangene bleiben? Wenn du nichts tust, dann ...."

Mit diesen markigen Worten drückte er ihr das kalte Stück Stahl in die Hand. Lottes Gesicht wurde noch blasser. Ihre andere Hand krallte sich so fest um die seine, dass er ihre Fingernägel spürte. Sie starrte auf das tödliche, silberfarbene Geschoß. Ihre Lippen presste sie fest aufeinander. Schweigend saß sie da. Ihr Blick heftete sich an die dem Sofa gegenüberliegende Wand; er war starr auf das dort hängende Bild gerichtet, doch Wolfgang, der sie prüfend ansah, begriff, dass sie nicht die in leuchtenden Farben gemalte Afrikanische Steppenlandschaft mit den beiden Elefanten wahrnahm. Lotte musste irgendwohin entschwunden sein, war aber ganz sicher nicht in seinem Wohnzimmer. Das Zucken ihrer Mundwinkel löste in unregelmäßigen Abständen das sich leichte Öffnen und Schließen ihres Mundes ab, das ihm vorkam, als redete sie in Gedanken.

Endlos schienen Wolfgang die Minuten zu sein, die vergingen, bis sie ihn unvermittelt ansprach, dennoch aber den Blick nicht aus dessen Starre entließ. „Wenn ich das tue, tötet er mich garantiert; lasse ich die Sache auf sich beruhen und muckse mich nicht, dann ist die Chance, dass es bei solchen Drohgebärden bleibt, größer als die Gefahr, einem solchen ...“ - sie hielt ihm, ohne ihre Blickrichtung zu ändern, die von ihren Fingerspitzen umfasste Patrone vor die Nase – „... Ding in meinem Kopf zu erliegen. Die Hoffnung, auf diesem Weg zu überleben ist mir lieber als die klare Aussicht darauf, dass mich ein wegen meiner Anzeige total ausrastender Ference erschießt. Nein, Wolfgang Sommer, ich werde nicht zur Polizei gehen!“

Mit einem Ruck riss sie sich von jenem imaginären Punkt an der Wand, an dem während der vergangenen Minuten wohl all ihre Gedanken, Befürchtungen, Abwägungen und Überlegungen verhaftet gewesen waren, los und schaute ihm mit wachen Augen entschlossen an. „Wenn du willst, dass ich am Leben bleibe, dann lass mich mit deiner Forderung, ihn anzuzeigen, ein für alle Mal in Ruhe, Dr. Sommer. Willst du aber stolz darauf sein, dass du dich gegen das Unrecht in dieser Welt gestellt und versucht hast, der Polizei einen Verbrecher auszuliefern, dann, mein Lieber ..." – Lottes Augen füllten sich mit Tränen – „... wirst du spätestens an meinem Grab, auf welches du in nächster Zukunft jeden Sonntag frische Blumen stellen wirst, wissen, dass du einen Fehler gemacht hast; einen Fehler, den du niemals in deinem Leben mehr wieder gut machen kannst." Er schluckte.

„Wolfgang, du hast damals, als du dich nicht für mich entschieden hast, einen folgenreichen Entschluss gefasst, der mir großes Leid gebracht hat. Willst du mir nun ein weit schlimmeres Schicksal bescheren?" Charlottes harscher Tonfall tat ihm weh; er klang in seinen Ohren wie ein einziger, laut schreiender Vorwurf. Dessen Eiseskälte ließ sein Herz frieren und übertönte – einem donnernden Widerhall gleich – all seine Gedanken daran, dass er es doch nur gut mit ihr meinte und verzweifelt nach einer Lösung suchte.

Während sich Lottes Hand aus der seinen löste und er merkte, wie sich ihr Körper von ihm entfernte, erfasste ihn eine Leere, die ihm das Gefühl von Verlassenheit und Verzweiflung brachte. Er wollte ihr doch nur helfen. Aber sie wollte es nicht. Er senkte seinen Blick. Durfte er einfach ihren Willen akzeptieren? Oder ...? Oder musste er es sogar? Wusste sie denn nicht weit besser als er, was gut und was lebensgefährlich für sie war?! Kannte sie diesen Verrückten nicht tatsächlich genauer als er?! Ja! Sein Verstand gebot ihm in diesem Punkt auf Charlotte zu hören.

Doch war die Sache so einfach, dass er seinem Verstand zu folgen hatte? Sein Kopf bewegte sich hin und her, solange, bis sich in ihm ein klares `Nein!` formte. Für ihn war die Angelegenheit noch lange nicht erledigt! Entschlossen sah er in Richtung der Frau, die nun am anderen Ende des Sofas in sich zusammen gekauert und mit einem großen Kissen vor ihre Brust abwehrbereit da saß und ihn in einer Art anschaute, die ihm sie wie eine Fremde vorkommen ließ. „Okay, Lotte, ich akzeptiere das für´s erste. Aber eines sage ich dir. Ich werde nicht teilnahmslos zusehen, wie du dich weiterhin wie ein furchtsames Kaninchen benimmst, das den hungrigen Fuchs auf sich zukommen sieht, aber nicht wegläuft. Ich habe dich nicht wieder finden dürfen, um dich nun wieder verlieren zu müssen. Was du mit deiner Lethargie von mir verlangst, ist – entschuldige – einfach rücksichtslos. Was ist nämlich, wenn du dich irrst und Ference nächste oder übernächste Attacke damit endet, dass du tot am Boden liegst, noch bevor ich - oder wer auch immer - dir zu Hilfe eilen kann? Welche Vorwürfe lädst du mir damit für ein Leben lang auf? Ganz zu schweigen davon, dass es von dir nichts mehr Lebendiges, sondern nur noch die Erinnerung an meine ermordete Lotte geben wird. Weißt du denn, was das außerdem bedeutet?" Er holte tief Luft; dieser Gedanke war ihm unerträglich. „Du wirst nicht mehr erleben, wie du mir mit vor Glück strahlenden Augen unser Neugeborenes in die Arme legen möchtest. Denk auch mal daran!"

Lottes Aufschrei brachte ihn abrupt zum Schweigen. „Halt den Mund, Wolf! Und quäl mich nicht so. Ich weiß doch auch nicht zu hundert Prozent, was richtig und was falsch ist. Aber …"; ein Schluchzen, das ihm selbst das Wasser in die Augen trieb, verschluckte ihre Worte, sodass sie nochmals anheben musste; „… ich muss ganz genau abwägen und mich danach entscheiden, was ich fühle und denke; und mein Gefühl und mein Verstand sagen mir, dass Ference mir gegenüber nur seine Macht demonstrieren will; er möchte, dass ich vor ihm zittere, so, wie er es jahrelang mit mir gemacht hat; er will, dass ich ihn anflehen werde, im Tausch gegen mein Leben wieder zu ihm zurück zu kehren. Er will damit seinen Leuten beweisen, dass ihm niemand entkommen kann; weder einer, der ihn bei den Bullen verpfiffen hat, noch seine kleine Ehefrau, die er erniedrigte und zu seiner Edel-Hure machen wollte.

Das ist es, Wolf, was mir mein Bauch und mein Kopf sagen. Und danach muss und werde ich handeln. Versteh mich bitte – und begreife auch, dass ich allein darüber zu bestimmen habe, ob und wie ich mein Leben aufs Spiel setze. Ich bin dir nicht böse ...“ – dabei rückte sie wieder zu ihm und legte ihre Hand liebevoll auf seine Wange – „... wenn du so vehement eine andere Meinung vertrittst; denn ich weiß, dass du es aus größter Sorge um mich tust. Und glaube mir, dass ich dich dafür unendlich liebe. Denn ich sehe daran wieder einmal, wie sehr du dich seit damals ...“ – Lotte schloss kurz die Augen, um ihn dann wieder zärtlich anzuschauen und weiter zu reden – „... verändert hast. Ich erkenne immer mehr, dass du dich nicht mehr entscheidungsschwach einer vorgegebenen Meinung anschließt und dich hinter irgendwelchen Argumenten versteckst, sondern dich voller Entschlusskraft für mich einsetzt. Ja, Wolfgang Sommer, dafür liebe ich dich. Aber ...“; sie schluckte; „... aber diese Entscheidung mit Ference treffe ich alleine!“

Wie konnte ein Mensch nur so stur sein! Wolfgang kochte innerlich. „Einverstanden! Und ich werde auch nicht hinter deinem Rücken zur Polizei gehen. Aber hör mir mal gut zu! Du sagtest eben, es ginge ihm nur darum, dir solange zu drohen, bis du reuig zu ihm zurückkehrst. Wirst du das dann nicht tun, irgendwann, wenn du den Druck und die Angst nicht mehr aushältst?!“ Sie hob den Arm und fuchtelte abwehrend mit der ausgestreckten Hand hin und her. „Niemals!“ kam dabei entrüstet von ihr zurück. „Das heißt aber konsequenter Weise, dass er nie Ruhe geben wird.“ Sie nickte nachdenklich. „Lotte, was für eine Zukunft soll das dann für uns werden? Für dich, für mich, für unser Kind? Kannst du mir das sagen?" Sie senkte ihren Blick und schwieg. Sie saß, offenbar ohne jede Lösung, da und schien sich der Hoffnungslosigkeit ihrer Situation zu ergeben.

„Sag mal", begann er erneut, „hat Ference eigentlich Angst davor, doch noch geschieden zu werden?" „Natürlich hat er das? Das würde ihn im Milieu schrecklich bloß stellen." „Sag mal, würde ihn deine Drohung, auf der Scheidung zu bestehen, nicht dazu bringen, dieser Blamage dadurch entgehen zu wollen, dass er vorschlägt, dich in Ruhe zu lassen, wenn du darauf verzichtest?" Ein genervter Augenaufschlag war ihre Antwort. Dennoch fuhr er fort. „Sag mal, solltest du das nicht wenigstens versuchen? Was meinst du?" „Mein Gott – vielleicht, vielleicht nicht", platzte es aus ihr heraus. „Aber was soll diese nervige Fragerei, dein blödes ´sag mal, sag mal`?" Wolfgang überhörte ihren Zorn und fuhr fort. „Wenn das so ist, dann wirst du Ference schreiben, dass du wegen eines erneuten Scheidungsantrags zu deinem Anwalt gehst, wenn er dich noch ein einziges Mal attackiert!" „Das meinst du nicht ernst?" Lakonisch wiederholte er: „Doch! Du wirst ihm schreiben, dass du deinen Anwalt beauftragst, nun doch den Scheidungsantrag zu stellen, sofern er dich nicht in Ruhe lässt." „Aber ..., Wolf! Der wird sich nie darauf einlassen." Überzeugt klang ihre Stimme dabei aber nicht mehr. „Oder meinst du doch?" „Wenn du es nicht probierst, vergibst du dir vielleicht eine entscheidende Chance. Schau doch, was ich schon versuchte. Ich redete mit ihm. Ich bot ihm Lösegeld. Klar, obwohl ich damit scheiterte, bestand die Möglichkeit, Erfolg zu haben. Wir müssen einfach jede Idee nutzen, um diesen Kerl zu bremsen – oder meinst du nicht?" Die Tatsache, dass sie nicht widersprach, ließ ihn darauf hoffen, doch noch einen Weg gefunden zu haben, sich nicht mit seinem schrecklichen Gedanken an Ference Tod beschäftigen zu müssen.

Kapitel 18

„Wolf, wie lange muss ich denn noch in deiner Wohnung versteckt bleiben? Seit ich Ference vor zwei Wochen den Brief mit meiner Drohung, mich nun doch scheiden zu lassen, geschickt habe, ist nichts mehr passiert. Deine Idee war doch gut, wie man sieht. Somit kann ich auch wieder ins Geschäft und in meine Wohnung." Wie ihn dieses ewige Bohren und ihre Nörgelei nervten! Stumm schaute er an sich hinunter – auf zwei Fäuste. Rasch öffnete er sie, um sie Lotte nicht sehen zu lassen. „Was aber wohl nur daran liegt, dass er dich hier bei mir nicht finden kann. Sei doch froh, dass Frau Fingerhut den Laden so gut führt und dich täglich zweimal anruft." Lottes erboster Blick traf ihn hart, hielt ihn aber nicht von seiner Forderung ab. „Deshalb wirst du auch weiterhin hier bleiben, hörst du, Frau Schön!"

Er ließ seine Stimme nach Schärfe klingen, weil er zunehmend ungeduldiger wurde. Warum konnte sie nicht vernünftig bleiben? „Aber ich muss doch mal wieder zu meinen Blumen, um nach dem Rechten zu sehen. Man kann nicht alles vom Telefon aus regeln. Sabine ...." „Unsinn! Die kommt die ganze Zeit ohne dich zurecht. Was glaubst du, was geschieht, wenn du dort auftauchst? Sag!" Charlotte hob ihre Hand und wehrte mit einer heftigen Bewegung in Wolfgangs Richtung seine Worte ab. Das machte ihn noch wütender. „Seine Leute lauern doch dort schon auf dich, genau wie auch vor deiner Wohnung. Dort geh selbst ich nicht mehr hin, seit ich die Einlagerung deiner Post beantragte, verdammt! Wie leicht könnte Ference begreifen, wer da regelmäßig auftaucht und mir dann hierher folgen." Er sah, wie Lotte die Augen niederschlug. Das sah nicht nach ihrer Zustimmung aus. „Versprichst du mir, hier zu bleiben, Charlotte?" Sie hob den Blick, schaute jedoch an ihm vorbei. „Na gut, vielleicht hast du ja Recht damit." Natürlich hab ich das, dachte er, hatte dabei aber nicht wirklich den Eindruck, sie würde sich daran halten.

„Liebes, ich will dir damit doch nur helfen." „Weiß ich ja, Wolf. Aber ich möchte einfach nicht mehr eingesperrt sein! Viel zu lange muss ich mich schon vor Ference verstecken." „Musst du aber, verdammt!" Blut schoss ihm in den Kopf; er spürte es gegen seine Schläfen klopfen. Wolfgang konnte das ewige Jammern nun wirklich nicht mehr hören. Wütend fuhr er sie an: „Wenn du dich nicht daran hältst, dann zwingst du mich ...." Ihre Uneinsichtigkeit nötigte ihn dazu, doch wieder jenen Gedanken zuzulassen, gegen den er sich so wehrte. Erbost schaute Lotte ihn mit halboffenem Mund an. „Wozu – bitte?" „Dann muss ich Ference eben ... - damit du wieder in Ruhe Blumen verkaufen kannst, Frau Schön." Ein Ausdruck von Irritation trat in ihr Gesicht. „Was musst du ihn?" Ärger über sich selbst überkam Wolfgang. Seine Wut hatte ihn zu etwas verleitet, was er gar nicht sagen wollte. Rasch versuchte er zurück zu rudern. „Ach, ich meine doch nur .... Wenn er tot wäre, dann hättest du endlich deinen Frieden." Und ich ebenfalls, dachte er für sich. Allerdings stieß ihm dabei bitter wie Galle eine Erkenntnis auf; nach einer solchen Tat wäre sein Seelenfrieden für immer verloren.

Er sah zu, wie sich Lottes Hände über ihre Wangen legten. Zwischen den ausgestreckten Fingern musterte sie ihn eindringlich. Ihr Blick kam ihm wie Tadel vor. Doch er hielt ihm stand. Sollte sie seinen Gedanken verstanden haben? Und ihn dafür verurteilen? Jetzt gleich; mit harten Worten. Stattdessen warf sie sich mit einem Mal in seine Arme und flüsterte: „Wolf, versündige dich nicht. Bitte! Tu so etwas nicht. Es wird schon alles gut gehen; und weißt du auch warum?" Sie wartete seine Antwort nicht ab. „Weil du und ich zusammen bleiben sollen. Sonst hätte uns der Himmel nicht wieder zusammen geführt. Meinst du nicht auch?!" Er wusste, dass sie damit seine eigene Einstellung dazu traf. Doch eine wirkliche Lösung brachte dieser Gedanke nicht. Nach einer kleinen Pause antwortete er: „Ja! Aber wir müssen auch etwas dafür tun, dass uns der Himmel hilft. Und deshalb wirst du bitte in der Wohnung bleiben." Ihr tiefes Schnaufen ließ ihn ahnen, dass sie keine Kraft mehr hatte zu widersprechen.

Drei Tage später wiederholte er beim Frühstück seine Bitte an sie: „Liebes, ich bin doch heute und Morgen auf diesem Psychologen-Kongress und muss dich solange alleine lassen. Vergiss nicht, was du mir versprochen hast: In der Wohnung bleiben!" „Und was mache ich mit Tarzan?!", begehrte sie auf. „Weil ich ihn zwei Tage nicht Gassi führen kann, gehst du eben wieder mit ihm runter in den Garten hinter dem Haus, hörst du! Bitte sei vernünftig, damit ich mir keine Sorgen machen muss." Sie schaute ihn nur wortlos an.

Als er seine kleine Reisetasche gepackt hatte und seine Jacke anzog, verabschiedete sie ihn mit einem „Ich liebe dich, Wolfgang Sommer. Mach´s gut bis Morgen. Ach so, wann genau kommst du?" Er überlegte kurz. „Die Tagung endet um drei; dann bin ich so gegen halb sieben wieder da. Zeit genug für mich, um uns dann etwas Gutes zu kochen. Muss dich doch dafür entschädigen, dass du zwei Tage ohne mich sein musst." Sie umarmte und küsste ihn liebevoll. „Freu mich – nicht nur auf das leckere Abendessen." Ihr Lächeln war voller Zärtlichkeit für ihn. „Hab auch schon jetzt Sehnsucht nach dir. So, ich muss los.

Schließ bitte die Tür hinter mir ab!" „Natürlich! Tschüss, mein Liebster."

Am nächsten Nachmittag saß er ein wenig erschöpft im Flieger. Die Zeit des Rückflugs verbrachte er - statt die erhaltenen Kongressunterlagen durchzuarbeiten - damit zu überlegen, was er für sie beide heute Abend Leckeres kochen wollte. Dem Rezept in seinem Kopf folgend bereitete er in Gedanken alles vor. Er stückelte feste Tomaten, schnitt Zwiebeln und Knoblauch, schälte die Ananas-Frucht und teilte das gut abgehangene Rinderfilet in gleich große Stücke; die Kartoffeln für die Kroketten mit fein gemahlenen Walnüssen würden derweil kochen. Lotte würde währenddessen den Tisch decken, mit dem Silberbesteck, dem schönen Geschirr mit dem Picasso-Muster und den großen Kerzenleuchtern. Wie sehr freute er sich auf das Wiedersehen – und auf das erotische Dessert danach! Ohne seine Lotte war die Nacht im Hotel eine sehr einsame gewesen.

„Lotte, ich bin da!" rief er in den Wohnungsflur hinein, noch bevor er die Türe hinter sich geschlossen hatte. Er vernahm keine Antwort. Ob sie ihn nicht hörte? „Liebes, bist du auf der Terrasse?" Er lief ins Wohnzimmer; die große Glastür war verschlossen. Dann konnte sie nur mit Tarzan im Garten sein und würde gleich hochkommen. Rasch zog er sich um. Zehn Minuten später wunderte er sich; warum blieb sie nur so lange unten? Na, dann gehe ich ihr eben entgegen; beschwingt rannte er das Treppenhaus hinunter, bis zur hinteren Gangtüre, die zu dem kleinen Gärtchen führte. Abgeschlossen! Wie - abgeschlossen? Was sollte das? Ein Schauer lief ihm über den Rücken. Sie war gar nicht draußen!

„Lotte! Verdammt!" Hatte sie doch nicht auf ihn gehört? Oder war sie etwa mit dem Aufzug hochgefahren, während er nach unten lief? Wolfgang jagte zurück in die Wohnung. Leer! Er wählte die Nummer des Blumenladens. Nichts. Warum ging sie nicht dran? Wo war sie nur? Angst erfasste ihn. Er wählte nochmals. Wieder nur Tüt, tüt, tüt. Nach einer quälend langen Minute legte er auf und wählte sofort neu. Wieder nichts. Fahr hin, schrie es in ihm auf. Panik erfasste ihn. Das Blut schlug hart gegen seine Schläfen. Ein stechender Schmerz jagte durch seine Brust; er griff sich ans Herz. Wenn Lotte etwas passiert war, dann .... Er schloss die Augen und spürte, wie ihn Verzweiflung packte. Er musste tief Luft holen, um sich zu beruhigen. Schon eilte er zur Flurtüre, Jacke und Schlüssel in der Hand. Da schrillte das Telefon. Endlich! Hektisch griff er danach. „Lotte, wo steckst du? Ich mache mir schreckliche ....“

Weiter kam Wolfgang nicht. „Spreche ich mit Dr. Wolfgang Sommer?“ Eine tiefe Männerstimme drang in sein Gehirn. Er versuchte sich zu fangen. „Ja, hier Sommer.“ „Polizeiobermeister Meier. Sie sind der Lebensgefährte von Frau Schön?“ „Ja.“ Wolfgang spürte, wie sich in seinem Hals ein dicker Kloß bildete. „Sie hat uns Ihre Nummer gegeben. Frau Schön wurde ....“ Abrupt unterbrach Wolfgang ihn. „Was ist passiert? Wo ist sie? Sagen Sie doch!“ „Beruhigen Sie sich. Bitte! Sie wurde in die Klinik eingeliefert, aber es besteht keine Lebensgefahr.“ „Wie – Lebensgefahr? Klinik - was soll das heißen?“ „Nun, sie wurde .... Ach nein; kommen Sie besser gleich ins Johannisstift in der Römerstraße. Ich bin auch hier.“ Tausend schreckliche Fantasien rasten auf einmal durch Wolfgangs Kopf. „Ich bin in zehn Minuten da.“ Er knallte den Hörer des altertümlichen Telefonapparates auf die Gabel.

„Guten Abend! Dr. Sommer mein Name. Ich wurde angerufen, wegen Frau Schön.“ Wolfgang war völlig außer Atem; so schnell war er noch nie durch die Straßen einer Innenstadt gerast. „Wo liegt sie?" Die Dame am Empfang bediente die Tastatur ihres Computers. „Schön sagten Sie? Wir haben hier zwei Schön. Eine Heidi und eine Elvira." „Nein, nein; Frau Schön heißt Lotte; äh, eigentlich Charlotte." „Haben wir nicht. Tut mir leid. Da sind Sie vielleicht im falschen Krankenhaus." Ihm stockte der Atem. „Aber das kann nicht sein. Der Beamte hat mich doch hierher ...." Eine neben ihm auftauchende, dunkel klingende Stimme übertönte seinen Satz. „Herr Dr. Sommer?" Mit einer hektischen Bewegung wandte er den Kopf zur Seite. „Ja, der bin ich." Nur wenige Schritte von ihm entfernt stand ein stämmiger Mann in Polizeiuniform. „Herr Meisner?" „Meier. Gut, dass Sie da sind. Kommen Sie bitte mit." „Was ist passiert? Geht es ihr gut?" Wolfgangs Nerven lagen blank. „Seien Sie ganz ruhig. Es geht ihr den Umständen entsprechend gut. Ihre Lebensgefährtin wurde ...." „Ja?" „Nun ja, überfallen. Sie wird gerade notärztlich versorgt. Aber sie ist stabil, bis auf den Schock - soweit ich das beurteilen kann." Blanker Schrecken lähmte Wolfgangs Verstand. „Überfallen? Von wem?" Diese Frage konnte er sich ja ersparen, dachte er sogleich. „Wissen wir noch nicht." Mit großen Schritten hastete er hinter dem Beamten her – zwei Treppenstufen auf einmal nehmend. „Hier ist es."

Wolfgang drückte die Türe auf und eilte vor dem Polizisten durch den kleinen Flur zum Bett. Da saß sie. In sich zusammen gesunken. Ihre rechte Schläfe war blutverschmiert; das Ende eines Fadens hing herab; sie war genäht worden. Der linke Wangenknochen war dick geschwollen. Lottes rechtes Handgelenk trug einen Verband. Ihr Arm ruhte in einer Trageschlaufe. „Lotte! Ich bin da, ich bin ja da!" Sie hob den Kopf, wie in Trance, sah ihn an - und brach hemmungslos in Tränen aus. Wolfgang stellte sich vor sie und nahm sie in seine Arme. „Ference?“, fragte er flüsternd. Ihr Kopf hob und senkte sich langsam. „Im Laden?“ Wieder nickte sie erschöpft. „Aber wieso bist du auch ....“ Er bremste sich – nicht jetzt! Sein Blick fiel auf ihre Verletzungen. „Tut´s arg weh?“ Sie griff sich an den Unterleib. „Hat er dich ...?“ „Mit seinen Springerstiefeln“, schluchzte sie kaum hörbar.

„Darf ich mal?!“ Er sah auf. „Oh, natürlich. Sie hat auch Schmerzen im Bauch; wissen Sie das?“ Er machte einer jungen Frau im weißen Arztkittel, die herein gekommen sein musste, Platz. „Wir röntgen gleich!“ „Danke!“ „Herr Meier, wissen Sie gar nicht, wer das getan hat?“ fragte er nochmals und schaute angespannt zwischen ihm und Lotte hin und her. Hatte sie es ihm nicht gesagt? Oder schwieg sie noch immer? „Soweit wir Frau Schön verstehen konnten, hat sie keinerlei Kenntnis über die Identität des Täters; sie sprach nur von einem Mann im Ledermantel mit Handschuhen und Stiefeln - und von einer Eisenstange. Sie vermutet, dass er es auf die Tageseinnahmen abgesehen hatte.“ „Aber ....“ Wolfgang riss die Augen weit auf und starrte Charlotte ungläubig an. Als er sah, wie sie schuldbewusst seinem Blick auswich, verstand er. Sie weigerte sich noch immer Ference anzuzeigen. Mit einem scharfen „Lotte! Sieh mich an!“ fuhr er sie barsch an. Los, erzähl ihm davon, forderten seine Augen von ihr. Meinst du wirklich? Du weißt doch ..., erwiderten ihm die ihrigen.

Da packte ihn die Wut. Sein lautes und entschlossenes „Lotte! Was soll denn noch alles passieren?!“ zwang sie in die Knie. Langsam hob sie den Kopf in Richtung des aufmerksam gewordenen Beamten und begann zögerlich: „Ich glaube ....“ „Ja?“ „Also, mein Mann ...“; ihre Hand deutete auf Wolfgang; „... ist der Ansicht ....“ Nochmals schwenkte sie ihren Kopf zu Wolfgang, offensichtlich unsicher, ob sie die Wahrheit tatsächlich preisgeben sollte. Er jedoch blieb hart und fixierte sie scharf. Nach einem tiefen Schnaufen brach es aus ihr heraus – und dies, wie Wolfgang merkte, in einer Weise, die nach innerer Befreiung und Erleichterung klang. Ja, dachte er, rede endlich! Dann wird dir ein schwerer Stein vom Herzen fallen. „Also – das war Ference Büyük, mein Mann!" Ihr Blick hielt dem des Uniformierten kurz stand, verlor sich dann aber an dessen Kopf vorbei hinter ihm. Sofort kam Wolfgang ihr zu Hilfe: „Liebes, hab keine Angst; ich bin bei dir und die Polizei kann dir helfen – jetzt, wo du ihn gesehen hast."

„Aha, Ihr Mann also." Verständnislos wanderte sein Blick von ihr zu Wolfgang. „Sie leben mit Herrn Dr. Sommer zusammen, sind aber verheiratet?" „Genau!" Wolfgang strich ihr – an der Ärztin vorbei - mit ausgestreckter Hand liebevoll über den Kopf. „Danke, Liebes; danke für deinen Mut, dieses Schwein endlich anzuzeigen. Jetzt kann ihn die Polizei schnappen." Charlottes Augen verharrten weiter in der Ferne ihres imaginären Fluchtpunktes. „Büyük – Schön. Wie passt das bitte zusammen." „Lieber Herr Meier, schon mal vom Beibehalten des Mädchennamens trotz Eheschließung gehört?", fragte Wolfgang ihn spitz. „Ach so. Und Sie teilen den Verdacht ihrer Frau, äh, Lebensgefährtin, Herr Dr. Sommer?" „Natürlich!", brauste er entrüstet auf. „Aber was heißt da ´Verdacht`? Dass er es war, ist doch dadurch bewiesen, dass es meine Frau bestätigt." Ein bedenkliches „Nun ja" brachte Wolfgang auf. „Was soll das denn heißen? Schließlich war das ja nicht der erste Anschlag dieses Verbrechers auf Lotte, ich meine auf meine Frau. Erst das mit dem Geländewagen ...."

Bevor er weiterreden konnte, unterbrach ihn ein schrill klingendes, von Hass gezeichnetes „Wolf, er hat Tarzan totgeschlagen. Mit einer Eisenstange. Mein armer, kleiner Tarzan. Einfach erschlagen, als er auf ihn los ist und ihn ..."; den Rest ihres Satzes verschlang ein weiterer Weinkrampf. Wolfgang wollte sie trösten - doch er war so geschockt, dass sich sein Mund nur wortlos öffnete und wieder schloss. „Ference, du Schwein!", entfuhr es ihm dann doch wütend, während er sich zwischen die behandelnde Ärztin und Lotte zwängte und die Weinende umarmte. „Liebes, jetzt verhaften sie ihn; dann brauchst du keine Angst mehr haben." Zu dem Polizisten schauend ergänzte er mit fester Stimme: „Sie fahnden ja hoffentlich gleich nach ihm?" „Hm. Natürlich werden wir alles in unserer Macht stehende tun, aber ...." „Was - aber?"

Der Mann machte eine dienstbeflissene Miene. „Können Sie beweisen, Herr Dr. Sommer, dass Frau Schöns Ehemann der Täter war?" „Natürlich! Meine Frau hat ihn doch gesehen." Eine Bestätigung dafür erwartend schaute Wolf Charlotte an. „Ja genau! Ich wollte gerade das Geschäft abschließen und gehen; da stürzte er auf mich zu und drängte mich zurück in den Laden. Im selben Augenblick hörte ich seine hasserfüllte Stimme: „Du Miststück! Komm jetzt sofort mit nach Haus, wo du hingehörst, sonst ...!" „Da hören Sie es. Frau Schön hat ihn eindeutig erkannt." Ein erschüttertes Schluchzen überkam Lotte.

„Darf ich die Patientin jetzt bitte weiter versorgen?!" Das klang nicht nett und Wolfgang ließ von Lotte ab. „Bitteschön!" Er fuhr sich mit den Fingern durchs Haar. „Und dann, Lotte?" „Dann packte er mich am Arm und versuchte mich nach draußen zu zerren. Ich hielt mich krampfhaft am Tisch fest. Als er die Eisenstange hochnahm, ging Tarzan laut bellend auf ihn los und ich konnte mich los reißen. Wolf ..."; sie stöhnte auf; „... ach Wolf, es war schrecklich. Ich war starr vor Angst, konnte mich nicht bewegen, brachte nicht ein-

mal ein ´Hilfe!` raus. Dachte nur, gleich tot zu sein."
Sie stockte kurz - ganz offensichtlich von dem überwältigt, was sich da ein zweites Mal vor ihrem inneren
Auge abspielte -, erzählte aber aufgeregt weiter. „Ja,
ich hatte nur noch diesen einen Gedanken: War es das
mit mir? Muss gleich sterben, ohne dass Wolf bei mir
bist."

Wolfgang nahm, halb an Herrn Meier gewandt, ihre
Worte auf. „Wenn sie von ihm wegginge und nicht
zurückkehrte, dann hätte sie kein Recht mehr zum
Leben, hatte dieser Mistkerl ihr immer wieder gesagt.
Sie sei nämlich sein Eigentum. Stellen Sie sich das
bitte mal vor!" „Wolf ...", setzte sie mit gebrochener
Stimme nach, „... dann hat er Tarzan mit seinem Stie-
fel weg getreten. Mir hat er seine Hände um den Hals
gelegt; je fester er zu drückte, desto mehr begriff ich,
dass es nun mit mir zu Ende ging. Wenn er mich zwischen durch nach Luft ringen ließ, fragte er mich gehässig: ´Kommste jetzt freiwillig mit?` Ich röchelte
und versuchte, Widerstand zu leisten – doch meine
Arme, meine Hände waren kraftlos gegen seinen bul-
ligen Körper. Dann drückte er wieder zu. Ich sah nur
hoffnungslos in seine bösen Augen - in die Augen eines Teufels, der es genoss, mir meine Machtlosigkeit
zu beweisen." Sie schluckte. „ ´Schlampe` hat er mich
genannt, so wie früher immer, wenn er seine ekelhaften Kumpels mitgebracht hatte und ...." Sie vergrub
ihr Gesicht in ihren Handflächen.

Zornig drehte Wolfgang sich ganz zu dem Beamten
um. „Hören Sie doch, Herr Meier, was das für ein
Unmensch ist!" „Wolf, dann ließ Ference plötzlich
meinen Hals los und schlug mir mit aller Gewalt mit
der Faust ins Gesicht, sodass ich zu Boden ging. Im
Fallen hörte ich ihn gehässig kreischen: ´Na, wie ge-
fällt dir das? Du wirst immer mei Frau bleiben, bis
dass der Tod uns scheidet, verstehst du?! Kein Ge-

richt`, hat er gebrüllt, ´könnte uns trennen. Nur der Tod!` Mein Tod nämlich – wenn ich nicht augenblicklich mit ihm käme.“

Charlottes Worte ertranken nun in einer neuen Flut von Tränen und Schluchzen; sie zitterte am ganzen Körper. „Immer wieder ist Tarzan auf ihn losgegangen.“ Ihre Stimme wurde mit einem Mal eisig. „Wolf, da hat er mit der Eisenstange ausgeholt und ihm einfach mit einem Schlag sein Köpfchen zertrümmert.“ Mit den Füssen trommelte sie jetzt verzweifelt auf den Boden. „Armer Tarzan“, jammerte sie herzzerreißend; dabei strich sie mit ihrer Hand über die Bettdecke – so, als wollte sie Tarzans weiches Fell streicheln. „Du mein tapferes Hündchen! Mich hat er dann mit seinen schweren Springerstiefeln in den Bauch getreten – so fest, dass ich mich vor Schmerzen zusammen krümmte. Es hat so schrecklich wehgetan.“ Ihre Hand legte sich auf ihren Bauch. „Wenn dem Baby etwas passierte ist .... Aus dem Augenwinkel sah ich, wie er daraufhin wie ein wilder mit dieser Stange alle Blumenvasen von den Regalen fegte und die Spiegel an den Wänden zerschlug. ´Das brauchst du nicht mehr`, hat er geschrien und alles zertrümmert.“

Ihr von Panik gezeichneter Blick ließ Hass in Wolfgang aufkommen. Dafür wirst du teuer bezahlen! Er wusste seinen Zorn kaum noch zu beherrschen. Heiß kochende Wut auf diesen Verbrecher brodelte in ihm. „Und wie bist du ihm dann doch entkommen?“ „Als er mich am Arm hoch zerren wollte, hörte ich, wie die Ladentüre aufging und ein Hund zu bellen begann. ´Was ist denn hier los?`, schrie eine Frauenstimme. Es war Frau Neumann, eine Kundin; sie ist fast blind und kommt immer mit ihrem Schäferhund. Kam da die Rettung, schoss es mir durch den Kopf? In letzter Sekunde? ´Hilfe! Rufen Sie die Polizei. Rasch!` schrie ich mit letzter Kraft. Da hat ....“ „Da hat er von Ihnen abgelassen?", schaltete sich der sichtbar blass gewordene Polizist ein. „Ja; Ference ließ mich los, stieß Frau Neumann zur Seite und stürmte nach draußen." „Und diese Dame hat uns dann alarmiert?" Sie nickte. „Bitte helfen Sie mir, damit er nicht wieder kommt, Herr ...." Sofort setzte Wolfgang ihren Gedanken fort: „Ja, Herr Meier, verhaften Sie das Schwein!"

Wolfgangs Hände ballten sich zu Fäusten. „Jetzt, da bewiesen ist, dass er der Täter ist." Die Miene des Beamten verfinsterte sich. „Es ist nicht an Ihnen, mir etwas zu befehlen, Herr Sommer! Die Entscheidung darüber, was wir zu tun haben, liegt allein in unseren Händen." Wolfgang platzte der Kragen. „Das werden wir aber noch sehen, Herr Schutzmann!" Noch bevor er seinem Ärger weiter Luft machen konnte, ging die Ärztin mit energischer Stimme zwischen die beiden. „Aber meine Herren! Das können Sie draußen mit einander abmachen. Meine Patientin braucht unbedingt Ruhe, bevor wir sie auf innere Blutungen untersuchen können."

Wolfgang schaute sie irritiert an, begriff aber, wie sehr Recht sie hatte. „Ja, natürlich, Frau Doktor." Zu dem Beamten gewandt meinte er jedoch barsch: „Und Sie machen jetzt besser Ihre Arbeit und schnappen sich den Kerl!" „Nein!" „Nein? Was soll das heißen?", fuhr Wolfgang ihn lauthals an, entschuldigte sich jedoch gleich bei der ihn böse anschauenden Frau. „Ich bin gleich still, aber es geht schließlich um die Sicherheit Ihrer Patientin, liebe Frau Doktor. Also, Herr Polizeimeister?!" „Nun, einen hinreichenden Tatverdacht kann ich der Schilderung Ihrer Frau keineswegs entnehmen. Hier steht allenfalls Aussage gegen Aussage. Und die einzige Zeugin ... - nun, eine Blinde kann den Täter nicht beschreiben. Fingerabdrücke gibt es wegen der Handschuhe sicher nicht. Natürlich werden wir ..." - Wolfgang hob aufgebracht die Augenbrauen – „...

ihn vernehmen. Aber Hoffnung machen kann ich Ihnen nicht. Immerhin sieht das Ganze – unterstellt, ihre Schilderungen treffen zu – nach einer geplanten Tat aus. Selbst wenn er der Täter ist, wird er sich gewiss für die Tatzeit ein hieb- und stichfestes Alibi beschafft haben. Da können wir uns eine Befragung fast sparen. So etwas kennen wir zur Genüge. Und mit einem festen Wohnsitz dürfen wir ihn nicht festhalten." Wolfgang hob beide Arme in die Höhe und rief entrüstet: „Ach so ist das!" „Genau so ist das. Wir tun zwar, was wir können – aber auch nur das, was wir rechtlich dürfen."

„Sind sie verrückt?", brauste Wolfgang erneut auf. „Vielleicht steht dieser Kerl schon irgendwo da draußen und wartet auf sein Opfer. Ich verlange augenblicklich Polizeischutz für meine Frau!" Zu Wolfgangs Erstaunen bemühte sich Herr Meier nun um einen beruhigenden Ton. „Ach, Herr Doktor, ich verstehe Sie ja; das dürfen Sie mir glauben. Aber selbst wenn es dafür ein berechtigtes Interesse Ihrer Frau gäbe – Sie kennen doch unsere personelle Lage." Dabei hob er seine Schultern leicht an und senkte sie wieder. Wolfgang erkannte, was er damit sagte: Ihm waren die Hände gebunden, auch wenn er gerne geholfen hätte. „Na super – vielen Dank!"

„Jetzt reicht es aber wirklich. Gehen Sie bitte – beide!", kam energisch seitens der Ärztin. Wütend und verzweifelt zugleich drehte er sich zu Lotte um. „Liebes, sie will, dass wir dich jetzt alleine lassen. Aber ich komme heute Abend noch mal, um nach dir zu schauen. Dann können wir weiter reden. Hier bist du erst einmal sicher." Er küsste sie zaghaft, um ihr wegen ihrer Blessuren nicht weh zu tun. „Bis später, Liebes." Sie schaute ihn erschöpft an und nickte.

Keinen Polizeischutz also, dachte er verbittert, als sie beide draußen waren. Eine klare Aussage! Alles in ihm drängte danach, mit dem Polizisten weiter zu streiten, doch er begriff, dass das keinen Sinn mehr hatte. Der Mann hatte ja am Ende doch Verständnis gezeigt. Also verkniff er sich einen weiteren Disput und beließ es bei einem „Herr Meier, Sie halten uns auf dem Laufenden?" „Aber natürlich, Herr Dr. Sommer. Und für´s erste mal alles Gute für Frau Schön und Sie." „Vielen Dank – und nichts für Ungut." „Schon okay! Ich verstehe Sie ja, aber ...." Erneut zog er die Schultern hoch und ließ sie wieder nach unten sinken. Während sich der Polizist entfernte, blieb Wolfgang noch. Er lehnte sich mit dem Rücken an die Flurwand und atmete tief durch. Er hatte soeben etwas erfahren müssen, was ihn wütend und ängstlich zugleich machte: Von der Polizei war keine rasche Hilfe zu erwarten. Lässt man heutzutage, fragte er sich enttäuscht, ein Opfer wirklich mit seiner Angst schutzlos allein? Wozu gab es überhaupt eine Polizei?

Kapitel 19

„Hallo Liebes!" Vorsichtig gab er ihr einen Kuss. „Die Ärztin hat mir erlaubt, für zehn Minuten zu dir zu kommen. Frau Dr. Heidenreich ist eine Nette. Du bräuchtest wegen des Schocks unbedingt Ruhe. Geht´s einigermaßen mit den Schmerzen?" „Mach dir keine Sorgen; tut halt weh." Er schaute sie liebevoll an. Was war sie doch für eine tapfere Frau! „Sei nicht traurig, dass du die Nacht über noch hier bleiben musst. Aber es sei wirklich besser, sagte sie mir eben. Sie will übrigens die Röntgenaufnahmen morgen mit dem Oberarzt besprechen; war sich nicht sicher, ob die Milz verletzt wurde; weißt, von dem Tritt mit dem schweren Schuh. Sie glaubte es eigentlich nicht, wollte die abschließende Diagnose jedoch Morgen abklären." Lotte schaute ihn dankbar an. „Aber unser Baby?" Ihr Blick war eine einzige Sorge. „Sei ganz ruhig, Liebes! Dem noch viel zu kleinen Wesen ist Gott sei Dank nichts passiert. Das hat sie mir versichert." Sie atmete erleichtert auf.

„Lieb, dass du dich so kümmerst, Wolf. Und sei mir bitte nicht böse." Er schaute sie ernst an und wusste, was sie meinte. „War total blöd von dir, nicht auf mich zu hören!" „Ja; aber ich konnte nicht anders. Sabine rief morgens an; sie müsste dringend zum Arzt; ihr Weisheitszahn. Und für heute waren vier Beerdigungen vorzubereiten. Da bin ich eben hin." Wolfgang nickte. „Sonst hätte ich´s ganz bestimmt nicht gemacht, Wolf – obwohl mir in meinem hübschen Gefängnis schon die Decke auf den Kopf fällt." Sie lachte verhalten und steckte ihn damit an. „Okay! Schwamm drüber. Jetzt schläfst du dich erst einmal richtig aus. Und morgen früh komme ich wieder. Ich will den

Oberarzt sprechen." „Aber eines musst du mir versprechen, Wolf." Er schaute sie fragend an. „Mach dir
keine Gedanken wegen Ference; hier in der Klinik bin
ich vor ihm sicher. Vielleicht ...." „Ja?" „Vielleicht hat
ihn die Polizei morgen ja auch schon festgenommen,
weil sich möglicherweise ein Zeuge gemeldet hat, der
ihn dabei beobachtete, wie er aus dem Geschäft
stürmte." Sein zweifelnder Blick zeigte ihr wohl, dass
er das nicht so sah. „Ach du! Wird schon alles gut gehen; jetzt, da ich der Polizei alles gesagt habe. Und
nun geh, mein Liebster. Ich bin wirklich sehr müde."
„Hast Recht. Ich fahre besser heim und du schläfst
schön." „Gute Nacht, Wolf. Und bring mir bitte frische
Wäsche und das Kleid, das im Bad hängt, mit." „Na
klar; gleich um acht bin ich wieder da." Als er die Tür
leise zuzog, hörte er gerade noch ihr „Ich liebe dich!"

Wieder zu Hause war an Schlafen nicht zu denken. Die
Gefahr, die von Ference ausging, war für ihn keineswegs gebannt. Wann würde es der Kerl wieder versuchen? Mit Schrecken dachte er daran, mit welcher
Brutalität dieser Mann heute auf eine wehrlose Frau
losgegangen war. Ohne diese Kundin hätte er Lotte
gewaltsam mitgeschleppt. Oder Schlimmeres. Schaudernd schüttelte er sich bei der Vorstellung daran.
Nun ja, nach dem Krankenhausaufenthalt wäre sie bei
ihm sicher. Aber konnte das eine Dauerlösung sein?
Sicher nicht!

Ference würde nicht aufgeben! Er hatte sich bislang
nicht stoppen lassen. Auch zuletzt nicht von Lottes
Brief an ihn. Und jetzt? Er zuckte mit den Schultern.
Erneut drängte sich jene Idee in sein Denken, von der
er eigentlich nichts wissen wollte. Ein toter Ference
könnte sie nicht mehr zu seiner persönlichen Sklavin
erniedrigen oder ihr sogar nach dem Leben trachten.
Wieder und wieder kreisten an diesem Abend seine
Gedanken um diese Vorstellung. Doch letztlich blieb

sein Grübeln ohne Ergebnis. Einen Menschen zu töten, war für ihn absolut unmoralisch und inakzepta-
bel. Irgendwann merkte er, wie ihm die Augen immer
öfter zufielen; so oft, bis er - erschöpft von den
schlimmen Ereignissen des Tages – im Schaukelstuhl
einschlief; er war seiner Müdigkeit erlegen.

„Nein! ... Nicht!" Seine eigene Stimme riss ihn aus
dem Schlaf. Sein Kreuz schmerzte; sein Genick war
ganz steif. Was hatte er da soeben geträumt? Krampfhaft versuchte er die Augen geschlossen zu halten, um
die wagen Schatten der Erinnerung daran nicht zu
verscheuchen. Vor ihm tauchte eine riesige Eisenwalze
auf; ein kalter Schauer lief ihm über den Rücken. Bedrohlich stand sie da und versperrte ihm den Weg, der
ihn zu Lotte führen sollte. Plötzlich setzte sich der
Tonnen schwere Koloss in Bewegung; immer schneller
rollte er auf ihn zu. Er musste weitergehen – Lotte
wartete dringend auf ihn. Doch das war unmöglich.
Das metallene Monster kam langsam näher, als hätte
es sich vorgenommen, ihn gleich zu überrollen. In
seiner Not machte er kehrt und rannte weg. Als das
tosende Grollen hinter ihm übermächtig laut wurde,
ahnte er angstvoll dessen unmittelbare Nähe; im Lauf
riss er den Kopf herum. Mein Gott, gleich würde es
ihn zermalmen. Länger und länger wurden seine
Schritte – doch schon spürte er, wie das Ungetüm die
Hacke seines Fußes berührte. „Nein! ... Nicht!" schrie
Wolfgang, während er jetzt die Augen aufriss und mit
einem Satz aus seinem Schaukelstuhl nach vorn
sprang.

Seine Hände fuhren zuerst über sein Gesicht und
gleich darauf wild durch sein Haar. „War doch nur ein
Traum!" beruhigte er sich mit lauter Stimme. Warum
aber diese schrecklichen Fantasien? Gerade jetzt. Etwa wegen seiner großen Angst um Lotte sowie seiner
letzten Gedanken, bevor er im Sessel einschlief? Tor-

kelnd ging er ins Schlafzimmer und legte sich, so, wie er war, unter die Decke. Er fühlte sich wie erschlagen und wollte nur noch schlafen. Doch seine Gedanken drehten sich unaufhaltsam um das, was ihn nicht mehr losließ: Ein toter Ference. Ein gewaltsames Ende. Durch seine Hand? Würde er so etwas tun können? Hatte er allerdings überhaupt eine Wahl, wenn er Lotte retten wollte? Nach dem, was bislang schon alles geschehen war. Wie aber sollte er im Kampf gegen diesen Goliath bestehen können?

Als ihn morgens der Fahrstuhl zur Station eins hinauf brachte und er ausstieg, wunderte er sich. Es roch verbrannt. Am Ende des langen Gangs stand ein Pulk von Krankenschwestern. Unter ihnen erkannte er auch die Ärztin von gestern. Sie sprachen laut miteinander. Eine der Schwestern fuchtelte abwehrend mit den Armen. Eigenartig, wunderte er sich; was war da los? Nun ja – vielleicht wusste Lotte etwas darüber. Nach einigen Schritten drückte er die Türklinke herunter und betrat den kleinen Flur, der zum Krankenzimmer führte. „Hallo Liebes, guten Morgen!" Sie antwortete nicht; sicher schlief sie. Erwartungsvoll lief er auf das Bett zu. Es war leer. Ist wohl schon bei der Untersuchung, dachte er und machte Kehrt. Auf dem Gang kamen ihm Lottes Ärztin und eine Schwester entgegen. „Guten Morgen, Frau Dr. Heidenreich." Er rümpfte die Nase. „Hier riecht es aber komisch. Wie geht es Frau Schön? Und was sagt der Oberarzt zu den Röntgenaufnahmen?"

Er blickte in ein hilflos schauendes Gesicht. „Wo ist sie eigentlich?", setzte er noch nach. „Äh – also, die Milz ist nicht verletzt. Aber ...." „Was aber? Ist doch etwas mit dem Kind?" „Nein, der Fötus ist nicht verletzt. Nur .... Die Patientin ist nicht mehr da. Wir nahmen eigentlich an, sie habe sich selbst entlassen und sei nach Hause gegangen. Aber nachdem Sie hier auftauchen

....“ „Bitte? Nein, davon weiß ich nichts.“ Die Ärztin zuckte mit den Schultern. „Sie ist aber weg!“ Die rothaarige Krankenschwester neben ihr kam ihr zu Hilfe: „Also, als ich um halb sechs zum Wecken ins Zimmer kam, war sie nicht da.“ „Wie?“ Sein Ton verschärfte sich. „Und seitdem ist sie nicht wieder aufgetaucht?“ Wolfgang spürte die Übelkeit, die vom Magen nach oben stieg. „Aber gegen zwei hatte sie geklingelt; könnte nicht schlafen und bat um etwas. Hab ihr was gebracht – aber nur so viel, dass es bis zum Bettenmachen reicht. Ehrlich, Frau Doktor!“ Sie klang aufgeregt. „Glaub´s dir ja!“, beruhigte ihre Chefin sie. „Sie kann doch nicht einfach gegangen sein“, hakte Wolfgang nach. „Was ist mit dem Empfang an der Haupteingangstüre. Dort müsste man sie doch gesehen haben, hätte sie das Haus verlassen.“ „Nun, normaler Weise schon; aber bei der Aufregung heute Nacht.“

Die Schwester hob dabei beide Arme und ließ sie fallen. Auf seinen fragenden Blick hin erklärte die Ärztin: „Wir hatten gegen vier einen Brand; dort hinten vor dem letzten Zimmer. Der Papierkorb, der Bodenbelag darunter und die kleine Sitzgruppe. Verstehen können wir das überhaupt nicht, weil der – wie alle anderen im Haus – abends geleert wird. Wir hatten alle Hände damit zu tun, das Feuer zu löschen. Vielleicht ....“ Sie überlegte. „Ja?“; seine Finger fuhren hektisch durch´s Haar. „Nun, vielleicht hat sich Frau Schön deshalb geängstigt und ist aus dem Haus geflüchtet.“

Ihm kam ein schrecklicher Verdacht. Sein Kopf bewegte sich langsam hin und her. Dann schüttelte er ihn heftig. „Nein!“ „Bitte?“ „Schlaftabletten, sagten Sie?“ Moni nickte. „Das bedeutet aber doch, dass ...“; ein Schauer lief ihm den Rücken hinunter; „... dass sie gar nicht in der Lage war, so früh das Zimmer zu verlassen. Wegen der Tabletten, meine ich. Um die Zeit musste sie doch tief und fest geschlafen haben!“ Er

schaute in nachdenkliche Augen. Auch die Ärztin erkannte, was er meinte. „Nein, eher nicht! Das Mittel
wirkt sehr gut. Aber wieso ist sie dann nicht da?"
Sichtbar irritiert runzelte sie die Stirn. „Frau Doktor",
rief in diesem Moment eine aufgeregte Männerstimme
aus der Richtung des anderen Flurendes. „Kommen
Sie rasch in die sechzehn –Herzstillstand, glaub ich."
Sofort spannte sich der Körper der drahtigen Frau. Sie
lief los, während sie noch rief: „Ich muss! Moni, sagen
Sie im OP Bescheid. Und rufen sie den Narkosearzt.
Und sofort den Defibrilator hier her!" Schon verhallte
ihre Stimme; sie hatte den sie herbei rufenden Pfleger
erreicht.

Wolfgangs Hand legte sich über seinen Mund; er versuchte die Übelkeit zu unterdrücken, die jetzt in ihm
hochkam. Alles passte zusammen. Es gab keinen
Zweifel. Das war Ference! Seine Knie gaben nach;
seine Hand suchte Halt an der Türklinke, rutschte ab;
er landete benommen auf dem Fußboden. Mit aller
Kraft rappelte er sich wieder auf. Das konnte nur er
gewesen sein! Lotte in seiner Gewalt – oh Gott! Er
musste etwas tun. Zur Polizei? Ja! Sofort! Jetzt mussten sie diesen Verbrecher verhaften. Wegen Entführung. Aber …. „Vergiss es!" zürnte er laut. Was hatte er
schon in der Hand? Lotte war aus der Klinik verschwunden. Na und? Was soll das mit diesem Büyük
zu tun haben?, würde man ihn fragen. Können Sie
etwa beweisen, dass er die Schlafende aus dem Krankenzimmer getragen hat? Außerdem – wer weiß, ob
sich die beiden nicht versöhnt haben und sie ihrem
Ehemann freiwillig folgte?! So was hatten wir schon
oft genug. Sehen Sie nicht, Herr Sommer, dass wir da
gar nichts machen können – so ohne jeden Beweis.
Außer, dort mal einen Kollegen vorbei schicken, um zu
fragen, ob seine Frau bei ihm ist. Ja, das würde am
Ende heraus kommen. Die Zeit dafür hatte er aber
ganz sicher nicht! Ference hatte Lotte. Seit heute

Nacht. Was hatte das Schwein mittlerweile schon mit ihr gemacht? Wolfgang rang bei der Vorstellung daran nach Luft.

Aber irgendetwas hatte zu geschehen! Er selbst musste sich auf die Suche nach ihr machen, um Lotte zu finden! Auf der Stelle! Oder war sie vielleicht doch bei ihr zu Hause? Ach, Unsinn! Dennoch unsicher griff er zum Handy und wählte. Erst die Festnetznummer. Nichts. Dann ihre mobile Nummer. Auch hier kam nur das Freizeichen. „Ist doch auch Quatsch!", brummte er. Ference hat sie! Der Psychologe in ihm meldete sich. Er musste nachdenken. Ganz analytisch. Was, überlegte er, ging in dem vor? Sein Zeigefinger tippte gegen seine Nase. Musste der Kerl nicht davon ausgehen, dass die Polizei eingeschaltet würde? Na klar! Aus dessen Sicht hatte er eine Frau – ob Ehefrau oder nicht – gegen ihren Willen verschleppt; und das auch noch aus einem Krankenhaus. Also würde mindestens die Klinikleitung die Polizei einschalten; wenn nicht sogar Charlottes Onkel, dieser alte Herr Niemand, würde Ference annehmen; immerhin hatte der sich so um ihre Freiheit bemüht. Was folgte daraus? Wolfgangs düstere Miene hellte sich auf. Etwas sehr Wichtiges – nämlich die Frage, wohin er Lotte geschafft hatte - beziehungsweise wohin nicht. Nämlich, war ihm damit klar, nicht in sein fragwürdiges Haus nach Frankfurt. Dort würde die Polizei zuerst nach der Verschwundenen forschen. Aber wohin sonst? Wohin? Wohin? Unerbittlich hämmerte diese Frage gegen seine Schläfen – noch während er in seinem Wagen nach Hause fuhr.

Verzweiflung stand in seinen Augen, als er sich in dem großen Spiegel seines Wohnungsflurs betrachtete. Seine Schultern hingen schlaff herab; sein Haar war zerzaust; seine Statur war zusammengesunken. Wolfgang fühlte sich unendlich elend. Wie konnte er nur heraus bekommen, wo sie war. Und .... Diesem Gedanken wollte er keinerlei Raum geben, doch er kam ihm - einem Schreckensbild gleich - immer wieder: Was machte Ference gerade mit ihr, dort, wo er sie versteckt hielt. Schlug er sie? Oder ...; er senkte die Lider, weil er sich mit Grauen daran erinnerte, was Lotte ihm unter Tränen von diesem Schwein und seinen so genannten Geschäftsfreunden geschildert hatte. Oh, warum war sie auch in ihren verfluchten Blumenladen gegangen?, schimpfte es in ihm. Nun hatte er sie in seiner Gewalt und würde sie .... Ein noch schlimmerer Gedanke plagte ihn. Selbst wenn er Lotte finden würde – wäre sie dann am Ende schon tot? So wie es Ference ihr prophezeite. Er hielt sich am Sideboard fest, um nicht wieder der Schwäche seiner Beine nachgeben zu müssen.

Wohin? Wohin? Wieder fügte diese Frage seinem Kopf Schmerzen zu. Er ging ins Bad und schluckte zwei Tabletten auf einmal. Er musste klar denken können. Wohin könnte er sie .... „Denk nach, Herr Sommer!", spornte er sich laut an. Gab es da nicht irgendetwas, das Lotte irgendwann einmal erzählte? Verzweifelt durchkämmte er seine Gehirnwindungen nach etwas, das ihn erkennen lassen würde, wo sie war? Eine Zweitwohnung? Nein. Nie davon gehört. Ein Hotel vielleicht! Unsinn! Viel zu viele Leute; und morgens das Zimmermädchen. Wie von Sinnen klopfte er mit der Faust gegen seinen Schädel; mit Gewalt wollte er die Lösung heraustreiben. Ference musste ein Versteck ausgewählt haben, wohin er Lotte - von Dritten unbeobachtet – hinbringen konnte, und wo er mit ihr machen konnte, was er wollte. Er grübelte; es muss also ein Platz sein, der fern ab von anderen Häusern war. Oder vielleicht ein Hochhaus mit Tiefgarage und Aufzug, mit dessen Hilfe er sie ohne Zeugen in die Wohnung schaffen konnte. Aber, widersprach er sich sogleich, wäre dann ihr Schreien nicht von Nachbarn zu hören?! Also doch ein abgelegenes Haus?

Wie im Dämmerlicht tauchte schemenhaft eine vage Erinnerung auf. Hatte Lotte nicht ...? Doch, da war .... Verdammt, denk nach! Krampfhaft versuchte er Ordnung in sein Grübeln zu bringen. Zu viele Gedanken rasten durch seinen Kopf und verhedderten sich ineinander. Erzählte sie nicht von scheußlichen Wochenenden? Wo war das nur? Hatte sie ihm nicht einmal so eine Postkarte gezeigt? Gab es da nicht ...? Ja, genau! Er sah vor seinem inneren Auge etwas. Etwas, worüber sich Lotte schrecklich aufgeregt hatte. Was war das ...? In diesem Knäuel von Erinnerungsfetzen tauchte ein Hirschgeweih auf – und verschwand wieder. Erneut schlug er sich gegen die Stirn. Sein Gehirn wollte ihm trotz des Durcheinanders etwas sagen – aber was? Ein Geweih? Damit konnte er überhaupt nichts anfangen. Ein tiefer Seufzer verließ seine Brust. „Wolf, streng dich an!", herrschte er sich wieder an. „Du musst deine Lotte finden!"

Doch irgendetwas behinderte ihn. Er fühlte sich wie ein Gefangener. In einem großen, dunklen Raum. Er wollte raus. Nach draußen, ins Helle, wo die Wahrheit auf ihn wartete. In diesem Dunkel tauchten in unregelmäßigen Abständen für den Hauch eines Augenblicks Lichtblitze auf. Solche, die ihm für den Bruchteil einer Sekunde den Weg zur rettenden Ausgangstüre aufzeigen wollten. Allerdings nicht lange genug, um sie finden zu können. Er zermarterte sich das Gehirn. Was war das mit dem Geweih? ´Ich verabscheue ihn dafür`, schoss es ihm durch den Kopf. Ja, ja! Das hatte sie gesagt und dabei die Faust geballt. Lotte, sag mir, was du damit meintest. Bitte hilf mir, dich zu finden, flehte er, als stünde sie vor ihm. Alles in Wolfgang schrie nach Hilfe. Er wusste, dass er ganz, ganz nah an der Lösung war.

Wie verrückt wiederholte er dieses Wort; immer wieder. „Geweih. Geweih. Geweih." Was hatte es nur damit auf sich? Wieder verjagte das grelle Hell eines Blitzes den Schleier vor seinem geistigen Auge. Da! Ja! Natürlich! Das war es! Deshalb hasste Lotte ihn. Ference war Jäger, erschoss Tiere. Daher das Geweih! Dieser letzte Gedankenblitz hatte ihm den Weg zur Wahrheit gezeigt. Endlich wusste er, wonach er gesucht hatte: Eine Jagdhütte in den Bergen. Die hatte Lotte einmal erwähnt, als sie ihm mit Abscheu von Ference Orgien erzählte, zu denen er auch sie dort zwang. Aber wo lag die? Die Ansichtskarte! Ja, auf der war ein Lageplan. Ganz kurz hatte er einen Blick darauf geworfen, bevor Lotte sie zu einigen Fotos legte und alles wegpackte. Aber wohin? Er wusste es nicht mehr. Wieder sah er sich in jenem dunklen Raum seiner verzweifelten Suche gefangen. Er raufte sich die Haare. Es half nichts. Okay – dann muss ich zu Lottes Wohnung und danach suchen, beschloss er. Bis ich sie finde - und wenn es den ganzen Tag dauert. Ohne die Karte würde er Lotte nicht retten können. Seine Miene verfinsterte sich. Nach etwas anderem musste er aber auch noch suchen. Wo hatte sie den eigentlich? Lag der noch unter ihrem Bett? Er schnaufte. Wo war dieser Revolver? Das war sein letzter Gedanke, bevor er aus der Wohnung hastete, um zu dem Haus mit der Acht an der Haustüre zu fahren.

Kapitel 20

Das Knacken unter seinen Füßen erschreckte ihn bei jedem einzelnen Schritt; aber er hatte es nicht gewagt, auf dem Fahrweg zu bleiben! Sein Wagen stand auf einem Waldweg hinter einem großen Holzstapel. Im Dunkel der Nacht bahnte er sich den Weg durch dichtes Gebüsch und an Nadelbäumen vorbei. Sein Gesicht schmerzte; ein tief hängender Ast hatte seine rechte Wange und die Stirn zerkratzt. Als seine Hand die Verletzung prüfte, fühlte er es – Blut! Er zuckte zusammen; schon wieder war er auf einen morschen Ast getreten.

Endlich erkannte er eine Lichtung; die nur noch vereinzelt stehenden Bäume ließen das Mondlicht durch ihre Wipfel nach unten dringen. Bis jetzt hatte er nur hoffen können, dass er - entsprechend der Skizze auf Lottes bunter Ansichtskarte aus deren Schubladenkommode im Schlafzimmer – tatsächlich auf dem richtigen Weg war. Nun aber sah er, wonach er gesucht hatte. Inmitten eines Kahlschlags. Ein Holzhaus. In geduckter Haltung hastete er weiter darauf zu. Im Dämmerlicht erkannte er das Hirschgeweih. Er hatte die Jagdhütte gefunden. Doch war sie auch das Versteck, in dem Lotte gefangen gehalten wurde? Bang schwebte diese Frage durch seinen Kopf. An der Vorderfront angelangt lauschte er angestrengt. Der Schweiß, den er sein Gesicht hinunter laufen spürte, stammte nicht nur von der Anstrengung, so schnell, aber gleichzeitig auch so leise wie möglich durch den Wald zu laufen. Er hatte heillose Angst.

Als er direkt an der Hauswand stand, lauschte er angestrengt. Erst nach einigen Minuten lautloser Stille traute er sich, eines der Fenster mit seinem mitgebrachten, langen Schraubenzieher aufzuhebeln. Der Rahmen gab nach. Hoffentlich hatte niemand das leise Krachen des morschen Holzes gehört! Konnte er es nun wagen, einzusteigen? Er haderte mit sich. Hätte er es nicht besser über den Balkon im Obergeschoss versuchen sollen? Mit der Holzleiter, die dort am Apfelbaum neben der Hütte stand. Aber dann wäre ihm der Fluchtweg abgeschnitten gewesen. Er befahl seinen Gedanken zu schweigen und ihn nicht durcheinander zu machen; all seine Sinne mussten sich jetzt auf das konzentrieren, was sich in dem vor ihm liegenden Raum – und hinter dessen Türe – verbarg. Der Verbrecher Ference? Oder jener bullige Schwarze aus der Bar? Am Ende auch die heimtückische Joszefa? Und hoffentlich Lotte! Alles lag nun ganz eng bei einander: Gelingen. Scheitern. Ein Kampf mit diesem Hünen. Verletzung. Tod. Ference Tod. Sein eigener. Und der Lottes ebenfalls. Oder deren Befreiung. Wolfgang starrte ins Dunkel und traute sich nicht zu atmen. Nichts von dem wusste er mit Sicherheit – nur das Eine: Er musste in dieses dunkle Haus!

Seine Handballen stemmten sich auf die Fensterbank; mit einem Schwung stand sein rechter Fuß darauf; der andere folgte; langsam senkte er sie auf den Fußboden des Zimmers – und beeilte sich damit, den Revolver aus dem Gürtel zu ziehen, um ihn auf das Unsichtbare vor ihm zu richten. Wolfgang lauschte wieder. Hier war kein Laut zu hören; selbst das Atmen eines Schlafenden hätte er wahrgenommen. Also musste er die Türe vor ihm öffnen. Was mochte ihn dahinter erwarten? Kalter Angstschweiß lief ihm nun sogar den Nacken hinunter. Mensch, herrschte er sich in Gedanken an, verliere jetzt nur nicht die Nerven! Seine linke Hand zitterte, als sie nach der Türklinke tastete. Bevor Wolfgang sie herunter drückte, legte er sein Ohr auf das Türblatt. Bestimmt, vermutete er, lag dahinter der

Flur, der zu weiteren Zimmern führte. Stand dort jemand und wartete schon auf ihn, weil er soeben ein verdächtiges Geräusch gehört hatte? Dann läge er selbst wohl gleich erschossen am Boden. Wenn nicht, könnte er weiter leben. Doch war die Gefahr damit gebannt? Nein! Er musste jede einzelne Türe öffnen, um nach Lotte zu suchen. Hier unten und im Obergeschoss ebenfalls.

Wolfgangs Nerven waren dem Zerreißen nah. Ganz sachte drückte er den Griff nach unten – und fuhr zusammen; das Quietschen des Metalls war nicht zu überhören. Für ihn! Für andere? Vielleicht schliefen sie. Es war immerhin nach drei. Er zog die Türe etwas auf. Auch die Bewegung in der Türangel blieb nicht geräuschlos. Mit höchster Konzentration hörte er ins Dunkel hinein. Seine Lider zuckten - war da nicht ein Laut? Sein Herzschlag raste mit seiner Angst um die Wette. All seine Sinne waren auf den dunklen Raum hinter der nun halb geöffneten Türe gerichtet. Vorsichtig zwängte er sich hindurch und wagte sich zwei, drei kurze Schritte nach vorn, die Waffe auf Brusthöhe haltend. Wieder rannen Schweißtröpfchen seine Wangen hinunter. Ja, das vor ihm sah aus wie der Hausflur. Direkt gegenüber erkannte er im Halbdunkel des durch ein Fenster hinein fallenden Lichts des Halbmondes zwei Türen.

Er zuckte zusammen. Schon wieder dieses Geräusch. Was war das nur? War der Kerl aufgewacht? Wenn ja, dann wäre, überkam es Wolfgang mit Grausen, in diesem Augenblick schon eine Pistole auf ihn gerichtet. Im nächsten würde er kurz aufflackerndes Mündungsfeuer erkennen – und dann schon getroffen zusammen brechen. Seine Fantasie lief Gefahr, ihn mitzureißen. Er merkte, wie sich ein Gespenst seiner bemächtigte. Das Gespenst einer ihn lähmen wollenden Panik. Reiß dich zusammen, schrie ihn seine innere Stimme an. Erneut glaubte Wolfgang etwas zu hören. Der ist wach und wird gleich schießen, wenn er deine Umrisse erkennt, warnte ihn sein Kopf. Er ging in die Hocke und biss sich auf die Unterlippe. Noch nie in seinem Leben war er in ein Haus eingebrochen; geschweige denn mit einer Schusswaffe in der Hand. Doch ohne die, das wusste er, wäre er nicht in der Lage, dem ins Auge zu sehen, den er in den nächsten Sekunden erwartete. Ference. Er musste weiter, musste Lotte finden!

Falls sie hier war? Er zögerte; ja, falls sie überhaupt .... Los, geh weiter!, schrie ihn seine innere Stimme an. Geduckt schlich er auf die nächste Türe zu, erhob sich, öffnete sie so leise es nur ging und horchte angespannt durch den Spalt hinein. Nichts. Kein Atmen. Nichts. Ein ganz schwacher Schimmer, den ein von einem Vorhang verdecktes Fenster von außen hineinließ, diente seinen Augen als Orientierungshilfe. Seine freie Hand tastete sich an der Wand entlang – und berührte etwas. Wolfgang fuhr zusammen. Was war das? Er versuchte es zu erkennen – und atmete leise auf - nur ein hölzerner Türrahmen? Das musste der Eingang zu einem Nachbarzimmer sein. Mit seiner Hand griff er am Rahmen entlang und spürte es; die Tür stand offen. Mit einer blitzschnellen Bewegung schob er seinen Kopf in das Dunkel des Raumes und versuchte, etwas zu erkennen; sofort zog er ihn wieder zurück und lauschte. Nichts. Hoffentlich! Natürlich hatte er in diesem kurzen Augenblick nicht genug wahrnehmen können. Wolfgang ging erneut in die Hocke, den Zeigefinger schussbereit am Abzug. In dieser Stellung schlich er ganz behutsam vorwärts, bis er begriff, dass er in einem leeren Badezimmer stand.

Er ging rasch zurück, in den Flur, von dort zum Aufgang nach oben. Ihm schwante Übles – knarrende Dielen einer Holtreppe. Wie sollte er da unbemerkt hinauf kommen? Unmöglich! Oder doch?! Statt die Mitte der Stufen zu betreten, steckte er den Revolver in seinen Hosengürtel und hangelte sich mit Händen und Füssen behutsam an der Seite des Geländers nach oben; Strebe für Strebe gelangte er fast geräuschlos bis zur obersten Stufe. Dort kniete er – wieder mit dem Revolver in seiner Rechten - nieder und wartete. Wenn er trotz seiner Vorsicht zu laut war, käme Ference im nächsten Moment, um sich auf ihn zu stürzen. Dann würde er ihn mit vorgehaltener Waffe erschießen. Er müsste es dann tun!

Seine Augen strengten sich an, um etwas zu sehen; hier oben war es dunkler als im Erdgeschoß. Er sah förmlich zu, wie sich seine Pupillen zu Scheunentoren weiteten, sodass er bald die Umrisse eines Schrankes an der rechten Flurwand wahrnahm; und drei Türen, von denen eine offen stand - die direkt neben ihm. Sein Blick fiel auf einen hohen Kühlschrank und zwei gleich neben der Türe stehende Stühle sowie einen Tisch. Auf dem erkannte er eine mit Silberbeschlägen verzierte Kaffeemaschine; so eine, dachte er, hatte Pepe in seinem Ristorante stehen. Er atmete auf; in der kleinen Küche war niemand. Okay, wenn sie hier oben sind, dann in den beiden anderen Zimmern.

Noch einmal lauschte er angestrengt; dann richtete er sich auf und wagte den ersten Schritt nach vorn, dann den zweiten, dann den nächsten, bis zu der geschlossenen Türe auf der linken Seite. Vorsichtig langte er nach dem Türgriff – und erstarrte zur Salzsäule. Was war das? Wieder drang dieser Laut an sein Ohr. Dieses Mal aber deutlich lauter. Es klang nun nach dem Winseln eines getretenen Hundes. Eines Hundes? Nein, das war etwas anderes, mehr ein .... Da war es wieder. Oh nein! Das war ein schluchzendes Jammern. Lotte? Hatte er Lotte gefunden? Vorsichtig legte er sein Ohr an die Türe. Das konnte doch nur von Lotte gekommen sein! Von Ference jedenfalls nicht. War dieser Mistkerl auch dort oder in dem anderen Zimmer? Ja, dort hinter der Türe musste er sein. Wach oder schlafend? Am Ende zu allem Übel nicht alleine. Was sollte er tun? Was war jetzt das Richtige? Erst zu ihr hinein gehen, um sie zu befreien? Bei ihrer Freude über sein Erscheinen bliebe sie ganz sicher nicht ruhig; das würde Ference sofort wecken und dann .... Nein! Er musste zunächst die andere Türe öffnen und ihn erledigen. Erst dann war an ihre gemeinsame Flucht zu denken.

Ein paar Schritte weiter erreichte er die letzte Türe. Mit noch weit größerer Behutsamkeit als bisher drückte er die Klinke nach unten und schob das Türblatt Zentimeter um Zentimeter nach innen. Alles in ihm war darauf gefasst, in der nächsten Sekunde dem Tod ins Auge zu sehen. Er hatte keinen Zweifel daran, dass Ference bewaffnet war. Blut presste sich in seine Schläfen. Jetzt galt es! Im nächsten Augenblick würde er auf ihn treffen und ..., und ..., und schießen. Ja, schießen! In Notwehr. Oder erschossen werden. Er lugte hinein und erkannte nach einigen Sekunden die Konturen eines Bettes, dann eine dicke, unordentlich daliegende Steppdecke, die bis zu einem Kissen hochgezogen war. Da war er also, der Mann, den es nun unschädlich zu machen galt, um Lotte befreien zu können.

Jeder einzelne Muskel seines Körpers spannte sich zum Zerreißen an. Wolfgangs Atem verwandelte sich in den eines sprungbereiten Raubtieres, das seinem Gegner ins Weiße seines Auges blickte. Sein rechter Zeigefinger drückte gegen den Abzug. Er hörte auf zu denken; nun galt es nur seinem Instinkt zu folgen. Ohne Denken. Ohne Gefühl. Nur eiskalt handeln. Wie von Sinnen stürzte er mit großen Schritten auf den Schlafenden zu, warf sich mit der Wucht seines Körpers auf ihn und drückte ihm den Revolverlauf gegen den Kopf. Sein Zeigefinger erhöhte den Druck auf den kleinen, metallenen Hebel und überwand dessen Widerstand. Wie im Rausch drückte er ab.

Absolute Stille beherrschte den Raum. Totenstille! Mit einem Schlag kam Besinnung in seinen Verstand. Was war das? Was war dieses ..., dieses ..., dieses Nichts? Wo blieb der Knall? Wieso hörte er nichts? Starr lag sein Blick auf seinem den Abzug umfassenden Zeigefinger. Er hatte doch geschossen! Er begriff nicht. Als er es aber tat, reagierte er intuitiv. Noch einmal drückte er den Abzug durch – und erstarrte. Außer einem leisen Klacken kam nichts. Ladehemmung? Verdammt, das Ding funktioniert nicht, begriff er. Jetzt galt es! Keinen Atemzug später hob er den Arm und ließ die schwere Waffe kraftvoll nach unten sausen. Mit aller Gewalt. Gegen den Kopf. Immer wieder mit dem Revolvergriff gegen den Kopf. Er musste ihn töten, bevor der Hüne unter ihm ....

Aber wieso wehrte sich der Kerl nicht? Erneut schlug er zu. Nichts. Keine Regung. Er stützte sich auf den Ellbogen. Die Finger seiner freien Hand tasteten nach Ference. Nach dem Körper dieses Riesen. Sie registrierten etwas. Stoff. Ein Tuch? Panisch suchten sie weiter. Bis sie unter der Decke zwei dicke Kissen erkannten. Nur die – aber keinen Brustkorb, keine Arme, nichts! Wolfgangs Gehirn begann zu schalten. Blankes Entsetzen ergriff ihn, umhüllte ihn, erdrückte ihn, raubte ihm den Atem, lähmte ihn fast. Unter ihm gab es keinen Ference! Er war allein auf diesem Bett. Mit Wucht riss er den Kopf herum. Stand er etwa mittlerweile hinter ihm? Mit der Waffe in der Hand. Auf ihn zielend.

Doch da war niemand. Sein Puls raste. Sein Bauchgefühl erfasste vage die Situation. Ference war doch in

Lottes Zimmer – dort, wo das Jammern hergekommen war. Schon sprang er vom Bett auf und rannte los; mit zwei, drei großen Schritten nach vorn in Richtung Flur - das jedoch mit viel zu großen Schritten in dieser Dunkelheit! Der Schmerz war höllisch. Seine rechte Kniescheibe schien zu zerspringen. Er war gegen etwas Hartes gerannt. Krampfhaft hielte er die Waffe fest. Seine freie Hand fasste nach etwas; etwas, was ihm hätte Halt geben können. Doch sein Griff ging ins Leere. Wolfgang strauchelte - stürzte. Er hörte sich fluchen – und ... - was war das? – ... im selben Moment lautes Jammern. Aus jenem Zimmer. Ference musste Lotte quälen. Mit letzter Kraft raffte er sich wieder auf, getrieben von jener einzig verlässlichen Kraft, die ihm noch geblieben war, in diesen Minuten höchster innerer Anspannung - von der Kraft seiner blanken Angst um Lotte. Diese Kraft ließ ihn spüren, was er nicht sehen konnte, ließ ihn ahnen, was er aber begreifen musste. Ference war in diesem Zimmer – und er musste dort hinein!

Wie Hammerschläge pochte das Blut gegen seine Schläfen, als er kraftvoll die Türklinke herunter drückte und mit Wucht die Türe aufriss. Seine Hand schloss sich fest um den Lauf des Revolvers. Gleich würde sein Blick auf die mächtige Gestalt dieses Goliaths mit dem Kahlkopf treffen. Bei dieser Vorstellung wurde er panisch. Seine Augen weiteten sich vor Angst. Hier war es heller als in den anderen Räumen. Überall brannten die rußenden Dochte von sicher einen Meter hohen, dicken, roten Kerzen. Wolfgang suchte nach einem Fenster. Dieser Raum hatte keines. Seine Augen forschten nach dem Lichtschalter. Er drehte das altmodische Ding. Es knackte, doch mehr geschah nicht. Er war also weiterhin auf das Flackern dutzender Kerzen angewiesen. Wieder ging sein Blick auf die Suche.

Nichts rührte sich vor ihm. Stattdessen drang der süßliche Geruch von Moschus in seine Nase. Schlagartig erinnerte er sich an diesen aufdringlichen Duft. So roch es neulich in Ference Etablissement. Sein forschender Blick eilte an den Zimmerwänden entlang. Sie waren mit rotem Samtstoff bespannt. Genau wie dort! Doch was war das? An großen Haken hingen .... Er fuhr zusammen. Peitschen. Schwarze Eisenketten. Handschellen. Er schüttelte sich angeekelt. Ganz links in einer Ecke war ein mannshohes Holzkreuz befestigt.

Nur wenige Sekunden waren vergangen, seit er in das Zimmer gestürmt war. Nichts aber von dem, was er in höchster Anspannung erwartete, passierte. Kein Schuss aus Ference Pistole. Kein Schmerz durch eine in seinen Körper eindringende Kugel. Nichts! Verständnislos schaute er zu dem schweren Holzkreuz hinüber. Suchend hob er den Kopf ganz nach oben – und fuhr zusammen. Mit weit aufgerissenen Augen erkannte er etwas, das blankes Entsetzen in sein Gesicht trieb.

„Lotte!" Seine Hand legte sich über seinen vor Fassungslosigkeit weit geöffneten Mund. „Oh mein Gott, das darf doch nicht ...", flehte er mit einer den Rest des Satzes erstickenden Stimme. Sein Körper begann zu zittern. Diesen Anblick vermochte er nicht zu ertragen. Er senkte die Lider. Als er sich dennoch zwang wieder hinzusehen, trafen ihn die leblos wirkenden Blicke einer von Striemen übersäten und blutverschmierten, nackten Frau, die an einem weiteren hölzernen Kreuz gefesselt unter der Decke hing. Wolfgang hatte größte Mühe, der Versuchung zu widerstehen sich zu übergeben. Dann hörte er es wieder – jenes Wimmern von eben - und gleich darauf das völlig überrascht klingende, kaum hörbare „Bist du das, Wolf?" Unfähig zu sprechen betrachtete er das dort kopfüber hängende Wesen; seine bebenden Lippen versuchten eine Antwort zu formen, doch es gelang ihnen nicht; alles in Wolfgang schien auf einmal zu zerbrechen. Sein Glaube an das Gute im Menschen; seine Hoffnung darauf, es gäbe doch einen gütigen Gott, der so etwas nicht zuließ. Das Einzige, was blieb, war Hass. Warum nur hatte er Ference nicht schon lange getötet?!

„Mach mich los – bitte. Es tut so weh." Schwach drang ihre Stimme erneut zu ihm. Wie hypnotisiert starrten seine Augen auf sie; einen kurzen Moment verharrte er noch in der Bestürzung, die ihn gänzlich zu lähmen drohte. Dann aber fasste er sich. Unendlicher Zorn packte ihn – ein Zorn, der ihm half, sich von seiner Bewegungslosigkeit zu befreien. „Dieses perverse Schwein!" brach es aus ihm heraus. In aller Eile zog er den an der Seite stehenden Tisch in die Mitte des Raums; er brauchte etwas, worauf er den geschundenen Leib legen konnte, wenn er ihn gleich herunter ließ. Die sechs direkt unter Lotte stehenden, hohen Eisenständer mit den lodernden Kerzen trat er wütend zur Seite. Wie schrecklich mussten die Schmerzen sein, die ihr die Hitze der Flammen auf ihren Wunden bereiteten! Er schaute sich um und erkannte, was als nächstes zu tun war. In aller Eile rannte er zur Wand und löste das Seil, welches das schwere Holz an der Decke hielt, vom Haken. Ganz langsam ließ er es durch seine Hände gleiten. Ference Opfer senkte sich in Richtung des bereitgestellten Tischs. Fast fürchtete er die Kontrolle über sich zu verlieren, als er dabei in Lottes schmerzverzerrtes Gesicht schaute. Was hatte ihr dieser Dämon angetan! Arme und Beine waren an das Kreuz gefesselt. Um ihre Hüfte hingen an Drahtschlaufen befestigt zwei Hanteln. Er las die schwarze Prägung: 30 Kilo. Das nach unten ziehende Gewicht musste in ihren Gelenken und der Wirbelsäule unsägliche Leiden verursachen. Wolfgangs Augen sprühten feurigen Hass aus, und er betete darum, es möge für Ference eine besonders heiße Hölle geben.

Mit einem Arm hielt er die Geschundene, mit der freien Hand löste er die Fesseln um ihre Gliedmaßen. Dann legte er den nahezu leblos wirkenden Körper sachte ab und entfernte die Gewichte. Während er ihr sanft über das schweißnasse und an ihrem Gesicht klebende Haar strich, sprach er leise: „Ja Lotte, ich bin´s. Sei ganz ruhig – ich hole dich hier raus." Stumm starrte sie ihn an. Erst als sie die Tragweite seiner Worte gänzlich zu begreifen schien, trat Angst in ihren Blick. „Aber Ference!" Ihre Augen verengten sich zu Schlitzen. „Er kommt gleich wieder. Wir müssen schnell weg!" Mit einem Ruck stützte sie sich auf einen Ellenbogen, um sich aufzurichten, fiel jedoch sofort wieder kraftlos zurück. Das stöhnende „Au!" aus ihrem Mund zeigte Wolfgang, wie sehr die Wunden auf ihrem Rücken schmerzen mussten. Dieses Schwein hatte sie ausgepeitscht – sein Blick fiel auf die an der Wand hängenden, unterschiedlich langen Ruten.

„Lass! Ich trage dich. Wo ist deine Kleidung?" Er schaute sich um, entdeckte nur ihren Schlafanzug, den sie im Krankenhaus getragen hatte und hob ihn vom Boden auf. Er war nass und völlig verdreckt. Lotte sah seinen fragenden Blick. „Joszefa. Sie schleifte mich vom Wagen über den Waldboden zur Hütte. An den Haaren. Ach Wolf, es war so ...!" Ein Herz erweichendes Schluchzen erstickte ihre schwache Stimme. Er erschrak. „Joszefa ist auch hier?" Sie nickte. „Ist mit ihm weg. Bier holen. An einer Tankstelle." Diese Hexe! Noch schlimmere Wut kochte in ihm hoch. Doch dann besann er sich. „Bin gleich wieder da." „Aber ...." Schon hastete er über den Flur in das andere Zimmer. Zurückgekehrt meinte er: „Hier, Lotte; ich lege dir jetzt die Wolldecke um. Beiß die Zähne zusammen –

es wird wehtun; aber es geht nicht anders. Draußen ist es für dich sonst zu kalt, und zum Auto brauchen wir sicher mehr als zehn Minuten." Er musste sie tragen, sodass es länger als vorhin dauern würde. Oder sollte er, überlegte er rasch, den Wagen holen und sie hinein setzen? Nein! Sie mussten laufen, um zur Not ins Gebüsch ausweichen zu können, falls ihnen die beiden mit deren Wagen auf dem Weg entgegenkämen; sonst wäre alles verloren.

Wolfgang richtete sie auf und umhüllte sie. „Au! Nicht, Wolf! Mein Rücken." „Bitte Lotte! Es geht nicht anders. Nimm dich zusammen; bitte! Wir müssen sofort hier weg." Wie leid ihm die Härte seiner Forderung tat! Aber es gab jetzt nichts anderes als Flucht! Als er sie in seinen vor dem Körper gehaltenen Armen die Treppe hinunter trug, sah er direkt in ihr Gesicht; Blut rann aus ihrer Unterlippe – sie biss sich mit schmerzverzerrter Miene darauf. Ference, dafür wirst du bezahlen, schwor er sich bei diesem Anblick. Was du meiner Lotte angetan hast, wirst du doppelt und dreifach   zurückbekommen. Unten angekommen raunte er ihr in scharfem Ton zu: „Lotte, greif nach der Klinke. Mach schon!" Sie schaute verstört über ihre Schulter zur Tür und streckte die Hand danach aus. „Zieh sie auf. Los!" Seine Anspannung hatte alles Liebevolle aus seiner Sprache verbannt. Wenn Ference jetzt draußen stand ...! Angstvoll suchten seine Augen nach ihm, während er mit ihr aus der Jagdhütte trat.

„Lotte, wo hatte er seinen Wagen geparkt, als ihr hier ankamt?", fragte er nervös. „Dort." Sie wies auf den geschotterten Platz neben der Hütte. „Da steht keiner. Also sind sie tatsächlich noch immer mit dem Auto weg. Dann können wir auf dem Waldweg bleiben und erst hinter den Büschen verschwinden, wenn wir Scheinwerfer sehen." Gefährlich, aber es ging nicht anders – dessen war er sich bewusst. „Ich schaff es nicht, dich durchs dichte Gebüsch zu tragen!" „Wie weit ...?" fragte sie hörbar verängstigt, ohne den Satz zu vollenden. Er verdrehte die Augen und hastete los. „Sag doch; ich halte die Schmerzen nicht mehr lange aus." Er rang nach Luft – wie schwer fast sechzig Kilo doch in diesem Moment für ihn wurden! „Verdammt, Lotte. Beiß die Zähne zusammen! Oder willst du, dass er uns doch noch erwischt, hä?" Sein Herz schlug schnell und hart gegen seine Brust. Er rannte weiter, stets den Blick nach vorne gerichtet. Mit drei, vier langen Schritten wäre er mit Lotte in den Büschen verschwunden, wenn er Lichter sehen würde.

Nach endlos langen Minuten, die ihm wie Stunden vorkamen, erkannte er in der Ferne den Abzweig in den Weg, in dem sein Wagen stand. Sein Seitenstechen wurde unerträglich. Er konnte nicht mehr. Seine Lungen schienen sich zusammen zu ziehen. Das Durchatmen gelang ihm immer weniger. Er rang nach Luft. „Lotte ...." In seiner stockenden Stimme lag Verzweiflung. „Ich muss dich jetzt ...." Sein Blick schweifte nach links. „Ich leg dich hier hinter den Busch und hole das Auto." Er fiel auf die Knie und senkte Lottes Körper so sachte es ihm noch möglich war auf den Boden. Die stöhnte. „Keinen Mucks, hörst du! Bin gleich hier." Ohne irgendeine Reaktion ihrerseits abzuwarten erhob er sich und hastete weiter. Gütiger Himmel, lass Ference jetzt nicht kommen. Bitte!

Im Rückwärtsgang raste er auf die Stelle zu, an der sie lag, bremste scharf, ließ den Motor laufen, sprang heraus und öffnete die hintere Seitentüre. „Komm, Rasch!" Er nahm sie auf, trug sie zum Wagen und legte sie so behutsam wie möglich auf den Rücksitz. Lottes Augen blieben dabei geschlossen. Sie presste ihre Hand fest auf ihren Mund. Ihre Tränen hatten ihr Gesicht ganz nass gemacht. Wie tapfer sie ist, dachte er und spürte, wie sich sein Herz zu verkrampfen schien. Warum trieb ihr Schicksal so ein grässliches Spiel mit ihr? Hatte sie denn nicht schon genug gelitten – unter diesem Schwein?! Als er – wie vom Teufel gejagt – Gas gab und lospreschte, schaute er noch einmal durch den Rückspiegel in die Richtung der alten Jagdhütte, in der Lotte gequält worden war. Dabei fiel sein Blick auf das Spiegelbild eines von Hass gezeichneten und von nun an zu allem entschlossenen Gesichtsausdrucks. „Dafür werde ich dich töten, Ference Büyük", murmelte er, „selbst wenn ich damit zum eiskalt berechnenden Mörder werde. Du hast jedes Recht auf Leben verwirkt!"

Während der Fahrt durch die Nacht gab es für Wolfgang nur eine einzige Überlegung: Wie konnte es ihm gelingen, diesen Dämon in die Hölle zu schicken? Einfach zu ihm in sein Freudenhaus gehen und ihn erschießen? Unfug! Was würde ihm das helfen? Er käme ins Gefängnis und Lotte wäre alleine. Aber wenigstens am Leben. Nein, es dürfte keine Zeugen für die Tat geben. Genau! Es müsste irgendwo geschehen, wo er allein mit ihm wäre. Aber wie das? Wo sollte dieses Irgendwo sein. Seine Gedanken rasten weiter, getrieben von der Angst, keine Lösung zu finden. Er müsste ihn an einen Platz bringen, an dem er ihn unbemerkt umlegen könnte. Bringen? Nein! Nicht bringen. Kommen lassen. In seinem Kopf blitzte es auf: Stell ihm eine Falle, Wolf! Locke ihn an einen solchen Ort.

Aber womit? Was könnte der Köder sein? Wieder zermarterte er sich das Gehirn. Womit? Was wollte Ference? Worum ging es ihm? Natürlich! Er wollte Lotte. Sie also musste der Lockvogel sein. „Lotte, du musst für ihn den Speck in der Falle spielen!", raunte er ihr fast lautlos zu, wobei er sich kurz zu ihr umdrehte. Noch immer waren ihre Augen geschlossen;

ihr Schluchzen hatte schon vor einer halben Stunde aufgehört. Sie war wohl eingeschlafen. Okay, jagten seine Gedanken weiter, so weit so gut! Wohin aber sollte Ference kommen, um Lotte vermeintlich finden zu können? Wohin musste er ihn locken? Auf eine einsame Lichtung im Wald? Quatsch! Warum sollte Lotte sich dort aufhalten? Viel zu gefährlich zudem, weil der Kerl sicher vor dem vereinbarten Zeitpunkt seine Leute dort postieren würde. Aber wohin dann? Wieder wühlte sich seine Rechte in sein Haar; schier unlösbar lasteten all diese Fragen auf ihm.

Seine Gedanken begannen abzuschweifen. Wie schön waren doch jene Wochen ihrer unbeschwerten Liebe unlängst in der Karibik. Er schnaufte tief durch – aber was war nur daraus geworden?! Ference hatte alles kaputt gemacht. Damals auf dem Meer, auf dem schönen Segelschiff, war dieses Schwein so weit weg gewesen. Segelschiff ..., Segelschiff? Ein Gedanke schoss ihm durch den Kopf. Segelschiff! Er schlug sich mit der flachen Hand gegen die Stirn. „Natürlich! Ein Schiff", platzte es aus ihm heraus. Genau das war es! So könnte es funktionieren. Sein Gehirn arbeitete nun rasend schnell. Wie die Teile eines Puzzles fügte sich Detail um Detail ineinander. Er blickte in den Rückspiegel; das Gesicht, das ihn anschaute, machte ihm Mut. Diese Idee war gut! Um seinen Mund spielte ein zuversichtliches Lächeln. Eines, das allerdings etwas Tödliches an sich hatte.

Als er Stunden später mit seiner geschundenen Lotte zu Hause ankam, wusste er es. Gleich Morgen würde er damit beginnen, alles dafür vorzubereiten, dass ihm Ference in die Falle ging – in eine, aus der es für diesen Teufel kein Zurück mehr geben würde.

Kapitel 21

Wolfgang drückte auf den Knopf der Freisprechanlage seines Autotelefons und wählte ein ganz bestimmtes Reisebüro an; dessen Nummer hatte er seit Jahren nicht mehr gebraucht, aber nie aus seinem Speicher gelöscht. „Dr. Sommer. Guten Morgen. Kann ich bitte Frau Rössler sprechen." „Ich verbinde - einen kurzen Augenblick bitte. Die Chefin ist gleich an ihrem Platz." „Danke." Es dauerte eine Weile. Seine Gedanken wanderten in die Vergangenheit. Renate. Er kannte sie schon seit Kindertagen. Sie war das Mädchen mit der Schildkröte.

„Internationales Reisebüro, Rössler, guten Tag." „Hallo Renate." „Äh – mit wem, bitte, bin ich verbunden?" „Mit Wolf." Die Frau am anderen Ende schwieg einen Moment. „Wolfgang ...? Wolfgang Sommer?" „Genau!" „Nein, das glaub ich ja nicht! Du erinnerst dich meiner. Das ist doch schon mindestens ...." „Fünf Jahre her, denke ich. Und, wie geht es dir?" „Wolf." Ihr Tonfall klang nach Wehmut. „Nun, seitdem ist viel passiert." „Hast du ihn geheiratet?" „Gunther – ja." Ihre Antwort klang kleinlaut. Er wusste, warum. „Nun – ihr passtet auch besser zueinander als wir beide." Er vernahm ein tiefes Atmen, das ihm nicht gerade ihre Zustimmung vermittelte. Als keine Antwort kam, lenkte er davon ab. „Würde gerne eine kleine Kreuzfahrt buchen." „Gerne! Wohin soll es denn gehen?" Prompt klang ihre Stimme drei Stufen unbeschwerter. Sie war wohl für den Themenwechsel dankbar. „Das ist mir eigentlich einerlei." „Bitte?" „Ja, wichtig ist nur, dass es bald losgeht." „Was meinst du mit bald?" „Übernächste Woche oder so." „So kurzfristig? Unmöglich! Wolfgang, ich kann doch nicht zaubern." Als hätte er ihre abwehrenden Worte überhört, fuhr er fort: „Außerdem brauche ich zwei Doppelbett-Kabinen mit Balkon; das ist ein absolutes Muss! Hast du so was?" Sie schnaufte. „Sonst noch Wünsche?" „Ja! Das Schiff muss noch eine Menge freier Plätze haben." „Warum das denn?" „Frag nicht lange, Renate. Tu mir bitte den Gefallen und wirf deinen Computer an. Ich warte!" Seine letzten Sätze klangen nicht mehr nach einer Bitte, sondern nach einem Befehl.

Die Frau am anderen Ende musste gespürt haben, wie ernst es ihm war, denn er hörte keine Widerworte mehr, sondern das leise Klappern der Tastatur und das Rascheln von Papier. Das Warten forderte ihm alle Geduld ab. Er ahnte, dass er etwas eigentlich Unmögliches verlangte. Aber es musste einfach klappen! Zu viel hing davon ab. Natürlich war es wichtig, dass nach seiner eigenen Buchung noch viele weitere Kabinen frei sein würden. Wie sonst könnte auch dieser Verbrecher auf das Schiff kommen? Und ohne Balkon vor der Kabine ging gar nichts, denn andernfalls könnte er ihn nicht ....

„Wolf!" Renates Stimme unterbrach seinen Gedanken. „So ich habe da etwas. Irgendwie hast du das Glück auf deiner Seite." Erleichtert atmete er auf. „Ja, sag schon! Wann?". „Langsam, langsam! Ist es dir tatsächlich einerlei, auf welches Meer es geht?" Wolfgang bestätigte nochmals. „Ja - wenn es nicht gerade das Schwäbische Meer ist"; er lachte. „Also dann", begann sie; „Mittelmeer – Barcelona – Nizza - Civitavecchia, also Rom. Danach ein dreitägiger Schlenker durch die Ägäis und zuletzt geht es nach Piräus; von Athen aus fliegst du dann zurück. Zwölf Tage. Am 23. geht's los. Bin ich gut?!" Ein Strahlen ging über sein Gesicht. „Das bist du! Danke!" „Aber das Eine sage ich dir, mein Lieber; dafür habe ich mir ein romantisches Abendessen mit dir verdient. Mindestens." Wow!

Wollte sie tatsächlich unverblümt alte Zeiten aufleben lassen? Verlockend! Immerhin hatten sie eine tolle Zeit miteinander. Aber nein! Lottes Gesicht tauchte vor ihm auf. So etwas kam für ihn ganz sicher nicht mehr in Frage! „Mal sehen. Nach der Reise vielleicht. Zu dritt?" „Bitte? Zu dritt?" Mehr kam nicht. Offensichtlich hatte sie seine Absage an ihre Wünsche verstanden. Er konnte ihren enttäuschten Schnaufer durch den Lautsprecher hören. „Na gut. Aber, sag mal, wieso brauchst du zwei Doppelkabinen? Schläft deine ..."; sie machte eine Pause; „... sicher bildhübsche Begleitung etwa nicht bei dir? Wie heißt denn die Glückliche?" In Ihrer Stimme lag nicht nur Neugierde. Er hörte auch diesen bissigen Unterton heraus, der regelmäßig Worte der Eifersucht begleitete. Ach, Renatchen! Vergiss nicht, dass doch du diejenige warst, die fremdgegangen ist, dachte er, verkniff sich aber jeden Kommentar dazu.

„Da gibt es keine Glückliche. Ich mache die Reise aus beruflichen Gründen. Mit einer Patientin, die ..."; er tat, als überlegte er. „Hm - eigentlich unterliegt das meiner ärztlichen Schweigepflicht." „Patientin – ach so heißt das heute, wenn man mit seiner heimlichen Geliebten ...." „Quatsch! Sie ist tatsächlich nur eine Patientin. Mit der Phobie, ein Schiff zu betreten. Ach Mist, jetzt hab ich´s doch gesagt. Hör zu, Renate, das bleibt aber wirklich unter uns – versprochen?" „Klar doch. Aber warum muss sie dann unbedingt aufs Wasser?" „Komische Geschichte. Die Krux ist, dass sie in drei Monaten heiratet und ihr Verlobter ihr als Hochzeitsreise eine Kreuzfahrt geschenkt hat. Sollte eine Überraschung sein. War für sie aber ein Schock. Verstehst du?" „Ach du liebe Zeit; das ist wirklich blöd. Und der große Psychologe soll ihr nun die Angst davor nehmen, auf dem großen Meer herum zu schippern. Aber ...." „Hm?" „Wird da ihr Zukünftiger nicht misstrauisch? Ich meine, du bist ja nicht gerade einer, den eine Frau unbedingt von der Bettkante stoßen würde." Sie lachte süffisant. „Renate - bitte!" Das versteckte Kompliment gefiel ihm zwar, vermochte aber seine Erinnerungen an ihren Fehltritt von damals nicht zu verdrängen. Er jedenfalls war auch nicht misstrauisch geworden, als sie ihm vorgaukelte, nach Florida zu müssen, um neue Hotels zu testen.

„Sie hat ihm erzählt, in einem Kloster bei Wien einen Meditationskurs zu machen, bei dem die gesamte Zeit über jeglicher Kontakt nach außen untersagt sei." „Sehr erfindungsreich, die Dame. Und wie heißt sie? Ich meine, wegen der Buchung; dafür brauch ich ihre Daten schon!" „Ach so – natürlich. Schön, Charlotte Schön." „Hab´s. Und die will ein Doppelbett?" „Raumangst; diese Kabinen sind größer." „Aber nur die Suiten, Wolf." „Dann nehm ich eben zwei Suiten mit Balkon", entschied er rasch, um nicht unglaubwürdig zu werden. „Gibt´s die noch?" „Lass mich schauen." Er hörte wieder das Klappern der Tasten. „Ja! Und Herr Sommer haben ebenfalls Raumangst?" Er hörte ihr Kichern. „Nein, aber gleiches Recht für alle, oder?" „Klingt logisch." Wolfgang atmete erleichtert auf; alles lief wie geschmiert. „So, und nun gib mir mal all eure Daten durch; ich schreib rasch mit, damit ich die Buchung gleich komplett machen kann." Er tat es.

„Renate, gibt es auch noch genug freie Kabinen auf dem Schiff?" „Ja! Auch das habe ich für dich gezaubert, du ...." Nochmals verließ ein sehnsüchtiges Stöhnen ihren Mund. Geflissentlich ging er darüber hinweg. „Und wie? Du hast doch eben noch gesagt, das sei unmöglich", neckte er sie zufrieden. Ihre Antwort kam prompt: „Auf dem Schiff - der ´MS Napoleon` - hat vor einer Woche ein gesamter Golfclub aus Paris die Reise storniert. Aufgrund der Fünf-Sterne-Kategorie dieses schwimmenden Luxus-Hotels konnte ich die frei gewordenen Kabinen und Suiten bislang nicht weiter verkaufen. Du bist ein echter Glückspilz! Das Schiff ist wirklich vom Feinsten. Möchte aber wirklich wissen, warum ...?" Er ahnte den Inhalt ihrer Frage und kam ihr zuvor: „Vergiss es einfach wieder. War nicht so wichtig. Ich wollte nur, dass es nicht so voll ist", log er.

Um sie rasch abzulenken, fragte er: „Wie geht es eigentlich deinem Gunther? Ist er immer noch so oft geschäftlich unterwegs?" „Ach, wenn es nur das wäre, Wolf." Er hörte ihren traurigen Seufzer und dann ihr auffällig rasches: „Du, ich muss Schluss machen. Zwei meiner Leute fehlen mir heute wegen Krankheit, und die Kunden rennen mir den Laden ein." Aha, dachte er während ihrer Worte; darüber will sie - gerade mit mir - nicht sprechen. „Ich schicke dir alle Unterlagen noch heute." „Renate, du hast etwas gut bei mir." „Ich weiß, ein Abendessen mit dir und deiner Freundin, nicht wahr. Vielen Dank! Hab dich schon verstanden." Sie lachte verhalten. Wolfgang legte auf und konzentrierte sich auf die nächste Station seiner Planung: Lottes Nachbarin.

Während er ihren Klingelknopf drückte, rückte er seine Krawatte noch einmal zurecht. Dabei musste er den wirklich riesigen Strauß langstieliger Baccara-Rosen, mit dem er die Straße herauf gelaufen war, zunächst auf den Fußboden legen. „Der ist aber sehr schön, mein Herr. Da wird sich Ihre Frau aber freuen!", hatte die Verkäuferin gemeint, als sie ihm die Blumenpracht übergab. Viel lieber hätte er die dunkelroten Rosen im Laden mit der Aufschrift ´Schöne Blumen` gekauft; doch der war nach dem Überfall auf Lotte ja wegen Renovierung geschlossen. Und schenken würde er die schönen Blumen am liebsten ihr. Sie waren jedoch für die alte Dame bestimmt. Das hatte seinen guten Grund. Mit ihr hatte er heute etwas ganz besonders Wichtiges vor.

Es dauerte ewige Minuten, bis er endlich ihre Stimme vernahm. „Ja bitte?" „Hallo Frau Reichhold, ich bin´s – Dr. Sonntag. Haben Sie kurz Zeit für mich?" Ihr erfreut klingendes „Aber ja doch!" sowie das Summen des elektrischen Türöffners war ihre eilfertige Antwort. „Ach, wie sehr ich mich freue, dass Sie mich besuchen, Herr Doktor." Das Strahlen in ihren Augen zeugte von ihrer erneuten Hoffnung auf das schon lange ersehnte Schwätzchen. „Bitte kommen Sie doch herein. Sie müssen doch hoffentlich nicht schon wieder gleich weg?" Sie trat zur Seite und ließ ihn in ihre Wohnung. „Nein, nein. Und die Freude ist ganz auf meiner Seite – besonders, weil ich heute Zeit für Sie mitgebracht habe. Zudem habe ich, liebe Frau Reichhold, eine große Bitte an Sie." Mit diesen Worten holte er den hinter seinem Rücken verborgen gehaltenen Blumenstrauß hervor und reichte ihn ihr. Prompt paarte sich in ihrem Gesicht Neugierde mit Überraschung. „Sind die etwa für mich?" „Ja! Als kleines Mitbringsel, weil Sie eine so nette Nachbarin sind." Sie nahm die Rosen in ihre kurzen Arme, hielt die Nase daran und strahlte. „Wie die duften! Nein, sind die schön! So etwas habe ich schon lange nicht mehr bekommen. Danke, Herr Doktor!" „Aber gerne."

„Welche Bitte haben Sie denn an mich?" „Wissen Sie, gnädige Frau, es geht nämlich um Frau Schön." „Ach so. Wie geht es ihr denn? Sie war schon so lange nicht mehr hier." „Ach ..." – er machte ein betrübtes Gesicht. „Gar nicht gut; die Grippe hat sie so schlimm erwischt, dass sie zu allem Übel auch noch mit einer Lungenentzündung ins Krankenhaus musste. Und genau deshalb bin ich hier." Er sah, dass sie den Zusammenhang nicht erfassen konnte und fuhr rasch fort: „Der Arzt meinte, nach der Genesung täte ihr

Seeluft gut; da hat sie sich kurzer Hand zu einer Mittelmeer-Kreuzfahrt entschlossen. Am 23. diesen Monats soll es losgehen und sie hofft, bis dahin wieder gesund zu sein; der Doktor war sich da aber recht sicher." „Wie schön!" Ein deutlich von Herzen kommendes Strahlen zeigte ihre Freude. Gleich darauf sah er jedoch ein Stutzen in ihrem Gesicht. „Aber was hat es da mit Ihrer Bitte an mich auf sich? Das verstehe ich nicht ganz, Herr Doktor." Sie zuckte mit den Achseln. „Ach egal; wissen Sie, jetzt gehen wir erst einmal in die Küche. Ich muss doch diese herrlichen Blumen in die Vase stellen; und dann brühe ich uns einen frischen Kaffee auf. Kommen Sie!" „Na, wenn Sie für mich noch ein wenig Zeit hätten …. Über eine Tasse Kaffee freue ich mich natürlich sehr, liebe Frau Reichhold."

Als sie beide auf der alten, stoffbezogenen Eckbank mit Blümchenmuster saßen und den wohlschmeckenden Kaffee sowie das noch bessere Gebäck genossen, das sie auf den Tisch gestellt hatte, ging er - entsprechend seinem Vorhaben – auf die offen gebliebene Frage ein. „Ja – das ist wirklich blöde; Frau Schön erwartet nämlich dieser Tage hier in ihrer Wohnung Besuch von einem guten Freund, der auf der Durchreise ist." Er griff in seine Jackentasche und zog ein Foto von Ference heraus, das er in Lottes kleiner Schachtel mit der Karte von der Jagdhütte gefunden hatte. „Das ist er." Ihr Blick wanderte prüfend darüber. Dann schaute sie auf. „Darf ich ehrlich sein, Herr Doktor?" Er sah sie erstaunt an. „Das soll ein Freund von Frau Schön sein? Seine Augen strahlen aber ach so gar nichts Liebes und Freundliches aus. Der Mann passt überhaupt nicht zu ihr. Oder meinen Sie?" Wie sehr ihre Einschätzung doch die Wahrheit traf, dachte er für sich. Er nahm das Bild an sich und blickte vermeintlich interessiert darauf. „Tja, weiß auch nicht, wie sie an den geraten ist. Ich kenne ihn ja nicht. Vielleicht ist es auch nur eine schlechte Fotografie von ihm." Er steckte das Bild wieder in seine Anzugsjacke.

„Aber was soll´s! Also – Frau Schön ist zurzeit so krank und gleich nach der Genesung auf der ´MS Napoleon`. Deshalb will sie ihm absagen. Der ist aber gerade geschäftlich irgendwo im fernen Osten Russlands unterwegs und nicht einmal telefonisch zu erreichen. Also wird er vielleicht schon Morgen oder Übermorgen hier her kommen, klingeln, es immer wieder versuchen - und am Ende enttäuscht wieder abreisen." „Das wäre aber schon schade, Herr Doktor." „Eben! Da hat Frau Schön gedacht, Sie könnten ihm vielleicht Bescheid sagen, wenn er auftaucht."

Ein Strahlen ging über ihr Gesicht. „Das mache ich doch gerne!" „Das ist aber sehr nett von Ihnen. Sagen Sie ihm dann einfach, Sie hätten durch Zufall erfahren, Frau Schön wäre bis zum 22. im Krankenhaus und würde gleich danach Urlaub machen, auf einem Kreuzfahrtschiff namens ´MS Napoleon`. Das genügt schon; damit weiß er, warum er sie hier nicht antreffen kann. Wäre Ihnen das wirklich nicht zu viel?" „Aber Herr Doktor Sonntag!" Sie stemmte die kleinen, fleischigen Hände in die Hüften. Gleich darauf sah er, wie sie nachdachte. „Nur ...." „Ja?"

Er ahnte, was kommen würde. „Wenn dieser Mann bei meiner lieben Nachbarin klingelt, merke ich das doch gar nicht." Gut, frohlockte er innerlich; sie bringt es selbst zur Sprache. „Da haben Sie aber Recht, liebe Frau Reichhold", tat er überrascht. „Was machen wir da nur? Vielleicht ...." Er machte eine kleine Kunstpause und legte dabei den Zeigefinger über seinen Mund. „Vielleicht könnten Sie einen Zettel ...." Eilfertig fiel sie ihm ins Wort „Ja, genau! Ich mach einen Zettel an ihre Haustürklingel. So etwas wie: Bitte bei

Reichhold schellen. Ist das nicht eine gute Idee von mir?" Sie strahlte über beide Backen. „Eine besonders gute! Darauf wäre ich nie gekommen." Sein inneres Schmunzeln sah sie nicht. „Und dann kann ich ihm das mit dem Krankenhaus und der Mittelmeer-Reise auf der ..." - sie schien einen Moment nachzudenken – „ ... ´MS Napoleon` ausrichten."

„Frau Reichhold, damit helfen Sie Frau Schön aber sehr. So eine hilfsbereite Nachbarin, wie sie eine sind, kann man sich nur wünschen! Ich bin übrigens ..." – er senkte seine Stimme, als wollte er verbotener Weise ein Geheimnis verraten – „.... sicher, dass Frau Schön Ihnen ein hübsches Geschenk von der ´MS Napoleon´ mitbringen wird." Er wiederholte den Schiffsnamen bewusst immer wieder, damit er wirklich in ihrem Gedächtnis haften blieb. Dieser sowie der Hinweis auf das Abreisedatum würde Ference genügen, um zu wissen, auf welcher Route er Lotte auflauern konnte. „Aber das ist doch nicht nötig." „Doch, doch, das ist es, liebe Frau Reichhold - wo Sie uns doch so helfen." Wolfgang war zufrieden. Das mit der listig eingefädelten Nachricht an Ference über Lottes baldige Reise war gelungen! Nun würde er sich aber noch etwas Zeit für seine Gastgeberin nehmen.

Mit einem „Ach, dürfte ich noch ein Schlückchen Kaffee haben?" begann er sein Gespräch mit der alten Dame und merkte bald, wie sehr ihr das Reden gut tat. Ihr verstorbener Heinrich musste ihr sehr fehlen! Erst nach gut zwei Stunden verabschiedete er sich von ihr und war nicht einmal überrascht, als sie ihn bei der Verabschiedung umarmte. „Danke, Herr Sonntag; das mit dem gemeinsamen Kaffeetrinken war sehr lieb von Ihnen", waren ihre letzten Worte, bevor sie ihre Wohnungstüre schloss.

Während das Gartentürchen hinter ihm quietschend ins Schloss fiel, schaute er sich auf der Suche nach etwas Verdächtigem um – wie schon auf dem Weg hierher. Ob Ference das Haus beobachten ließ? Doch am Straßenrand standen lediglich einige geparkte, offenbar leere PKW sowie schräg gegenüber ein großes Wohnmobil mit zugezogenen Vorhängen und Fahrrädern auf dem Heckgestell; zwei große und ein kleines. Sicher eine Familie, die sich gleich aufmachen würde, in Urlaub zu fahren, beruhigte er sich.

An seinem Wagen, den er erneut in einer Seitenstraße geparkt hatte, angekommen, dachte er zufrieden, dass es nun mit dem Teufel zugehen würde, wenn er Ference auf diese Weise nicht auf Lottes Fährte locken könnte – und damit in die Falle. Dennoch meldeten sich Zweifel. Sein Plan beruhte natürlich auf einer alles entscheidenden Unwägbarkeit. Würde er tatsächlich hier auftauchen, um herauszufinden, ob er sich Lotte in ihrer Wohnung schnappen konnte? Klar würde er das, dachte er jedoch sogleich. Ference war ganz sicher über ihr Verschwinden aus der Jagdhütte so wütend, dass er alles daran setzen musste, sie zu finden. Energisch wischte er seine Sorge vom Tisch. Wo sonst soll er sie auch suchen? Der Laden war geschlossen. Lottes Versteck kannte er nicht. Also blieb nur ihr zu Hause. „Und damit krieg ich dich, du Schwein", frohlockte er. Ja, das Blatt sollte sich nun wenden, ging ihm zufrieden durch den Kopf; aus dem Jäger würde nun ein Gejagter, aus dem Täter ein Opfer werden.

Kapitel 22

Eine Woche später hatte sich Lotte schon recht gut erholt. „Wusste gar nicht, Wolf, dass du eine solch begabte Krankenschwester abgibst." Sie lachte und strich ihm zärtlich über die Wange. „Hm – macht wohl meine Liebe zu dir. Aber mal ehrlich. Erstens bist du eine sehr geduldige Patientin und zweitens hat mir mein Freund Karl aus der Stadtapotheke offensichtlich das Richtige gegeben, um deine Wunden zu versorgen. Bin froh um seine Hilfe, denn der Gang zum Arzt hätte nur für Wirbel gesorgt; am Ende hätte der Doktor die Sache, gerade wegen der Peitschenhiebe auf deinem Rücken, noch melden müssen; und zur Polizei wolltest du ja sicher nicht gehen." „Richtig! Bringt doch letztendlich sowieso nichts, wie wir gesehen haben. Außerdem müsste ich deswegen irgendwann vor Gericht und spätestens da würde Ference mich umlegen ...." Sie schnaufte.

Ja, dachte er, leider hat sie total Recht. Schon nach dem schlimmen Überfall im Blumenladen hatte sie die Polizei nicht schützen können – oder wollen, fügte sein Ärger darüber hinzu. „Nur gut, dass die Klinik davon ausging, dass du das Krankenbett aus Angst vor dem Feuer freiwillig verlassen hast. Sonst hätten die sicher die Polizei verständigt. Als ich deine Sachen abholte, hat sich der Oberarzt sogar für den Vorfall im Flur entschuldigt." „Ich wette noch immer, dass Joszefa den Papierkorb ansteckte, um Verwirrung zu stiften. Auf diese Weise war es Ference gelungen, mich aus dem Zimmer zu holen. Hab mich ja nicht wehren können; die Schlaftabletten, weißt du." Er nickte.

Seine Miene verfinsterte sich – er dachte daran, in welchem Zustand er Lotte in ihrem Gefängnis im Wald vorgefunden hatte. „Dem lassen wir das, was er getan hat, aber nicht durchgehen, Lotte. Es muss etwas geschehen!" Sie legte ihre Hand über die Lippen. „Du meinst das, wovon du gestern Abend angefangen hast?" „Genau das!" „Aber Wolf, das ist doch blanker Unsinn; du kannst doch nicht …." „Und ob ich kann! Erst wenn es ihn nicht mehr gibt, bist du wieder sicher. Was glaubst du, wie stinksauer der gewesen sein muss, als du aus der Hütte verschwunden warst. Der sucht dich doch jetzt in jeder Ecke der Stadt. Nur findet er dich nicht, was ihn sicher schon zum Kochen gebracht hat. Dein Laden ist ein Trümmerfeld und geschlossen. Zu Hause bist du nicht. Und hier bist du sicher." Sie schüttelte zweifelnd den Kopf. „Und wie, bitte, willst du ihn finden. Und unbemerkt an ihn rankommen? In seinem Puff etwa? Vor allen Leuten. Wolf, du spinnst – echt!"

Wolfgang wusste wie! Erst Recht, seit ihm Lottes Nachbarin schon ein Tag nach seinem erneuten Besuch bei ihr berichtete, dass Frau Schöns alter Freund bei ihr geklingelt hatte. Damit war sein Plan perfekt aufgegangen; bislang wenigstens. Und er zweifelte keinen Moment daran, dass Ference nun alles daran setzen würde, auf das Schiff zu kommen. Er schaute sie ernst an. „Nicht ich werde ihn finden, sondern er uns." „Was soll das denn heißen?" „Wir lassen ihn wissen, wo du bist." „Bitte?!" „Ja, dass du auf eine Kreuzfahrt gehst; im Mittelmeer; am 23. Dort wird er dich finden wollen; mit dem Plan dich umzubringen."

Mit einem Ruck sprang Charlotte vom Sofa auf, stellte sich breitbeinig vor ihn, stemmte die Hände in die Hüften und schrie ihn lauthals an: „Bist du bescheuert? Er soll mich dort finden und umbringen? Weißt du, Wolfgang Sommer, was du da sagst? Ich verstehe dich nicht! Mich ihm ausliefern. Du bist tatsächlich verrückt geworden!" Wie Eisenspitzen drangen ihre empörten Worte in ihn ein. „Jetzt komm mal wieder runter, Charlotte! Natürlich will ich dich ihm nicht ausliefern. Was denkst du? Nein, umgekehrt wird ein Schuh draus. Ich will ihn mir ausliefern." Ihre Erschütterung über sein Gerede wich nun einer in ihren Augen sichtbar werdenden Verständnislosigkeit. „Wie bitte?" „Also – wenn du nicht willst, noch viele, viele Jahre bis zu Ference natürlichem Ableben in Angst und Schrecken zu bleiben – und das zudem hier in deinem Versteck - , dann werde ich dafür sorgen, dass sein Todestag sehr bald sein wird. Um genau zu sein, dann, wenn wir beide auf diesem Schiff sind. Dort werde ich die Bestie nämlich erschießen und über Bord werfen – damit du endlich Ruhe vor ihm hast."

Charlotte schien den Sinn dessen, was da auf sie einstürzte, nicht mehr erfassen zu können. Ihr Gesicht zeigte mit einem Schlag keinerlei Regungen mehr; sie machte auf Wolfgang den Eindruck, geistig nahezu abgeschaltet zu haben – wie ein Motor, der total überlastet wurde und dessen Notsystem die Energiezufuhr bis auf ein Minimum drosselte. Wie ein schwaches Echo dessen, was sie soeben vernahm, wiederholte ihre Stimme murmelnd Wolfgangs letzte Worte; „... diese Bestie nämlich erschießen – Bestie nämlich erschießen – über Bord werfen – Bord werfen - Ruhe vor ihm – vor ihm."

Das hörte sich für ihn so an, als wanderte sein fester Entschluss im Widerhall zwischen den Steilwänden ihrer Gehirnwindungen einem Echo gleich hin und her; solange, bis - wie er hoffte - Lotte begreifen würde, dass es ihm damit todernst war. Wie in Trance ließ sie sich in die Polster der Couch zurücksinken. Mit weit aufgerissenen Augen starrte eine sichtbar verstörte Lotte in die seinen. Ihr Mund öffnete und schloss sich noch immer, obwohl sie nun nicht mehr sprach. Ihm unendlich lang vorkommende Sekunden später trat wieder Leben in ihr Gesicht – und in ihre Stimme: „Du willst also Ference töten?" Er nickte heftig. „Für mich?" Sein Kopfnicken wurde noch entschlossener. „Aber Wolf, du weißt ja nicht, was du da redest. Du kannst einem Menschen doch nicht einfach das Leben nehmen." „Ihm schon! Er ist kein Mensch; er ist ein Dämon." „Trotzdem - nur weil er mich vielleicht am Ende umbringt, kannst du doch nicht .... Wolf!" „Vielleicht, sagst du", brauste er auf. „Hast du daran etwa noch immer Zweifel? Lotte!"

„Nein ..., doch ..., ach - ich weiß es nicht. Wolf, ich will doch nur von ihm in Frieden gelassen werden. Aber doch nicht auf diese Weise!" „Dann hast du sicher eine bessere Eingebung, wie du ihn loswirst, hä?" Sein Blick durchbohrte sie. Sie öffnete den Mund – und atmete tief durch. „Ja?"; er ließ nicht locker. Doch zu sagen wusste sie offensichtlich nichts. „Na siehst du! Und genau deshalb machen wir es so. Auf dem Schiff wirst du in meiner Kabine bleiben. In deine kann er dann kommen und dich ..." „Wie – in meiner?" „Ich habe zwei gebucht; eine auf Sommer und eine auf Schön. Klar ist doch, dass ...." Wieder fiel sie ihm ins Wort. „Wie? Du hast schon ...?" „Ja – wir haben keine Zeit zu verlieren, Charlotte! Es ist also klar", wiederholte er energisch, „dass es ihm an der Rezeption ein Leichtes sein wird, die Kabinennummer einer gewissen Charlotte Schön herauszufinden. Von der Suite eines Dr. Sommer und davon, dass du dich dort versteckt hältst, hat er ja keine Ahnung. Kapiert?"

Lotte schüttelte den Kopf, zog die Schultern nach oben und ließ sie – wie resignierend - wieder fallen. „Also – tagsüber wird er dich in deiner Suite nicht finden und denken, dass du auf irgendwelchen Decks unterwegs bist. Nachts aber ist man üblicher Weise im Bett; also

wird er dann in deine Kabine eindringen, um dich um-
zu ..."; gerade noch rechtzeitig bremste er sich damit,
das Wort zu vollenden, um sie nicht wieder in Rage zu
bringen. „Dort aber wirst du eben nicht wehrlos schlafen, sondern werde ich hellwach auf ihn warten."

„Nein, nein!", widersprach sie - dieses Mal jedoch
schon weit weniger entschlossen. Gelang es ihm endlich doch, sie zu überzeugen? Um seine Hoffnung
darauf zu stärken, fuhr er ohne Zögern fort: „Doch,
Lotte! Dort werde ich ihn erschießen und danach in
der Dunkelheit der Nacht den Tiefen des Meeres
übergeben." Er stutzte; wie gefasst er doch mittlerweile über die Ermordung und Beseitigung eines Menschen redete! „Niemand wird wissen, dass der im Laufe der Reise vermisste Passagier ein gewisser Ference
Büyük ist; und weißt du auch warum?"

Er gab ihr keine Sekunde für den Versuch einer Antwort. „Weil er garantiert unter falschem Namen auf
das Schiff kommen wird. Erstens hat er vor, dort eine
Frau zu töten; die Polizei würde sofort den Zusammenhang mit seiner an Bord ermordeten Ehefrau
aufdecken und ihm den Prozess machen. Zweitens
muss er davon ausgehen, dass er wegen deiner Entführung aus dem Krankenhaus angezeigt wurde. Was
ein weiterer Grund für ihn ist, nicht als ´Büyük` dort
eingeschifft zu haben." Ihrer sich aufhellenden Mimik
sah er zu seiner Befriedigung an, dass sie seinen mü-
hevoll ausgeklügelten Plan zu begreifen begann.
„Wenn an Bord jedoch irgendein Herr X verschwindet, wird dahinter niemand Ference Büyük vermuten
– und damit auch uns niemand mit dessen Unauf-
findbarkeit auf dem Schiff in Verbindung bringen."

Er sah sie eindringlich an. „Verstehst du jetzt?" Zu
seiner Erleichterung nickte sie. „Lotte, ich habe beschlossen, es zu tun. Ich werde es auf mich nehmen,

zum Mörder zu werden, weil es nicht mehr anders geht." Und aus tiefer Liebe zu dir, ergänzten seine Gedanken diese Worte. Das bin ich dir schuldig, denn ohne das von damals wärst du niemals in diese schreckliche Lage gekommen. Er sah, wie sich ihre Augen mit Tränen füllten. Noch bevor sie zu weinen beginnen konnte, erhob er nochmals die Stimme: „Es gibt nur eines, Charlotte Schön, was mich davon abhalten kann." Sie schaute ihn an, als verstünde sie seine Worte als plötzlichen Sinneswandel. Ihm aber ging es um etwas ganz Bestimmtes; er wollte ihre uneingeschränkte Zustimmung zu seinem Vorhaben hören – oder ihre Ablehnung. „Wenn du mir jetzt sofort sagst, dass ich Ference nicht töten soll, dann lass ich´s. Ich habe ganz sicher keine Lust, gegen deinen Willen diese unendlich schwere Last auf mein Gewissen zu laden. Wofür auch, wenn du dir nicht helfen lassen willst. Also sag mir, ob du einverstanden bist oder ob nicht. Auf der Stelle!"

Blässe trat in ihr Gesicht. Ihre Schultern senkten sich, ihre Arme fielen schlaff in ihren Schoß und das Kinn landete auf ihrem Brustbein. Wolfgang sah sie unnachgiebig an. Doch es kam nichts von ihr. Diese neben ihm zusammengesunken sitzende Frau kam ihm dabei wie eine Marionette vor, die nur noch an einem einzigen Faden hing. Damit war die Sache also entschieden, dachte er frustriert. Sie wollte die Rolle des ewigen Opferlamms nicht aufgeben. Selbst, wenn sie damit auch das Leben des Kindes in ihrem Bauch gefährdete. All seine Hoffnungen schienen binnen dieser ihm ewig lange vorkommenden Momente ihres Schweigens im Nichts zu verschwinden. Er schloss die Augen.

„Wolf!" Überrascht hob er die Lider. „Ich liebe dich und werde dir das, was du für mich tun willst, niemals vergessen. Mein Leben gehört damit erst recht für immer dir, denn erst mit Ference Tod werde ich endlich wieder ein richtiges Leben haben; eines, in dem ich frei und ohne Angst sein kann." Wolfgang traute seinen Ohren nicht. Was hatte sie da gesagt? ´... was du für mich tun willst ...` „Heißt das etwa", begann er zaghaft, „du bist einverstanden damit, dass ich ihn ...?" „Ja!", unterbrach sie ihn. „Töte diesen Teufel. Du hast Recht; nur auf diese Weise werden wir drei ..." – sie schaute auf ihren Bauch, als hätte sie seinen Gedanken von eben gelesen – „... in Frieden weiterleben können." Sie hielt kurz inne und Wolfgang sah, wie sich in ihren Augen so etwas wie Neugierde zeigte. „Aber sag, womit willst du ihn denn erschießen? Mit dem kaputten Revolver ja sicher nicht."

Zufriedene Freude erfüllte ihn; nicht nur über ihr ´Ja`, sondern weit mehr über diese konkrete Frage; Lotte interessierte sich also für dieses Detail seines Planes! Der Ton in ihrer Stimme klang wirklich so, als hätte sie Feuer gefangen. „Stimmt, Lotte; der hat in der Hütte absolut versagt." Mein Gott, dachte er gleichzeitig; hätte Ference dort im Bett gelegen, als er sich auf ihn stürzte und erfolglos abdrückte, wäre er selbst nun tot. „Außerdem bekomme ich den ja nie auf´s Schiff. Weißt ja von unserer Karibik-Tour, wie streng die Sicherheitskontrollen sind. Nein! Natürlich habe ich aber auch darüber gründlich nachgedacht."

Tauchte da in ihrer Miene etwa ein Ausdruck von Anerkennung auf? Oder wünschte er sich das nur? „Erinnerst du dich noch an mein damaliges Hobby?" Ihr unsicherer Blick gab ihm die Antwort. „Nein? Armbrustschießen!" „Ach so, das." Ihr Kopf hob sich. „Ah! Ich verstehe! Aber sind die Dinger nicht auch aus Metall und bringen die Detektoren zum Piepsen?" „Normalerweise schon. In meiner kleinen Waffensammlung im Keller habe ich jedoch diese extrem kurze und schmale Armbrust mit dem Spannbogen aus Karbon;

der Schaft ist aus Holz; nur der Abzug mit dem Spannhebel ist aus Gusseisen. Die gesamte Waffe kann man in Einzelteile zerlegen. Die Pfeile bestehen aus Hartplastik; die metallenen Spitzen muss ich nur abschrauben und irgendwie verstecken; vielleicht in deinem Koffer. Den kleinen Abzug hänge ich an meinen Schlüsselbund – der sieht dann aus wie ein besonders ausgefallener Anhänger. Wenn er zusammen mit dem Kleingeld, dem Handy, der Armbanduhr und dem Hosengürtel mit der Metall-Spange in der großen Schale liegt, um über das Laufband ins Kontrollgerät gezogen zu werden, fällt der gar nicht auf." Wolfgang merkte, wie ihn die Begeisterung über seine Idee mitriss.

Lotte legte die Stirn in Falten und schüttelte bedächtig den Kopf. „Klingt ja ganz gut, Wolf, hat aber einen Haken." Er schaute irritiert. „Wenn du den Koffer öffnen musst, weil sie die eigenartig geformten Teile auf dem Bildschirm sehen, werden sie sofort erkennen, was du dabei hast." Ach das meint sie, dachte er beruhigt. „Werden sie nicht, Lotte!" Er war sich seiner Sache sicher, weil er auch darüber lange genug gegrübelt hatte. „Und wieso?" erwiderte sie knapp. „Ganz einfach, Liebes. Ich habe einen uralten Koffer mit so dicken, hohlen Metallstangen an den vier Seiten; die halten den Stoff. Dort hinein passen der schmale Schaft, das Bogenelement und die Pfeile. Alles wird vorher noch in Silberfolie eingewickelt, damit es für das Kontrollgerät unsichtbar wird." „Und das soll gehen?" klang es zweifelnd aus ihrem Mund. Wolfgang holte tief Luft. „Ich hoffe. Klar, ein gewisses Restrisiko bleibt immer. Aber muss ich´s nicht trotzdem versuchen? Kann ja wohl schlecht mit Messer und Gabel aus dem Speisesaal auf ihn losgehen." Er lachte, merkte aber, dass es sich ein Stück weit nach Selbstzweifel anhörte. „Wolf, Wolf. Wenn das nur gut geht." Er schlug sich mit der flachen Hand auf den

Oberschenkel. „Hast du etwa eine bessere Idee, Frau Schön?", raunzte er sie an – was ihm aber sogleich leid tat. „Entschuldige – aber das Ganze geht mir ziemlich an die Substanz; bin eben kein Profi-Killer namens Bond." Als sie sich rasch zu ihm beugte und ihre Hand auf seinen Arm legte, wusste er, dass sie ihm nicht böse war. „Hast Recht, Wolf. Wir haben keine andere Wahl. Also machen wir es so." Entschlossen reckte er seinen Kopf. „Ja, so machen wir es – und hoffen, dass du am Ende der Reise endlich wieder ein freier Mensch bist."

Während der kommenden Nacht fand Wolfgang keinen Schlaf; stundenlang plagte ihn das, was ihm bevorstand. Nicht nur die Sorge darum, seine Waffe tatsächlich auf´s Schiff schmuggeln zu können. Ob seine Idee hierzu so gut war, wie er vorgegeben hatte, bezweifelte er mittlerweile. Aber vielleicht hatte er ja das Glück, dass sie nur Stichproben-Kontrollen machten. Weit mehr aber quälten ihn – trotz seiner festen Überzeugung, es tun zu müssen - die immer wieder aufkommenden Skrupel davor, ein Menschenleben auszulöschen. Doch hatte er eine Wahl? Weder die Polizei war in der Lage, ihr Ference effektiv vom Hals zu halten, noch Lotte selbst war willens, ihn anzuzeigen. Und hatte er vor kurzem auf der nächtlichen Fahrt zur Jagdhütte nicht schon den Entschluss gefasst, ihn dort umzubringen, um damit Lotte befreien zu können?! Warum also hatte er nun noch Zweifel, es auf dem Schiff zu tun? Außerdem war ihre Situation seit ihrer Entführung nicht noch weit schlimmer geworden? Klar, nie im Leben hätte er sich vorstellen können, einmal in eine derartige Zwangslage zu geraten. Aber wenn er diesem Verbrecher nicht endgültig sein schmutziges Handwerk legte, dann ...? Er wollte gar nicht daran denken, doch er sah es förmlich vor Augen. Charlotte läge irgendwann tot am Boden -

erschlagen, erdrosselt, erstochen, erschossen, verblutet ....

„Kannst du das verantworten, Herr Sommer?", murmelte er und merkte dabei, wie ihm das Atmen schwer wurde; wie eine große Last lag diese Frage auf seiner Brust. Konnte er eine unschuldige Frau sterben lassen, nur, weil er es nicht schaffte, über seinen moralischen Schatten zu springen? Sollte ihm Lottes Foto im schwarz umrandeten Bilderrahmen auf seinem Schreibtisch jeden Tag sagen: ´Na, du Feigling! Wie lebt es sich als einer, der die Frau an seiner Seite nicht beschützen wollte?` Und außerdem - schuldete er Lotte nicht etwas?! Reichte es denn nicht aus, sie schon einmal im Stich gelassen zu haben? Das durfte sich nicht wiederholen! Konnte er vergessen, dass sie auch seinetwegen in die Fänge dieses Unmenschen geriet? Hatte er nicht allen Grund dazu, ihr zu helfen? Ja, das hatte er! Entschlossener hätte dieser Gedanke nicht sein können. Damit verbannte Wolfgang endgültig seine Gewissensbisse und beschloss endlich einzuschlafen.

Gelingen wollte ihm das aber überhaupt nicht. Denn etwas anderes tauchte wieder in seinem Kopf auf, selbst wenn er diesen Punkt schon so oft überdacht hatte. Würde Ferenc tatsächlich in die Falle gehen? Und was würde Lotte geschehen, wenn nicht? Doch hatte er nicht als Psychologe hinreichende Übung darin, ermutigte er sich, menschliche Verhaltensmuster zu durchschauen?! Er wusste doch seine Patientinnen mit seiner Erfahrung dazu zu bringen, sich das zu eigen zu machen, was er als ihr Therapeut für das Richtige hielt. Auf diese Weise lenkte er nun auch diesen Verbrecher und bewegte ihn - wie der Puppenspieler seine Marionette. Ferenc würde sich bestimmt nicht um diese vermeintlich ideale Chance bringen, Charlotte zu finden!

Eines aber musste er gleich Morgen noch erledigen, schoss es ihm durch den Kopf, kurz bevor ihn die Müdigkeit dann doch zum Einschlafen zwang. Ein Hotelzimmer in Barcelona buchen. Er wollte schon zwei Tage vor der Einschiffung mit Lotte dorthin fliegen; am Ende würde Ference andernfalls am 23. im selben Flieger wie sie beide sitzen. Eine Katastrophe! Sie könnten auf diese Weise auch morgens noch vor dem allgemeinen Einsteigen an Bord gehen – dank der Sondererlaubnis für VIP, die Renate ihm besorgt hatte. Ference wäre noch nicht am Anlegeplatz und hätte keine Gelegenheit dazu, sie beim Einchecken unter den anderen Passagieren zu entdecken und am Ende schon dort auf Lotte loszugehen.

Kapitel 23

„Das ist aber außerordentlich nett von Ihnen, Herr ...“ meinte Lotte erfreut, als der Hoteldirektor sie beide höchst persönlich zu ihren Kabinen brachte. „Grabnér, Pierre Grabnér, Madame. Avec plaisir! Sie als VIP sind besondere Gast auf unsere ´MS Napoleon`. Sie bringen in Ihre Suiten ist misch ein persönlich Ehr.“ Wolfgang schmunzelte innerlich; gut gemacht, Renate! „Ihre Gepäck lasse isch bringen sofort; das Kolleg an Kontrollband kommt heute erst douze heure, äh um zwölf Uhr – aber une bombe Sie haben sicher nischt in Koffer, isch glaube.“ Er lachte. Wolfgang fiel ein Stein vom Herzen. Welch ein Glück! „So, hier wir sind, Madame Schön.“ Er öffnete die Türe und ließ sie vorgehen. „Und Monsieur haben die Suite nebenan. Wünsche isch auch im Name von unsere Capitaine Printemps un bon voyage – wie sagen Sie in Deutsch?“ „Ein gute Reise“, gab Wolfgang zur Antwort. „Oui. Und hier habe isch ...“; er griff in die Seitentasche seiner dunkelblauen Uniformjacke; „... für Sie mein Carte de visite, Monsieur Sommer. Scheuen Sie nischt, misch zu rufen an, wenn Sie eine Wunsch haben.“ Mit einem angedeuteten Handkuss zu Lotte verließ er die beiden.

Charlotte brauchte eine Zeitlang, bis sie ihr wortloses Staunen überwunden hatte. „Wolf, nie hätte ich mir so etwas Schönes träumen lassen. Sind das dort an den Wänden etwa echte Gemälde? Und ...“ - hierbei schaute sie in die geöffnete Türe des Badezimmers - „... schau dir doch einmal diesen riesigen Kristallspiegel und den Whirlpool und die goldfarbenen Wasserhähne an. Das ist ja der Wahnsinn!“ Halb in der Türe stehend lockte Wolfgang sie ins Wohnzimmer und blickte durch die bodentiefen Fenster hinaus aufs Wasser. „Was hältst du eigentlich von einem eigenen Balkon?" „Wie - Balkon? Sag bloß, hier gibt es auch noch .... Nein, wie toll! Gemütlich, mit Sonnenschirm und Liegen. Und diese Aussicht aufs Meer! Gut, dass die Kabine jetzt nicht auf der Landseite liegt. Der Hafen ist nicht gerade ein Anziehungspunkt für das Auge, oder?" Er nickte. „Na, warte erst einmal, wenn wir auf hoher See sind und hier bei einem guten Bordeaux den Sonnenuntergang genießen." Sie strahlte ihn glücklich an.

Doch kaum ein paar Atemzüge später verdunkelte sich ihre Miene. „Hätte diese Reise nur nicht diesen schrecklichen Grund!" Er atmete tief durch; diese Wahrheit bereitete auch ihm größtes Unbehagen. „Und weil das, Liebes, hier der Ort des ..."; er suchte die neutralste Formulierung; „.... Geschehens sein wird, gehen wir beide auch gleich raus und hinüber in meine Suite. Du sollst hier nicht mehr rein müssen. Wenn die Koffer nachher da sind, werde ich einige deiner Sachen in deine ..., äh, also in diese Kabine bringen und alles benutzt aussehen lassen; falls Ference schon tagsüber hier einbricht, weißt du! Wohnen werden wir natürlich in meiner. Nur ... - na ja, nachts muss ich hier sein, um ihm aufzulauern, wenn er kommt." „Ich weiß, Wolf." Lotte klang nicht mehr so fröhlich wie eben. „Dann lass uns mal schauen, ob es da nebenan auch so schön ist wie hier."

Wenig später klopfte es an Wolfgangs Kabinentüre. „Das ist bestimmt das Gepäck", vermutete Wolfgang, öffnete und blickte zufrieden auf seinen alten Koffer. Dabei sah er, wie Lottes Gepäck zu deren Kabinentüre gebracht wurde. „Mein Herz, nun haben wir etwas Arbeit; du hier und ich drüben. Nach dem Auspacken gibt es ein feines Mittagsmenü hier am Tisch." „Wieso? Gehen wir nicht in den Speisesaal?" „Lotte, wir dürfen doch auf keinen Fall riskieren, dass du außerhalb unserer vier Wände gesehen wirst." „Die ganze Zeit?" „Nein, natürlich nur, bis ... - na, du weißt schon. Danach besteht ja keine Gefahr mehr." „Na gut. Aber ...." Er strich ihr leicht über die Wange. „Ja?" „Wolf, ich hab Angst! Wenn dir etwas passiert." Sie atmete schwer. „Komm her!" Wolfgang nahm sie in die Arme. Es kostete ihn Überwindung, ihr nicht ganz ehrlich zu gestehen, dass es ihm nicht besser ging. „Sorge dich nicht; es wird schon alles gut gehen. Mir wird nichts geschehen, weil ich ihm gegenüber einen enormen Vorteil habe – den des Überraschungseffekts. Er wähnt doch dich in der Kabine und nicht einen bewaffneten Mann. Er denkt doch, dich im Schlaf überraschen zu können, um dich mit seinen Pranken zu erdrosseln und dann über das Balkongeländer auf ewig verschwinden zu lassen." Er erschrak und machte einen halben Schritt nach hinten. „Oh, entschuldige bitte. Ich wollte es nicht so drastisch schildern. Nur sagen, dass er ...." Sanft legte sich ihre Hand auf seine Lippen. „Ist schon gut, Wolf. Ich weiß ja." Wolfgang schaute sie dankbar an, zog sie wieder an sich und küsste sie auf die Stirn. „Ich liebe dich! Und wenn du ..." – er machte eine kleine Pause – „... jetzt auch langsam Hunger bekommst, ruf ich mal den Room-Service an.

Der reizenden Stimme am Telefon teilte er ihre Essenswünsche mit. „Sehr wohl, Monsieur Sommer. In eine Stund wir bringen Sie alles auf Kabine 281. Und eine Wein? Vielleischte eine 2004er Medoc?" Er überlegte kurz. „Trés bon! Merci!" Er legte auf. Lotte war im Bad verschwunden. Sorge dich nicht, hatte er zu ihr gesagt. Diese Worte waren ihm weit überzeugter über die Lippen gekommen als sie in seinem Kopf entstanden waren. Er selbst sorgte sich sehr wohl! Für ihn würden nun sehr schwere Stunden folgen. Die unabänderliche Wirklichkeit seines Planes stand direkt vor der Türe. Sie beide waren an Bord gekommen. Ference käme im Laufe des Tages ebenfalls aufs Schiff. Er würde unter einem Vorwand die Kabinennummer einer gewissen Frau Charlotte Schön erfragen; dann überlegen, statt am Tag besser nachts in ihre Suite einzudringen; wenn alle schliefen und kein Passagier mehr den Gang entlang kam. Wolfgang schlug die Augen nieder, bevor er den letzten Gedanken zuließ: Am nächsten Morgen würde er neben seiner Lotte aufwachen und wissen, dass es diese Ausgeburt des Bösen nicht mehr gab. Er verschränkte seine Arme und atmete entschlossen durch.

Doch wirklich entspannen konnte er sich nicht. Würde tatsächlich alles so glatt gehen? Was, wenn Ference nicht gleich in dieser Nacht auftauchte? Oder ... – ein anderer Gedanke verunsicherte ihn weit mehr. Wer sagte ihm, dass Ference überhaupt an Bord kam? Ohne Zweifel kannte er die Schiffsroute. Wolfgang raufte sich das Haar. Was, wenn er sich vorgenommen hatte, Lotte erst am Ende der Reise nach dem Ausschiffen zu überfallen? Oh nein! Daran hatte er bei seiner Planung ganz und gar nicht gedacht. Was dann, verdammt? Rasend schnell suchte er nach einer Lösung. Was würde er dann noch tun können. Lotte bewachen? Okay! Aber wie sollte er dann Ference noch aus dem Weg räumen können? Er atmete tief ein, blähte die Wangen auf und blies die Luft in einem Zug aus. Er musste sich beruhigen. Denk nach!, ermahnte ihn sein Verstand. Wieder einmal übernahm der Psychologe in ihm das Steuer. Hätte Ference denn überhaupt die Geduld so lange abzuwarten? Eher nicht. Er musste doch schon mächtig unter Druck stehen, seit Lotte entkommen war und er sie nirgendwo finden konnte. So sehr unter Druck, dass er sie so schnell wie möglich in die Finger bekommen wollte.

Gleich nach dem Ablegen des Schiffs wollte er an der Rezeption mal fragen, ob schon ein Herr Büyük angekommen war. Eigentlich Unfug, wusste er, denn seinen richtigen Namen würde Ference ja vernünftiger Weise nicht angeben. Doch konnte er tatsächlich davon ausgehen, dass dieser gewalttätige Psychopath noch nach den Regeln der Vernunft handelte? Wolfgang musste auch hier sicher sein. Außerdem hielt er die Anspannung kaum noch aus – er musste etwas tun!

„Nein, mein Herr. Ein Passagier dieses Namens ist nicht an Bord." „Ach so, Marion?" tat er erstaunt, während er ihr Namensschild an ihrer Jacke ablas. „Schreibt er sich so: be-ü-jot-ü-ka?" „Nein, nein, mit Ypsilon in der Mitte", antwortete Wolfgang. Der Blick der jungen Brünetten richtete sich zurück auf den Bildschirm. „ü-ypsilon-ü. Auch mit Ypsilon habe ich keinen Herrn Büyük. Bedaure. Aber wenigstens die von Ihnen gewünschten Unterlagen zu den Landausflügen kann ich Ihnen gerne geben. Bitteschön!"

Der Kerl war also tatsächlich nicht unter ´Ference Büyük` in Barcelona auf das Schiff gekommen. Natürlich nicht! Aber unter welchem anderen nur? Wüsste er das, könnte er prüfen, ob Ference schon an Bord war. So blieb ihm nichts anderes übrig, als ihm heute Nacht auf Verdacht aufzulauern. Was aber, wenn er doch in einem späteren Hafen das Schiff betreten wird? Dann wäre er dazu verdammt, Tag für Tag mit ihm rechnen zu müssen und Nacht für Nacht mit der Waffe im Anschlag auf ihn zu warten. „So ein Mist", schimpfte er leise, „dass ich keine Ahnung habe, unter welchem Decknamen im gefälschten Pass er erscheinen wird."

Woher sollte er die Kraft für dieses nervenaufreibende Warten nehmen? Ratlosigkeit stand in seinem Gesicht geschrieben, als er in den Spiegel des Fahrstuhls blickte. Und Wut – auf Ference, auf sich selbst, auf die ganze beschissene Situation. Die vergangenen Monate und Wochen waren ihm wirklich zu viel geworden! Die Angst um Lotte. Die Auseinandersetzung in Ference Nuttenkneipe. Der Schreck, als sie aus dem Krankenhaus verschwunden war. Das Entsetzliche, das er bei ihrer Befreiung erleben musste. Und die langen schlaflosen Nächte danach. All das hatte ihn zermürbt. Für derartige Belastungen war er einfach nicht geschaffen! Seine frühere Ausgeglichenheit war extremer Nervosität und erkennbar schwindender Konzentration gewichen. Er erinnerte sich, was ihm am Flughafen passiert war. ´Aber Wolf, was suchst du denn?` hatte Lotte ihn fast ein wenig belustigt gefragt, als er beim Einchecken völlig außer sich ihre beiden Ausweise und die Flugtickets suchte. ´Die hast du mir doch vor fünf Minuten kurz in die Hand gedrückt, Liebster. Schau doch mal in deiner Jackentasche nach.` Das war nicht die einzige Gelegenheit, die ihm zeigte, wie dünn sein Nervenkostüm geworden war. Und jetzt auch noch das! Seine Hand fuhr nach oben in sein Haar, während sich die Muskeln seines Körpers anspannten. Das alles musste bald vorüber sein, sonst ...!

Als er zurück in die Kabine kam, musste er wohl blass ausgeschaut haben. Charlotte blickte ihn verwundert und mit einem Hauch von Ängstlichkeit an. „Hast du ihn gesehen?" „Leider nicht." „Warum schaust du dann so verstört?" Sie schüttelte den Kopf. „Und wieso leider? Versteh ich nicht. Hast du die Prospekte, Wolf?" Sie streckte ihm die Hand entgegen. Wolfgang reagierte nicht. „Leider", wiederholte er mechanisch. „Er ist nicht an Bord, Lotte. Wenigstens weiß ich es nicht." Seine Stimme klang kraftlos. „Klar, Wolf! Weil er nicht unter seiner wahren Identität an Bord kommt." Er nickte. „Jetzt muss ich geduldig darauf warten, bis er plötzlich auftaucht – morgen, übermorgen? Wer weiß, wann. Aber verdammt, diese Geduld habe ich nicht mehr."

Er verdrehte die Augen. Lotte kam auf ihn zu und umarmte ihn. „Weiß doch, welche Last du da auf dich genommen hast, Liebster. Aber ..." – sie suchte nach Mut machenden Worten – „... du schaffst das; du bist stark." Ein schwaches Lächeln verließ sein Gesicht. „Ich glaub, nach dem Ganzen brauche ich selbst einen guten Psychotherapeuten." Er versuchte nun sogar ein Lachen, doch es klang recht schief. „Unsinn, mein Liebster! Du bist eben nur total gestresst. Und alles meinetwegen." Er holte tief Luft. „Nicht deinetwegen, Lotte, sondern unseretwegen. Deine Sorgen sind auch die meinen, vergiss das nie." Sie schaute ihm ganz tief in die Augen. „Wolfgang Sommer, ich liebe dich! So sehr! Ja, bei all meiner Angst vor Ference hast du mich nicht alleine gelassen. Trotz seines Angriffs auch auf dich – mit den Bremsen, meine ich. Als er mich entführte, hast du mich befreit. Und nun willst du ihn für mich sogar töten. Wolf!" Sie schluckte. „Sollten wir das hier ..." – sie stockte – „... gut hinter uns bringen, dann möchte ich, dass wir ..."; wieder musste sie eine Pause machen; „ ... zum Standesamt gehen." Lottes Augen hefteten sich eindringlich auf ihn.

Alles hätte er heute erwartet; das aber sicher nicht. Er rang um seine Fassung, als er es merkte; seine Wangen wurden nass; seine Lippen begannen zu beben, als er aussprach, was ihn unendlich froh machte. Es war das erste Mal, dass Lotte freiwillig vom Heiraten sprach. „Lotte, du machst mich damit unendlich glücklich. Lass uns nach all dem hier heiraten. Denn eines weiß ich schon seit langem; der Himmel hat uns zusammen gebracht, weil wir zusammen gehören. Ich liebe dich!"

Kapitel 24

„Lotte!" Wolfgang erhob sich vom Tisch. „Das war ein leckeres Abendessen. Nun muss ich aber wirklich." Er streckte sich und gähnte laut. „Es ist schon neun durch. Nicht, dass er am Ende noch vor mir in deine Kabine einbricht." Falls er in dieser ersten Nacht überhaupt kommt, dachte er dabei und fühlte die Beklemmung in seiner Brust. „Aber natürlich, du Lieber." „Ich muss dort auch noch rasch die Kopfkissen so drapieren, dass es so aussieht, als würdest du unter der Bettdecke liegen, und mir einen Stuhl hinter die offene Schlafzimmertüre stellen; von dort aus kann ich ihn überraschen, wenn er sich auf dich stürzt. Aus der kurzen Entfernung wird ihn mein Pfeil mit solcher Wucht durchbohren, dass ein zweiter Schuss vielleicht nicht mehr nötig ist. Wenn ich ihn dann ins Meer stürze, ertrinkt er schwer verletzt in den Fluten – wenn ich ihn nicht sogar direkt ins Herz getroffen haben sollte. Bin schließlich ein sehr guter Schütze." Die Häme in seiner Stimme irritierte ihn nicht mehr; er war fest entschlossen, diesen Teufel in die Hölle zu schicken! Er gähnte ein weiteres Mal; so heftig, dass sich dabei kurz die Augen schlossen. „Aber, bitte, bitte, Wolf, pass auf dich auf. Wenn ...." Rasch beugte er sich zu ihr und legte seine Hand auf ihre Schulter. „Mach dir keine Gedanken, Charlotte. Ich weiß, was ich tue. Aus meinem Versteck heraus bin ich ihm absolut überlegen. Er rechnet ja nicht mit einem solchen Angriff aus dem Hinterhalt."

Entsetzen stand in ihren Augen. „Aber wenn er .... Wenn dann aber ...", stammelte sie. „Nix, wenn, wenn ...!", fuhr er sie viel zu heftig an. „Verdammt, Lotte, mach´s mir doch bitte nicht so schwer. Es ist schlimm genug für mich – das, was mir heute Nacht bevor steht." „Ja, ich weiß doch, aber ...." „Schluss jetzt! Ich muss los! Muss unbedingt ..." – ein noch heftigeres Gähnen überkam ihn. „Meine Zeit, bin ich müde. Also, deshalb muss ich vorher noch kurz in die Bar - die ist ein Deck über uns - und zwei starke Kaffee trinken. Sonst schlaf ich am Ende noch irgendwann ein." „Um Gottes willen, Wolf! Bloß das nicht! Dann dreht er den Spieß um und tötet dich. Ja, geh lieber, damit du fit bleibst. Aber ..."; sie stutzte; „... deine Armbrust?" „Hab ich doch vorhin schon rüber gebracht." „Gut. Dann geh jetzt!" Sie sprang auf und warf sich in seine Arme. Er machte sich los; zu sehr nagte die Aufregung an ihm – und die Angst vor dem, was er tun musste.

„Deux Café, s`il vous plait." Der Barkeeper schaute ihn verwundert an. „Deux?" Wolfgang verstand. Schließlich war er ohne Begleitung hier! „Ja, zwei; äh, deux." Die brauchte er jetzt wirklich! Als die erste Tasse vor ihm stand, stieg ihm das kräftige Aroma in die Nase. Nach einem Schluck blickte er sich um. Die kleinen, runden Tischchen hinter ihm waren fast alle besetzt. An der Bar gab es ganz rechts ein junges Pärchen, das ohne Unterlass miteinander turtelte. Honeymooner, dachte er schmunzelnd. Das machte ihm Mut. Hoffentlich schon nach dieser Nacht würden auch Lotte und er darauf zu steuern! Die Barhocker auf der anderen Seite waren unbesetzt. Die Wand vor ihm hinter dem Tresen war verspiegelt und vergrößerte damit optisch die Anzahl der dort auf Glasregalen aufgereihten Flaschen mit ihren bunten Etiketten. Wolfgang begann deren Beschriftung zu entziffern, was für seine Augen der Müdigkeit wegen eine große Anstrengung bedeutete. Nach einigen Alkoholika, die er auf diese Weise identifizierte, senkte er die Lider. Wenn das alles vorbei ist, überlegte er, würde er mit Lotte hier bis spät in die Nacht trinken und ihre wieder gewonnene Freiheit feiern. Er stützte einen Ellbo-

274

gen auf die Theke und legte den Handrücken unter seine Stirn. Ach, wär es nur schon vorüber! Er atmete tief durch und versank in seine Gedanken an das, was vor ihm lag.

„Ein Pils! Und en Schnaps." Eine tiefe, raue Stimme direkt neben ihm störte ihn. „Aber ein deutsches, verstehst de!" Wolfgang fuhr zusammen. „Oh pardon, haben wir nur französisch Bier an Bord." „Dann eben so eins", kam erbost zurück. Diese Stimme! Entsetzt riss er die Augen auf, wagte es aber nicht, seine Körperhaltung zu verändern. Mein Gott, das ist doch .... Aus dem Augenwinkel heraus versuchte er den Mann neben sich zu erkennen. Ohne Erfolg. Sein Kopf befand sich weit tiefer als dessen Gesicht. Kaum ein paar Sekunden später hörte Wolfgang eine andere Stimme. „Café, Monsieur!" Der Kellner schob ihm die zweite Tasse hin. "Danke!" brummte er, ohne den Kopf zu heben. Stattdessen drehte er den Oberkörper etwas zur anderen Seite. Ference! Was sollte er nur tun? Panik erfasste ihn.

„Aaah!" Ein eindeutig zu lautes Geräusch des Wohlbefindens nach dem ersten Schluck drang an sein Ohr, gefolgt von einem lauten Rülpser. Prolet, schoss es durch seinen Kopf. „Echt gut, euer Bier!" Wolfgang vermochte die Reaktion des Barkeepers nicht zu sehen, konnte sie sich jedoch gut vorstellen. Ja, das war er! Ferenc Büyük. Direkt neben ihm. Er spürte, wie die seine Stirn haltende Hand zu zittern begann. Ob er einfach wortlos gehen sollte? Aber ohne zu bezahlen? Das ging nicht. Er kramte in seiner Jackentasche nach der einen 20-Euro-Note, die er dort wusste, und legte sie auf den Tresen.

„Wohl seekrank?" Wolfgang stutzte. Galten seine Worte etwa ihm? Wie sollte er nun noch von dem Hocker rutschen und die Bar verlassen? Aber wenn er aufsehen würde, um zu antworten, wüßte Ference doch augenblicklich, wer er war, verdammt! Warum musste das kurz davor noch passieren?! Was war das? Zu seiner Bestürzung legte der Kerl ihm nun auch noch seine Hand auf die Schulter. „Brauche Sie vielleicht nen Schnaps?" Wolfgang hörte das Geräusch eines auf Holz rutschenden Glases. „Da, nehme Sie meinen!" Jetzt konnte er wohl nicht anders. Oder? Er nahm all seinen Mut zusammen. Es war sowieso alles vorbei! Mit einem „Nein Danke! Aber sehr nett von Ihnen" richtete er sich auf, schaute Ference ins Gesicht, hielt dabei aber seine flache Hand über Mund und Nase, so, als wäre ihm übel. Vielleicht würde er sich damit doch noch vor Lottes Peiniger verbergen können. Wolfgang konnte keinen klaren Gedanken mehr fassen.

Die Augen von einer Sonnenbrille verdeckt, die Wangen und das Kinn bis zum Halsansatz von einem Vollbart versteckt und den Glatzkopf von einem ledernen Cowboyhut bedeckt erkannte Wolfgang ihn kaum. Ihn selbst würde er andererseits in der nächsten Sekunde völlig überrascht ansprechen – und dann auf ihn losgehen. Wolfgang hielt sich vor innerer Anspannung krampfhaft am Holz der Theke fest. „Würd Ihne aber gut tun." Ist das das Einzige, dachte Wolfgang verwundert, was der mir zu sagen hat? Warum erkennt er mich eigentlich nicht gleich? Er runzelte die Stirn. Versteh ich nicht! Warum? Warum? „Auch Ihre erste Kreuzfahrt, was?" Er erkannte ihn einfach nicht! Ihn, Dr. Wolfgang Sommer, den Freund seiner verhassten Ehefrau Charlotte.

Erst in diesem Moment größter Verwirrung traf ihn ein Gedankenblitz. Sommer? Wieso Sommer? Ference kennt mich gar nicht, schoss es ihm durchs Gehirn. Und wie der vermeintliche Onkel, Ottmar Niemand, sehe ich schließlich heute nicht aus! Mein Gott, bist du blöde, Wolf! Der hat dich doch noch nie ohne Verkleidung gesehen! Er rang um seine Fassung – war er schon so fertig mit den Nerven, dass er das nicht gleich begriffen hatte?!

Noch ein wenig ungläubig ließ er die sein Gesicht halb verdeckende Hand sinken und meinte knapp: „Ja, meine erste." Er frohlockte innerlich, als auch nun nichts geschah. Sein Opfer saß neben ihm und wusste nicht, wer er war. Selbstsicher hielt er Ference Blick Stand. Der aber holte unvermittelt tief Luft, runzelte die Stirn, nahm sein Bierglas und setzte es an. Dass er Wolfgang dabei über den Gläserrand fixierte, kam ihm irgendwie eigenartig vor. Schließlich saß er selbst hier ja quasi anonym unter einer Tarnkappe. Als Ference sein Bier in einem Zug leer trank, das Glas mit Schwung auf den Tresen knallte und Geld auf die Theke schmiss, schaute er ihn irritiert an. „Nacht!" Mit diesem plötzlich kalt und hart klingenden Wort sprang er von den Fußbügeln seines Hockers und ging strammen Schrittes zum Ausgang. Was war bitte das? Selbst der Barkeeper schaute ihm hinterher, während er rasch das Geld zählte. „Fou!" murmelte er. Wolfgang verstand. Verrückter! Er lächelte ihm Kopf schüttelnd zu.

Keine Minute nach dieser eigenartigen Begegnung begriff Wolfgang, dass er nun eiligst handeln musste. Mit einem Wink auf den Geldschein erhob er sich. „Bonne nuit!" Zu seinem Erstaunen bekam er ein akzentfreies „Auch Ihnen eine gute Nacht, mein Herr - und vielen Dank für den großzügigen Tipp!" zurück. Huch, wunderte er sich; der Bursche spricht ja Deutsch. Nun wurde es wirklich Zeit für ihn! Ference war am Ende schon auf dem Weg zu Lottes Kabine. Das wäre übel! Doch eigentlich war das nicht zu erwarten. Viel zu früh, wegen der vielen Passagiere, die zu dieser Tageszeit noch den Gang entlang kommen könnten, in dem er sich daran machen würde, mit Einbruchswerkzeug die Kabinentüre zu öffnen. Sicher würde er die Nacht abwarten. Wolfgang kam am Treppenhaus vorbei und sah die Menschentraube vor den beiden Aufzügen, die den Weg nach unten versperrte. Oh nein, da laufe ich lieber, dachte er und ging rasch weiter. Ganz hinten gab es ja noch eine Treppe zu Lottes Kabine. Zwar auch einen Aufzug, aber etwas Bewegung vor der langen Nacht auf dem Stuhl hinter der Türe würde ihm jetzt gut tun.

Er stutzte. Was war das für ein trippelndes Geräusch hinter ihm? Es kam rasch näher. Wolfgang hielt kurz inne und drehte sich um. Er traute seinen Augen nicht; erschrocken erkannte er den Mann und fuhr zusammen. Ference! Im Laufschritt. Hinter ihm her. Gleich würde er ihn erreichen. Ihm stockte der Atem. Hatte ihn der Kerl doch erkannt – warum auch immer? Schon schien er dessen harten Schlag gegen sein Genick zu spüren. Im nächsten Moment war er genau auf seiner Höhe neben ihm. Wolfgang zog intuitiv den Kopf ein und machte einen Schritt nach rechts.

„Jogging! Tut gut. Mach ich jeden Abend." Mehr kam nicht. Ference eilte an ihm vorüber. Wolfgang spürte Erleichterung. Musst du Idiot mich so erschrecken, wollte er ihm am liebsten hinterher rufen. Etwa zwanzig Meter weiter machte der Verbrecher abrupt vor einer Kabinentür Halt und verschwand in der breiten Türnische. Aha, dachte Wolfgang, dort wohnst du also. Er atmete auf. Die Tatsache, dass er nicht in Richtung Lottes Suite ging, beruhigte Wolfgang. Dennoch beeilte er sich nun noch mehr. Ob er besser sogar rennen sollte? Klar, warum nicht! Er spurtete los. Alle zwei Schritte erreichte er eine weitere Kabinentüre. Gleich wohl auch die von Ference.

Die Wucht, mit der ihn die kräftige Faust, die seine Augen für den Bruchteil einer Sekunde vor dem Aufprall wahrgenommen hatten, in der Magengegend traf, raubte ihm das Gleichgewicht. Er strauchelte. Seine Hände suchten nach Halt. Sein Kopf schlug hart gegen die Seitenwand. Dann brach er zusammen und spürte, wie sein Körper schwer auf den Fußboden krachte. Noch bevor er richtig erfassen konnte, was da mit ihm geschah, wurde sein Brustkorb - wie von einem Schraubstock umklammert – von zwei muskulösen Armen zusammengedrückt. Er schrie auf. Vor Schmerz und vor Schreck. Doch die Hand, die sofort seinen Mund umfasste, raubte seinen Lungen die Luft für jeden erneuten Ruf - und für jeden weiteren Atemzug. Er spürte, wie sein verwirrter Blick verschwamm und er zu denken aufhörte. Dann wurde es dunkel um ihn herum.

„Au!" Der Schmerz, der Wolfgang aus seiner Bewusstlosigkeit holte, war unerträglich. „Nicht! Au!" Erneut schrie er auf. Sofort legte sich etwas Schweres auf seine Lippen. „Maul!" Sein Stöhnen wurde erstickt. Es war ihm, als würden ihn glühende Eisen martern. Er versuchte zu sehen, was ihn so peinigte, doch etwas versperrte ihm den Blick. Es roch nach Stoff. Es fühlte sich wie grobes Leinen an. Ein Kissen? Ja! Nur ein Kissen konnte sich so dicht auf Nase und Mund legen und einem die Luft rauben. Er röchelte. Schon wollte ihm der Atem ganz wegbleiben. Da verschwand der Druck wieder von seinem Gesicht und er sah in ein diabolisches Grinsen.

„Du bist mit meine Charlotte hier?", schrie Ference ihn an. Er saß auf seinen Hüften. Sein Gewicht schien Wolfgangs Becken zu zerbrechen. Er versuchte ihn abzuschütteln. Vergeblich. Vor Entsetzen wand er seinen Blick zur Seite – und erkannte den Grund für seinen Schmerz. Die Pranke dieses Kerls hielt seine rechte Hand über eine brennende Kerze, die neben ihm auf dem Nachttischschränkchen stand. „Auuu!" „Halts Maul, sag ich. Oder ich drück dir wieder des Kisse auf de Mund. Ich kenn dich doch! Was hast du mit meine Frau zu schaffe?" Wolfgang nahm all seine Kraft zusammen. Ference konnte ihn nicht kennen! Wie kam er nur auf so etwas? „Ich kenne Ihre Frau doch gar nicht! Und Sie auch nicht! Was wollen Sie von mir?", gab er zurück. Hart traf eine Faust seine Nase; sofort schmeckte er Blut am Mundwinkel. „Lüg nicht! Ich hab ihr Haus beobachtet. Du warst dort. Hab dich gesehen, als du rein bist. Mit so nem riesige Blumestrauß. Da, wo mei Frau wohnt. Und jetzt bist du hier. Auf demselbe Schiff, wo die Schlampe Urlaub macht. Da muss ich doch nur eins und eins zusamme-zähle! Bin doch net blöd?"

Verdammt! Er hatte ihn gesehen, als er zu Frau Reichhold ging. Und sich tatsächlich sein Gesicht ge-merkt. „Los, red!" Der nächste Schlag musste sein Nasenbein gebrochen haben – so fühlte es sich an. Wolfgang schrie seinen Schmerz heraus – doch sofort nur in das Kissen, das ihm Ference auf das Gesicht drückte. „Okay – du willst nicht? Noch nicht! Wenn ich von der Zicke zurückkomm, werd ich dir zeige, wie rasch du spreche willst. Dann wirst du den Tag verflu-che, an dem du dich mit meine Frau eingelasse hast, du Sau. Und wenn ich mit dir fertig bin ..." - er lachte höhnisch - „... dann bist du die zweit Leich, die heut Nacht über Bord geht. Kannst dann hinner der Schlamp her schwimme." Ein noch härterer Schlag traf seine Brust; genau dort, wo das Brustbein endet und der Magen beginnt. Wolfgangs Körper krümmte sich, während er verzweifelt nach Luft rang. Doch trotz aller Pein war sein innerer Schmerz größer als der, den ihm dieser Verbrecher zufügte. Nun war alles verloren! Sein Plan war wie eine Seifenblase zerplatzt. Und Lotte befand sich in größter Lebensgefahr!

Das kleine Kissen rutschte neben seinen Kopf, während er spürte, wie Ference Hand von außen die Taschen seiner Jacke abtasteten. „Da ist er ja, der Schlüssel zu eure Kabin. Die klei Hur wart wohl schon auf dich. Aber damit is jetzt Schluss, du Ratte – weil du heut Nacht über de Jordan gehst." Er fummelte nun in der Tasche. „Huch, des sind ja zwei." Wolfgang sah in seine erstaunte Grimasse. „Wieso zwei? Was soll des denn? Hä?" Eine flache Pranke landete hart auf seiner Wange. Wolfgang biss sich auf die Lippen. „Red schon! Wieso zwei Kabine?" Wolfgangs Zunge spürte frisches Blut. „Willste net? Vielleicht aber jetzt?"

Entsetzt sah er die brennende Kerze in der Hand seines Peinigers und spürte im nächsten Moment, was gemeint war. Das feurige Brennen an seiner Handfläche ließ ihn fast ohnmächtig werden. Ference ließ die Hand los. „Na, auch egal. In einer von beide wird sie schon sein. Du schläfst jetzt erst mal – bis ich zurückkomm. Dann haste noch e bissche Spaß mit mir, bevor du Haifutter wirst." Ein Hieb gegen seine Kinnspitze raubte Wolfgang das Bewusstsein.

Kapitel 25

Das erste, was in sein Gehirn drang, war etwas in seinem Mund, das diesen gänzlich ausfüllte. Seine eingeklemmte Zunge tastete danach. Es schmeckte nach Papier. Nach weichem, von Speichel durchnässtem, aufgequollenem Papier. Übelkeit kroch in seiner Speiseröhre nach oben. Er würgte. Rasch wollten seine Kieferknochen den Mund öffnen. Doch es gelang nicht. Panik überkam ihn – er musste doch atmen! Seine Lunge schrie nach Sauerstoff. Panisch riss er die Augen auf. Erst dabei wurde ihm klar, dass seine Nasenlöcher Luft aufnahmen. Tief sogen sie ein, wonach sein Körper gierte. Einmal, zweimal, dreimal; solange, bis Wolfgang begriff, dass er nicht ersticken musste.

Er schaute sich um. Wie benommen. Er begriff nicht. Sein Blick fiel auf Bilder. Ähnliche Bilder, wie sie an den Wänden seiner Kabine hingen. Aber überhaupt nicht dieselben! Wo war er? Er spannte die Muskeln seines Oberarms an, um sich aufzurichten. Es ging nicht. Wieso? Er konzentrierte sich. Er versuchte es mit einem kraftvollen Schwung. Doch ein Widerstand hinderte ihn daran. Seine Augen suchten zu ergründen, warum. Noch während er den Kopf nach unten neigte, kam Erinnerung in ihm auf. Ference! Und ein ihn lähmen wollender Schreck. Lotte!

Gleichzeitig erkannte er den Grund für seine Bewegungsunfähigkeit – seine Beine waren umschlungen; von etwas Weißem. Verdammt! Der Kerl hatte ihn gefesselt. Ans Bett. Mit dem Gürtel des Bademantels. Ference! Wut überkam ihn. Und Verzweiflung. Wie lange schon lag er ohnmächtig hier? Hatte dieser Teufel Lotte schon …? Er musste sich befreien! Mit aller

Kraft drückte er die gefesselten Füße nach außen gegen das Baumwollband. Vergeblich. Es gab nicht nach. Sein Schrei um Hilfe verhallte in seiner verstopften Mundhöhle. Er verstand – ein Knebel. Lotte! Er musste zu ihr! Fingerspitzen berührten einander, suchten zu erfassen, warum seine Hand so schrecklich brannte und beide Arme unbeweglich aneinander gedrückt waren. Sie fühlten Stoff. Flauschigen Stoff. Auch gefesselt. Hinter den Kopf. An den Pfosten des schmiedeeisernen Bettgestells. Wolfgang zog daran. Es gab nach. Doch seine Hoffnung währte nur kurz. Es ließ sich nicht so weit zerren, um die Knoten an seine Zähne zu bringen. Und wenn schon! Auch das hätte ihm nichts geholfen. Seine Lippen spürten den Klebestreifen, der seinen Mund über dem Knebel verschloss.

War Lotte schon tot? Erwürgt und ins Meer geworfen. Sicher! Er würde zu spät kommen - um ihr zu helfen. Er würde gar nicht kommen. Er würde noch hier liegen, wenn Ference zurück kehrte, um auch ihn .... Trotzig riss er seinen Oberkörper herum; auf die andere Seite. Ein Nachttisch. Ein Telefon. Eine brennende Kerze. Daher also der Schmerz auf der Handfläche! Angst erfasste ihn. Angst vor Ference Gewalt. Wieder würgte er. Sein Herz schlug hart gegen die Brust. Wie nur konnte er ihm entkommen? Das Telefon! Mit gefesselten Händen? Unmöglich! Seine Fingerspitzen nestelten an dem Baumwollbändel. Keine Chance! Aber er musste sich befreien!

Sein Blick fiel auf die Flamme. Oh nein! Nicht das. Doch! Es war die einzige Möglichkeit. Er spannte seinen Körper zu einem Bogen und rückte damit noch näher an den Bettrand heran. Seine Augen schätzten die Entfernung seiner Handgelenke zur Kerze. Mit scharfem Blick fixierte er sie. Ja – das würde gehen. Mit dem Mut der Verzweiflung spannte er den Gürtel so weit, bis die gefesselten Hände die Flamme der

Kerze erreichten. Nur auf diese Weise würde er sich retten können. Im selben Moment, in dem der Geruch angesengten Stoffs in seine Nase drang, schrie er auf – lautlos, weil sein verschlossener Mund jeden Ton verschluckte. Die glühende Hitze schien ihm die Haut auf den Handknochen zu verbrennen. In der nächsten Sekunde fing der Stoff Feuer. Wolfgangs Lider schlossen sich kurz; der Schmerz wurde unerträglich. Vor seinem geistigen Auge tauchte Lotte auf. Und Ference, dessen kräftige Finger sich um ihren schlanken Hals legten und zudrückten. Er durfte jetzt nicht aufgeben! Starr legte sich sein schmerzverzerrter Blick wieder auf die Bänder, die seine Hände umschlangen – und auf das rot entzündete Fleisch seiner Handgelenke. Gleich würden die Pulsadern den züngelnden Flämmchen nicht mehr Stand halten können und aufplatzen. Wolfgangs Backenzähne pressten sich aufeinander. Wie viele Sekunden würde er diese Pein noch ertragen können? Wann war der verdammte Gürtel endlich durch gebrannt?

Mit aller Gewalt drückte er die Hände gegen die Fesseln auseinander. Schon brannte der untere Teil seiner Jacke. Er spürte, wie ihm die Sinne schwanden. Nein! Das konnte kein Mensch aushalten. Noch ein letztes Mal zerrte er an dem lodernden Stoffgürtel. Verzweifelt und ohne Hoffnung. Er war nicht stark genug, um durchzuhalten. Wie schrecklich, dachte er; seine Lotte musste sterben, weil er zu schwach war.

Erschöpft und voller innerer Schreie sank er zurück – und in sich zusammen. Sekundenlang. Erst als er merkte, dass seine Arme dabei auf seiner Brust landeten, begriff er. Das Feuer hatte ihn gerettet; die Stoffbänder fielen von seinen verschmorten Handgelenken. Rasch drückte er die Jackenärmel gegen die Tagesdecke unter sich und löschte die Flammen. Mit aufgerissenen Augen schaute er auf seine Hände – so sah also verbranntes Menschenfleisch aus. Angewidert wand er den Blick ab. Seine wunden Finger suchten nach dem Rand des Klebebands über seinem Mund. Mit einem heftigen Ruck zogen Daumen und Zeigefinger daran und befreiten die verklebten Lippen. Im nächsten Augenblick drückte seine Zunge gegen das Ekel erregende Papierknäuel und presste es aus dem Mund. Ein kräftiger Atemzug füllte seine Lungen. Schon fuhr seine Linke in die Jackentasche und zog eine Visitenkarte heraus, während seine andere Hand nach dem Telefonhörer langte.

„Grabnér. Guten Abend." „Sommer. Hilfe! Bitte schnell." Ein irritiert klingendes „Pardon?" drang an Wolfgangs Ohr. „Dr. Sommer hier. Bitte gehen Sie sofort zu meiner Frau. Äh – zu Frau Schön. Kabine 282." „Dr. Sommer? Isch erinnere misch. Habe isch Sie gebracht zu Ihre Suiten heute Morgen. Mit Ihre attraktive Begleitung?" „Ja, verdammt! Die wird gerade umgebracht. Sie müssen hin. Der Mann tötet sie gleich." „Welsches Mann? Isch verstehe nicht. Wieso töten?" Noch bevor Wolfgang antworten konnte, folgte ein bedenklich klingendes „Sie meinen ehrlisch?" Dem Tonfall hörte Wolfgang an, dass der Hoteldirektor endlich den Ernst der Lage zu erfassen schien. „Ja! Das ist ein Notfall. Los! Rufen Sie den Sicherheitsdienst. Der Verbrecher ist bewaffnet. Rasch! Suite 282. Sonst ...." Das folgende „D´accord! Isch eile" sowie das anschließende Klicken in der Hörmuschel ließ Wolfgang aufatmen. Hilfe war unterwegs. Er ließ den Apparat aufs Bett fallen und richtete sich rasch auf, um die Fesseln von seinen Füssen zu lösen. Seine Finger schmerzten fürchterlich, während er versuchte, die fest zugezogenen Knoten zu öffnen. Erst nach - ihm wie Stunden vorkommenden - Minuten konnte er endlich aufstehen. Er hastete zur Türe – und knickte ein. Gerade noch rechtzeitig gelang es ihm, einen Sturz zu verhindern; mit der Hand hielt er sich an der

Kommode fest. Seine Füße trugen ihn nicht; die Beine waren eingeschlafen. Es brauchte eine ganze Weile, bis das Kribbeln, das tausend Nadelstichen glich, langsam aufhörte und er loslaufen konnte. Die Türe aufreißen, den Gang entlang rennen, die Treppenstufen hinunter hasten und in Richtung Lottes Kabine eilen, war eins.

Im selben Moment, in dem er sie völlig außer Atem erreichte, stürzte ein drahtiger Mann im grauen Anzug durch den offenen Eingang nach draußen. Fast wären die beiden zusammen geprallt. Das erste, was Wolfgang wahrnahm, war eine Pistole mit Schalldämpfer in seiner nach unten gehaltenen Rechten. „Keep going, Sir!", herrschte er ihn an. „Nein! Das ist meine Kabine. Wo ist sie?" Sofort wurde die Stimme des Mannes noch härter. „Security. There´s nothing to watch, Sir!" Zwei stahlblaue Augen fixierten ihn mit eisiger Kälte. Wolfgang kochte. Von wegen! Natürlich gibt es hier was zu sehen, du Blödmann, dachte er erbost. Aber er hatte nicht den Nerv dazu, sich mit dem Kerl auseinanderzusetzen. Er stieß ihn einfach zur Seite, um sich an ihm vorbei in die Kabinentüre zu drängen. Doch der eiserne Griff, mit dem er festgehalten wurde, glich dem, den er schon einmal kennen gelernt hatte – von Ference dunkelhäutigen Rausschmeißer.

Wolfgang rastete aus: „Lass mich los, du ...!" Gleichzeitig richtete sich sein Blick in den nun vor seinen Augen liegenden Kabinenraum. „Lotte? Lotte, bist du da?" Noch während er das zu erfassen suchte, was er vor sich sah, schallten ihm zwei unterschiedliche Stimmen entgegen. Die eine war laut und deutlich. „Tom, it´s okay. Let him get in." Sie überlagerte die schwache und weinerlich klingende andere: „Wolf?" Sie lebt! Mein Gott, sie lebt. Wolfgang konnte seine Erleichterung kaum fassen. „Kommen Sie, Monsieur

Sommer. Helfen Sie misch, Madame Schön bringen hier weg, s´il vous plait." Wieder hörte er Lottes Wimmern: „Wolf, oh Wolf. Wo warst du nur?" Die Umklammerung seines Oberarms löste sich. Mit großen Schritten hetzte er an Herrn Grabnér vorbei durch den Wohnraum auf den Balkon – dorthin, woher Lottes Jammern kam.

Elend kauerte sie in der Ecke am Boden. Ihre Miene war ein einziger Schrei des Entsetzens. Blut drang aus ihrer Nase und tropfte auf ihr zerrissenes, weißes Nachthemd. Auch aus der linken Seite ihres Halses, direkt unterhalb ihres Ohrläppchens, lief rotes Nass heraus. Ihr Haar hing zerzaust in der Stirn. „Lotte!" Wolfgang sank auf die Knie vor ihr, um sie in die Arme zu nehmen. Dabei stieß er an etwas. An einen schwarzen Herrenschuh. Verwirrt glitt sein Blick ein Hosenbein entlang; eines, auf dessen Jeansstoff am Oberschenkel ein Handteller großer, roter Fleck schimmerte. Rasend schnell wanderten seine Augen weiter, bis zu einem schwarzen Pullover, in dem ein halb gegen das Balkongeländer gelehnter, massiger Oberkörper steckte. Zwei Arme lagen daneben. Die rechte Hand krallte sich um den Griff eines langen Jagdmessers.

Achtung! schrien alle Sinne in Wolfgang auf einmal. Ference! Blitzartig ging er in Abwehrhaltung, indem er seine Hände zu Fäusten ballte und seinem Gegner entgegen hielt. Panisch fixierte er dessen Mimik, um rechtzeitig genug zu erkennen, wann er angreifen würde. Was er noch sah, vermochte er in seiner Erregung nicht auf Anhieb zu verstehen. In der Schläfe klaffte ein kleines Loch, aus dem ein rotes Rinnsal austrat. Starr glotzte Ference ihn an. Mit dem eindeutigen Ausdruck von Erstaunen und Fassungslosigkeit. Wolfgang kam es so vor, als wäre sein letzter Gedanke etwa der gewesen: Der tut es ja tatsächlich! Erst jetzt erfasste Wolfgang die Situation; dieser Mann vor ihm war keine Gefahr für ihn! Dieser Mann war Ference - und der war tot. Seine Fäuste entspannten sich.

Dennoch löste sich Wolfgangs Blick nur langsam von diesem grausigen Anblick. Noch bevor er sich wieder zu Lotte umdrehte, stellte er mit diesem einen Wort die Frage, deren Antwort mit einem Mal alle Schrecken aus seinem Bewusstsein vertreiben konnte. „Ist er ...?" Er schaute ihr direkt in die Augen und wiederholte: „Ist er wirklich tot?" Es war nur ein sehr schwaches Nicken, das ihren Kopf in seine Richtung verließ. Aber es war eines, dessen Aussagekraft für ihn so übermächtig war, dass es ihm binnen des nächsten Atemzugs Tränen in die Augen schießen ließ. Die Anspannung, unter der er gestanden hatte, fiel mit einem Schlag von ihm ab. „Tot? Wirklich?", kam es – nahezu ungläubig - über seine bebenden Lippen. Er riss die Hände hoch und bedeckte seine Wangen. Lotte senkte und hob nochmals den Kopf leicht.

„Yes! Don´t worry. He´s dead." Er erkannte die Stimme hinter ihm; sie stammte von dem Mann mit dem Eisengriff. Wolfgang wendete seinen Kopf zur Seite, um ihn anzusehen. „Er ist tot?" „Oui! Ja, diese Mann is mort. Tom hat erschossen in Not", erklärte Herr Grabnér, der neben ihm stand. Im selben Moment spürte er ihre Hand auf seiner Schulter. „Wolf, bitte hilf mir auf. Ich muss hier weg. Er hat mich ...." Ein Schluchzen brach ihren Satz ab. „Um ein Haar hätte er mich hinunter gestürzt, als dieser Mann ..." – ihr Finger zeigte auf den mit der Pistole in der Hand – „... herein kam. Der schoss ihm ins Bein und ...." „Yes, er wollte ...", unterbrach dieser Lotte – nun in gemischtem Deutsch-Englisch, „... sie werfen in the ocean. Deshalb I shot; aber ...." „Wolf, er wollte mich über Bord .... Da hörte ich den Schuss. Ference schrie auf. Trotzdem hob er mich wie von Sinnen noch höher und wollte mich gerade über die Brüstung stürzen. Im allerletzten Moment hörte ich einen zweiten dumpfen Knall. Wieder ganz leise – nur ein Plopp." „Schalldämpf", meinte der Schütze knapp. „Erst dann sank er in die Knie und ließ mich dabei los. Ich hielt mich verzweifelt an den Metallstreben fest. Da sah ich Blut aus seinem Kopf laufen. Oh Wolf, es war so furchtbar! Warum warst du nicht da?" „Tom musste töten ihn – naturellement! Aber isch nischt verschtehe, Monsieur Sommer. Warum alles das passiert, mon Dieu?"

Wie ein völlig überraschender Hammerschlag traf Wolfgang diese Frage. Die passte ihm jetzt absolut nicht, begriff er doch sofort, wie prekär sie war. Was sollte er sagen? Was durfte er preisgeben? Was musste er antworten, um nicht in Verdacht zu geraten? In Windeseile überdachte er das Ganze. Ja - es gab nur diese eine einzige Antwort. „Der Mann überfiel mich und nahm mir mit Gewalt den Kabinenschlüssel ab. Ich schätze, er hat mich mit jemand verwechselt. Faselte immer was von Gold im Tresor. Hat mich dann zusammengeschlagen, gefesselt und mir die Schlüssel abgenommen. Es war so schrecklich. Ich in seiner Kabine gefangen und Frau Schön alleine und schutzlos." Während Wolfgang so sprach, schaute er Lotte scharf an – und flehte dabei wortlos gen Himmel, dass sie verstand, warum er auf diese Weise log. Sie musste jetzt unbedingt richtig reagieren. Unbedingt! Sonst käme alles heraus.

„Ja, ja, Herr Grabnér; plötzlich hörte ich ein Geräusch an der Türe; ich dachte, Wolfgang käme. Aber dann stand dieser Mann an meinem Bett und zerrte mich raus. Sofort hielt er ein Messer an meinen Hals." Lotte wies mit der Hand dorthin, wo sie blutverschmiert war. Wolfgang atmete erleichtert auf – sie hatte begriffen. „Dann verlangte er den Schlüssel zum Schranktresor von mir." „Den du Tapfere ihm aber nicht gegeben hast, oder?", half er ihr rasch. „Nein, Wolf, natürlich nicht. Da liegen mein Schmuck und unser Bargeld drin. Aber dann wurde er richtig zornig und schleifte mich auf den Balkon und ….." „Lotte, lass es gut sein. Ich denke, Herr Grabnér weiß nun genug. Nichtwahr?" „Oui, oui! Ja, ich verschtehe. Eine Räuber. Auf unsere Schiff – eine …, hm … groß Katastroph. Zum Glück Sie haben misch gerufen an. Und unsere Security ist tres bien – sehr gut, isch meine." „War er eine Bodyguard von berühmte amerikanische Sängerin!", fügte er eilfertig mit stolzer Miene hinzu.

Wolfgang reichte Lotte die Hände. „Komm hoch, Lotte. Wir gehen hinüber. Du kannst die andere Kabine haben. Herr Grabnér, das Zimmermädchen soll die Sachen hinüber bringen, bitte. Haben Sie für mich eine Kabine; in dieser möchte auch ich nicht schlafen." „Aber natürlich, Monsieur Sommer. Isch kümmere sofort." Lotte schaute ihren Wolf an und erfasste offensichtlich, warum er die Tatsache zweier getrennter Kabinen jetzt nicht so einfach unter den Tisch fallen lassen wollte. „Aber lieber Wolfgang; ich habe doch viel zu viel Angst, heute Nacht alleine zu sein. Bitte bleib doch bei mir." Hätte er Lotte nicht so gut gekannt, wäre ihm das nur für den Bruchteil einer Sekunde um ihre Mundwinkel spielende Lächeln nicht aufgefallen. Was hatte er doch für eine großartige Frau – und Schauspielerin - in ihr! Soeben war sie kaum dem sicheren Tod entronnen und nun beherrschte sie ihre Rolle perfekt. Der Blick, der den ihren traf, sagte ihr: ´Ich bin so stolz auf dich!`.

Letztes Kapitel

„Wolf, hast du auch gut abgeschlossen?" Er wusste, warum sie das fragte. „Lotte, Ference ist wirklich tot. Seit drei Tagen schon. Er kann nicht mehr in unsere Kabine kommen. Er kann dir nichts mehr tun - nie mehr!" Wolfgang legte auch seinen zweiten Arm um sie. Zärtlich küsste er ihre Stirn. „Ich kann es einfach noch nicht glauben. Beinahe hätte er mich umgebracht; und dich danach auch." „Ja, Liebes; auch mich. Nie hätte ich gedacht, dass er mich in der Bar als den Mann erkannte, der damals mit einem großen Strauß Rosen minutenlang vor der Haustür warten musste; es hatte lange gedauert, bis Frau Reichhold öffnete. Da hat er vorhin sofort die Verbindung zwischen mir und dir begriffen. Du und ich auf diesem Schiff - da war ihm alles klar. Ich hatte vor deinem Haus stets so sehr aufgepasst. Aber der auffällige Strauß ist mir dann doch zum Verhängnis geworden. Der war ihm aufgefallen – und damit mein Gesicht in Erinnerung geblieben."

Sie schaute auf seine Hände. „Tun sie dir noch arg weh?" „Hm. Ist aber doch nichts gegen die Todesangst, in der du stecktest." „Ja, er zerrte mich – so wie früher - an den Haaren aus dem Bett. Dann schleppte er mich zur Balkontüre und schnitt mir in den Hals." „Du Arme!" Sein Handrücken fuhr über ihre Wange. „Sofort stellte er mir das Ultimatum." „Mit ihm zu gehen?", fragte er. Sie nickte. „Und ...?" „Ihm nachgeben, meinst du? Niemals! Dann hätte ich erst recht die Hölle auf Erden gehabt. Lieber wäre ich auf der Stelle tot umgefallen, das kannst du mir glauben."

Wolfgang atmete tief durch. „Ich will gar nicht daran denken, was geworden wäre, hätte ich mich nicht in letzter Minute befreien können." „Das kann ich dir ganz genau sagen!" Die plötzliche Kälte in ihrer Stimme erschreckte ihn. Doch er verstand es; wie sehr deutlich hatte sie dem Tod ins Auge sehen müssen! Rede nur, dachte der Psychologe in ihm fürsorglich, und erzähle es mir; das tut dir gut und befreit dich. „Was aus mir geworden wäre? Das kann ich dir sagen", wiederholte sie den Gedanken daran. „Das erlebte ich nämlich unmittelbar nach meinem klaren ´Nein!` zu Ference. Zuerst schlug er mich immer wieder ins Gesicht, um mich weich zu klopfen. Dann zog er mich ganz auf den Balkon, legte mich kopfüber auf das Geländer und drohte mir erneut. Nach meinem weiteren ´Nein!` ließ er mich über das Geländer gleiten und hielt mich mit beiden Händen nur an meinen Füßen. Da dachte ich schon, gleich hinabzustürzen und dann ertrinken zu müssen." „Das Schwein!" Wolfgangs Hände formten sich zu Fäusten.

„Aber wie immer hatte er zuvor Spaß daran mich zu quälen. Er zog mich wieder hoch, drückte mich gegen das Geländer und schlug mich erneut. So ging das immer weiter, bis ...." Sie schluckte. Wolfgang half ihr. „Bis der Typ vom Sicherheitsdienst die Tür aufschloss und ihn stoppen wollte." „Genau. Aber Ference war wie tollwütig. Ich glaube, er reagierte nicht auf den Schuss ins Bein, weil er mich nicht noch einmal aus seinen Fängen lassen wollte." „Du meinst, weil er erst im Blumenladen gestört wurde und ich ihn dir später dadurch wegnahm, dass ich dich aus der Hütte im Wald befreite?" „Richtig! Und dass dieser Tom wirklich schießen würde, als er auf seinen Kopf zielte und ihn anschrie - ich schätze, daran glaubte er nicht." „Gott sei Dank, muss ich sagen, schoss er! Sonst ...." „Sonst wäre ich jetzt tot, Wolf."

„Sag! Hättest du ihn auch erschossen?" „Natürlich! Eiskalt und ohne Zögern. Ich habe dich einmal verloren, Lotte. Wegen meiner eigenen Unfähigkeit. Ein zweites Mal wollte ich ganz sicher nicht mehr schwach und unentschlossen sein, um dich erneut zu meiner verlorenen Frau zu machen. Deshalb war ich ja auch felsenfest entschlossen, ihn hier auf dem Schiff zu töten. Selbst, ohne dass er dich in der nächsten Sekunde ins Meer hätte stürzen wollen. Es war mein fester Plan, ihn in der Kabine zu erwarten und ohne Federlesen zu erschießen. Dieser Teufel hat es nicht anders verdient, bei dem, was er dir schon angetan hat. Selbst wenn ich dadurch selbst zum Mörder im Sinne des Gesetzes geworden wäre. Dich dadurch zu retten gab mir jedes Recht der Welt! Denn dein unschuldiges Leben ist wertvoller als das dieses sadistischen Verbrechers." Und meine Liebe zu dir ebenfalls, dachte er mit Inbrunst. Wolfgang merkte, wie er sich in Rage geredet hatte. Er begriff dabei, dass auch er ein Trauma zu bewältigen hatte und reden musste. Wie viel Kraft und innere Überwindung hatte ihn das Ganze gekostet! Vom ersten langsamen Begreifen seiner Mitschuld an Lottes Schicksal über die Erkenntnis, sie vor ihrem Peiniger schützen zu müssen bis hin zu seinem Entschluss, einen Plan auszuklügeln, um ihn umzubringen – von der für ihn moralisch betrachtet eigentlich völlig ausgeschlossenen Tatausführung ganz zu schweigen. „Dich, Liebste, würde ich um jedcn Preis beschützen!"

Als sein Blick den ihren traf, schaute er in Gedanken versunkene und sprachlose Augen. Eine eigenartige Stille lag - einer undurchsichtigen Hülle gleich – um sie herum; es war eine Stille des absolut tonlosen Schweigens. Lottes Handfläche verschloss zudem ihren Mund. Ihr Atem wurde flach. Sie saß da wie abwesend, völlig gefangen in ihren Gedanken.

Erst nach Minuten sah Wolfgang, wie ihr sich deutlich hebender Brustkorb ein tiefes Ausatmen entließ. „Ja, Wolfgang Sommer. Du hast für mich dein Leben aufs Spiel gesetzt. Du hättest dabei selbst getötet werden können. Ference hätte dich in der Kabine nach deinem ersten, vielleicht schlecht treffenden Schuss aus deiner Armbrust erstechen können. Und du hattest – glaub mir, dass ich das sehr wohl verstanden habe – sogar die ewige Schuld akzeptiert, ein Menschenleben auf dem Gewissen zu haben. All das zeigt mir, welch mutigen und entschlossenen Mann ich heute habe. Gewiss, es dauerte eine Zeitlang, bis ich vor vielen Monaten dir und deinen Absichten vertrauen konnte. Am Anfang wehrte sich mein Verstand mit Händen und Füssen dagegen, mich mit dir zu treffen. Schließlich hattest du mich damals schändlich verraten und verkauft – an deine Eltern und an Carmen. Nur, weil du schwach warst und noch nicht begriffen hattest, worauf es im Leben wirklich ankommt. Aber spätestens jetzt weiß ich, dass es richtig war, auf mein Herz zu hören und dich noch einmal in mein Leben zu lassen. Das nämlich wusste es besser als mein Kopf und spürte schon, dass du dich zu ändern bereit warst."

Ihr ebenso liebevolles wie dankbares Lächeln drang direkt in sein Herz. Ja, dachte er, heute war er nicht mehr jener junge Mann von damals, der nicht zwischen Falsch und Richtig unterscheiden konnte. Nun hatte er von dem Berg seiner damaligen Schuld ein ganz großes Stück abgetragen. Lotte brauchte jetzt nie mehr an ihm zu zweifeln. Dank seiner Einsicht sowie der Kraft seiner Liebe hatte er sich zu ihr bekannt und sich schützend vor sie gestellt.

Noch bevor er zu reden begann, versprach er seiner Lotte in Gedanken: Solange ich lebe - und vielleicht sogar darüber hinaus – werde ich zu dir stehen. „Lotte, du bist für mich das Wichtigste auf der ganzen

Welt. Ich liebe dich über alles und ich ...." Zu seiner Überraschung unterbrach sie ihn dadurch, dass sie ihm den Zeigefinger auf die Lippen legte. „Wolf, mein lieber Wolf! Steh bitte mit mir auf und reiche mir deine Hände. Ich habe dir etwas Wichtiges zu sagen." In feierlichem Ton erhob sie die Stimme: „Wolfgang, was du nun hörst, gilt für alle Ewigkeit. Bewahre es von nun an stets in deinem Herzen. In welche Lebenssituation du auch immer kommen magst – dieser Satz ist mein Versprechen an dich." Mit dem ernstesten Blick, den Wolfgang aus Lottes Augen je hatte kommen sehen, sprach sie zu ihm: „Ich liebe dich von ganzem Herzen und werde nie vergessen, was du für mich getan hast, denn ..."; sie schenkte ihm dabei ein glückliches Strahlen; „ ... du hast all das auch für unser Baby getan, das ich unter meinem Herzen trage und bald in deine väterlichen Arme legen werde." So bestimmt und beherrscht, wie Charlotte die Worte ihrer Liebe und Freude aussprach, so stark war nun der Gefühlsausbruch, der sie übermannte. Ihr Mund öffnete sich weit, ringend darum, ihren Drang zu weinen, zu unterdrücken. „Und deshalb will ich nun von Herzen gerne deine Frau werden. Wolfgang Sommer, möchtest du mich heiraten?"

Es kostete ihn Überwindung, sie nicht auf der Stelle in seine Arme zu schließen. Dieser besondere Moment – und es war einer, auf den er schon so lange gewartete hatte – verdiente jedoch zunächst sein ausführliches ´Ja!`. „Oh Lotte, du machst mich damit zum glücklichsten Mann im gesamten Universum. Eine Liebe, die schon so viel ertragen musste, verdient nichts anderes als ein: Ja, ich will dein treuer Ehemann werden! Eine Liebe, die so stark, entschlossen und wehrhaft wie unsere ist, ist für die Ewigkeit gemacht. Wenn du mir jetzt in die Augen schaust, Lotte, dann siehst du einen Blick, der all das ausspricht, was dir mein Innerstes sagen will, nämlich: Wir beide sind für einander bestimmt. Du und ich, ich und du. Wir gehören nur noch zueinander, ja sogar einander. Deshalb frage auch ich dich: Lotte, willst du meine Frau werden?" Er strich ihr zärtlich über ihr Bäuchlein und dachte auch an ihr gemeinsames Baby. Ihre Antwort ließ nicht eine Sekunde auf sich warten.

Sie schloss dabei die Augen und begann: „Wolf, rasch, mach auch du die Augen zu. In meinem Kopf entsteht gerade ein Bild, das ich dir unbedingt beschreiben muss, bevor ich dir antworte. Ich sehe all die tausend Tränen, die wir bis heute unserer Liebe wegen vergossen haben. Sie fallen in meine hohlen Hände. Ich fange jeden einzelnen dieser kostbaren Tropfen auf, damit kein einziger verloren geht. Unsere kleinen, gefühlvollen Tränen verwandeln sich dabei in winzige Goldkugeln; die strahlen ganz hell, so, wie ganz kleine, Glück bringende Sternschnuppen. Immer mehr von ihnen sammeln sich dort; jetzt bilden sie alle miteinander in meinen Händen ein kleines Meer voller Gold. Wolf, es ist ein Ozean, dessen Oberfläche hell und wunderschön glänzt. Sag, kannst du es auch sehen, in deiner Fantasie, Liebster?"

Wolfgangs Lippen bebten, so aufgeregt war er, weil er Lottes Eingebung verstand. „Ja, ich sehe es auch. Ich glaube, die guten Mächte des Schicksals wollen uns damit etwas sagen, Lotte; nämlich, dass wir in eine wunderschöne, goldene Zukunft hinein gehen. Unser Weg wird nun für immer ein gemeinsamer sein. Von heute an beginnt unsere Zeitreise durch ein neues Leben, in eine Zukunft unbeschwerten Glücks. Ich freue mich auf jeden einzelnen Tag, auf jede einzelne Nacht, auf jedes einzelne Jahr, das wir nun zusammen erleben werden – miteinander und bald zu dritt."

Sein Kuss auf Lottes Lippen war inniger als jeder andere, den er ihr zuvor gegeben hatte. Während er spürte, wie sich ihre Arme um seinen Hals legten und sie ihren fraulichen Körper an den seinen schmiegte, vernahm er ihr inbrünstiges „Ja, Wolfgang Sommer, ich will dich heiraten und dir eine liebevolle und treue Ehefrau sein." Sein gesamter Körper füllte sich in diesem Moment höchsten Glücks mit einer alles bisher Erlebte übertreffenden Freude an. Wie lange hatte er darauf warten müssen! Und wie sehr wünschte er sich nun das, was Lottes Fantasiebild soeben gezeigt hatte!

Doch im selben Moment spürte er, wie vor seinem geistigen Auge aus der Ferne des Horizonts etwas Unsichtbares heranschwebte und sich wie ein dunkler Schatten unheilvoll über seine Wünsche legte. Als er es zu erkennen versuchte, klang nur ein hässliches und gemeines Lachen an sein Ohr – es war das Lachen einer bösen Frau namens Joszefa.

ENDE

ISBN: 978-3-740-70948-8

In frühen Jahren verliert sie bei einer Feuersbrunst ihr Augenlicht. Doch statt sich dem Schicksal ewiger Dunkelheit hinzugeben, gibt Christine Duval nicht auf, studiert in Paris Musik und wird trotz ihres Handicaps eine erfolgreiche Cellospielerin.

Allein in der Liebe hat sie kein Glück – bis sie eines Tages auf den reichen Kapitalmanager Thomas König trifft. Sie heiraten und bekommen die kleine Lara. Eines Tages aber schlägt der böse Fluch, der über ihr zu schweben scheint, erneut zu; bei einem tragischen Verkehrsunfall verliert sie beide.

Ohne den Freund Francisco, der sie schon seit Jahren heimlich liebt, wüsste sie nicht, wie sie ihr Leben nun noch meistern soll. Doch dann tut sich ein Abgrund vor ihr auf, mit dem sie niemals rechnete. Wird sie noch genug Kraft aufbringen können, um der auf sie zu kommenden Gefahr zu entgehen?

ISBN: 978-3-740-70947-1

Die wohl größten Glücksgefühle im Leben haben wir als Verliebte. Unser Herz schlägt schneller, in unserem Bauch flattern 1000 bunte Schmetterlinge und über unsere Lippen kommen die liebevollsten Worte.

Wie rasch aber verfliegen diese, bannen wir sie nicht für immer auf Papier. Wie froh macht es, sie danach immer mal wieder lesen zu können. Wie wohl tut es, sich an jene erste Zeit zu erinnern und sagen zu können: „Weißt du noch - damals."

Mit nichts anderem als mit einem bewegenden Gedicht kann ein Mann seine Liebe besser ausdrücken! Mit nichts anderem berührt er ein Frauenherz mehr als mit gefühlvollen Worten!

Textauszug aus Band I:

Loblied auf die Frauen

Gäbe es euch Frauen nicht
in unserer tristen Welt,
so wäre es um uns Kerle
schlecht bestellt.
Geht in euch, Männer,
und stets bedenkt,
dass allein die Liebe einer Frau,
sofern sie euch geschenkt,
eure Zunge süße Worte sagen lässt,
euer Herz zum Klopfen bringt,
euch Sehnen lehrt,
und ihr in wohliger Glückseligkeit versinkt.

ISBN: 978-3-740-70952-5

ISBN: 978-3-740-70953-2